Hedwig Courths-Mahler · Das Halsband

Hedwig Courths-Mahler

DAS HALSBAND

Roman

NAUMANN & GÖBEL

Sonderausgabe der Naumann & Göbel
Verlagsgesellschaft, Köln

Schutzumschlag: Rincón Partners, Köln
Gesamtherstellung: Freiburger Graphische Betriebe, Freiburg
Printed in Germany

ISBN 3-625-20121-6

1

Gräfin Susanne wollte nach Ostende reisen. Es war ihr zu langweilig auf Schloß Wildenfels. Sie brauchte Bewunderer ihrer Schönheit, Geselligkeit, Schmeicheleien und Publikum für ihre neuesten Pariser Toiletten. Das alles hoffte sie in Ostende zu finden. Vor der Welt reiste sie natürlich nur dahin, um mit einigen befreundeten Familien zusammenzutreffen.

Der Graf hatte keine Lust, sie zu begleiten. Er blieb lieber daheim bei seiner Mutter und seinem Sohne.

Susanne war das sehr angenehm. Sie amüsierte sich immer besser, wenn ihr Gatte nicht dabei war, obwohl er ihr in allen Dingen freie Hand ließ. Wußte er doch, daß ihr kaltes, hochmütiges Wesen sie davor behütete, jemals die Grenzen zu überschreiten, die einer vornehmen Frau gesteckt sind. Mochte ihre Eitelkeit Triumphe feiern – das war ihr Lebensinhalt.

Der Wagen mit einem Diener, einer Zofe und Gepäck war bereits zur Stadt gefahren, die etwa eine Stunde von Wildenfels entfernt lag. Es war eine kleine Kreisstadt.

Für Gräfin Susanne stand ein besonders luxuriös ausgestatteter Wagen immer bereit. Ihr Gatte wollte sie bis zum Bahnhof begleiten.

Sie verabschiedete sich eben in der großen, hochgewölbten Halle des Schlosses von ihrer Schwiegermutter, Gräfin Thea Wildenfels. Diese, eine aristokratisch aussehende Dame mit graumeliertem Haar, feinen durchgeistigten Zügen, hatte klare, gütige Augen.

Der Abschied zwischen den beiden Damen war betont herzlich. Beide gaben sich Mühe, einen warmen Ausdruck in ihre Stimme zu legen, aber gerade der gezwungene Ton verriet, daß sich ihre Herzen nicht sehr nahe standen. Während Gräfin Susanne die alte Dame auf die Wange küßte, kam ein schlanker, etwa vierzehnjähriger Knabe den langen Gang vom westlichen Flügel hergestürmt. „Mama – du hättest wohl vergessen, mir Adieu zu sagen!" rief er vorwurfsvoll.

Susanne wandte ihr schönes, stolzes Gesicht lächelnd ihrem einzigen Sohne zu.

„Du bist kein Baby mehr, Lothar, sondern ein kleiner Kavalier. Als solcher wirst du deiner Mutter das Geleit zum Wagen geben!"

Lothar sah mit seinen klaren, blauen Augen, die zu dem dunklen Haar und dunklen Wimpern einen eigenartigen Kontrast bildeten, erst zu seiner Mutter, dann zu seiner Großmutter empor. Sein von Luft und Sonne gebräuntes Gesicht rötete sich.

„Ich wußte nicht, daß es schon Zeit zur Abreise ist. Mein Lehrer hat mich mitten aus der Geschichtsstunde entlassen müssen, als ich den Wagen vorfahren hörte. Wie leicht hätte ich zu spät kommen können. Großmama kommt immer zu mir, um mir Lebewohl zu sagen, wenn sie verreist."

Seine Mutter lachte. Es war kein gutes, warmklingendes Lachen, welches wohltat. Ein gereizter, spöttischer Klang lag darin.

„Ja, ja", sagte sie halb scherzend, halb tadelnd, „Großmama verzieht dich sträflich."

In dem feinen, gütigen Gesicht Gräfin Theas zeigte sich eine leise Röte. „Den Vorwurf solltest du mir nicht machen, Susanne. Ich verziehe Lothar gewiß nicht."

Susanne legte die Hand auf den Arm ihrer Schwiegermutter und lenkte sofort ein.

„Ich bitte dich, ein Scherz, Mama. Du nimmst es sehr ernst mit Lothars Erziehung. Aber in bezug auf Zärtlichkeiten verwöhnst du ihn."

„Liebe geben ist nicht verwöhnen, Susanne. Ein Kind braucht Liebe, um zu gedeihen."

Susanne zuckte die Achseln und sah nach der im Hintergrund der Halle emporführenden Treppe, ob ihr Mann noch nicht erscheine. Sie nannte im stillen ihre Schwiegermutter sentimental, obwohl diese in ihrer klaren, ruhigen

Art diese Bezeichnung nicht verdiente. Der wahre Inhalt ihres Wesens war Güte und Vornehmheit.

Gräfin Thea liebte freilich ihren Sohn und ihren Enkel anders, als Susanne ihr Kind liebte. Diese hatte nie viel Zärtlichkeit übrig, weder für ihr Kind noch für ihren Mann. Sie war mit ihrer eigenen Persönlichkeit vollauf beschäftigt, liebte zu sehr sich selbst, als daß sie noch einem anderen Wesen besonderes Interesse zu widmen imstande gewesen wäre.

Da soeben Graf Joachim Wildenfels die Treppe herabkam, beugte sich Susanne zu ihrem Sohn hernieder und küßte ihn.

„Adieu denn, kleiner Mann. Sei brav, solange Mama nicht zu Hause ist. Belästige Großmama nicht zuviel."

Lothar sah mit einem fast traurigen Blick in das unbewegte Antlitz seiner Mutter.

„Adieu, Mama. Gute Reise – und komme gesund wieder heim. Und wegen Großmama brauchst du dir keine Sorge zu machen. Wenn ich hundertmal am Tag zu ihr käme, es wäre ihr nicht lästig, gelt, Großmama?"

Er trat zu der alten Dame und legte mit ungestümer Zärtlichkeit seinen Arm um ihre Taille. Sie strich ihm leicht über das wellige, ziemlich kurz gehaltene Haar und nickte ihm zu.

Ein mokantes Lächeln huschte um Susannes Lippen. Ihrem Wesen lagen alle Gefühlsergüsse fern. Graf Joachim trat zu ihnen.

Eine vornehme Erscheinung von etwa vierzig Jahren. Aus seinem schöngeschnittenen Gesicht leuchteten dieselben tiefblauen Augen wie aus dem seines Sohnes. Auch er hatte das dunkle, leicht gewellte Haar, die langen dunklen Wimpern. Aber seine Züge waren etwas weich – weicher noch als in dem Gesicht seines jungen Sohnes. Um des Knaben Mund und Kinn bildete sich schon jetzt ein charakteristischer energischer Zug, der seinem Vater völlig fehlte. So ähnlich sich Vater und Sohn auf den ersten Blick waren, so verschieden wirkten sie bei näherer Betrachtung.

Graf Joachim war eine etwas haltlose Natur. Sein verstorbener Vater, ein Mann wie aus Stahl und Eisen, hatte das frühzeitig erkannt und, weil ihm jede Schwäche ein unverstandener Begriff war, suchte er diesen Charakterfehler seines Sohnes durch übertriebene Strenge auszumerzen. Aber er schoß über das Ziel hinaus. Statt seines Sohnes Leichtsinn und Haltlosigkeit zu bessern, trieb er ihn durch Unduldsamkeit dazu, allerlei Torheiten heimlich zu begehen. Je strenger ihn der Vater hielt, desto ärger trieb er es im stillen. Als Joachim vierundzwanzig Jahre alt war, hatte ihn sein Vater, ohne nach seinen Wünschen zu fragen, mit Komteß Susanne Hagenau verheiratet. Joachim war damals in einer seiner Umgebung rätselhaften seelischen Depression gewesen und hatte sich fast willenlos in alles gefügt. Komteß Hagenau schien Joachims Vater die passendste Lebensgefährtin für seinen Sohn. Obwohl sie erst achtzehn Jahre zählte, war sie eine vollendete Dame, deren kühle Selbstbeherrschung ihm genug Garantien bot, daß sie seinen Sohn nach seinen Wünschen beeinflussen würde.

Es schien auch, als habe er das Rechte getroffen. Joachim schien nach seiner Verheiratung ein ganz anderer geworden zu sein. Gräfin Thea hatte sich gegen diese Verbindung gesträubt. Sie kannte ihren Sohn besser, wußte, daß er mit Liebe eher zu leiten war als mit Strenge und Kälte. Von mancher Torheit hatte sie ihn abgehalten durch liebevolles Zureden. Sie wußte, daß Susanne eine kaltherzige Frau war und Joachim ein liebebedürftiges Herz hatte.

Aber ihr Widerspruch hatte nichts geholfen. So war diese Ehe zustande gekommen. Graf Joachim war ein artiger, ritterlicher Gatte, der seiner Frau um so ruhiger allen Willen ließ, als sie seine Person nicht in Anspruch nahm. Joachims Vater war zufrieden gewesen mit dem Erfolg seines Experimentes. Es war unleugbar eine große Veränderung in Joachims Wesen zu bemerken.

Aber seine Mutter hatte diese Veränderung nicht mit Befriedigung erfüllt. Im Gegenteil, sie machte ihr heimlich große Sorge. Sie allein hatte mit den scharfen, sorgenden Mutteraugen bemerkt, daß Joachim schon in der Zeit kurz vor seiner Verlobung ein anderer geworden war. Ungleichmäßig und gedrückt, nicht mehr in froher Laune überwallend, fast scheu und unruhig war er ihr erschienen. Sie hatte ihn einige Male in liebevoller Weise gefragt, ob ihm etwas fehle, ihn etwas bedrücke. Danach hatte er sich stets eine Zeitlang zusammengenommen, ohne je auf ihre Frage eine rechte Antwort zu geben.

Joachim war ihr einziges Kind – er war so recht ein Sorgenkind von Anfang an gewesen. Aber um so zärtlicher umfaßte ihn ihr Herz. Sie litt fast mehr unter der kalten, liebeleeren Ehe, die er führte, als er selbst. Sorgend suchten ihre Augen wieder und wieder in seinen Zügen.

Joachims Vater hatte noch erlebt, daß ihm ein Enkel geboren wurde. Es gelüstete ihn danach, auch an dem Enkel seine Erziehungstheorien zu erproben. Aber ehe er dazu kam, Einfluß auf den Knaben auszuüben, war er gestorben. Seit seinem Tode hatte sich Joachim inniger denn je an seine Mutter angeschlossen, während sein Verhältnis zu seiner Frau immer kühler wurde. Mit seiner Mutter und mit seinem Sohne lebte er in herzlicher Gemeinschaft. Seine Frau war ihm eine Fremde.

Graf Joachim half seiner Gattin in den Wagen. Lothar stand neben ihm und küßte seiner Mutter die Hand. Seinen Vater umarmte er herzlich, obwohl dieser nur bis zum Bahnhof mitfuhr.

Darauf fuhr der Wagen davon. Lothar sah ihm eine Weile nach. Dann sprang er mit zwei Sätzen die Freitreppe empor. Oben, unter dem Portal, stand Gräfin Thea. Lothar umfaßte sie stürmisch. So war auch Joachim als Kind oft zu ihr gekommen, Liebe erhoffend, Liebe gebend. So impulsiv hatte er auch den Regungen seines Herzens Ausdruck gegeben. Sie drückte Lothar fest an sich und sah ihn ernst an.

„Tut es dir nicht weh, daß Mama auf lange Wochen fortgeht?“

„Weißt du, Großmama, ich habe von Mama auch nicht viel, wenn sie zu Hause ist. Manchmal sehe ich sie kaum bei den Mahlzeiten. Freilich – wenn Papa mit abreiste –

dann wäre ich mehr betrübt. So habe ich ja dich und Papa.“

Diese Worte kennzeichneten, welche Stellung Gräfin Susanne im Herzen ihres Sohnes einnahm. Er empfand nach Kinderart sehr genau, daß die Mutter nicht viel Liebe für ihn hatte. Ihr kaltes, spöttisches Wesen schreckte ihn, wenn er sich ihr liebevoll nahen wollte. So suchte er bei Großmutter und Vater die Liebe, die er zum Gedeihen brauchte. Und da fand er sie im reichen Maße. Fest umschlungen gingen die beiden in die Halle zurück.

„Jetzt muß ich ins Schulzimmer, Großmama, meine Geschichtsstunde ist noch nicht zu Ende. Der Lehrer wird schon warten. Ich habe noch eine Stunde Latein nach der Geschichtsstunde. Aber dann bin ich frei – dann darf ich doch zu dir kommen?“

Die alte Gräfin nickte zärtlich.

Er lief mit schnellen Schritten wieder den teppichbelegten Gang nach dem Schulzimmer zurück. Liebevoll blickte Gräfin Thea dem schönen Jungen nach. Dann stieg sie sinnend die Treppe zur ersten Etage hinauf, wo sich im westlichen Flügel ihre Zimmer befanden.

2

Als Graf Joachim aus der Stadt zurückgekehrt war, begab er sich in den Salon seiner Mutter. Er fand Lothar bei ihr und wurde von beiden herzlich begrüßt. Sie nahmen zusammen den Tee, und Lothar sorgte durch sein lebhaftes, übermütiges Wesen für eine heitere Stimmung. Gräfin Thea sah mit inniger Befriedigung, daß ihr Sohn froher aussah.

Später gingen sie alle drei zum See hinunter. Auf dem Wege dahin neckte sich Lothar mit seinem Vater, und schließlich brachte er ihn so weit, einen Wettlauf mit ihm zu veranstalten.

Mit glücklichem Gesicht schaute die alte Dame hinter ihnen her. Ein tiefer Atemzug hob ihre Brust. Wie geruhsam und schön war es, wenn Susanne nicht dabei war.

Sie erschrak über diesen Gedanken, aber zu bannen vermochte sie ihn nicht.

Am See lagen zwei Ruderboote und ein kleines Segelboot. Zu Lothars heller Freude entschloß man sich zu einer Segelfahrt. Joachim half seiner Mutter sorglich beim Einsteigen und hüllte sie in ein warmes Tuch. In glücklicher Stimmung, wie Kinder, die Ferien haben, fuhren sie über den See dahin.

Als sie nach einer Stunde zum Landungsplatz zurückkehrten, stand Lothars Hauslehrer auf dem Steg. Kandidat Wetzel war ein sympathischer, frischer, junger Mann, dem man es nicht anmerkte, daß er während seines Studiums gehungert hatte. Er wurde von Graf Joachim und Gräfin Thea als zielbewußter Erzieher und tüchtiger Lehrer sehr geschätzt. Mit Lothar stand er auf einem sehr guten, fast kameradschaftlichen Fuße. Herr Wetzel hatte die einträgliche Hauslehrerstelle angenommen, um sich die Mittel zu weiterem Studium zu verdienen. Er sollte Lothar bis zum Abitur unterrichten, also noch mindestens vier Jahre in Wildenfels bleiben. Ohne dazu aufgefordert zu werden, legte er bei der Landung des Segelbootes hilfreich Hand an. Graf Joachim und Gräfin Thea begrüßten ihn freundlich.

„Wollen Sie auch eine Wasserfahrt machen, Herr Lehrer?“ fragte Lothar.

„Ja, ich möchte ein Stündchen rudern.“

„Oh – da helfe ich mit. Darf ich, Papa?“

„Wenn dich der Herr Lehrer mitnehmen will.“

„Sehr gern, Herr Graf.“

„Oh – fein. Kommen Sie, Herr Lehrer, wir machen das Boot los. Adieu Papa – adieu Großmama!“ rief Lothar. Er sprang in das Ruderboot, welches zunächst lag, der Erzieher folgte. Gleich darauf ruderten sie davon. Graf Joachim und seine Mutter blieben noch ein Weilchen stehen und sahen dem Boote nach.

Dann gingen sie langsam nach dem Schlosse zurück. Sie sprachen über den Lehrer und lobten seine Art, mit Lothar umzugehen.

„Susanne mag ihn seltsamerweise nicht leiden, ich verstehe das nicht“, sagte Joachim im Laufe des Gesprächs.

Gräfin Thea lächelte fein.

„Sie behauptet, er habe demokratische Ansichten und fürchtet, daß er Lothar in dieser Hinsicht beeinflußt.“

Joachims Gesicht überflog ein Schatten. „Meine Frau ist in dieser Beziehung sehr kleinlich. Übrigens gefällt mir gerade der demokratische Einschlag des Erziehers. Ich wünsche nicht, daß Lothar sich dem Einfluß seiner Zeit entzieht. Viele unserer Standesgenossen sind noch rückständig. Ich fühle, daß wir am Anfang einer Zeit stehen, in der nur das gilt, was ein Mensch ist und leistet, nicht der Zufall seiner Geburt.“

Gräfin Thea nickte versonnen.

„Du magst wohl recht haben. Freilich – dein Vater hätte solche Ansichten nicht hören dürfen.“

Auf Joachims Stirn zeigten sich Falten des Unmuts.

„Vater war ein starrer Anhänger der alten Schule. Er glaubte an die Rechte der bevorzugten Geburt. Aber wir sind auch nur Menschen. Und es ist mir sehr lieb, daß Lothar eine freiere Auffassung vom Leben erhält als ich. Jedenfalls habe ich dafür gesorgt, daß Wetzel die Erziehung in der Hand behält, bis Lothar die Universität besucht. Sein Kontrakt bindet ihn und uns.“

„Und du willst, daß Lothar Jura studiert?“

Joachim zuckte die Achseln.

„Susanne will ihn unbedingt zum Diplomaten machen. Ihr Ehrgeiz sieht ihn schon in höchsten Ämtern.“

„Und du, Joachim?“

Er lächelte wehmütig.

„Ich habe diesen Ehrgeiz nicht, Mama. Aber daß Lothar ein Studium zu Ende führt, ist auch mein Wunsch. Und er selbst hat Lust dazu. Was später aus ihm wird, darüber soll er selbst entscheiden. Teilt er den Ehrgeiz seiner Mutter – nun, so mag er in das diplomatische Korps eintreten. Begnügt er sich aber damit, schlecht und recht, wie ich, seinen Kohl zu bauen – dann steht ihm auch das frei. Irgendeinen Zwang würde ich nie ausüben. Ich weiß, wie man an Leib und Seele verkümmert, wenn man immer unter Druck gehalten wird.“

Die letzten Worte klangen sehr bitter. Gräfin Thea legte die Hand auf seinen Arm und sah ihn bekümmert an.

„Joachim!"

Er zog die Hand an seine Lippen und küßte sie. Trübe sah er in das gütige Frauenantlitz.

„Ja, Mutter, ich bin ein unerfreuliches Menschenkind geworden – durch Anlage und Erziehung. Nein, sieh mich nicht so bang und traurig an. Du hast getan, was du konntest, um meine Seele freizumachen. Aber du und ich, wir waren zu schwach. Vaters eiserner Wille hielt uns fest."

„Joachim, du bist unglücklich, ich weiß es längst. Susanne ist nicht die Frau, die du brauchtest. Ich hatte mich gesträubt gegen diese Verbindung."

„Mache dir keine Sorgen, Mutter. Ob Susanne oder eine andere, ich wäre doch nicht glücklich geworden. Als ich mich verheiratete, war es dazu bereits zu spät – da war mein Leben schon zerstört."

„Ich habe es geahnt, mein Sohn. Du weißt, ich fragte dich oft, ob du mir nicht anvertrauen wolltest, was dich drückt und quält. Willst du es auch heute noch nicht tun?"

Joachims Gesicht zeigte einen gequälten Ausdruck.

„Nein, ich kann nicht. Laß mich, damit muß ich allein fertig werden. Vielleicht erfährst du es eines Tages. Jetzt aber laß uns davon schweigen."

„Ich möchte dir so gern helfen, mein Sohn."

„Es könnte sein, ich nähme dich eines Tages beim Wort."

„Tue es, du sollst mich stark und willig finden zu allem, was dir Frieden schaffen kann."

Wieder führte er ihre Hand an seine Lippen. Im Schloß angekommen, zog sich Joachim in seine Zimmer zurück. Seine Mutter sah ihm bekümmert nach. Nun würde er wieder ruhelos auf und ab wandeln wie so oft.

Sie seufzte schwer und suchte zögernd ihre Räume auf. Deutlicher als seit langem fühlte sie wieder einmal, daß es im Leben ihres Sohnes ein Gespenst gab.

Zum Abendessen fand sich Joachim in dem kleinen Speisesaal ein, der neben der großen Halle lag. Hier nahm man die Mahlzeiten ein, wenn keine oder nur wenige Gäste anwesend waren.

Joachim sah bleich und abgespannt aus. Er zwang sich mühsam, an der Unterhaltung teilzunehmen. Die Anwesenheit des Lehrers, der stets seinen Platz neben Lothar hatte, ließ ein vertrauteres Gespräch nicht aufkommen. Es war schwül und drückend heiß. Ein Gewitter lag in der Luft.

Nach Tisch ging man hinaus auf die Terrasse. Die Diener hatten die rot und weiß gestreiften Sonnendächer hochgezogen. Bequeme Korbmöbel luden zum Sitzen ein. Lothar und der Lehrer trieben ein wenig Astronomie und suchten mit dem Fernglas den Himmel ab, der noch nicht von Wolken verhüllt war.

Graf Joachim rauchte eine Zigarette nach der anderen, und seine Mutter betrachtete ihn mit sorgender Schweigsamkeit.

Um neun Uhr zog sich der Lehrer zurück, und auch Lothar sagte Vater und Großmutter fröhlich gute Nacht.

Kaum war er verschwunden, da sprang Joachim auf und klingelte.

„Mein Pferd“, rief er dem herbeieilenden Diener zu.

Gräfin Thea sah erschrocken auf.

„Du willst ausreiten, Joachim?“

Er sah an ihr vorbei, hinaus in den schweigenden Park.

„Mutter – das tue ich doch oft.“

Sie seufzte. Diese späten Ritte ihres Sohnes, die sich weit über Mitternacht ausdehnten und von denen er sein Pferd abgehetzt und schaumbedeckt nach Hause brachte, waren ihr schon lange eine schwere Sorge. Sie hatte ihre Schwiegertochter heimlich gebeten, Joachim von diesen wilden Ritten abzuhalten. Aber Susanne hatte sie ausgelacht.

„Ich bitte dich, Mama, die sind das einzige, womit Joachim noch einigermaßen Schneid verrät. Wie kannst du dich darum sorgen? Willst du ihn ganz und gar nur noch im Schlafrock und Pantoffeln sehen? Er kann wirklich ein wenig Courage brauchen. Ich werde mich hüten, ihn davon abzuhalten.“ Das war ihre Antwort gewesen. Gräfin

Theas Sorge war damit nicht gemildert. Unruhig sah sie den Sohn an.

„Leider reitest du immer so spät aus. Aber heute solltest du es wirklich nicht tun, Joachim – es ist ein Gewitter im Anzuge", sagte sie bittend.

Joachim starrte düster vor sich hin.

„Es hat noch lange Zeit. Bis es losbricht, bin ich wohl wieder daheim."

Gräfin Thea blickte unruhig zum Himmel empor. Eine dunkle Wolkenwand erhob sich über den Bäumen des Parkes wie ein starres, fernes Gebirge. Dann wandte sie die Augen wieder ihrem Sohne zu. Seine Züge waren schlaff, und die Augen blickten matt und düster. Um den Mund zuckte es nervös, als sei es ihm schwer, sich zur Ruhe zu zwingen.

Er warf den Rest seiner Zigarette fort und trat zu seiner Mutter.

„Gute Nacht, Mama. Du bist wohl zur Ruhe gegangen, wenn ich heimkomme."

Sie faßte ängstlich seine Hand.

„Bleib heute zu Hause, Joachim", bat sie eindringlich.

Er lachte, aber dieses Lachen kam nicht aus dem Herzen. Es klang leer und unnatürlich.

„Aber Mama, sei nicht ängstlich. Ich brauche den Ritt wie einen Schlaftrunk. Gute Nacht."

Er küßte ihr die Hand und ging eilig davon.

Seine Mutter erhob sich und trat an die Terrassenbrüstung. Wieder flog ihr Blick sorgend zum Himmel empor. Es war unheimlich still und schwül. Ruhe vor dem Sturm, mußte sie denken.

Und da führte ein Reitknecht bereits Joachims Pferd vorüber.

Es hob den Kopf und sog mit den Nüstern wie prüfend die Luft ein.

Bald darauf sah sie ihren Sohn über den Rasenplatz reiten. Sie starrte ihm nach. Was war es nur, das ihn so ruhelos und freudlos gemacht hatte?

Der Reitknecht schritt wieder mit ehrfurchtsvollem Gruß an ihr vorüber zu den Ställen hinüber, die hinter dem Gebäude lagen, das an den westlichen Flügel des Schlosses angebaut war. In diesem Gebäude waren die Verwaltungsräume untergebracht. Im Parterre lag das Rentamt. Man konnte es durch den westlichen Schloßflügel betreten. Eine einzige Tür war durch die starken Schloßmauern gebrochen. Sie war aus Eisen; eine Doppeltür, zu der nur der Graf von Wildenfels den Schlüssel hatte. Niemand durfte diese Tür benützen als der Graf und der Rendant, denn sie führte direkt in den Raum, wo in eingebauten eisernen Wandschränken die Kasse, die Wirtschaftsbücher, wertvoller Schmuck und das silberne Tafelgerät, soweit es nicht täglich gebraucht wurde, untergebracht waren. Hier ruhte, wohlverwahrt gegen Feuersgefahr und Diebstahl, der Reichtum der Grafen von Wildenfels.

Im ersten Stock des Gebäudes befand sich die Wohnung des Rendanten und seiner Familie, im zweiten Stock wohnten die beiden ledigen Verwalter. Die sonstigen Wirtschaftsgebäude lagen hinter dem Park am See.

Gräfin Thea war hinaufgegangen in ihre Zimmer. Als sie ihr Vorzimmer betrat, erhob sich eine etwa fünfzigjährige Frau im schwarzen Kleid, mit weißem Häubchen und weißer Schürze. Sie hatte am Fenster gesessen und vor Eintritt der Dämmerung in dem Buche gelesen, das auf ihrem Schoße lag. Ihr frisches, rundes Gesicht wandte sich der Gräfin mit sorgendem Ausdruck zu.

„Heute hätten Frau Gräfin nicht zulassen sollen, daß der Herr Graf ausreiten. Es gibt schweres Wetter“, sagte sie fast vorwurfsvoll. Es war Frau Friederike Grill, Gräfin Theas langjährige Kammerfrau. Als junges Zöfchen hatte sie vor dreißig Jahren ihren Einzug in Wildenfels gehalten. Später war sie die Frau des Kammerdieners des Grafen, Heinrich Grill, geworden, ohne deshalb ihren Dienst bei der Gräfin Thea aufzugeben. Sie avancierte nur einfach zur Kammerfrau und blieb auf ihrem Posten, als ihr Mann vor etwa zehn Jahren starb. Gräfin Thea hielt große Stücke auf die ihr treu ergebene Person und sprach auch ein vertrauliches Wort mit ihr. Gelegentlich ließ sie sich sogar ein wenig von ihr tyrannisieren.

Jetzt blickte sie kummervoll in das treubesorgte Gesicht.

„Grill, du weißt doch – er läßt sich nicht halten“, sagte sie leise.

Grill – sie wurde seit ihrer Verheiratung nur so von der Gräfin genannt – nickte mit dem Kopfe.

„Na ja, na ja, aber heute hätte der Herr Graf doch lieber zu Hause bleiben sollen.“

„Hast du mal nach Lothar gesehen, Grill?“

Die nickte lächelnd.

„Na, das lasse ich mir nicht nehmen. Erst hat er noch sein Späßchen mit mir gemacht, dann ist er mit einem Purzelbaum quer durchs Zimmer, nun liegt er still und schläft fest und ruhig. Den weckt kein Gewitter auf, bis er ausgeschlafen hat.“

„Leg mir einen bequemen Morgenrock zurecht. Ich will zu ihm hinüber, dann hilfst du mir beim Umkleiden. Zu Bett will ich nicht gehen, das Wetter treibt mich doch wieder heraus.“

Sie ging zu Lothars Schlafzimmer. Liebevoll sah sie auf den Schläfer herab und freute sich an seinen ruhigen, tiefen Atemzügen. Ein heißes Gebet für sein Wohl stieg aus ihrem Herzen empor. Dann ging sie leise hinaus und kehrte in ihr Zimmer zurück.

Grill kleidete ihre Herrin flink und gewandt in ihren weichen Morgenrock und löste aus den noch recht ansehnlichen grauen Flechten die Nadeln. Während sie das Haar bürstete und für die Nacht in einen Zopf einflocht, plauderte sie von den Ereignissen des Tages, um ihre Herrin zu zerstreuen. Aber dabei lauschten beide immer wieder hinaus. Ein heftiger Wind hatte sich erhoben. Grill mußte die Fenster schließen. Dabei sah sie, daß die Wolkenwand gespenstisch und unheimlich näherzog. Gräfin Thea hatte sich erhoben und trat neben sie.

„Das sieht bös aus, Grill. Ich gehe hinüber in mein Wohnzimmer. Wenn du willst, kannst du zu Bett gehen.“

„Aber nein, Frau Gräfin können sich denken, daß ich bei dem Wetter wach bleibe. Frau Gräfin brauchen nur zu rufen, wenn Sie mich brauchen.“

„Es ist gut, Grill.“

Gräfin Thea ging in ihr Wohnzimmer. Es war ein großer Raum im Stil Ludwigs XIV. Prachtvolle Damastbezüge und Vorhänge in goldgelber Farbe gaben dem Raum sein Gepräge. Über dem Kamin hing ein kostbarer Gobelin. Mitten im Zimmer stand auf weichem, in grauen Tönen gehaltenem Teppich ein Tisch mit schwarzer Marmorplatte, deren Mitte eine Jardiniere mit dunkelroten Rosen zierte. Am Fenster hatte ein Schreibtisch Platz, darüber hing das lebensgroße Porträt ihres Sohnes. Er mochte höchstens dreiundzwanzig Jahre gezählt haben, als das Bild gemalt worden war.

Gräfin Thea stellte sich an das Fenster. Ihr Blick wandte sich in das Zimmer zurück auf das Bild ihres Sohnes. Ja, damals war er noch froh und glücklich gewesen. Gerade in jener Zeit hatte es wie Sonnenglanz auf seinen Zügen gelegen.

In Gedanken stand sie da und grübelte, wie so oft, über sein verändertes Wesen nach. Da schrak sie plötzlich zusammen, ein greller Blitz leuchtete auf, dann ein furchtbarer Donnerschlag, der die Fenster klirren machte. Es war, als sei dies ein Signal gewesen, das alle Elemente entfesselte. Ein orkanartiger Sturm brach mit plötzlicher Gewalt los. Die Baumriesen im Park wurden wie schwache Rohre hin und her gebogen. Es krachte und knatterte unaufhörlich, als sei alles, was sich dem Sturm entgegenstellte, dem Untergang geweiht. Und dann wieder in kurzer Folge Blitz und Donner, dazwischen das Heulen des Sturmes und endlich ein wolkenbruchartiger, mit Hagelschauern vermischter Regen.

Gräfin Thea war entsetzt in das Zimmer zurückgewichen und in einen Sessel gesunken. Schreckensbleich starrte sie vor sich hin und faltete die Hände. Wo mochte Joachim sein in diesem furchtbaren Unwetter? Kehrte er noch nicht heim?

Sie lauschte angstvoll hinaus und betete für ihren Sohn.

Wieder krachte ein knatternder Donnerschlag hernieder.

„Vater im Himmel, schütze meinen Sohn", flüsterte sie mit bebenden Lippen.

Aber während dies Gebet zum Himmel stieg, lag Joachim Graf Wildenfels bereits blutüberströmt unter seinem Pferde auf der Chaussee. Ein durch den Sturm entwurzelter Baum hatte Pferd und Reiter unter sich begraben. Das Pferd war tot, und Graf Joachim lag schwer verwundet und bewußtlos unter dem leblosen Tierkörper.

3

Das Unwetter hatte sich ausgetobt. So schnell und furchtbar es gekommen, so schnell war es vorübergezogen. Der Mond schien bereits wieder friedlich zwischen den zerrissenen Wolkenfetzen hervor.

Gräfin Thea hatte in angstvoller Unruhe auf die Rückkehr ihres Sohnes gewartet. Die Unruhe steigerte sich von Minute zu Minute.

Noch hoffte sie, daß er im Dorf Unterschlupf gefunden hätte. Daß er aber dann sofort nach dem Gewitter heimkehren würde, um sie zu beruhigen, galt ihr als sicher.

Aber er kam nicht!

Nun hielt es die verängstigte Frau nicht länger. Sie eilte hinaus in das Vorzimmer. Da stand auch Grill mit blassem Gesicht und horchte hinaus.

„Grill, ruf die Leute zusammen! Es muß meinem Sohn ein Unfall zugestoßen sein, sonst wäre er daheim", stieß Gräfin Thea atemlos vor Erregung hervor.

Grill rannte, so schnell sie konnte, die Treppe hinab. Wenige Minuten später waren alle Dienstboten in der großen Halle versammelt. Gräfin Thea gab dem Hausmeister mit bebender Stimme Befehl, die Leute mit Fackeln und Windlichtern auszurüsten und die Umgegend absuchen zu lassen. So schnell es anging, wurde der Befehl ausgeführt. Der Hausmeister führte selbst den Zug an und verteilte draußen die Leute in mehrere Gruppen.

Es dauerte nicht lange, da hatte man den Verwundeten gefunden. Laute Rufe schallten durch die Nacht. Die Suchenden stießen wieder zusammen. Es kostete viel Mühe, den Baum und das tote Pferd soweit beiseite zu räumen, um den Grafen zu befreien. Ein leises Stöhnen zeigte dem niederknienden Hausmeister, daß sein Herr noch lebte. Zum Glück war es nicht weit bis zum Schloß. Der Hausmeister schickte einige Leute zurück. Einer sollte die Gräfin Thea vorbereiten, ein anderer sollte sofort zum Arzt fahren. Die übrigen bekamen den Auftrag, eine Tragbahre herbeizuschaffen, denn ohne eine solche konnte man den Verwundeten nicht fortschaffen.

Gräfin Theas Unruhe war auf das Unerträglichste gesteigert worden, als die Schreckensbotschaft eintraf. Einen Moment wankte die alte Dame, und Grill sprang erschrokken heran, um sie zu stützen. Aber nur einen Augenblick währte diese Schwäche, dann lief die unglückliche Mutter, wie sie ging und stand, in die Nacht hinaus. Grill folgte ihr wie ein treuer Schatten.

Gräfin Theas Morgenrock schleifte auf dem nassen Boden – sie achtete nicht darauf. Ihre grauen Flechten hatten sich gelöst, lose Haarsträhnen fielen über ihr entsetzensstarres Gesicht. Atemlos hastete sie vorwärts. Als sie bei der stumm und erschüttert um den Verunglückten dastehenden Gruppe anlangte, machte man ihr ehrfurchtsvoll Platz.

Schweigend, wie zerbrochen, sank sie neben dem fast leblosen Körper ihres Sohnes in die Knie, und dann stöhnte sie auf. Ein einziges Mal nur, aber der ganze furchtbare Schmerz ihres gemarterten Herzens kam in diesem qualvollen Laute zum Ausdruck.

Die ausgesandten Helfer kamen mit der improvisierten Tragbahre herbei. Die Zähne fest zusammengebissen, ein Bild versteinerten Jammers, half Gräfin Thea selbst mit, ihren Sohn darauf niederzulegen. Sie schritt dicht neben ihm, als sich der Zug in Bewegung setzte, und auf dem kurzen Wege bis zum Schloß litt sie tausendfältig die Schmerzen ihres Sohnes mit. Ihr Kleid war mit Blut besudelt, sie hatte nicht darauf geachtet, daß sie in eine Blutlache getreten war, als sie neben ihrem Sohne niedersank.

Es war ein trauriger Zug, der sich schweigend dem Schlosse nahte.

Im Schlafzimmer des Grafen war inzwischen alles zur Aufnahme des Verwundeten vorbereitet worden. Man legte ihn sorgsam auf das Bett. Die Leute schlichen stumm und betreten hinaus, nur Grill und der Hausmeister blieben im Zimmer. Eigenhändig wusch Gräfin Thea mit zarter Sorgfalt das Blut von dem Antlitz ihres Sohnes. Sie vergaß sich selbst und ihren Jammer im Bestreben, ihm wohlzutun, ihm etwas Liebe zu erweisen.

Bange, martervolle Minuten, die sich zu Ewigkeiten dehnten, vergingen, bis der herbeigeholte Arzt eintraf.

Dann gab es ein geschäftiges Treiben. Der Arzt waltete seines Amtes. Grill war halb ohnmächtig und nicht imstande, zu helfen, so gern sie es getan hätte. Aber die Gräfin hielt sich wie eine Heldin. Sie wich nicht aus dem Zimmer und verrichtete mit zusammengebissenen Zähnen alle die kleinen Dienste, die der Arzt verlangte. Mit ihrer und des Hausmeisters Hilfe wurde der Verwundete untersucht und verbunden.

Sie sprach kein Wort, fragte nicht und weinte nicht, aber ihre Augen forschten voll brennender Unruhe in dem ernsten Gesicht des Arztes. Und als dessen Miene immer düsterer wurde, ahnte sie, daß ihr das Schlimmste noch bevorstand.

Grill hatte, ehe sie hinausging, gefragt, ob sie Lothar wecken und herbeirufen sollte. Schaudernd hatte Gräfin Thea den Kopf geschüttelt. Diesen gräßlichen Anblick wollte sie ihrem Enkel ersparen, wenn es möglich war. Bis zum Schluß hielt die arme Mutter tapfer aus, aber als dann die Untersuchung zu Ende war, die Verbände angelegt waren, und als ein leises Stöhnen sich über die Lippen ihres Sohnes rang, brach sie kraftlos in einem Sessel neben dem Bett zusammen.

Der Arzt flößte ihr ein Glas Wein ein, und sie erholte sich schnell. Dann bot er ihr den Arm und führte sie in das Nebenzimmer mit einem bezeichneten Blick auf den Kranken. Er gab dem Hausmeister durch einen Wink zu verstehen, daß er den Verwundeten bewachen sollte, bis er zurückkam. Drüben führte er die Gräfin Thea zu einem Sessel. Sie sah zu ihm auf mit einer qualvollen Frage in den Augen.

„Die Wahrheit, Herr Doktor, die Wahrheit!"

Lallend rangen sich die Worte von ihren Lippen.

„Er lebt", sagte der Arzt mit heiserer Stimme. Was er zu sagen hatte, wurde ihm schwer den leidvollen Mutteraugen gegenüber.

„Und?"

Der Arzt zögerte noch immer.

„Die Wahrheit, ich will die Wahrheit", sagte sie noch einmal und krampfte die Hände um die Sessellehne.

Da trat der Arzt an ihre Seite, um sie zu stützen.

„Beten Sie, Frau Gräfin, beten Sie – daß er nicht am Leben bleibt."

Da fiel das Haupt der alten Dame wie leblos zurück. Aber mit übermenschlicher Anstrengung zwang sie sich wieder empor.

„Tot – oder Krüppel. Nicht wahr?" fragte sie leise mit den blassen Lippen, kaum verständlich die Worte formend.

Der Arzt nickte: „Schlimmer noch – das Hirn ist verletzt."

Da erhob sie sich langsam und wollte wieder hinüber. Er hielt sie zurück.

„Legen Sie erst dieses Kleid ab, Frau Gräfin. Er wird vielleicht bald zum Bewußtsein kommen. Ich gehe inzwischen hinüber und lasse Sie sofort rufen, wenn er zu sich kommt."

Grill hatte schon ein anderes Gewand zurechtgelegt. Mit bebenden Händen half sie ihr beim Umkleiden. Gräfin Thea ließ sich kaum Zeit, das Haar festzustecken. Dann eilte sie wieder hinüber.

Graf Joachim lag bleich mit geschlossenen Augen auf seinem Lager. Mühsam hob sich die Brust in schweren Atemzügen, und zuweilen stöhnte er auf.

Seine Mutter setzte sich an sein Bett und wandte die Augen nicht von den geliebten Zügen. Der Arzt beugte sich zu ihr herab.

„Ich habe ein Telegramm an Gräfin Susanne aufgeben lassen“, flüsterte er.

Sie sah zu ihm auf.

„Sie fürchten – schon so bald?“

Der Arzt sah ernst und voll Mitleid in ihren vergehenden Blick.

„Es könnte – ein schnelles Ende ist hier nicht ausgeschlossen. Beten Sie darum!“

Sie preßte die Hände an das Herz, um den Schmerzensschrei zu ersticken. Ihr Gesicht schien versteinert in Jammer und Leid.

Dann haftete ihr Blick wieder auf ihres Sohnes Antlitz. Keine Träne brachte ihr Linderung. Das tiefste Leid ist tränenlos. Aber eine Zaubermacht lag in den Mutteraugen. Sie riefen den Todwunden noch einmal ins Leben zurück.

Joachim schlug plötzlich die Augen auf. Sein Blick irrte suchend umher und traf dann den der Gräfin.

Jede Mutter ist wohl in solchen Augenblicken eine Heldin. Auch Gräfin Thea brachte es über sich, ihrem Sohn zuzulächeln. Aber er erkannte die Verzweiflung, die sich hinter diesem Lächeln verbarg.

„Mutter, meine Mutter“, sagte er matt.

Sie beugte sich über ihn, die Lippen lächelten noch immer – aber die Augen brannten vor Leid.

„Mein Joachim, mein geliebter Sohn – sprich nicht – liege ganz still.“

Er sann eine Weile nach, schien zu überlegen, was geschehen war. Ein Gefühl, als sei sein Geist nicht im Zusammenhang mit seinem Körper, beherrschte ihn. Aber trotzdem erkannte er mit unheimlicher Schärfe seinen Zustand. „Ah – jetzt weiß ich – der Baum – ich konnte nicht mehr ausweichen – Fafner scheute – wie steht es mit Fafner?“ Die Sorge um sein Pferd schien ihn zu bedrücken.

„Er ist wohl und munter – im Stall“, sagte die Gräfin lächelnd. Es war eine jener frommen Lügen, die Wohltaten bergen.

„Das ist gut – ah – und da – Herr Doktor – bitte.“

Der Arzt trat näher.

„Wie lange noch – Doktor?“ fragte er fest und klar.

Er sah den Doktor mit großen Augen an, als sich dieser über ihn beugte.

„Herr Graf –“

Joachims Augen zuckten unruhig.

„Ehrlich, Doktor – ich bin kein altes Weib.“

Der Arzt atmete gepreßt.

„Wo Leben ist – ist Hoffnung“, sagte er leise.

Joachims Blick erhielt etwas Starres. Aber dann lächelte er wehmütig.

„Also das Ende – arme Mutter.“

Er lag eine Weile mit geschlossenen Augen. Gräfin Thea saß mit zusammengepreßten Händen wie leblos da und sah ihn an.

Gleich darauf hob der Verwundete wieder den Blick.

„Doktor – ich habe noch – etwas zu regeln – es ist notwendig. Haben Sie etwas – nur eine Stunde noch Kraft und Klarheit – dann geben Sie es mir – bitte.“

Der Arzt verstand ihn. Er entnahm seinem Besteck ein Fläschchen und zählte einige Tropfen in einen Löffel. Die reichte er dem Kranken. Dieser dankte mit einem Blick.

„Nun lassen Sie mich, bitte, allein – mit meiner Mutter.“

„Ich bleibe in der Nähe, wenn Sie mich brauchen. In einer Stunde kann ich Ihnen diese Tropfen noch einmal geben“, sagte der Arzt und ging hinaus.

Nun waren sie allein, Mutter und Sohn.

Joachim sah seine Mutter eine Weile stumm an. Dann bat er leise:

„Nicht lächeln, Mutter – dein Lächeln tut mir weh.“

Die Gräfin brach in die Knie und küßte ihm die Hand. Dann legte sie einen Augenblick ihr Haupt mit geschlossenen Augen neben das seine. Joachim atmete schwer.

„Fasse dich, Mutter – sei stark – du hast schon so viel für mich getan – nun auch noch das. Ich brauche deine Hilfe, Mutter – du mußt gutmachen – was ich verbrochen. – Wolltest immer wissen, was mich verändert hat. – Die Schuld – Mutter – die Schuld – jetzt will ich beichten – du wirst verzeihen – du – gute Mutter – du wirst gutmachen.“

Die Gräfin hob den Kopf und sah ihn an.
„Sprich nicht, wenn es dir Schmerzen macht", bat sie flehentlich.
„Nein, nein – eine Wohltat – ich muß – sonst ist es zu spät. Versprich mir – daß du gutmachen willst – bitte."
„Ich verspreche es dir, mein Sohn, daß ich alles tun werde, was du von mir verlangst."
Ein tiefer Atemzug hob seine Brust. Dann fragte er leise:
„Wo ist der Rock, den ich trug – in der Brusttasche steckt ein kleiner Schlüssel."
„Der Schlüssel liegt schon bei den anderen Sachen, wir haben alles aus der Tasche genommen."
„Nimm den Schlüssel, Mutter, und geh hinüber ins Nebenzimmer. In meinem Schreibtisch links oben ist ein Fach. Öffne es mit diesem Schlüssel und bring mir die kleine Kassette, die du dort findest."
Gräfin Thea erhob sich und ging, seinen Wunsch zu erfüllen. Mit der Kassette in der Hand kehrte sie zurück. Joachim öffnete sie mit einem Druck auf eine Rosette und nahm ein Etui heraus. Das reichte er seiner Mutter.
„Öffne es", bat er.
Sie tat es und sah verständnislos auf ein kostbares Halsband, welches mit Brillanten von seltener Schönheit besetzt war. „Das Halsband – es ist – wie sonderbar – wie kommt es in diese Kassette?" stammelte sie betroffen.
Er faßte wieder in die Kassette und zog ein Schriftstück hervor. Das gab er seiner Mutter, sie mit brennenden Blikken betrachtend.
„Öffne – und lies – es erklärt alles – ich brauche dann nicht mehr viel zu reden."
Gräfin Thea las die Aufschrift:
„An meine Mutter, Theodora Gräfin Wildenfels, geb. Gräfin Solnau. Nach meinem Tod zu öffnen."
Die alte Dame brach in den Sessel nieder und öffnete mit zitternden Händen das Schreiben.
Während sie las, sah Joachim unverwandt in ihr Gesicht. Er sah das Erschrecken in ihren Zügen, sah Blässe

und Röte darüber hinjagen, und ein tiefer Seufzer entfloh seinen Lippen. Da blickte sie auf und faßte seine Hand.

„Mein Sohn – mein armes, liebes Kind“, sagte sie erschüttert.

Seine Augen strahlten auf.

„Du verdammst mich nicht, Mutter, wendest dich nicht voll Abscheu von mir?“ fragte er leise.

Sie beugte sich hernieder zu ihm und küßte ihn mit zukkenden Lippen.

„Wenn du Schuld auf dich geladen hättest, tausendfach größer als diese – ich würde dich nicht verdammen. Eine Mutter kann alles verzeihen. Ach, wärst du doch früher voll Vertrauen zu mir gekommen. Ich hätte dir tragen helfen, hätte mit dir zusammen gutzumachen versucht.“

Er seufzte wieder tief auf.

„Ich konnte nicht, Mutter. Immer hoffte ich, selbst zum Ziel zu kommen. Seit fünfzehn Jahren habe ich alles versucht – erfolglos – es ist, als wären sie vom Erdboden verschwunden. Aber vielleicht hast du nun mehr Glück. Nicht wahr, du versprichst mir, nach ihnen zu suchen und mein Unrecht gutzumachen?“

Er faßte ihre Hand und sah ihr mit brennenden Augen ins Gesicht.

„Ich verspreche es dir, mein Sohn. Nicht ruhen und rasten will ich, bis ich deine Schuld gesühnt habe.“

„Dank, heißen Dank, meine Mutter. Und nicht wahr – wenn du sie, glücklicher als ich, gefunden hast – und wenn du Annie noch einmal im Leben gegenüberstehst – dann sage ihr – ich habe sie geliebt – wie ich nie zuvor und nachher ein Weib geliebt habe. Du hast sie gekannt, Mutter – aber du weißt nicht, welch feine stille Seele sie war. Damals – ja – damals war ich glücklich – drunten am See – als ich sie im Arm hielt. Wie sie zitterte, Mutter – wie sie mich ansah mit den lieben, guten Augen. Damals vergaß ich alles – Vaters Strenge – meinen Namen, meine Geburt – ich war nichts als ein glücklicher Mensch. Und dann – dann habe ich sie selbst hinausgetrieben – vielleicht in Not und Elend – das hat an mir gezehrt – mehr als alles andere.“

Er schwieg erschöpft und schloß die Augen einen Moment.

Seine Mutter sah mit heißem Erbarmen und unendlicher Liebe in sein Gesicht und streichelte seine Hand.

„Da konntest du freilich nicht glücklich werden mit Susanne. Auch wenn sie eine andere gewesen wäre, hätte es dir nichts geholfen."

„Nein – in meinem Herzen lebt Annies Bild – und es wird bis zum letzten Atemzug in mir leben. Daß Susanne kalt und hochmütig war, hat mir das Leben mit ihr eher erleichtert. Sie forderte nichts, was ich nicht geben konnte. Eine Fremde ist sie mir geblieben – Vater hatte wahrlich gut für mich gewählt."

Die letzten Worte klangen unendlich bitter.

„Verzeihe deinem Vater, Joachim. Er hat dein Bestes gewollt. Wenn er geahnt hätte, wohin er dich mit seiner Strenge getrieben, er würde manches anders gemacht haben. Aber nie hätte er seine Einwilligung gegeben zu deiner Verbindung mit Annie Horst. Er war in dieser Beziehung noch strenger als in jeder anderen."

„Und du, Mutter? Hättest du eingewilligt, wäre dir das bürgerliche Mädchen als Schwiegertochter willkommen gewesen?"

Gräfin Thea sah mit leidvollen Augen zu ihm nieder.

„Dein Glück hätte mir mehr gegolten als törichte Standesvorurteile."

Ein schattenhaftes Lächeln huschte um seinen Mund.

„Dann wirst du sie auch an dein Herz nehmen, wenn du sie findest. Denk immer daran, Mutter – was du ihr Gutes tust, das tust du mir. Und alle Liebe, die du ihr erweisest, wird eine Schuld geringer machen."

„Sei ruhig, Joachim. Wie eine Tochter soll sie mir sein, das gelobe ich dir mit einem heiligen Eid."

Er atmete auf, wie von schwerer Last befreit.

„Heißen Dank. Nun kann ich ruhig meine Augen schließen – für immer."

„Joachim!"

Es war ein herzzerreißender Klang in diesem einen Wort.

Er sah matt zu ihr empor.

„Klage nicht, Mutter. Gönne mir die Ruhe. Ich habe furchtbar gelitten."

Müde schloß er die Augen. Sein Gesicht nahm einen seltsamen Ausdruck an.

Die Gräfin rief entsetzt nach dem Arzt, nachdem sie das Halsband und das Schreiben wieder in der Kassette geborgen hatte. Der Arzt flößte dem Verwundeten noch einmal die belebenden Tropfen ein. Seine Augen öffneten sich wieder und wurden klarer.

„Hole mir Lothar, Mutter. Nicht wahr, Doktor, es ist Zeit zum Abschiednehmen?"

Der Arzt antwortete nicht, er sah nur still und ernst in seine Augen.

Gräfin Thea war hinausgeeilt. Leise trat sie in Lothars Schlafzimmer und weckte ihn.

„Lothar, mein lieber Junge, komm, werde munter. Steh auf."

Lothar setzte sich erstaunt im Bett empor und rieb sich die Augen.

„Was ist denn, Großmama, es ist noch ganz dunkel. Warum soll ich aufstehen?"

„Komm schnell, mein liebes Kind. Und sei recht tapfer und ruhig. Dein armer Papa ist krank. Weißt du – erschrick nicht – er ist gestürzt – mit Fafner. Und nun möchte er dich sehen."

Mit einem Ruck war Lothar aus dem Bett. Sein frisches Gesicht war blaß geworden, und die Augen blickten erschrocken.

„Großmama, sag es mir, ist es sehr schlimm?"

„Ja, Lothar."

In fliegender Hast warf Lothar einige Kleidungsstücke über. Seine Großmutter half ihm mit zitternden Händen. Und dann schritten sie, eng umschlungen, hinüber in das Krankenzimmer.

Ehe sie eintraten, flüsterte die Gräfin: „Bleibe recht ruhig, Lothar. Stark mußt du sein, damit du Papa nicht noch mehr Herzeleid machst."

Er schluckte tapfer die Tränen hinunter. „Ich weine

ganz gewiß nicht, Großmama", sagte er mit bebender Stimme.

Und er hielt Wort, der kleine Mann. So sehr er erschrak beim Anblick seines Vaters, er ließ die Tränen nicht heraus, die ihn im Halse würgten.

Graf Joachim sah mit umflorten Augen auf seinen Sohn. Der Abschied von ihm war das Schwerste. Er legte seine Hand auf das junge Haupt.

„Sei stark und fest, mein Sohn und treu dir selbst. Gott segne dich", sagte er eindringlich, wie beschwörend.

Der Arzt hatte das Zimmer verlassen als Lothar mit seiner Großmutter eintrat. Der Knabe küßte des Vaters segnende Hand.

„Papa – lieber Papa – du wirst wieder gesund! Du mußt, Papa – du mußt!" brach es angstvoll über seine Lippen.

Eine Träne schimmerte in Graf Joachims Augen.

„Mein lieber Junge – geliebtes Kind", murmelte er, und der Schmerz, von seinem Kinde fort zu müssen, übermannte ihn. Dann faßte er sich und wandte sich seiner Mutter zu.

„Wenn du das Werk nicht vollenden kannst, Mutter – dann soll Lothar alles wissen – dann soll er – gutmachen. Bewahre meine Aufzeichnungen – für ihn – wenn es sein muß."

Sie beugte sich über ihn und küßte seine Augen.

„Dein Wille soll geschehen – und sei ruhig – wir werden sie finden – und alles sühnen – alles", flüsterte sie.

Der Arzt trat leise wieder ein. Ein Blick in Joachims Gesicht verriet ihm, daß das Ende nahe sei. Er gab der Gräfin, auf Lothar zeigend, einen Wink.

Sie verstand und faßte erschreckt nach Lothar. Joachim schien bewußtlos. Liebevoll führte sie Lothar bis zur Tür.

„Gehe in dein Zimmer, mein Kind. Ich komme nachher zu dir. Papa muß jetzt Ruhe haben."

Gehorsam ging Lothar hinaus. Sie sah ihm nach mit starrem Blick.

Er soll seinen Vater nicht sterben sehen, dachte sie erschauernd.

Dann trat sie wieder an das Bett ihres Sohnes. Er war in einen lethargischen Zustand verfallen. Der Arzt zählte den Puls und trat mit ernstem Gesicht zurück. Noch einmal schlug Joachim die Augen auf.

„Mutter!“

Sie beugte sich über ihn.

„Mein Sohn?“

Er lächelte.

„Annie – süßes blondes Kind – wie golden dein Haar – wie ich dich liebe – du bist mein Sonnenstrahl“, flüsterte er.

Und dann klärten sich noch einmal seine Sinne.

„Mutter – meine Mutter – Lothar und du – ihr beide – ach – schuldlos sein – schuldlos und Annie – Annie –“

Er brach ab, ein langer, schmerzlicher Seufzer, das Auge brach. Graf Joachim war tot.

Gräfin Thea drückte ihm mit sanfter Hand die Augen zu, dann sank sie ohnmächtig neben dem Bett nieder, ohne einen Laut. Bis zu diesem letzten Liebesdienst hatte ihre Kraft ausgereicht. Nun war sie zu Ende damit.

4

Gräfin Susanne fand das Telegramm, welches ihr den Unfall ihres Gatten meldete und sie heimrief, bereits im Hotel vor, als sie in Ostende ankam. Mehr ärgerlich als betrübt gab sie ihrer Zofe und ihrem Diener Befehl, alles zur Heimreise zu rüsten.

Es blieben ihr bis zur Abfahrt des nächsten Zuges einige Stunden Zeit. Sie nahm zur Erfrischung ein Bad, frühstückte und schrieb an ihre Bekannten, daß sie sofort wieder abreisen müsse.

Müde und verdrießlich saß sie am Fenster und schaute hinaus auf das Meer. Unten herrschte schon reges Leben. Susanne begriff nicht, daß alle Menschen so vergnügt aussahen. Sie konnte im Schlafwagen nicht rechte Ruhe finden. Und nun hatte sie die anstrengende Reise gemacht, um sofort wieder heimzukehren. Wieder stand ihr eine lange Bahnfahrt bevor. Und dann zu Hause, was erwartete sie da? Ein schwerer Unfall – so hatte der Arzt gemeldet. Da konnte sie möglicherweise den ganzen Sommer in Wildenfels sitzen und Krankenpflegerin spielen. Brrr – sie schüttelte sich. Kranke Menschen waren ihr widerwärtig, sie mied sogar das Krankenzimmer, wenn ihr Sohn das Bett hüten mußte. Während seiner Krankheiten hatte sie ihm immer nur kurze Pflichtbesuche abgestattet.

Was mochte nur geschehen sein? Solche Telegramme waren entsetzlich. Man hätte Rücksicht darauf nehmen müssen, daß sie erst die weite Reise hinter sich hatte. Kehrte sie aber nicht sofort zurück, dann war ihre Schwiegermutter sicher wieder gekränkt und beleidigt.

Sie las die Depesche noch einmal durch. „Graf Joachim von schwerem Unfall betroffen. Zustand bedenklich. Sofortige Rückreise dringend erwünscht. Dr. Kreuzer." Nervös nagte sie an der Unterlippe. Diese Nachricht hätte etwas weniger im Depeschenstil gehalten sein sollen. Dieser Dr. Kreuzer war sehr kurz angebunden. Ihre Schwiegermutter hätte wohl dafür sorgen können, daß man ihr ausführliche Nachricht gab. Aber die war natürlich kopflos vor Schreck. Wenn ihrem Sohn oder Lothar nur ein Finger weh tat, war sie schon außer sich.

Ärgerlich, zu ärgerlich. Hier in Ostende hätte es so amüsant werden können.

Sie erhob sich und trat vor den Spiegel. Aufmerksam betrachtete sie ihr schönes, regelmäßiges Gesicht. Ihr Teint war noch frisch und zart wie bei einem jungen Mädchen, obwohl sie schon im dreiunddreißigsten Jahre stand. Keinerlei seelische Erregungen hatten in diesen glatten Zügen Runen hinterlassen. Hätten die etwas zu hellen, blauen Augen nicht so kalt und seelenlos geblickt, Susanne wäre eine vollkommene Schönheit gewesen.

Mit beiden Händen umspannte sie ihre Taille und zog an dem elegant sitzenden Reisekleid. Schade, daß sie nun um die Seebäder kam, die ihr immer so gutgetan hatten. Man mußte etwas tun, um die jugendliche Schlankheit zu bewahren. Ihre Mutter war im Alter zu stark geworden. Soweit durfte es bei ihr nie kommen.

Sie drehte sich hin und her und stieß einen leisen Seufzer aus. Ohne sich zu schmeicheln, mußte sie sich gestehen, daß sie nicht älter aussah als fünfundzwanzig Jahre. Aber freilich, ihr großer Sohn kompromittierte sie. Er verriet ihr wahres Alter.

Sie ließ sich wieder nieder und seufzte von neuem. Ihre herrlichen Pariser Toiletten fielen ihr ein. Die durfte sie nun am Ende nur in Wildenfels tragen – zur Erbauung für die Krautjunker der Umgegend, oder, wenn es hoch kam, für die paar Besuche in der Kreisstadt. In Ostende wären sie ganz anders zur Geltung gekommen.

Ärgerlich – zu ärgerlich!

Gräfin Susanne ahnte nicht, daß sie schon am nächsten Tage würde Trauerkleider anlegen müssen.

Als sie in Wildenfels ankam, empfing sie eine seltsame Stille. Der Wagen war am Bahnhof, aber weder der Kutscher noch der Lakai hatten ihr gesagt, was geschehen war. Und sie liebte es nicht, sich mit ihren Leuten zu unterhalten.

Eben empfing sie der Hausmeister in bedrückter, feierlicher Haltung, und in der Halle kam ihr Gräfin Thea, bleich wie der Tod und im schwarzen Gewand, entgegen.

„Mein Gott, Mama – was ist geschehen?" rief sie nun doch ernstlich erschrocken.

Gräfin Thea fühlte in diesem Augenblick mehr denn je, daß Susanne ihren Sohn nie geliebt hatte und daß sie mit der Trauerkunde keine tiefen, unheilbaren Wunden schlagen würde. Darum sparte sie sich eine lange Vorbereitung.

Sie öffnete stumm die Tür zu dem kleinen Empfangssalon und lud Susanne zum Eintreten ein. Als sie allein waren, sagte Gräfin Thea mit tonloser Stimme:

„Joachim ist diese Nacht gestorben."

Susanne zuckte zusammen und verfärbte sich ein wenig.

„Tot – Joachim tot – nein, das kann ja nicht sein", stammelte sie.

Die alte Dame berichtete kurz, sich mühsam die Worte abzwingend, was geschehen war.

Susanne war in einen Sessel gesunken und starrte betroffen in das grausam veränderte Gesicht ihrer Schwiegermutter. In diese Züge hatte das Leid Runen gezeichnet. Gräfin Thea war bisher eine stattliche Frau gewesen, der man nicht anmerkte, daß sie am Ende der Fünfzig stand. Diese eine Nacht hatte sie um Jahre altern lassen. Als sie zu Ende war mit ihrem Bericht, seufzte Susanne auf.

„Wie furchtbar – wie entsetzlich, Mama!"

Ein paar Tränen rannen über ihre Wangen. Sie trocknete sie umständlich mit dem feinen Spitzentuch.

Gräfin Thea hatte keine Tränen. Ihre Augen blickten erloschen und leblos. Ihres Lebens höchstes Gut war ihr auf grausame Weise entrissen worden. Sie kam sich vor, als sei sie selbst gestorben, als weile nur noch ihr Schatten auf Erden.

Susanne faßte sich bald. Sie erhob sich und küßte ihrer Schwiegermutter die Wange.

„Wir müssen es zusammen tragen, Mama. Es ist sehr schmerzlich. Wenn ich das geahnt hätte, ich wäre zu Hause geblieben. Ich bin tief erschüttert."

Gräfin Thea erhob sich ebenfalls.

„Willst du ihn sehen? Ich führe dich zu ihm."

Susanne erschrak. Ihr graute vor allem, was mit dem Tod zusammenhing.

„Ist er – sehr verändert?" stieß sie angstvoll hervor.

Ein bitteres Lächeln huschte um den Mund der alten Dame.

„Hab keine Angst – er liegt wie im Schlafe – das Gesicht ist nicht entstellt. Aber wenn du dich scheust, so gehe nicht zu ihm."

Susanne zog nervös an ihrem Taschentuch.

„Später vielleicht – Mama – ich bin noch so namenlos erschüttert. Und ich möchte zu Lothar. Auch trage ich noch nicht einmal ein schwarzes Kleid. Schrecklich – wie konnte ich ahnen! Ich muß mir sofort einige Toiletten bestellen – ich werde kaum mehr als ein schwarzes Kleid in Vorrat haben. Schrecklich – furchtbar – wie konnte ich so Entsetzliches ahnen."

Sie fragte nicht: Hat er sehr gelitten – hat er an mich gedacht? Fremd und kühl stand sie dem Toten gegenüber wie dem Lebenden. Die Sorge um ihre Toiletten nahm sie weit mehr in Anspruch, als der Verlust ihres Gatten. Und nur das Grauen dem Toten gegenüber machte einigen Eindruck auf sie. Gräfin Thea sah ihr mit einem unbeschreiblichen Ausdruck nach, als sie schnell das Zimmer verließ.

Sie wird nicht daran zugrunde gehen – o nein – einige elegante Trauertoiletten werden ihr seelisches Gleichgewicht wiederherstellen, dachte sie bitter. Und dann barg sie das Gesicht aufstöhnend in den Händen.

„Mein Sohn – mein Joachim."

Sie erhob sich müde und schritt hinüber in den großen Saal, in dem man die Leiche Graf Joachims aufgebahrt hatte. Jede Minute, die sie erübrigen konnte, sollte ihm gehören, solange er noch nicht der Erde übergeben war.

Susanne suchte ihr Zimmer auf und vertauschte ihr Reisekleid mit einem schwarzen Kostüm. Dann schrieb sie eilig eine Depesche nieder an ein Modemagazin. Nachdem sie ihrer inzwischen eingetroffenen Jungfer noch allerhand Befehle erteilt hatte, ging sie hinüber in die Zimmer ihres Sohnes.

Lothar saß auf einem Sessel und hatte das Gesicht in den Armen vergraben, die auf einem Tische ruhten. Ein heftiges Schluchzen schüttelte seinen Körper. In Gegenwart seiner Großmutter hatte er sich beherrscht, jetzt, da er allein war, brach der ganze Jammer um den Verlust des geliebten Vaters mit Gewalt hervor. Er hatte seine Mutter nicht ankommen hören und auch nicht vernommen, daß sie bei ihm eintrat. Als sie ihre Hand auf seine Schulter legte, schrak er empor.

„Mama – ach Mama", schluchzte er auf und warf sich wieder über den Tisch.

Sie beugte sich über ihn.

„Nicht so fassungslos sein, Lothar. Man muß tragen, was das Schicksal bringt", sagte sie halb tröstend, halb ermahnend.

Lothar richtete sich jäh empor und sah sie vorwurfsvoll an.

„Ach du – du hast ihn wohl nicht so liebgehabt. Großmama und ich – wir beide sind so furchtbar traurig – wir hatten ihn so lieb, so sehr lieb. Mein armer, lieber Papa!"

In Susannes Gesicht stieg eine unmutige Röte über den etwas rebellischen Ton – und vielleicht auch im Bewußtsein, daß Lothar recht hatte. „Du hast ihn wohl nicht so liebgehabt." Das klang wie ein herber Vorwurf aus dem Munde ihres Kindes. Sie preßte die Lippen zusammen. Nein, sie hatte ihn nicht liebgehabt, hatte ihn nur geheiratet, weil es ihre Eltern so bestimmten, weil es unbedingt die vorteilhafteste Partie für die nicht sehr vermögende Aristokratin war, die ein glänzendes Leben liebte und das riesige Vermögen und den großen Besitz der Grafen Wildenfels wohl zu schätzen wußte. Aber auch er hatte sie nicht geliebt, auch er hatte sich nur dem Willen seines Vaters gefügt. Ein Schwächling war er gewesen, ein Schwächling, der ihr durch nichts imponiert hatte. Hätte sie ihm Liebe aufdrängen sollen, nach der er nie Verlangen gehabt? Nein, dazu war sie zu stolz. Und damit sprach sie sich frei. Der Vorwurf ihres Kindes konnte sie nicht tiefer berühren.

„Du darfst nie wieder so töricht sprechen, Lothar, sonst machst du mich böse. Heute will ich nicht streng mit dir rechten. Aber bedenke wohl, man darf seine Gefühle nicht zu Markte tragen." Lothar sah sie an mit einem Blick, als sähe er sie zum ersten Male. Und von dieser Stunde an grübelte er oft über das Wesen seiner Mutter nach und beobachtete sie forschend. Aber nie fand er eine Spur von Wärme und Seelengröße, von Güte und Herzlichkeit. Und deshalb schloß er sich um so inniger an seine Großmutter an.

Die Beisetzung des Grafen Joachim Wildenfels war vorüber. Susanne hatte dafür gesorgt, daß bei dieser Gelegenheit alle Pracht entfaltet wurde. Gräfin Thea hatte sich um nichts gekümmert, sie wich nicht von der Leiche ihres Sohnes, bis der Deckel des Sarges über ihm geschlossen wurde. Susanne hatte während der Beisetzung die rührendsten Posen eingenommen. Sie sah blendend schön aus in ihrer eleganten Trauertoilette, die das etwas farblose

Blond ihres Haares vorteilhaft hob. Und die kalten Augen erhielten durch die vergossenen Tränen einen weicheren Glanz. Es war sehr rührend anzusehen, wie sie nach der Feier ihre Schwiegermutter umfaßte und liebevoll stützend davonführte. Niemand ahnte, daß all ihr Tun nur auf die äußerliche Wirkung berechnet war. Niemand – nur Gräfin Thea fühlte die Lüge in Susannes Wesen. Aber sie zürnte ihr kaum. Susanne hatte Joachim nie geliebt, aber auch er hatte seiner Frau im Herzen fern gestanden. Immer klangen ihr die Worte im Ohre nach, die Joachim ihr über die blonde Annie Horst gesagt hatte: „Ich habe sie geliebt, wie ich nie vorher und nachher ein Weib geliebt habe." Und wenn ihre Gedanken einmal abirrten von dem geliebten Toten, dann befaßten sie sich mit dem Vermächtnis, das er ihr hinterlassen, und schweiften suchend in die Ferne – zu Annie Horst und ihren Angehörigen.

Sie hatte Annie gekannt – sehr gut. Sie war ein schönes, liebliches Geschöpf gewesen, voll Anmut und Jugendfrische, die Tochter des früheren Rendanten Horst. Aber nie hatte Gräfin Thea geahnt, daß zwischen Annie und ihrem Sohne Beziehungen bestanden. Wo mochte sie weilen – sie und ihre Angehörigen? Aus ihres Sohnes Aufzeichnungen hatte sie entnommen, daß sich der Rendant Horst damals mit seiner Familie nach Amerika eingeschifft, weiter von den Vereinigten Staaten nach Südamerika begeben hatte. Bis nach Venezuela hatte er ihre Spur verfolgt, dort hatte er sie verloren und trotz aller Mühe und Ausdauer nicht wiederfinden können. Einige Privatdetektive waren von ihm mit den Nachforschungen betraut worden, aber keiner hatte Erfolg gehabt. Nun sollte sie selbst weiterforschen – sie wollte es tun und nicht ruhen und rasten, bis sie ihres Sohnes Vermächtnis erfüllt und seine Schuld gesühnt hatte.

„Denk immer daran, Mutter – was du ihr Gutes tust, das tust du mir." So hatte er zu ihr gesagt, und diese Worte sollten all ihr Tun in Zukunft bestimmen.

„Großmama – liebe Großmama – hab mich lieb", bettelte eine zitternde Knabenstimme an ihrer Seite.

Sie schrak auf aus ihrem schmerzvollen Brüten und legte beide Arme in inniger Liebe um ihren Enkel.

„Lothar – mein liebes Kind – nun hab' ich nur dich noch auf der Welt."

Lothar umfaßte sie ungestüm.

„Großmama, du und ich, wir gehören einander", sagte er mit erstickter Stimme.

Sie blieben im Wohnzimmer der Gräfin Thea, während Susanne den Trauergästen die Aufwartung machte. Mancher unter den jüngeren, unverheirateten Herren sah mit besonderem Interesse auf die schöne, jugendliche Witwe. Sie war jetzt frei, und man wußte, daß die Grafen Wildenfels ein fürstliches Vermögen besaßen.

5

Scheinbar ging das Leben in Wildenfels seinen alten Gang. Der eigentliche Herr von Wildenfels war nun Lothar, aber bis zu seiner Volljährigkeit war er unter die Vormundschaft seiner Mutter gestellt.

Gräfin Thea und ihre Schwiegertochter hatten einige Konferenzen mit dem Rendanten und den Verwaltern. Es waren erprobte Leute, die in ihrem Amte verblieben. So würde alles seinen geregelten Gang gehen. Die Vermögensverhältnisse waren glänzend. Nicht nur, daß die ausgedehnten Güter bedeutende Einkünfte brachten, es lag auch ein großes Barvermögen in der Schatzkammer des Schlosses, wohlverborgen, in sicheren Papieren angelegt. Gräfin Thea besaß allein ein eigenes Vermögen von anderthalb Millionen Mark. Ihre Schwiegertochter hatte allerdings kein nennenswertes Heiratsgut eingebracht, aber als Witwe des Grafen Wildenfels bezog sie ein glänzendes Einkommen. Lothar würde einst der Herr eines ausgedehnten Besitzes und eines großen Vermögens sein. Aber damit begnügte sich Gräfin Susannes Ehrgeiz noch nicht. Sie strebte danach, ihren Sohn draußen in der großen Welt eine Rolle spielen zu sehen. Deshalb bestimmte sie, daß er sich der diplomatischen Karriere widmen sollte.

Es war ihr unangenehm, daß ihr verstorbener Gatte Wetzel für Jahre hinaus zum Lehrer Lothars bestimmt hatte. Wetzel war ihr zu selbstbewußt, seine aufrechte Art und sein freier Ton erschienen ihr zu demokratisch, sie hätte ihn gern von Wildenfels entfernt. Aber neben ihres Mannes Bestimmungen hielt ihn auch noch die Vorliebe ihrer Schwiegermutter, die „merkwürdig milde" über den „Demokraten" urteilte und ihn mehr, als nötig war, zur Familie hinzuzog.

Als Susanne ihr eines Tages sagte:

„Es ist mir unangenehm, in so intime Berührung mit dem Lehrer zu kommen", hatte Gräfin Thea mit ihrem unerträglich ruhigen Blick erwidert: „Ich meine im Gegenteil, wir müssen uns so familiär wie möglich mit ihm stellen, denn er hat Geist und Seele deines Kindes in seinen Händen – er darf uns nicht nur ein bezahlter Untergebener sein."

Damit war Susanne ein für allemal zum Schweigen gebracht. Aber im stillen war ihr der Mann sehr zuwider, weil er Lothar stets darauf hinwies, daß es viel mehr sei, ein guter, tüchtiger Mensch zu sein als ein Graf Wildenfels.

Es war eine Woche seit Graf Joachims Beisetzung vergangen, als die beiden Damen mit Lothar nachmittags den Tee auf der Terrasse einnahmen. Die Türen zu den vornehm ausgestatteten Räumen standen weit offen, um der warmen Sommerluft Einlaß zu gewähren. Sie mündeten alle auf die große Terrasse, welche die ganze Front des Schlosses begrenzte.

Die Damen sprachen nur wenig miteinander. Lothar hielt die Hand seiner Großmutter fest in der seinen und streichelte sie zuweilen, als müsse er sie trösten.

Susanne bemerkte es, aber es tat ihr nicht weh. Sie war nicht für Zärtlichkeiten.

Nach einer ziemlich langen Gesprächspause sagte Gräfin Thea plötzlich:

„Ich reise morgen vormittag nach Beburg, Susanne. Hast du irgend etwas zu besorgen?"

Susanne sah erstaunt auf.

„Du, nach Beburg, Mama, jetzt, mitten im Sommer?"

Gräfin Theas Stirn rötete sich ein wenig unter dem kalt forschenden Blick.

„Ja, ich habe einige Besorgungen zu machen", sagte sie ruhig.

„Nimm mich mit, Großmama", bat Lothar.

„Nein, mein lieber Junge, diesmal nicht. Ich habe auch nur zwei Tage dort zu tun."

„Soll ich dich begleiten, Mama? Du bist so angegriffen jetzt, es könnte dir etwas zustoßen", sagte Susanne eifrig. Eine Reise nach Beburg hätte immerhin einige Abwechslung gebracht.

„Nein, nein, Susanne, ich danke dir. Grill begleitet mich, das genügt. Ich fühle mich auch körperlich kräftig genug. Bleib du nur lieber bei Lothar."

„Mein Gott, Mama, er ist alt genug, um einmal ein paar Tage allein in Wildenfels zu bleiben", rief Susanne ärgerlich.

„Das wohl, Susanne. Aber bedenke, was jetzt Furchtbares auf ihn eingestürmt ist. Es ist mir lieber, du bleibst bei ihm."

„Ich hätte auch allerlei in der Stadt zu besorgen."

„Dann kannst du vielleicht reisen, wenn ich zurück bin."

Das war Susanne noch lieber. Sie war sehr zufrieden, daß sie nun einen Vorwand hatte, einige Zeit wegzufahren.

Nachdem die Damen den Tee eingenommen hatten, forderte Susanne ihren Sohn zu einem Spaziergang auf. Er erhob sich sofort artig. Aber dann umarmte er erst zärtlich Gräfin Thea.

„Willst du nicht mitkommen, Großmama?"

„Nein, Lothar, ich habe einiges vorzubereiten für die Reise!"

„Aber ich darf nachher zu dir kommen?"

„Gern, Lothar."

Mutter und Sohn schritten hinüber nach dem Park. Lothar unterhielt sich artig mit seiner Mutter, aber es war mehr die konventionelle Plauderei zweier Menschen, die einander fernstehen, nicht ein herzliches Gespräch zwischen Mutter und Sohn.

Gräfin Thea hatte sich hinaufbegeben in ihre Zimmer. Im Vorraum saß Grill, mit einer leichten Näharbeit beschäftigt.

„Bist du bald fertig, Grill?“ fragte die Gräfin.

Grill hob das gutmütige Gesicht und blickte ihre Herrin über die Brillengläser hinweg an.

„Nur noch ein paar Stiche. Haben Frau Gräfin einen Befehl für mich?“

„Ja, Grill. Wenn du fertig bist, komm herein zu mir.“

Sie betrat ihr Wohnzimmer. Grill sah mit besorgtem Ausdruck hinter ihr her und seufzte tief. Die treue Seele trug ihren Anteil am Leid ihrer geliebten und verehrten Herrin.

Eilig beendete sie ihre Arbeit an einem Garderobestück Gräfin Theas. Dann trug sie es hinüber in deren Ankleideraum und verwahrte es in einem der großen Wandschränke. Sorgsam entfernte sie ein paar schwarze Fädchen von ihrer Schürze und ging hinein in das Wohnzimmer.

Gräfin Thea saß an ihrem Schreibtisch, über dem das Bild ihres Sohnes hing. Sie hatte das Schmucketui vor sich liegen, welches sie der Kassette entnommen hatte, die ihr Graf Joachim in seiner Sterbestunde übergeben hatte. Die Kassette hatte sie noch in derselben Nacht in ihrem Schreibtisch verschlossen.

Als Grill eintrat, schrak Gräfin Thea aus tiefem Sinnen empor.

„Komm einmal her zu mir, Grill“, sagte sie erregt.

Grill tat, wie ihr geheißen wurde.

„Frau Gräfin befehlen? Mein Gott – sind Frau Gräfin nicht wohl?“

„Nur ein wenig unruhig und erregt, Grill. Du sollst gleich erfahren, warum.“

Sie sah empor in das treue Gesicht.

„Du bist alt geworden in meinen Diensten, liebe Grill, und warst mir immer treu ergeben. Weißt du noch, wie du vor vielen Jahren hierherkamst?“

Grill nickte. Die Augen wurden ihr feucht.

„Ich weiß es noch genau – es war auch so ein schöner klarer Sommertag. Frau Gräfin waren damals eine wunderschöne Dame, und der selige Graf Joachim trug ein weißes Kittelchen mit einem breiten Spitzenkragen. Er lachte mich freundlich an, und Frau Gräfin waren so gütig, daß ich mir gleich ein Herz faßte."

Gräfin Thea nickte wehmütig.

„Ja – damals waren wir jung und hoffnungsfroh und wußten nichts von dem, was uns die Zukunft brachte. Nun, wir haben auch glückliche Tage zusammen verlebt, so müssen wir auch die unglücklichen mit Würde tragen."

Grill zog schnell die Hand der Gräfin an ihre Lippen. Eine Träne fiel darauf nieder. Sie wischte sie hastig mit der Schürze ab.

„Laß die Träne, gute Grill, ich weiß, sie kommt aus redlichem Herzen. Alte treue Seele, ich hoffe, der liebe Gott läßt dich mir bis zu meinem Ende. Aber ich wollte von etwas anderem mit dir reden. Grill – kannst du dich noch an den Rendanten Horst besinnen?"

Grill nickte lebhaft.

„Ganz genau, Frau Gräfin – ganz genau. Er war ein aufrechter, stattlicher Mann und hatte eine liebe freundliche Frau. Und das Töchterchen erst, das Fräulein Annie. – Das war ein schönes Mädchen, so ein liebes goldiges Ding."

Die Gräfin nickte.

„Ein süßes, blondes Kind."

Grill war durch den Zwischenruf verstummt und sah nun ein wenig unbehaglich aus.

„Frau Gräfin verzeihen – ich – ich sollte wohl nicht so von den Leuten sprechen. Ich hatte fast vergessen, was mir meine Frau Gräfin damals anvertraut hatten. Kein Mensch hat es ja von Herrn und Frau Gräfin mehr erfahren, als mein seliger Grill und ich. Wir haben es auch keinem Menschen weitergesagt, obwohl sich alle wunderten, daß der Rendant mit seiner Familie so schnell von Wildenfels fort mußte. Es war auch gar so schwer, etwas Schlimmes zu glauben von dem Rendanten. Aber freilich, es mußte wahr sein. Und unser alter hochseliger Herr Graf war kein ungerechter Mann, wenn er auch sehr streng sein konnte. Ein anderer hätte wohl noch schlimmere Strafe über den Rendanten verhängt."

Gräfin Thea hatte den Kopf in die Hand gestützt und seufzte tief auf.

„Erzähle mir einmal, wie es kam damals, daß wir das Halsband vermißten. Ich kann mich nicht mehr so recht besinnen", sagte sie leise.

„Oh, ich weiß es noch ganz genau. Frau Gräfin hatten das Halsband einige Wochen vorher getragen und, da es ein bißchen eng war, Kopfweh davon bekommen. Sie klagten darüber, als ich es abnahm und zu den übrigen Schmucksachen legte. Ich weiß es noch ganz genau, der hochselige Graf Joachim waren zugegen und Frau Gräfin sagten ärgerlich: ‚Nie wieder trage ich dies dumme Halsband, das mir soviel Unbehagen schafft.' Nachher haben es Frau Gräfin selbst mit den übrigen Schmucksachen in das Rentamt getragen, damit es verschlossen wurde in den eisernen Schrank. Einige Wochen später sagten Frau Gräfin zu mir: ‚Grill, es ist ärgerlich, daß ich das Halsband nicht mehr tragen soll, ich mag es sonst so gerne. Weißt du, ich werde es mir weiter machen lassen. Vielleicht kann der Juwelier etwas einsetzen. Geh zum Herrn Rendanten und bitte es dir aus.' Ich ging sofort ins Rentamt und richtete dem Rendanten den Auftrag der Frau Gräfin aus. Frau Gräfin können mir glauben, er war nicht die Spur verlegen, machte noch sein Späßchen mit mir und schloß den Schrank auf. Aber das Halsband war verschwunden. Wir suchten den ganzen Schrank durch – vergeblich. Ich gehe also zurück und melde es Frau Gräfin. Gleich darauf kam Rendant Horst selbst, bleich und aufgeregt. Ich mußte den Herrn Grafen holen und hörte von draußen erregte Stimmen. Der Herr Graf ging dann mit hinüber ins Rentamt. Da sind alle die Schlösser genau untersucht und noch einmal das unterste zu oberst gekehrt worden. Aber das kostbare Halsband blieb verschwunden. Es hatte wohl an die fünfzigtausend Mark gekostet. Da nun kein Einbruch vorliegen konnte und nur der Herr Graf und der

Rendant Schlüssel hatten, so bestand kein Zweifel mehr, daß der Rendant Horst das Halsband entwendet hatte. Und er mußte fort, der Herr Graf meinten, in einem solchen Amt könne er nur einen Mann gebrauchen, der über jeden Zweifel erhaben sei. Na ja – das muß wohl auch sein. Aber lieber Gott – ehrlicher als der Rendant Horst hat nie ein Mensch ausgesehen."

Gräfin Thea hatte schweigend, den Kopf in die Hand gestützt, zugehört. Nun hob sie das blasse Gesicht langsam empor, es war starr und schmerzzerrissen. Sie faßte der Dienerin Hand.

„Grill – Rendant Horst ist auch, allem Schein zum Trotz, ein ehrlicher Mann gewesen. Da – schau her."

Sie öffnete mit zitternden Händen das Etui und hielt es ihr hin.

Grill stieß einen leisen Schrei aus.

„Das Halsband – Frau Gräfin – meiner Seel – das ist ja das verschwundene Halsband!"

Die Gräfin nickte und sah mit gramvollen Augen auf das blitzende Geschmeide.

„Ja, Grill – das verschwundene Halsband. Horst ist zu Unrecht aus seinem Dienst entlassen worden. Ich" – sie zögerte einen Augenblick und ihr Gesicht rötete sich – „ich selbst bin schuld daran. In der Zerstreuung legte ich wohl das Halsband hier in das schmale Fach meines Schreibtisches, das ich sonst nie benutze, und trug nur die übrigen Schmucksachen in das Rentamt. Durch einen Zufall entdeckte ich es heute – nach mehr denn fünfzehn Jahren. Grill – kannst du dir nun meine Erregung erklären? Horst wurde unschuldig entlassen. Ich sehe noch, wie er mit seiner weinenden Frau und Tochter das Rentamt verließ. Er schritt aufrecht und stolz – mein Mann nannte es im Zorn ‚verstockt'. Und die blonde Annie – ach Grill – sie war so blaß und traurig und sah sich mit einem verzweifelten Blick noch einmal um – so – als warte sie noch auf – auf Hilfe in der Not – ach Grill!"

Sie lehnte sich mühsam atmend mit geschlossenen Augen zurück. Tränen quollen zwischen den Lidern hervor. Die fromme Lüge war ihr schwerer geworden, als sie selbst geglaubt hatte. Und zugleich kam ihr mit aller Macht die Erinnerung wieder an die letzte Stunde ihres Sohnes und an sein leidvolles Leben.

Grill beugte sich erschrocken über sie.

„Frau Gräfin sollten sich beruhigen. Ein Irrtum kann jedem Menschen begegnen – und das läßt sich wohl auch noch gutmachen. Zum Glück ist ja der Herr Rendant vor Gericht nicht angeklagt worden, und sonst hat niemand etwas erfahren."

Gräfin Thea trocknete hastig die Tränen und richtete sich auf. „Ja, Grill, gutmachen will ich. Nicht wahr, das kannst du mir nachfühlen?"

„Will ich wohl meinen. So gut wie Frau Gräfin sind, werden Frau Gräfin sonst keine ruhige Stunde mehr haben. Aber, wo mag Horst mit seiner Familie jetzt leben? Ich glaube, er ist damals nach Amerika gegangen, weil er fürchtete, hier keine Stelle wieder zu bekommen. Frau Horst hat mir eine Andeutung gemacht, daß sie sich in Amerika eine Farm kaufen wollten von ihren Ersparnissen."

Gräfin Thea erhob sich und ging im Zimmer unruhig auf und ab.

„Ich muß sie finden, Grill. Und deshalb will ich morgen nach Beburg reisen. Du sollst mich begleiten. Aber nicht ein Wort darfst du von alledem verraten. Siehst du, Grill, in Beburg gibt es nun einen berühmten Privatdetektiv, ich habe kürzlich erst von ihm gehört. Den will ich sprechen und ihn beauftragen, Horsts Aufenthalt zu ermitteln. Ich habe Wunderdinge von diesem Mann gehört. Meinst du nicht auch, daß es ihm gelingen wird, Horst aufzufinden?"

„Wenn er noch am Leben ist, wird er ihn hoffentlich entdecken."

„Und wenn er nicht mehr am Leben wäre – so könnte ich alles an seiner Familie gutmachen. Ach, Grill, du ahnst nicht, wie ich mich danach sehne, es zu tun."

Grill nickte lebhaft.

„Frau Gräfin haben nie einem Menschen weh tun können."

Gräfin Thea blieb vor ihr stehen.

„Nun geh, Grill, rüste alles zur Reise. Morgen früh fahren wir ab."

„Sehr wohl! Frau Gräfin sollten guten Mutes sein. Ein Mensch kann nicht so ohne weiteres verlorengehen, oder gar eine ganze Familie. Der Detektiv wird es schon herausbringen. Und ich bin richtig froh, daß der Rendant ein ehrlicher Mann war."

Grill ging hinaus.

Gräfin Thea trocknete sich die Stirn und trat an ihren Schreibtisch, um das Halsband wieder in die Kassette zu legen. Dann sah sie lange zu dem Bild ihres Sohnes empor.

„Gutmachen will ich, Joachim, hundertfältig will ich entschädigen, was sie schuldlos erduldet haben. Und dadurch, daß ich den Irrtum auf mich nahm, kann ich den Namen Wildenfels vor einer Schande bewahren. Gott wird mir helfen, zu sühnen", flüsterte sie vor sich hin. Dann sank sie in den Sessel zurück und barg weinend ihr Haupt in den Händen. Die Tränen lösten endlich die Spannung ihrer Nerven und erleichterten sie.

Kurze Zeit darauf kam Lothar zu ihr.

„Da bin ich schon zurück, Großmama!"

Sie zog ihn in ihre Arme.

„Warst nur kurze Zeit mit Mama spazieren?"

„Ja – Mama fand es langweilig im Park. Und ich bin auch lieber bei dir. Willst du mich wirklich nicht mit auf Reisen nehmen? Wer soll dich dort trösten, wenn du traurig bist?"

„Ich bleibe nur zwei Tage, Lothar und kann dich wirklich nicht brauchen. Auch müßtest du zwei Tage den Unterricht versäumen, und das sieht Herr Wetzel nicht gern."

Lothar setzte sich zu ihren Füßen auf ein Kissen und sah zu dem Bild seines Vaters auf. Eine lange Pause entstand. Endlich sagte Lothar aus tiefen Gedanken heraus: „Großmama, warum hat Papa nie so fröhlich ausgesehen wie hier auf dem Bilde?"

Gräfin Thea seufzte leise.

„Damals war er jung und sorglos. Später drückte ihn mancherlei."

Lothar faßte ihre Hand.

„Großmama – ich muß immerfort über die Worte nachdenken, die Papa gesprochen hat, als ich nachts an seinem Bette stand."

„Was waren das für Worte?" forschte die Gräfin unruhig.

Lothar sah sinnend vor sich hin. Dann sagte er fast andächtig: „‚Sei stark und fest, mein Sohn, und treu dir selbst.' So sagte er zu mir. Diese Worte habe ich wohl verstanden und ich will immer daran denken und danach handeln. Aber dann sprach er noch etwas zu dir über mich."

„Was meinst du?"

„Er sagte: ‚Wenn du das Werk nicht vollenden kannst, Mutter – dann soll Lothar alles wissen, dann soll er gutmachen.' Und da wollte ich dich fragen, ob ich dir nicht gleich helfen könnte bei dem Werke, das dir Papa aufgetragen hat?"

Gräfin Thea streichelte sein Haar. Ihr Blick umflorte sich wieder.

„Du bist noch Kind, Lothar."

„Oh – ich bin schon sehr verständig, und vielleicht ist es dir allein zu schwer."

„Nun, ich verspreche, daß ich dir sagen will, wenn du mir helfen kannst. Jetzt grüble nicht mehr darüber nach, das mußt du mir versprechen. Ein wenig kannst du mir jetzt schon helfen, aber ich fürchte, es ist vielleicht zu schwer für dich."

Lothar richtete sich auf. Seine Augen blitzten.

„Um so besser – recht schwer soll es sein."

„Nun also, du sollst gegen jedermann schweigen über diese Worte deines Vaters!"

Lothar sah enttäuscht aus.

„Ach, das ist nicht schwer."

Gräfin Thea lächelte wehmütig.

„Mein lieber Junge – es gibt zuweilen nichts Schwereres als Schweigen. Und es ist sehr viel, was du damit tust. Hörst du, kein Mensch soll von diesen Worten wissen, auch Mama nicht. Es muß wie ein tiefes Geheimnis zwischen uns beiden bleiben. Willst du mir das versprechen?"

Lothar nickte energisch und gab ihr mit einer raschen Bewegung die Hand. „Ehrenwort, Großmama!"

Sie küßte ihn, gerührt über seinen jungenhaften Eifer.

„Ich danke dir, mein Kind."

„Weißt du, was ich wünschte?"

„Nun?"

„Ich wünschte, du wärest zu schwach, das Werk zu vollenden. Ich möchte selbst furchtbar gern Papas letzten Wunsch erfüllen, weil ich ihm doch nun gar nichts mehr zuliebe tun kann."

„Mein Goldjunge, mein lieber. Werde du nur ein guter, starker Mensch, damit wirst du deinem Vater Liebe erweisen."

„Das will ich ganz sicher. Frage den Herrn Lehrer – er ist zufrieden mit mir."

„Das freut mich. Herr Wetzel ist ein prächtiger Mensch, tue immer, was er verlangt. Er erzieht dich im Sinne deines Vaters."

„Großmama, Mama ist nicht mit ihm zufrieden. Sie sagte vorhin im Park zu mir, er wäre nicht ehrerbietig genug ihr gegenüber. Kannst du dir so etwas denken?"

Gräfin Thea schüttelte den Kopf.

„Nein. Er ist so ein aufrechter Mensch, der sich seines Wertes männlich bewußt ist. Mama war wohl nur ein wenig nervös und verstimmt, als sie das sagte", erwiderte sie und nahm sich vor, ein ernstes Wort mit Susanne zu reden. Mit solchen Ausfällen gegen den Erzieher Lothar gegenüber untergrub sie die Autorität des Lehrers. Das durfte nicht sein.

Herr Wetzel war ein sehr begabter und kenntnisreicher junger Mann. Er hatte die Erziehung des kleinen Lothar mit vollem Verständnis und ganzem Interesse in die Hand genommen. Das Lob der Gräfin Thea für den Hauslehrer war nicht übertrieben. Sie hatte ihm in der Erziehung ihres Enkels volle Freiheit gegeben und das mit gutem Recht, da sie dem Hauslehrer voll vertrauen durfte. Er sollte den jungen Mann als freien Menschen erziehen, um zu verhindern, daß dieser infolge seiner Abstammung mit Hochmut auf seine Mitmenschen herabsah.

6

Ein großer Dampfer war angekommen. Über die Landungsbrücke ergoß sich ein Strom von Menschen. Ein unruhiges Hasten und Treiben von Ankommenden, Abholenden, Kofferträgern, Bedienten und Schiffsmannschaften entwickelte sich. Begrüßungen und Verabschiedungen der Reisenden untereinander. Alles schwirrte, rauschte, lachte und weinte durcheinander. Die Lastträger fluchten, wenn ihnen jemand im Wege stand. Erst nach und nach lichtete sich das Treiben, und nur einzelne Gruppen standen noch beieinander in lebhafter Unterhaltung.

In dem Strom der Ankommenden war eine schlanke, junge Frau mit goldblondem Haar und blassem Gesicht über die Brücke geschritten. Sie trug Trauerkleider von einfachem Schnitt und führte ein reizendes kleines Mädchen von vielleicht sechs Jahren an der Hand. Die Frau mochte im Anfang der dreißiger Jahre stehen und sah aus, als habe ein schweres, körperliches Leiden ihre Jugendfrische aufgezehrt. Trotzdem war ihr feingeschnittenes Gesicht sehr schön, und die traurig blickenden braunen Augen strahlten noch einen eigenen Zauber aus. Das Kind an ihrer Seite glich ihr so sehr, daß man sofort die Mutter in ihr erkannte. Freilich war die liebliche Schönheit des Kindes frischer, leuchtender. In dem runden Gesichtchen pulsierte das Blut rasch und gesund. Die braunen Augen hatten einen strahlenden, goldig schimmernden Blick. Das Haar der Kleinen ringelte sich in kurzen dichten Locken, um eine Schattierung heller, goldiger als das der Mutter.

Das Kind drückte ein Püppchen fest mit dem einen Arm an sich und plauderte mitten im dichtesten Gewühl, wie ein besorgtes Mütterchen mit ihrem Kinde.

Einige Damen und Herren sahen mehrere Male interessiert und grüßend zu Mutter und Tochter zurück. Ein älteres Ehepaar trat zu ihnen heran, als sie die Brücke passiert hatten und, auf den Gepäckträger wartend, stehenblieben.

Der alte Herr zog grüßend den Hut.

„Kann ich noch etwas für Sie tun, Mrs. Warrens?"

„Ich danke Ihnen sehr, Mr. Nobbs – Sie haben mir

schon während der ganzen Reise so viele Dienste erwiesen, Sie und Ihre liebe Frau."

„Ach, davon reden wir doch nicht, meine liebe Mrs. Warrens", warf die alte Dame ein. „Es war wenig genug, was wir für Sie tun konnten. Wir bedauern nur, daß wir Sie nun verlassen müssen. Aber Sie wissen, unsere Reise geht noch weiter."

„Bitte, lassen Sie sich nicht länger durch mich aufhalten, sonst erreichen Sie Ihren Anschluß nicht."

„Oh, auf einige Minuten kommt es nicht an. Da ist Ihr Gepäck, kommen Sie, wir begleiten Sie noch zu einem Taxi", sagte Mr. Nobbs.

Die Unterhaltung wurde in englischer Sprache geführt.

„Haben Sie keine Verwandten mehr in Deutschland, Mrs. Warrens?" fragte Mr. Nobbs teilnehmend.

„Nein", antwortete die blonde Frau traurig.

„Ach, so hätten Sie lieber drüben bleiben sollen", rief Mrs. Nobbs lebhaft. Mrs. Warrens sah mit einem todtraurigen Blick in die Augen der alten Dame.

„Ich konnte nicht – Sie wissen – da drüben habe ich alles hergeben müssen, was mir im Leben lieb war – auf eine furchtbare, grausame Art. Ich kann kein Herz mehr fassen zu jener Welt dort drüben. Und mein Töchterchen wollte ich wenigstens in meine alte Heimat retten. Sie ist das einzige, was mir geblieben ist."

Mrs. Nobbs streichelte ihr die Hand.

„Armes, liebes Kind, Ihr Schicksal war hart. Aber Amerika ist groß. Sie brauchten nicht in dem fürchterlichen Lande zu bleiben, wo ein Aufstand dem anderen folgt. Es gibt auch drüben bei uns ruhige, friedliche Stätten."

„Das wohl, aber überall hätte ich ein neues Leben anfangen müssen, und da zog es mich nach Deutschland zurück, wo ich eine glückliche Jugend verlebte. Nun will ich Sie wirklich nicht länger aufhalten."

„Gott mit Ihnen und Ihrer lieben kleinen Jonny. Adieu, Mäuschen, süßer kleiner Schatz."

Mrs. Nobbs beugte sich zu der Kleinen und küßte sie. Das Kind nickte lachend zurück, als sie Mr. Nobbs in den Wagen hob. Dieser half auch Mrs. Warrens einsteigen und schloß den Wagenschlag. Der Gepäckträger hatte das Gepäck schon aufgeladen. Mrs. Warrens nannte den Namen des Hotels, welches ihr empfohlen worden war. Dann fuhren sie davon. Noch ein letzter Gruß herüber und hinüber, und Mr. Nobbs mit seiner Gattin waren ihren Blicken entschwunden.

Mrs. Warrens seufzte tief auf. Nun war sie allein mit ihrem Töchterchen, losgelöst von allem, was sie noch mit dem fremden Weltteil verbunden hatte, in dem sie nichts als Gräber und ein verwüstetes, wertloses Stück Land zurückließ.

Mrs. Warrens kam aus Venezuela. Bei einem Aufstand waren ihre Eltern und ihr Gatte ums Leben gekommen und ihr Grundbesitz verlorengegangen. Nichts, als ihr und ihres Töchterchens Leben und eine bescheidene Summe Geldes hatte sie aus dem völligen Zusammenbruch retten können. Schreckliche, furchtbare Bilder hatten sich ihr auf der Flucht eingeprägt. Ohne die Hilfe eines treuen, alten Dieners wären auch sie und das Kind verloren gewesen. Schaudernd war sie mit ihrer Jonny geflohen aus den Greueln jenes Landes, wo blutiger Parteienhaß ohne Erbarmen alles zerstörte, was ihm in den Weg kam.

Und in ihrer Verlassenheit, in ihrem Elend, war die Sehnsucht nach der alten Heimat in ihr erwacht. Sie hatte auf einem Dampfer, der nach Deutschland fuhr, für sich und ihr Kind Plätze belegt. In der alten Heimat wollte sie versuchen, mit der bescheidenen Summe, die ihr geblieben war, für sich und ihr Kind eine neue Existenz zu gründen. Wie sie das anfangen wollte, wußte sie selbst noch nicht. Die furchtbaren Aufregungen und Strapazen, Angst und Sorge, tagelanges Kampieren im Freien und der Schmerz um den Verlust geliebter Menschen hatten ihre, schon seit Jahren sehr zarte Gesundheit schwer geschädigt. Sie fühlte sich unsagbar matt und elend und so mutlos, daß sie vorläufig nicht imstande war, feste Pläne zu fassen. Einige Wochen Ruhe, so hoffte sie, würden sie soweit herstellen, daß sie weiter denken und schaffen konnte. In dem einfachen, aber sehr guten und sauberen Hotel, welches ihr

Mitreisende empfohlen hatten, nahm sie für einige Zeit Wohnung. Gerade hier in der großen, verkehrsreichen Stadt hoffte sie am ehesten etwas zu finden, womit sie sich und ihr Kind ernähren konnte. Man kam ihr in dem Hotel freundlich entgegen. Das große Leid des Lebens hatte sie gezeichnet, und ihre Trauerkleider hatten gleichfalls ihre Sprache. Dazu kam, daß die entzückende kleine Jonny alle Herzen gefangennahm. Die Bediensteten des Hotels wetteiferten, dem Kind etwas Liebes zu tun. Das hübsche, frische Zimmermädchen erbot sich freiwillig, Jonny abends zu Bett zu bringen und morgens anzukleiden, da sich Mrs. Warrens so matt fühlte.

Am Abend des ersten Tages brachte Berta, so hieß das Zimmermädchen, etwas Tee und Butterbrot und ordnete es zierlich und einladend auf dem runden Tisch. Sie half dann auch Mrs. Warrens beim Auspacken.

Jonny wurde zeitig zu Bett gebracht. Sie war müde von der Reise und den neuen Eindrücken, die das kluge lebhafte Kind beschäftigten.

Mrs. Warrens saß, in ein schlichtes, bequemes Hauskleid gehüllt, am Fenster und starrte mit müden, traurigen Augen hinab auf das Großstadtgetriebe. Aber ihre Sinne nahmen nichts auf. Die Gedanken flogen zurück in die Vergangenheit, weit fort aus dem schlichten Hamburger Gasthofszimmer.

Vor fünfzehn Jahren war sie mit ihren Eltern schon einmal zwei Tage in Hamburg gewesen. Damals war sie noch jung und gesund, wenn auch das erste Leid schon drükkend auf ihren Schultern ruhte. Aber mit achtzehn Jahren glaubt man nicht an die Dauer des Leides, da hofft man noch auf irgendein Wunder, das alles Leid in Freude kehrt. Nur als es ernst wurde mit dem Abschied von Deutschland, als das Schiff sich in Bewegung setzte, ohne daß dies rettende Wunder geschah, brach sie haltlos zusammen.

Sie sah den Vater vor sich, wie er beruhigend und tröstend auf sie einsprach. Ach – er kannte nicht den ganzen Umfang ihres Leides – niemand hatte ihn kennengelernt, auch ihre liebevolle, zärtliche Mutter nicht, die so tapfer hinauszog in ein unbekanntes, neues Land. Mutig hatte die Mutter gelächelt, als der Vater sie fragte: „Wird dir der Abschied sehr schwer?“

„Ich nehme alle meine Schätze mit, dich und mein Kind. Ihr beide seid meine Heimat.“ So hatte sie geantwortet, die tapfere, liebe Mutter, obwohl ihr das Herz fast brach, daß der geliebte Gatte, mit unverdienter Schmach bedeckt, die Heimat verlassen mußte.

„Mutter – liebe, teure Mutter – wie gesegnet war dein Leben – trotz allem.“

Mrs. Warrens seufzte tief auf, sie sah sich wieder zwischen Vater und Mutter an Bord des Dampfers, wie sie alle drei zurückblickten, bis die Augen brannten. Welch eine drückende Trostlosigkeit lag auf ihrer Seele. Sie sollte den einen, einzigen, nie mehr sehen, dem sie ihre junge Seele in jubelndem Entzücken zu eigen gegeben hatte. Nun lag das Weltmeer zwischen ihm und ihr, er kam nicht, wie sie gehofft hatte, um ihr zu sagen: „Was auch geschehen ist, ich liebe dich und lasse nicht von dir.“

Weiter und weiter wurde der Raum, der trennend zwischen ihnen lag, und das zuckende Herz mußte seinen Jammer fest in sich verschließen, um das Leid der geliebten Eltern nicht mit dem eigenen zu vergrößern.

Wochenlang war sie mit den Eltern von einem Ort zum andern gereist, bis der Vater in dem fremden Lande die Farm gekauft hatte. Nun gab es Arbeit in Hülle und Fülle unter schwierigen Verhältnissen. Aber diese Arbeit war gesegnet. Sie lenkte ab von Leid und Schmerz und half ihr langsam, das seelische Gleichgewicht wiederzufinden. Das schöne, blonde, deutsche Mädchen fand bald auch in jener Gegend Bewerber. Aber alle schlug sie aus. Zu ihren treuesten Verehrern gehörte ein junger Engländer, Mr. Warrens, der in der nächsten Nähe eine Farm besaß. Er diente fast um sie, wie einst Jakob um Rahel, ohne Unterlaß – sieben Jahre. Da endlich entschloß sie sich, den Wunsch ihrer Eltern zu erfüllen und Mr. Warrens' Gattin zu werden. Sie hatte es nicht zu bereuen. Ihr Gatte trug sie auf den Händen, und sie achtete ihn hoch, seiner edlen Eigenschaften halber.

Aber in stillen Nächten erwachte zuweilen die alte, brennende Sehnsucht. Ihr holder Jugendtraum spann sie dann in den alten Zauber ein. Die Erinnerung wurde wieder wach an die wenigen glückseligen Stunden. Ein holder Frühlingsabend am Wildenfelser See – als sie in Joachims Armen gelegen und gläubig und vertrauend seinen heißen Liebesworten gelauscht hatte – wie glücklich war sie damals gewesen, hatte nicht an die Zukunft gedacht, nur an die köstliche Gegenwart. Bald darauf war das Leid gekommen – das bittere Leid – und die Trennung. Dem folgten die Aufbaujahre und ihre Ehe mit Warrens: Sie schenkte ihrem Mann ein Kind, und damit zog Sonne und ein bescheidenes Glück in ihr Herz. Aber auch das durfte nicht von Dauer sein.

Und nun war sie, elender und unglücklicher denn je, aus dem fremden Land zurückgekehrt. All ihre Lieben waren ihr genommen worden, bis auf ihr Kind, die kleine, liebe Jonny. Sie war ihres Lebens ganzer Inhalt. Des Kindes wegen mußte sie weiter, obwohl sie das Leben gern wie eine drückende Last von sich geworfen hätte. Viel Schweres und Trübes war ihr aufgebürdet worden, und sie kam sich mit ihren dreiunddreißig Jahren wie eine Greisin vor.

Sie schauerte zusammen, trotz des warmen Sommerabends. Ein leichter Schwindel befiel sie, so daß sie sich an ihren Stuhl klammern mußte. Wie eisige Kälte rann es durch ihre Adern, und das Atmen wurde ihr schwer.

Erschrocken blickte sie um sich. Um Gotteswillen – nur nicht krank werden jetzt. Gewaltsam riß sie sich zusammen. Sie taumelte empor und klingelte dem Zimmermädchen.

„Bringen Sie mir bitte noch ein Glas Tee, aber recht heiß“, sagte sie hastig.

Das Mädchen sah die fremde Frau mitleidig an. Wie blaß und traurig sie aussah.

Eilig brachte sie den Tee herbei, und unaufgefordert legte sie noch einige Tageszeitungen auf den Tisch.

„Wenn gnädige Frau vielleicht ein wenig lesen wollen", sagte sie freundlich.

Mrs. Warrens dankte. Als das Mädchen gegangen war, nahm sie ein warmes Tuch um die Schultern und trank den Tee so heiß wie möglich. Da wurde ihr behaglicher zumute. Sie setzte sich an den Tisch und blätterte in den Zeitungen.

Wie seltsam vertraut ihr die deutschen Worte erschienen. Es war wie ein Gruß, den ihr die alte Heimat brachte. Mit Interesse vertiefte sie sich in die Zeitungslektüre. Sie konnte nicht genug davon bekommen. Es war, als erzähle ihr die Zeitung von alten Bekannten.

Und plötzlich zuckte sie zusammen. War es ein Phantasiegebilde oder hatte sie wirklich den Namen Wildenfels gelesen? Sie strich sich mit zitternden Fingern über die Augen und sah scharf prüfend auf dieselbe Stelle. Ja, da unter den Adelsnachrichten stand klar und deutlich der Name, der einst ihr Lebensinhalt gewesen war: „Joachim Graf Wildenfels."

Ihre Hände zitterten, ihre Augen umflorten sich. Sie mußte sich erst beruhigen, ehe sie lesen konnte, was die Zeitung über Joachim Wildenfels berichtete. Welch seltsamer Zufall, daß ihr dieser Name am ersten Tage in der alten Heimat ins Auge fiel.

Endlich hatte sie sich soweit gefaßt, daß sie lesen konnte: „Das Unwetter, welches in der Nacht vom Montag zum Dienstag in ganz Norddeutschland große Verheerungen angerichtet, hat auch ein Menschenleben vernichtet. Unweit seines Schlosses ist Graf Joachim von Wildenfels samt seinem Pferde von einem durch den Sturm entwurzelten Baum erschlagen worden."

Annie Warrens stand plötzlich kerzengerade da, den entsetzten Blick ins Weite gerichtet, als sähe sie eine furchtbare Erscheinung. Und dann brach sie ohnmächtig zusammen. So fand sie das Zimmermädchen. Sie hatte das Zimmer für die Nacht richten wollen.

Das Mädchen wusch ihr mitleidig Gesicht und Hände mit kaltem Wasser, öffnete ihr das Kleid am Halse und richtete sie empor.

Langsam kam Annie Warrens wieder zu sich.

„Gnädige Frau sind nicht wohl. Sie sollten lieber zu Bett gehen“, sagte das Mädchen besorgt.

Annie erhob sich mit ihrer Hilfe und starrte auf das Zeitungsblatt. „Es war – ich las da zufällig – vom Tode eines – eines alten Bekannten. Und dazu – die weite Reise – ich bin wirklich sehr müde. Sie haben recht, ich werde zu Bett gehen“, sagte sie matt.

Dankbar nahm sie die Hilfe des Mädchens beim Auskleiden an. Als sie im Bett lag, atmete sie schwer auf.

„Morgen früh werden gnädige Frau sich schon besser fühlen, gute Nacht“, sagte Berta und ging hinaus, nachdem sie noch ein Glas Wasser für Annie bereitgestellt hatte.

Annie Warrens lag in ihrem Bett, als sei ihr Körper von Stein. Ach – so liegen und schlafen können – und nie mehr aufwachen – alles vergessen, – alles. Aber das Kind – Jonny – meine liebe, kleine Jonny. Nein – vernünftig sein, tapfer, nichts denken, als daß das Kind sie braucht – nichts denken – sonst würde sie krank. Nicht an Sterben denken, gesund bleiben für das Kind. Das Denken mußte sie sich abgewöhnen, das richtete sie noch zugrunde. Da waren die toten Eltern – wie sie bleich und starr in ihrem Blute lagen – und daneben John Warrens, ihr Gatte, der sie hatte schützen wollen. Mit dem eigenen Leben hatte er es büßen müssen. Tot – alle tot – alles, was ihr lieb und teuer – nun auch Joachim Wildenfels – erschlagen mit seinem Pferde. Die lachenden Augen, die sie so geliebt – starr – leer – und dort der Wildenfelser See – Mondenschein – wie das Wasser silbern flimmerte. Die Blätter an den Bäumen – lauter Silber – und die Nachtigallen sangen so süß. Joachim Wildenfels von einem Baum erschlagen – und die Eltern – von bösen, wilden Menschen – tot – alle tot – nur sie noch und das Kind. Jonny – süße, kleine Jonny. Nein! – Nicht mehr denken an all das Grausame – gesund bleiben – nicht krank werden. Um Gottes willen nur nicht krank werden. –

Am anderen Morgen vermochte sich Annie Warrens

nur schwer zu erheben. Aber die Angst vor dem Krankwerden trieb sie aus dem Bett.

Klein-Jonny plauderte so lieb und drollig mit dem blassen Mütterchen, und Berta kleidete sie an, nachdem sie das Frühstück gebracht hatte. Jonny schwatzte deutsch und englisch durcheinander, und auch einige spanische Worte liefen mit dazwischen. Berta lachte und war ganz verliebt in das reizende Kind.

Später ging Annie mit ihrem Töchterchen ein wenig ins Freie. Aber sie schleppte sich nur bis zu den nächsten Anlagen. Dort setzte sie sich auf eine Bank, und Jonny plauderte abwechselnd mit ihr und mit dem Püppchen, das sie mit sich genommen hatte.

Um die Mittagszeit kehrte Annie in das Hotel zurück.

Und so zwang sie einige Tage die schleichende Krankheit nieder, immer hoffend, daß es nur eine vorübergehende Schwäche sei.

Sie wollte nicht erliegen, sie wollte gesund werden und für sich und das Kind eine Existenz schaffen. Die wenigen tausend Mark würden nicht weit reichen, wenn sie nichts dazu verdiente.

Acht Tage waren so vergangen, als es ihr eines Morgens nicht möglich war, sich weiterzuschleppen, als vom Bett bis zum Diwan. Berta suchte sie zu überreden, einen Arzt zu konsultieren. Aber Annie wehrte ängstlich ab. „Nein, nein, liebe Berta, ich bin nicht krank. Nur müde und matt von allen Strapazen. Ich muß mir einige Tage richtige Ruhe gönnen, nicht ausgehen. Jonny kann leider einige Tage nicht hinaus. Aber es muß gehen."

„Ich werde Jonny mit mir hinausnehmen, sie kann auf dem Korridor spielen, da hat sie mehr Platz, und gnädige Frau haben Ruhe. Ich gebe gut acht auf die Kleine, gnädige Frau können ganz außer Sorge sein."

Annie reichte ihr die Hand.

„Gute Berta, ich bin Ihnen so von Herzen dankbar, daß Sie sich meiner und Jonnys annehmen."

„Oh, das Kind macht mir keine Last. Sie ist so lieb und artig, die kleine Jonny. Ich tue es gern, gnädige Frau, erholen Sie sich bitte in aller Ruhe." Damit ging Berta mit der fröhlich plaudernden Jonny hinaus.

Annie sah ihnen mit trüben Augen nach. Es war hart, auf die Barmherzigkeit einer gutmütigen Fremden angewiesen zu sein. Und doch dankte sie dem Schicksal, das sie gerade hierher geführt hatte.

7

Gräfin Thea hatte sich schon einige Tage vor ihrer Abreise nach Beburg brieflich mit dem ihr gerühmten Privatdetektiv in Verbindung gesetzt. Sie hatte um eine Unterredung gebeten und angefragt, ob sie ihn zu einer bestimmten Zeit in ihrem Hotel erwarten dürfe.

Anton Völker hatte der Gräfin geantwortet, daß er pünktlich zur Stelle sein würde.

Gräfin Thea hatte danach ihre Abreise für den nächsten Morgen festgesetzt und war mit ihrer treuen Grill in Beburg eingetroffen.

Am nächsten Vormittag, Punkt elf Uhr, überreichte ihr Grill eine schlichte Visitenkarte.

„Anton Völker."

„Führe den Herrn herein, Grill, und bleibe im Nebenzimmer, daß wir von niemand gestört werden", sagte Gräfin Thea.

Grill verschwand, und gleich darauf trat ein mittelgroßer, gutgekleideter Mann von ungefähr vierzig Jahren in das Zimmer. Gräfin Thea sah forschend in sein bartloses, nicht uninteressantes Gesicht, in dem Kinn und Nase besonders charakteristisch waren. Die tiefliegenden grauen Augen hatten mehr den Ausdruck eines Künstlers oder Gelehrten, doch leuchteten sie zuweilen seltsam auf und bekamen dann einen scharfen, zufassenden Blick.

Artig und höflich, wie ein Mann von guter Erziehung, verneigte er sich vor ihr. „Frau Gräfin Theodora Wildenfels?" fragte er mit einer ruhigen, sympathischen Stimme.

„Herr Völker – bitte, nehmen Sie Platz. Ich muß Ihre Aufmerksamkeit eine Weile in Anspruch nehmen."

Sie deutete auf einen Sessel. Völker ließ sich darauf nieder und betrachtete mit diskretem Interesse das leidvolle, gütige Gesicht der vornehmen Aristokratin.

„Meine Zeit gehört Ihnen, gnädigste Gräfin. Ich bitte, ganz darüber zu verfügen. Je ausführlicher Sie mich mit Ihren Wünschen bekannt machen, desto besser kann ich Ihnen dienen."

Gräfin Thea holte tief Atem und begann zu erzählen von dem vor fünfzehn Jahren verschwundenen Halsband. Sie schilderte genau die Veranlassung zur Entlassung des Rendanten Horst und sagte ihm, daß ihr Mann damals nur von einer Anzeige Abstand genommen hatte, weil Horst schon seit vielen Jahren seine Stelle verwaltete und sonst ein sehr tüchtiger Beamter gewesen wäre. Außerdem wäre es zu unangenehm gewesen, mit der Polizei in Berührung zu kommen.

„Ich hatte meinen Mann aus Mitleid mit Horst's Familie darum gebeten, ahnungslos, daß ich selbst am Verschwinden des Halsbandes schuld war", fuhr sie fort.

Völker, der bisher unbewegt ihrem Bericht gefolgt war, sah sie bei diesen Worten mit einem seiner forschenden Blicke an.

„Sie selbst?" fragte er aufmerksam.

„Ja, ich selbst. Denken Sie sich mein Erschrecken, als ich vor einigen Tagen das Halsband in einem Geheimfach meines Schreibtisches fand, wo ich es damals in der Zerstreuung selbst hingelegt hatte."

Wieder traf sie ein forschender Blick.

„Bitte, weiter", sagte er nur.

Gräfin Thea schilderte ihm ihre Unruhe, ihre Gewissensbisse, daß durch ihre Unachtsamkeit so viel Leid und Schmach über einen ehrlichen Mann und seine Familie gebracht worden war. Sie hatte sich schon so in den Gedanken eingelebt, daß der Vorfall wirklich so war, wie sie es erzählte, daß sie kaum noch das Gefühl hatte, die Unwahrheit zu sagen. Es klang sehr überzeugend. Jedenfalls ließ Völker nicht den geringsten Zweifel merken. Sie schloß nun ihren Bericht mit der Bitte, Völker möge seine Kunst, seinen Scharfsinn aufbieten, um den jetzigen Aufenthalt der Familie Horst zu ermitteln, damit sie ihre Schuld gutmachen könnte. Das sei ihr Auftrag, den sie ihm zu erteilen habe.

Völker verneigte sich, als sie zu Ende war, und zog ein ziemlich starkes Notizbuch hervor.

„Gestatten Sie mir nur einige Fragen, gnädigste Gräfin. Wissen Sie, wohin sich damals der Rendant Horst mit seiner Familie gewendet hat?"

„Ja, sie sind nach Venezuela ausgewandert, wahrscheinlich, um sich dort eine Farm zu kaufen."

„Können die Mittel hierzu sehr groß gewesen sein?"

„Kaum, da sie nur aus Ersparnissen während der Zeit seiner Tätigkeit bestanden haben können."

„In welchem Monat sind sie ausgewandert?"

„In der Mitte des Juli."

„Bitte, wollen Sie mir nun eine möglichst genaue Personalbeschreibung der drei Menschen liefern?"

Gräfin Thea tat das und Völker notierte sich einiges. Dann fragte er weiter:

„Hatte die Familie Horst nähere Verwandte in Deutschland?"

„So viel ich weiß, nicht."

„Auch nicht in Amerika oder Südamerika?"

„Das scheint mir ausgeschlossen."

„Schön – das würde vorläufig genügen. Nun eine andere Frage, gnädigste Frau Gräfin: Würden Sie eventuell für die Kosten einer Reise nach Venezuela aufkommen, wenn meine Nachforschungen von hier aus erfolglos wären?"

Gräfin Thea nickte lebhaft.

„Selbstverständlich. Ich bitte Sie, sich durch den Kostenpunkt nicht beeinflussen zu lassen. Mir liegt unendlich viel – alles – daran, meine Seelenruhe wiederzufinden und mein Unrecht gutzumachen."

„Sie lassen mir in allem freie Hand?"

„Vollständig. Bitte, nennen Sie mir die Summe, die ich Ihnen anweisen lassen soll."

„Vorläufig genügen mir einige hundert Mark. Müßte ich nach Venezuela reisen, würde ich eine neue Anweisung erbitten."

„Wie Sie wünschen. Jedenfalls bitte ich Sie, sich ausschließlich meiner Angelegenheit zu widmen."

„Das soll geschehen. Auf welche Weise darf ich Ihnen Nachricht zukommen lassen über meine Ermittlungen?"

„Am besten, Sie suchen mich in Wildenfels auf, wenn Sie irgendwelche Erfolge zu verzeichnen haben. Sonst bitte ich um briefliche Nachricht unter meiner Anschrift."

Völker notierte sich auch das und steckte sein Notizbuch wieder zu sich. Dann erhob er sich.

„Haben Sie weitere Befehle, gnädigste Gräfin?"

„Nein, Herr Völker, mir liegt nur diese eine Angelegenheit am Herzen. Glauben Sie, daß ich mir Hoffnungen machen darf?"

Völker lächelte ein wenig. „Die Unruhen, die gerade kürzlich wieder in Venezuela stattgefunden haben – eigentlich hören sie nie ganz auf – machen die Nachforschungen schwierig. Von hier ist wohl kaum etwas zu erreichen. Aber ich habe schon schwierigere Aufgaben gelöst. Und schlimmsten Falles unternehme ich die Reise. Persönliche Nachforschungen führen meist zu einem günstigeren Resultat."

Gräfin Thea reichte ihm die Hand. „Ich würde Ihnen zu großem Dank verpflichtet sein und werde mich sehr erkenntlich zeigen für Ihre Bemühungen. Meine ganze Hoffnung habe ich auf Sie gesetzt."

„Ich hoffe, Sie nicht zu enttäuschen. Gestatten Sie, daß ich mich zurückziehe, ich will sofort einige Vorbereitungen treffen."

„Gott helfe Ihnen und mir."

Völker verneigte sich tief und ging.

Gräfin Thea sah ihm aufatmend und in Sinnen verloren nach. Als gleich darauf Grill eintrat, rief sie ihr lebhaft entgegen:

„Grill – ich glaube, dieser Herr Völker findet sie. Sein kluges Gesicht hat mich mit Vertrauen erfüllt."

„Das will ich hoffen. Aber Frau Gräfin dürfen sich nun nicht mehr über die ganze Angelegenheit aufregen."

Schnell mischte die treue Seele einen beruhigenden Trunk und reichte ihrer Herrin das Glas.

„Das müssen Frau Gräfin trinken, sonst kommt die böse Migräne wieder."

Gräfin Thea nahm gehorsam das Hausmittelchen zu sich und klopfte Grill mit gütigem Lächeln auf die Schulter.

„Wenn ich dich nicht hätte, gute Grill. Nun laß einen Wagen holen. Wir wollen für meinen Enkel eine kleine Überraschung einkaufen. Etwas muß ich ihm von Beburg mitbringen. Mit dem Dreiuhrzug fahren wir wieder heim. Mein Geschäft ist hier erledigt."

8

Einige Tage später, es war ein Regentag, saß Gräfin Thea mit Lothar in ihrem Salon. Susanne war gleich nach ihrer Rückkehr nach Beburg gereist und wollte wenigstens eine Woche fortbleiben. In Susannes Abwesenheit nahm auf Gräfin Theas Wunsch Herr Wetzel meist den Tee in ihrer Gesellschaft. Sie liebte es, mit dem jungen Manne über allerlei Dinge zu plaudern und auch mit ihm über Erziehungsfragen zu debattieren. Susanne kümmerte sich aus einem gewissen Trotz nicht mehr um Lothars Erziehung, weil man ihr Wetzel aufgenötigt hatte als Mentor ihres Sohnes.

Auch heute stellte sich der Kandidat pünktlich zur Teestunde in Gräfin Theas Wohnzimmer ein. Er hegte eine große Verehrung für die alte Dame, während er Gräfin Susanne nur den schuldigen Respekt erwies.

In seiner frischen, ungezierten Art neckte er sich erst noch mit Lothar, nachdem er Gräfin Thea die Hand geküßt hatte. Ein Diener rollte den Teewagen herein, und Grill servierte den Tee. Gräfin Thea liebte es nicht, andere Dienerschaft um sich zu haben, wenn sie in ihren eigenen Zimmern war. Ein anderer als Wetzel hätte wohl, der Trauerstimmung des Hauses angemessen, einen ernsten oder gar melancholischen Ton angeschlagen. Aber er plauderte frisch und lebendig, scherzte mit Lothar und ließ keine trübe Stimmung aufkommen. Auch bei den gemeinsamen Mahlzeiten hielt er es so. Gräfin Susanne hatte deshalb sein Benehmen roh und taktlos genannt ihrer Schwiegermutter gegenüber. Gräfin Thea hatte jedoch die Absicht des Erziehers erkannt und gebilligt:

„Lothar ist in einem schwierigen Alter. Gemütsdepressionen in dieser Zeit haben oft die schlimmsten Folgen. Lothar muß daher in seinem Schmerz um den Tod des Vaters abgelenkt werden, um seine körperliche und geistige Frische nicht zu verlieren!“ So hatte Gräfin Thea ihn verteidigt. Susanne rümpfte die Nase und sprach von Plebejermanieren und leeren Ausflüchten.

Lothar zuliebe stimmte Gräfin Thea in den munteren Ton mit ein, und Lothar befleißigte sich wieder, seine geliebte Großmama aufzuheitern. So halfen sie sich gegenseitig über die traurige Stimmung fort. Der Tee war eingenommen worden, und Grill war geräuschlos hinausgegangen, als sie nicht mehr gebraucht wurde.

Aber gleich darauf trat sie mit lebhaft gerötetem Gesicht wieder ein und überbrachte ihrer Herrin eine Visitenkarte.

„Der Herr wartet unten im kleinen Empfangssalon“, sagte sie mit bedeutsamem Blick.

Gräfin Thea nahm die Karte und richtete sich überrascht auf, als sie gelesen hatte. „Anton Völker“ stand auf der Karte.

Sie erhob sich sofort.

„Ich muß dich jetzt mit Herrn Wetzel allein lassen, Lothar. Eine wichtige geschäftliche Angelegenheit ruft mich ab. Der Regen hat aufgehört, vielleicht machst du einen Spaziergang.“

Sie küßte Lothar, nickte Wetzel freundlich zu und ging schnell hinaus.

Wenige Augenblicke später trat sie zu Völker in den kleinen Salon neben der Halle.

„Sie kommen selbst. Darf ich das für ein gutes Zeichen halten?“ fragte sie erregt. Völker hatte sie artig begrüßt, und nun nahmen sie, sich gegenübersitzend, Platz.

„Was bringen Sie mir?“ fragte die alte Dame dringend

und suchte schon im voraus die Antwort von seinem unbeweglichen Gesicht abzulesen.

„Genaue Auskunft, gnädigste Frau Gräfin."

Sie starrte ihn ungläubig an.

„Genaue Auskunft? Nein – das ist erstaunlich. So bald schon – nein, ich kann es nicht glauben."

Völker lächelte.

„Vor vier Tagen, als Sie mir den Auftrag gaben, hätte auch ich einen so schnellen Erfolg für unmöglich gehalten. Und hätte mich nicht ein Zufall begünstigt, so wären wahrscheinlich langwierige Nachforschungen nötig gewesen."

„Sprechen Sie – o bitte – sprechen Sie – was haben Sie in Erfahrung gebracht? Sie können sich meine fieberhafte Unruhe denken."

Völker zog sein Notizbuch hervor und gab einen kurzen, klaren Bericht.

„Der frühere Rendant von Wildenfels, Karl Heinrich Horst, hat sich am 19. Juli 1893 mit seiner Frau und seiner Tochter Annie nach New York eingeschifft. Von dort ist er auf Veranlassung einer Gesellschaft nach Venezuela gereist und hat sich dort eine Farm gekauft. Diese Farm hat er mit seiner Frau und Tochter erfolgreich bewirtschaftet, so daß er mit den Jahren einen gewissen Wohlstand erreichte, obwohl ihm das Leben durch allerlei politische Unruhen und räuberisches Gesindel sehr schwer gemacht worden ist. Sieben Jahre nach seiner dortigen Ansiedlung hat sich seine Tochter mit einem Engländer, John Warrens, der die Nachbarfarm besaß, verheiratet, nachdem sich dieser schon jahrelang vergeblich um sie beworben hatte. Dieser Ehe ist ein Töchterchen mit Namen Jonny entsprossen. Bis vor kurzer Zeit haben die beiden Familien ziemlich friedlich und glücklich gelebt. Da brachen zu Anfang dieses Jahres wieder Unruhen aus. Außerdem gelang es einem abgewiesenen Freier Annies, Horst und Warrens als Parteiführer zu verdächtigen. Ohne viel Umstände wurden sie daraufhin erschossen. Frau Horst wurde durch das räuberische Gesindel ermordet, die Farmen geplündert und der Grundbesitz beschlagnahmt. Frau Annie Warrens entkam mit ihrem Töchterchen wie durch ein Wunder. Ein treuer Diener rettete sie auf heimlichen Wegen durch dichten Wald. Nichts als die Kleider, die sie trugen, und tausend Dollar etwa an Geld konnten in Sicherheit gebracht werden. Die unglückliche junge Frau hat sich dann mit ihrem Töchterchen zurück nach Deutschland begeben, um sich hier in der alten Heimat eine bescheidene Existenz zu gründen. Vor zehn Tagen ist sie in Hamburg eingetroffen."

Gräfin Thea hatte erregt in atemloser Spannung diesem Bericht gelauscht. Nun preßte sie, erschüttert durch das tragische Schicksal der Familie Horst, die Hände ans Herz. Die Schuld ihres Sohnes wuchs riesengroß und weckte noch inbrünstiger den Wunsch in ihr, mit allen Mitteln, die ihr zu Gebote standen, gutzumachen.

Erst nachdem sie sich mühsam gefaßt hatte, kam ihr zum Bewußtsein, wie wunderbar es war, daß Völker so schnell und ausführlich Klarheit schaffen konnte. Was ihrem Sohne in all den Jahren nicht gelungen war, enträtselte dieser Mann in wenigen Tagen. Freilich, Joachim hatte nur vorsichtig und verschwiegen forschen können, hatte wohl auch keinen so begabten und hervorragenden Detektiv gefunden. Aber auch für einen Mann wie Völker grenzte dieser Erfolg ans Märchenhafte.

„Sie sehen mich fassungslos, erschüttert, Herr Völker. Das traurige Schicksal dieser prächtigen Menschen greift mir ans Herz. Daß Sie mir das alles aber in so kurzer Zeit berichten konnten, ist mir unfaßbar. Ehe Sie mir aber Näheres erklären, beantworten Sie mir eine Frage: Ging die Spur, die Sie gefunden haben, in Hamburg verloren oder wissen Sie den Aufenthaltsort der unglücklichen jungen Frau?"

„Ich weiß ihn."

„Oh, mein Gott – wie dankbar bin ich Ihnen. Sie haben mir einen unschätzbaren Dienst geleistet durch ihre hervorragenden Fähigkeiten."

Wieder lächelte Völker.

„Gnädigste Gräfin, diesmal bin ich nur durch einen glücklichen Zufall zu einem Erfolg gekommen. Darf ich Ihnen genauen Bericht erstatten?"

„Ich bitte darum."

Völker räusperte sich ein wenig und fuhr dann fort:

„Ich hatte mich nach Hamburg begeben, um dort erst einmal mit meinen Nachforschungen zu beginnen. In einem mir von früher her bekannten guten, wenn auch nicht erstklassigen Hotel nahm ich Wohnung. Gleich in der ersten Stunde machte ich auf dem Korridor vor meinem Zimmer die Bekanntschaft eines entzückenden kleinen Mädchens von etwa sechs Jahren, das dort mit dem Zimmermädchen in einem drolligen Gemisch von deutscher, englischer und spanischer Sprache plauderte. Ich bin ein großer Kinderfreund und konnte nicht widerstehen, mich mit der Kleinen ein wenig anzufreunden.

Dabei erfuhr ich, teils von ihr, teils von dem Zimmermädchen, daß die Mutter des Kindes zu Bett lag, müde und leidend von den Strapazen einer großen Reise. Das Zimmermädchen teilte mir redselig mit, daß sie der Dame schon wiederholt geraten habe, einen Arzt zu befragen, aber diese behauptete, nicht krank, nur müde und abgespannt zu sein. Es sei möglich, denn die arme Dame käme aus Venezuela, wo sie auf schreckliche Weise ihre Eltern und ihren Mann verloren habe. Bei der Erwähnung des Wortes Venezuela war ich aufmerksam geworden. Ich sah mir das kleine Mädchen an. Sie hatte goldblondes Haar und braune Augen. Auf meine vorsichtige Frage erfuhr ich, daß auch die Mutter des Kindes dasselbe Haar, dieselben Augen habe und trotz ihrer Mattigkeit sehr schön sei. Weiter erfuhr ich, daß die Dame schon seit einer Woche in dem Hotel wohne und gleich am ersten Abend eine Ohnmacht gehabt hatte, als sie in der Zeitung die Nachricht von dem Tode eines alten Bekannten gelesen habe. Ich stellte die Zeitung durch unverfängliche Fragen fest und beschloß, vorläufig meine Nachforschungen aufzugeben, um nicht aufzufallen.

Zuerst verschaffte ich mir die fragliche Zeitung. Hier habe ich sie Ihnen mitgebracht."

Er nahm eine Zeitung aus seiner Brusttasche und legte sie vor die Gräfin hin, auf eine Notiz darin zeigend.

„Ich fand darin die Nachricht über den plötzlichen Tod

Ihres Herrn Sohnes, des Grafen Joachim Wildenfels, als ich sie gründlich durchstudierte. Ob diese Nachricht imstande war, eine erschütternde Wirkung auf die Dame auszuüben, weiß ich nicht. Ich habe Ihnen nur, um Ihnen meinen Ideengang klarzulegen, die Zeitung mitgebracht."

Gräfin Thea starrte auf die Zeitungsnotiz. Ihre Ahnung, daß jene blonde junge Frau Annie Horst sei, schien sich zu bestätigen. Und wenn sie bei dieser Nachricht ohnmächtig geworden war, dann war Joachim ihr nicht gleichgültig geworden, trotz ihrer Ehe mit einem andern.

„Weiter", flehte die alte Dame tonlos mit zuckenden Lippen.

„Ich bin bald am Ende. Am nächsten Morgen sah ich die Kleine wieder draußen auf dem Korridor. Sie nickte mir schon ganz vertraulich zu. Ich trat zu ihr. Sie spielte am Fenster mit einer Anzahl Visitenkarten, aus denen sie ein luftiges Gebäude bauen wollte. Es mißlang jedoch, und ich bot mich an zu helfen. Als ich die Karten in die Hand nahm, hätte ich beinahe einen Freudenruf ausgestoßen, denn ich las wohl zehn bis zwölf Mal: Annie Warrens, geb. Horst.

Als ich noch gedankenverloren mit den Karten spielte, kam das Zimmermädchen herbei und erzählte mir, daß Mrs. Warrens heute noch elender sei und daß sie auf eigene Gefahr einen Arzt rufen lassen wollte.

Blitzschnell entwarf ich einen Plan, um mich unverfänglich mit Mrs. Warrens in Verbindung zu setzen. Ich habe in meiner Jugend einige Semester Medizin studiert und sagte nun dem Mädchen ruhig, ich selbst sei Arzt und wolle zu ihrer Beruhigung nach der Kranken sehen. Das Mädchen meldete mich an und, Klein-Jonny an der Hand, trat ich zu Mrs. Warrens ins Zimmer. Jonny sprang auf die schöne bleiche Frau zu, die auf dem Diwan ruhte. Innig umschlungen sahen sie zu mir auf. Es war ein rührender Anblick, die schöne, bleiche Frau und das entzückende Kind. ‚Mami – da ist ein Onkel Doktor, der dich gesund machen will', sagte die Kleine.

Wirkliches Mitgefühl ließ mich fast meine Rolle vergessen. Ich sah auf den ersten Blick, daß ich es mit einer

Schwerkranken zu tun hatte. In meinem Beruf beobachtet man scharf. Ich hätte nicht Arzt zu sein brauchen, um zu bemerken, daß Mrs. Warrens Fieber hatte. Ich fühlte nur ihren Puls, um festzustellen, daß er meine Beobachtungen bestätigte. Es war klar, daß hier dringende ärztliche Hilfe nötig war.

Es gelang mir, das Vertrauen der armen Frau zu gewinnen. Teilweise freiwillig, teils auf meine vorsichtigen, teilnehmenden Fragen antwortend, erzählte sie mir alles, was ich Ihnen eben berichtet habe. Nur von Wildenfels und der Veranlassung, die sie und ihre Eltern nach Amerika getrieben hatte, sprach sie kein Wort. Zum Schluß beschwor sie mich, sie schnell wieder gesund und kräftig zu machen, denn sie dürfe nicht krank werden, sondern müsse für sich und das Kind arbeiten.

Ich war tief bewegt, Gräfin. Es lag etwas Rührendes in dem Wesen der jungen Frau, und auch das liebe kleine Mädchen sah mich an, als wollte es sagen: ‚Nun hilf du schnell meiner lieben Mutter!' Glauben Sie mir, ich bin selten so glücklich über die Lösung einer Aufgabe gewesen wie in diesem Falle, wußte ich doch, daß ich wirkliche Hilfe bringe in der höchsten Not.

In der Voraussetzung, in Ihrem Sinne zu handeln, habe ich mir erlaubt, sofort einige Vorkehrungen zu treffen. Zuerst teilte ich der Kranken mit, daß ich leider an demselben Tage wieder abreisen müsse. Ich würde ihr jedoch sofort einen mir bekannten Arzt schicken, der ihre Behandlung übernehmen würde. Über den Kostenpunkt brauche sie sich keine Sorgen zu machen, dieser Arzt sähe sich seine Leute an und würde nicht viel berechnen. Ich sagte ihr auch, daß sie im Hotel nicht die rechte Pflege habe. Wenn sie schnell gesund werden wolle, müsse sie sich am besten in die Klinik des Arztes aufnehmen lassen. Ich würde dafür sorgen, daß sie nicht mehr Kosten davon haben würde, als ihr der Aufenthalt im Hotel verursache.

Sie sträubte sich erst dagegen, weil sie glaubte, sie müsse sich von ihrem Kinde trennen. Ich beruhigte sie darüber und versprach ihr, daß sie Jonny bei sich behalten dürfe. Jedenfalls sei es nötig, daß sie sich meinen Anordnungen füge, sonst würde sie ihr Leiden verschlimmern.

Seufzend willigte sie ein, daß ich die nötigen Schritte tue. Sie dankte mir so inbrünstig, daß ich mich schämte, da mir dieser Dank nicht zukam.

Ich sagte mir, daß Sie, gnädigste Gräfin, keine Kosten scheuen würden, um der unglücklichen Frau zu helfen. So suchte ich einen Frauenarzt auf, der eine Privatklinik leitet. Ich sagte ihm soviel, wie er unbedingt wissen mußte, um die Sachlage zu verstehen und verbürgte mich für alle entstehenden Kosten. Das Kind wollte er erst nicht aufnehmen, aber mein Hinweis, daß ihm alles reichlich vergütet werde und daß es einfach Pflicht der Menschlichkeit sei, ließ ihn einwilligen. Morgen nachmittag soll die Kranke, wenn es der Arzt nach der Untersuchung für nötig befindet, in die Klinik gebracht werden. Ich reiste sofort ab, um Ihnen Nachricht zu bringen."

Gräfin Thea drückte ihm, wortlos und ergriffen, die Hand. Dann erhob sie sich und ging einige Male, nach Fassung ringend, im Zimmer auf und ab. Endlich blieb sie vor Völker stehen, ihre Augen leuchteten.

„Ich danke Ihnen – danke Ihnen tausendmal. Mit Geld allein kann ich Ihnen das nicht lohnen. Daß Ihnen ein glücklicher Zufall Ihre Aufgabe erleichtert hat, macht Ihren Dienst nicht geringer. Ich reise morgen früh nach Hamburg, um die junge Frau selbst aufzusuchen. Aber jetzt sollen Sie sich vor allen Dingen stärken und erfrischen. Wollen Sie heute noch nach Beburg zurückkehren?"

„Das möchte ich allerdings. Bis zum Abendzug bleiben mir noch drei Stunden."

„Solange sind Sie mein Gast. Ich werde dafür sorgen, daß zu rechter Zeit der Wagen für Sie bereitsteht."

Sie klingelte und befahl dem eintretenden Diener, daß im kleinen Speisesaal eine Mahlzeit in kürzester Zeit serviert würde.

Als der Diener hinaus war, wandte sie sich wieder zu Völker.

„Sie haben die Güte und notieren mir die Hamburger Adressen – das Hotel, den Arzt und die Klinik. Inzwischen gehe ich zum Rendanten hinüber und hole Ihnen den Betrag, den ich Ihnen zugedacht habe. Entschuldigen Sie mich einige Minuten."

Schnell und elastisch schritt sie aus dem Zimmer. Man merkte ihr an, daß ihr Wesen frischer und angeregter war. Sie sah ihre Aufgabe greifbar vor sich, wußte, daß sie den Wunsch ihres Sohnes erfüllen konnte, daß sie gutmachen konnte, wenn auch nicht an Horst selbst, so doch an seiner Tochter und ihrem Kinde.

Kurze Zeit darauf trat sie wieder zu Völker in den Salon und händigte ihm eine Summe Geldes aus. Er sah fast betroffen auf.

„Das ist zuviel, gnädigste Gräfin – Sie belohnen mich weit über Verdienst", sagte er verwirrt.

„Nehmen Sie nur – nehmen Sie nur", drängte sie. „Ich allein weiß, was mir Ihr Dienst wert ist. Ich bin zu froh, daß Sie mir so schnell Nachricht brachten – vielleicht wäre es sonst zu spät gewesen. Nun kommen Sie, ich führe Sie selbst in das Speisezimmer hinüber, damit Sie sich erfrischen können."

Völker dankte mit freudig strahlendem Blick und steckte das Geld in seine Brieftasche.

Mehr solcher Aufträge – dann bin ich Millionär, dachte er.

Dann händigte er Gräfin Thea den Adressenzettel aus, den sie sorgfältig zu sich steckte.

Im Speisezimmer überzeugte sie sich selbst, daß es Völker an nichts fehlte. „So, verehrter Herr Völker – nun muß ich mich von Ihnen verabschieden. Ich habe noch allerlei zu ordnen für die Reise. Haben Sie irgendwelche Wünsche, so klingeln Sie dem Diener. Der Wagen wird zur rechten Zeit bereitstehen. Und nehmen Sie nochmals meinen herzlichsten Dank. Diskretion brauche ich Ihnen nicht anzuempfehlen, nicht wahr?"

Völker küßte ihr dankend die Hand. „Diskretion ist unzertrennlich von meinem Beruf, Frau Gräfin."

Sie nickte ihm noch einmal grüßend zu und ging hinaus.

Oben in ihren Zimmern angelangt, ging sie einige Male sinnend auf und ab. Dann setzte sie sich an ihren Schreibtisch und setzte eine Depesche an die Schwiegertochter auf.

„Muß morgen auf unbestimmte Zeit verreisen. Bitte, kehre schnellstens nach Wildenfels zurück!"

Dann klingelte sie nach ihrer Kammerfrau. Als diese eintrat, erhob sich Gräfin Thea lebhaft.

„Grill – wir verreisen morgen früh schon wieder – diesmal nach Hamburg. Annie Horst ist gefunden worden. Ich erzähle dir das alles nachher. Jetzt lasse dieses Telegramm sofort besorgen, und dann packe meinen Koffer."

„Für wieviel Tage wünschen Frau Gräfin Gepäck mitzunehmen?" fragte Grill.

Sie war sehr neugierig, Näheres zu erfahren, aber als wohlgeschulte Dienerin mußte sie warten, bis man ihr Eröffnungen machte.

Gräfin Thea sann eine Weile nach. „Vorläufig für eine Woche, Grill. Ich weiß noch nicht, wie lange ich fortbleiben werde. Nun geh – und sieh zu, ob mein Enkel zu Hause ist, dann schicke ihn zu mir."

„Graf Lothar ist mit Herrn Wetzel zum See hinabgegangen."

„Es ist gut, Grill, sobald er zurückkommt, soll man ihn zu mir bitten. Auch den Herrn Wetzel."

Grill ging geschäftig hinaus, um die Aufträge auszuführen. Ihre Herrin blieb regunglos, in Gedanken versunken, am Schreibtisch sitzen und blickte mit schmerzlichem Ausdruck empor in das sonnige Gesicht ihres Sohnes. Wenn er gewußt hätte, welch furchtbares Schicksal Horst und seine Familie betroffen – wieviel qualvoller hätte er gelitten unter dem Bewußtsein seiner Schuld.

Als Lothar mit dem Lehrer zurückkam, wurde Gräfin Theas Wunsch bestellt.

Als die beiden vor ihr standen, teilte die alte Dame mit, daß sie auf unbestimmte Zeit verreisen müsse und gab dem Kandidaten noch einige Verhaltungsmaßregeln für den Fall, daß ihre Schwiegertochter nicht sofort zurückkäme. Lothar war betrübt, daß Großmutter wieder ohne ihn verreisen wollte. Aber als sich der Erzieher zurückgezogen hatte, nahm ihn die Gräfin bei den Schultern und sah ihm fest in die Augen.

„Mein lieber Junge – diese Reise hängt mit dem Werk zusammen, welches mir dein Vater aufgetragen hat. Nicht wahr – du bist nun vernünftig und machst mir das Herz nicht schwer durch deine Betrübnis?"

Lothar küßte ihr die Wange und nickte. „Du sollst dich nicht über mich zu beschweren haben, Großmama, wenn ich nun auch erst recht gern mit dir gehen würde, um dir zu helfen."

Sie streichelte sein Haar.

„Wenn ich zurückkomme, Lothar – das verspreche ich dir – dann sollst du mir helfen."

„Wieder nur durch mein Stillschweigen, Großmama?" forschte er, wenig erbaut.

„Nein – nicht dadurch. Jetzt sollst du eine wirkliche Aufgabe bekommen. Aber das Bewahren unseres Geheimnisses steht noch immer obenan."

„Du hast mein Ehrenwort", sagte der kleine Mann mit Würde. Sie küßte ihn herzlich, und die Augen wurden ihr feucht.

Lothar hatte sein Wort, Schweigen zu bewahren, das er der Großmama gegeben hatte, tapfer und treu gehalten, und das erfüllte ihn mit Stolz und Gräfin Thea mit inniger Liebe zu ihm.

9

Annie Warrens Zustand hatte sich von Tag zu Tag verschlimmert. So sehr sie sich dagegen wehrte, krank zu sein, endlich mußte sie sich in ihr Schicksal ergeben. Qualvolle Stunden lagen hinter ihr, als sich Völker als Arzt bei ihr melden ließ. Voll Angst und Sorge blickte sie ihm entgegen, aber es lag in seinem Wesen etwas, das die geängstigte Frau ein wenig beruhigte. Froh, sich einmal mit einem gebildeten, teilnehmenden Menschen aussprechen zu können, vertraute sie ihm ihr Schicksal an, und er wußte sie so eindringlich zu beruhigen, daß sich ihre Angst verlor.

Noch an demselben Tage kam der von Völker herbeigerufene Arzt. Er untersuchte Annie genau und teilte ihr mit, daß sie am nächsten Morgen in einem bequemen Wagen mit ihrem kleinen Mädchen abgeholt würde, damit sie in seiner Klinik besser gepflegt werden könne.

Annie fühlte sich so schwach, daß sie nicht die Kraft gehabt hätte, sich gegen seine Anordnungen zu wehren.

Das Zimmermädchen Berta, die von Völker ein sehr reichliches Trinkgeld erhalten hatte, mit der Weisung, Mrs. Warrens und die kleine Jonny nicht im Stich zu lassen, bis sie vom Arzt abgeholt würden, kam jede freie Minute zu der Kranken ins Zimmer. Das gute Geschöpf war betrübt, sich von Jonny trennen zu müssen, da sie sich bereits an das Kind gewöhnt hatte.

Die Übersiedlung Annies vollzog sich ohne Schwierigkeiten. Dr. Brand hatte ihr in einem Gartenhäuschen, das zu seiner Klinik gehörte, zwei Zimmer eingeräumt. Dies Gartenhaus wurde nur benutzt, wenn die Klinik überfüllt war. Gegenwärtig waren alle fünf Zimmer, die sich darin befanden, leer. So bekam Annie ein freundliches Zimmer mit dem Ausblick auf einen hübschen Garten, und das kleinere Zimmer daneben sollte als Schlafzimmer für Jonny dienen.

Annie erschrak und meinte: „Herr Doktor, das kann ich Ihnen nicht bezahlen.“ Aber der von Völker wohlvorbereitete Arzt lächelte beruhigend.

„Nur keine Sorge, Sie kleine, ängstliche Frau“, sagte er väterlich, „das Gartenhaus steht leer, und ich verspreche Ihnen, Sie sollen bei mir nicht teurer wohnen als im Hotel. Jetzt lassen Sie sich von Schwester Magda, die sich auch Ihrer kleinen Jonny annehmen wird, zu Bett bringen. Und da liegen Sie ganz ruhig und sorglos und denken an nichts, als daß Sie gesund werden wollen.“

Annie faßte seine Hand.

„Lieber, guter Herr Doktor, wie dankbar bin ich Ihnen für Ihre Güte. Ach – ich will nicht krank sein. Der liebe Gott hat mir so gute Menschen zu Hilfe geschickt.“

Dr. Brands Stirne rötete sich. Mrs. Warrens Dank beschämte ihn. Er wehrte ihn heftig ab, gab der Schwester einen Wink, ihres Amtes zu walten, und streichelte freundlich über Jonnys goldiges Köpfchen. Dann ging er hinaus.

Während Schwester Magda Annie zu Bett brachte und ihr dann eine, von Dr. Brand bereits besorgte Medizin reichte, kniete Jonny auf einem Stuhl am Fenster und jubelte über den schönen Garten. „O Mami, diese schönen, schönen Blumen. Er ist viel kleiner als unserer zu Hause, und auch kein Wald und keine Wiese ist dabei, nur garstige, hohe Häuser. Aber viele schöne Blumen sind darin, ganz andere, als bei uns daheim. Auch in Großmamas und Großpapas Garten waren nicht solche Blumen."

Annie verstand sie kaum. Die Übersiedlung vom Hotel nach der Klinik hatte sie müde gemacht, als habe sie tagelang wandern müssen.

Es war in der Dämmerung, wenige Tage später. Dr. Brand saß in seinem Studierzimmer. Um diese Zeit durfte ihn niemand stören. Ärgerlich fuhr er empor, als sein Diener eintrat.

„Was wollen Sie, Albert?"

„Herr Doktor verzeihen – eine Dame ist draußen, die Sie dringend zu sprechen wünscht. Ich wollte sie abweisen, aber sie bat so zwingend, wenigstens ihre Karte Herrn Doktor zu überreichen."

Albert verschwieg, daß ihn ein gutes Trinkgeld gefügig gemacht hatte.

„Geben Sie her", sagte der Arzt unwillig.

Als er jedoch auf der Karte den Namen der Gräfin Theodora Wildenfels las, glättete sich sein Gesicht.

„Eintreten lassen", sagte er kurz.

Als Gräfin Thea gleich darauf ins Zimmer trat, erhob er sich und grüßte artig. Er bat sie, in einem Sessel Platz zu nehmen.

„Ich komme, um mich bei Ihnen nach Mrs. Warrens zu erkundigen, Herr Doktor. Sie befindet sich hoffentlich bereits in Ihrem Hause?"

„Allerdings . . ."

„O bitte – sagen Sie mir, wie Sie die Dame gefunden haben. Ist ihr Zustand besorgniserregend?“

Dr. Brand spielte mit einem Briefbeschwerer.

„Verzeihung, gnädigste Frau Gräfin sind wohl verwandt mit Mrs. Warrens?“

Gräfin Thea schüttelte den Kopf.

„Nicht verwandt – aber die junge Frau ist mir sehr, sehr teuer. Niemand steht ihr näher als ich. Jedenfalls bin ich gewillt, sie wie eine eigene Tochter zu betrachten. Und ich bitte Sie sehr, mir meine Frage offen zu beantworten.“

Dr. Brand verneigte sich.

„Es tut mir leid, nicht viel Gutes berichten zu können. Mrs. Warrens ist schwer herzleidend. Ihr Zustand ist besorgniserregend. Ihr Leiden schließt von vornherein jede Besserung aus. Diese Erkenntnis ist für einen Arzt, wenn er eine Behandlung übernimmt, nicht erbaulich. Ich habe Mrs. Warrens auch aus diesem Grunde in einem abseits gelegenen Gartenhaus untergebracht. Gnädigste Gräfin verstehen – für alle Fälle.“

Die alte Dame wurde sehr bleich. „So besteht direkte Lebensgefahr?“

„Leider muß ich diese Frage bejahen.“

„Würde es den Zustand der Kranken verschlimmern, wenn ich sie nach Wildenfels brächte? Eine Eisenbahnfahrt wäre nötig.“

„Daran ist gar nicht zu denken. Die Patientin ist schon durch die kurze Fahrt vom Hotel bis hierher vollständig mit ihrer Kraft zu Ende.“

„Würde sie auch, wenn sie sich einige Zeit erholt hätte, die Reise nicht machen können? Verstehen Sie mich recht, Herr Doktor, ich möchte die Kranke nicht allein lassen, möchte bei ihr bleiben und sie deshalb am liebsten mit mir nehmen, da ich nicht gern lange von Wildenfels fortbleiben möchte.“

Dr. Brand sah eine Weile mit düsterer Miene vor sich hin. Dann hob er den Kopf.

„Ich habe die Patientin heute nachmittag noch einmal gründlich untersucht. Außer dem Herzleiden liegt auch eine schwere Erkältung vor. Das Fieber ist hoch gestiegen, und die Kranke ist, wohl durch viele Strapazen und Entbehrungen, völlig kraftlos. Aber vielleicht bringen wir sie noch einmal durch. Viel Hoffnung kann ich freilich nicht geben. Bringen wir das Fieber herunter, dann könnte unter Beachtung großer Vorsicht an eine Reise gedacht werden."

Gräfin Thea seufzte tief auf.

„Herr Doktor – Sie sprachen davon, daß Sie Mrs. Warrens in einem Gartenhaus untergebracht haben. Wäre es Ihnen nicht möglich, für meine Kammerfrau und mich Unterkunft zu schaffen? Wenn ich das Gartenhaus mietete – ließe sich das machen? Auf den Preis kommt es mir nicht an. Ich möchte nur bei der Kranken bleiben bis zur Entscheidung."

Dr. Brand war augenscheinlich nicht unangenehm berührt durch die Aussicht auf ein gutes Geschäft.

„Das ließe sich machen. Gnädigste Gräfin müßten sich allerdings mit einfachen Zimmern begnügen."

„Das ist mir gleich in diesem Fall. Meine Kammerfrau wartet draußen im Wagen mit meinem Gepäck. Kann ich gleich mit ihr hierbleiben?"

„Gewiß, wenn Sie es wünschen."

„Ich bitte darum. Und noch eins. Darf ich zu der Patientin? Ich möchte sie über ihr und ihres Kindes Schicksal beruhigen. Ohne einige Aufregung wird das nicht abgehen, wir haben uns manches zu sagen."

„Da es nur Gutes und Beruhigendes sein wird und vor allen Dingen die Angst vor der ungewissen Zukunft, welche die Patientin sehr niederdrückt, von ihr genommen wird, habe ich nichts dagegen. Bitte – nehmen Sie einige Minuten im Nebenzimmer Platz. Ich lasse die Kammerfrau hereinrufen und das Gepäck in das Gartenhaus schaffen. In kurzer Zeit wird alles bereit sein."

„Ich danke Ihnen sehr, Herr Doktor."

Grill hatte wartend unten im Wagen gesessen. Gräfin Thea hatte ihr am Abend vorher erzählt, wie und wo Völker Annie gefunden hatte und welch trauriges Verhängnis auf der Ärmsten lastete. Die gutmütige Grill hatte reichlich Tränen vergossen und war nun sehr gespannt, wie sich die Dinge weiterentwickeln würden.

Als der Diener des Arztes sie ins Haus rief, folgte sie eilig die Treppe hinauf und stand dann wie ein lebendes Fragezeichen vor ihrer Herrin.

„Grill – wir bleiben vorläufig hier", sagte diese.

Eine Stunde später trat Schwester Magda an das Bett Annie Warrens. Die Kranke sah mit ihrem bangen Blick zu ihr auf.

„Muß ich schon wieder Medizin nehmen, Schwester Magda?"

Diese schüttelte lächelnd den Kopf. Sie neigte das freundliche, stille Gesicht zu ihr nieder.

„Eine Dame wünscht Sie zu sprechen, Mrs. Warrens."

Annie sah unruhig erstaunt auf. „Eine Dame? Mich? Das ist wohl ein Irrtum?"

„Nein, nein. Die Dame ist eine sehr alte Bekannte von Ihnen."

Annie schüttelte den Kopf.

„Es muß ein Irrtum sein. Und ich kann hier im Bett keine Besuche empfangen."

„Das macht nichts. Sie weiß, daß Sie nicht wohl sind und zu Bett liegen. Aber ihre Angelegenheit ist dringend – die Dame bringt Ihnen gute Nachrichten."

Ein herzzerreißendes Lächeln umspielte Annies Mund.

„Gute Nachrichten? Ach – daran glaube ich nicht mehr. Doch bitte – lassen Sie die Dame eintreten."

Schwester Magda richtete die Kranke mit den Kissen etwas höher.

„Wo ist Jonny?" fragte Annie.

„Drüben bei mir, sie spielt mit ihrem Püppchen. Ich werde bei ihr bleiben, solange Sie Besuch haben."

„Es ist gut, Schwester Magda, ich danke Ihnen."

Die Schwester öffnete die Tür und ließ Gräfin Thea eintreten, nachdem sie die Lampe eingeschaltet hatte. Hinter der alten Dame verließ sie das Zimmer.

Gräfin Thea trat nahe an das Bett heran. Beim Anblick der rührenden Gestalt vermochte sie nicht gleich zu reden. Mit einem langen Blick sahen sich die beiden Frauen an.

Annies Gesicht verriet ungläubiges Staunen. Gräfin Thea faßte endlich ihre schmale Hand.

„Annie – kennen Sie mich?"

Die großen, schönen Augen der Kranken weiteten sich.

„Das – nein – das ist doch nicht möglich – nicht möglich – und doch – Frau Gräfin – Gräfin Wildenfels?"

Die alte Dame nickte.

„Ja, Annie – ich bin es. Aber bitte, liegen Sie ganz ruhig – nicht aufregen – ich bitte Sie herzlich darum."

Annie schloß einen Moment die Augen. Ein qualvoller Zug lag um ihren Mund. Die Gräfin setzte sich auf den Stuhl neben das Bett. Ihre Knie zitterten vor Aufregung.

„Sie kommen zu mir – zu der Tochter des Rendanten Horst – der unter dem schlimmen Verdacht aus Wildenfels entlassen wurde?" fragte Annie leise, ungläubig.

„Ja, Annie – liebe Annie – ich bin gekommen, um Ihnen zu sagen, daß wir jetzt wissen, wie schuldlos Ihr Vater war."

Annie richtete sich halb empor. Ein heller Glanz lag auf ihrem Gesicht.

„Das Halsband wurde gefunden, nicht wahr?"

„Ja – ich selbst hatte es irrtümlich an einen Ort gelegt, wo ich es erst viel später fand – zu spät – um an Ihrem armen Vater gutzumachen."

„Und – und hat Graf Joachim noch erfahren, daß mein Vater unschuldig ist?" fragte Annie mit zitternder Stimme.

Gräfin Thea streichelte ihre Hand.

„Ja, mein liebes Kind – er hat nie – nie daran gezweifelt. Und er war sehr unglücklich, als er nach Hause kam und hörte, unter welchen Umständen Sie aus Wildenfels fortmußten. Aber erst in seiner Todesstunde hat er mir berichtet, daß er nach Ihnen forschen ließ, freilich, ohne Ihre Spur zu finden. Annie – Sie haben meinen Sohn geliebt, nicht wahr?"

Die Kranke richtete ihre Augen mit einem ergreifenden Ausdruck in die der alten Dame.

„Ja – ich liebte ihn – mehr als Vater und Mutter, mehr als mein Leben."

Die Gräfin küßte sie innig auf die Stirn.

„Mein Sohn hat mir auf seinem letzten Lager gebeichtet. Er sagte mir: ‚Ich habe Annie geliebt, wie ich nie vorher und nachher geliebt habe.' Und er ist nur in jener Zeit wunschlos glücklich gewesen, da Sie ihm Ihre Liebe schenkten. Als Sie fort waren, mußte er auf meines Mannes Wunsch sich mit einer Ebenbürtigen vermählen. Er ist nicht glücklich geworden in dieser Ehe. Sein einziger Trost war sein Sohn. Er hat Sie nie vergessen, Annie, bis in seine Todesstunde nicht. Sie waren sein letzter Gedanke."

Heiße Tränen rollten über Annies Wangen. „Hat er schwer leiden müssen?" fragte sie leise.

Gräfin Thea wischte sich über die Stirn.

„Sie haben von seinem Unglück gelesen?"

„Ja – den ersten Tag, als ich hier ankam."

„Nun – so wissen Sie, daß er ein furchtbares Ende fand. Ich – ich mußte beten – um den Tod meines einzigen Kindes."

Gräfin Thea erzählte in kurzen Worten, was seit jenen Tagen, da Annie Wildenfels verließ, dort geschehen war. Dann berichtete sie die Mär von dem Auffinden des Halsbandes und von ihrem Auftrag an Völker. Wie dieser ihn gelöst hatte, erklärte sie der atemlos Lauschenden ebenfalls.

„Und nun bin ich hier, mein armes, liebes Kind, um gutzumachen. Daß ich es an Ihren armen Eltern nicht kann, bedrückt mich sehr. So muß ich an Ihnen und Ihrer süßen Kleinen alles sühnen. Ich habe die kleine Jonny schon gesehen drüben bei Schwester Magda. Ach, welch ein reizendes Geschöpf! Ich will es mit Liebe überschütten, Annie. Sie und Ihr Kind sollen mir sein wie eigene Kinder. Ich bleibe bei Ihnen, bis Sie gesund sind – und dann nehme ich Sie beide mit nach Wildenfels, für immer."

Annie atmete tief und schwer.

„Nach Wildenfels – ach – das wäre zu schön – zu schön, um wahr zu sein."

„Es soll wahr sein, Annie. Mein Sohn hat mir ein heiliges Vermächtnis hinterlassen. Ich mußte ihm schwören, für Sie wie für eine Tochter zu sorgen. Und mir selbst wird es eine Wohltat sein, diesen Schwur zu erfüllen. Nur damit kann ich alle Schuld sühnen."

„Oh – sprechen Sie nicht von Schuld. Mein Vater wußte, eines Tages würde seine Unschuld erwiesen werden. Nie hat er Graf Wildenfels gezürnt, daß er ihn entließ. ‚Er konnte nicht anders handeln', sagte er oft zu uns."

„Und Sie, Annie – haben Sie Joachim nie gezürnt, weil er sie so ziehen ließ?"

Annie lächelte wehmütig.

„Gezürnt – o nein. Ich hatte niemals gehofft, daß unsere Liebe etwas anderes sein dürfte als ein holder Frühlingstraum. Wohl dachte ich, bis unser Schiff abging, er würde kommen und mich zurückzuholen versuchen. Ich wäre nicht mit ihm gegangen, nur glücklich hätte es mich in all meinem Kummer gemacht. Aber trotz allem – geliebt habe ich ihn unentwegt. Ich habe deshalb meinen Mann nicht so lieben können, wie er es verdiente. Er allein wußte, daß ich mein Herz in der Heimat verloren hatte. Und er hat mein Gefühl geehrt und nicht mehr von mir verlangt, als ich geben konnte. Wie sehr ich Joachim noch liebte, sah ich, als ich so unerwartet seine Todesnachricht las – das traf mich härter als alles andere."

„Mein armes, liebes Kind. Aber nun mußt du Ruhe haben, mein Töchterchen, und darfst kein Wort mehr sprechen. Ich gehe jetzt hinüber zu Jonny – muß mich mit ihr auf einen vertrauten Fuß stellen. Wenn du dich ein wenig beruhigt hast, komme ich mit ihr zu dir."

„Gräfin – Ihre Güte."

„Nichts da – ich bin deine Mutter, mein Kind. Nun versuche zu ruhen."

Sie küßte Annie liebevoll auf die Stirn und ging hinaus.

Drüben saß Grill und hatte die kleine Jonny auf dem Schoß. Gräfin Thea trat herzu.

„Hast du schon Freundschaft mit Jonny geschlossen, Grill?"

„Ja, Frau Gräfin glauben nicht, wie lieb das Kind ist und wie klug. Mir ist, als sähe ich ihre Mutter wieder vor mir. Die war auch so ein reizendes Kind, als ich nach Wildenfels kam."

Gräfin Thea beugte sich zu Jonny hernieder und küßte sie mit Tränen in den Augen. Leise flüsterte sie der Dienerin zu:

„Grill – wenn du sie jetzt siehst, das Herz tut dir weh."

„So elend haben Frau Gräfin die Arme gefunden?"

„Krank – und müde vom Leben. Und doch schön und lieblich, wie sie immer gewesen ist. Du sollst sie nachher sehen. Jetzt gehe und packe unsere Sachen aus. Komm, kleine Jonny."

Jonny rutschte behend von Grills Schoß herab und legte ihr Ärmchen zutraulich auf den Schoß der Gräfin. Sie plauderten eine Weile miteinander, und Jonny gewann mit jedem Wort und jedem Blick mehr das Herz der alten Dame.

Schwester Magda hatte inzwischen nach ihrer Patientin gesehen und kam eben aus dem Zimmer.

„Hat sich Mrs. Warrens beruhigt, Schwester Magda?"

„Ja – erst hat sie geweint – vor Freude, sagte sie mir – und nun möchte sie, daß Frau Gräfin mit Jonny zu ihr kämen."

„Willst du mit mir zu Mami gehen, Jonny?"

Die Kleine nickte und faßte ihre Hand.

„Komm, gute Dame."

Annie lag halbaufgerichtet mit glänzenden Augen im Bett. Jonny sprang schnell auf sie zu, und Mutter und Kind umarmten sich zärtlich.

„Jonny, mein liebes, liebes Kind!"

„Liebe Mama – hast du deine Medizin genommen? Bist du nun bald wieder gesund?"

„Bald, sehr bald. Sieh, Jonny – diese liebe, gütige Dame, die will uns helfen und hat mir schon so wohl getan. Habe sie recht lieb dafür."

Jonny nickte mit schelmischem Lächeln zur Gräfin hinüber.

„Ja, ich weiß. Sie ist sehr gut – sie hat so liebe, gute Augen wie Großmama. Und auch solch schönes graues Haar. Gelt – du bist auch eine Großmama?" fragte sie die Gräfin.

Diese nickte und zog das Kind an sich.

„Ja, Großmama eines großen Jungen.“

„Ach – wo hast du ihn? Hast du ihn nicht mitgebracht?“

„Nein, er ist zu Hause geblieben in Schloß Wildenfels.“

Die Kleine horchte auf.

„Schloß Wildenfels? – Oh – das kenne ich schon. Großpapa – auch Mami – die sagten immer: ‚Unsere Heimat‘, wenn sie das Bild ansahen.“

Annies Augen füllten sich mit Tränen. Jonny eilte zu ihr.

„Nicht weinen, Mami – bitte, nicht weinen“, bat sie zärtlich. Und sich zur Gräfin wendend, fuhr sie fort: „Mami weint immerzu, wenn ich von Papa und den Großeltern rede, weil sie von uns fortgegangen sind. Aber ich weine nicht. Sie sind ja im Himmel, und Großmama sagte, da wäre es noch schöner wie in der Heimat. Nicht wahr, da sollen wir uns lieber freuen, wir kommen ja später auch in den Himmel, wenn wir artig sind.“

Gräfin Thea küßte gerührt die gläubigen Kinderaugen.

„Ganz gewiß, Jonny – wunderschön ist es da.“

Jonny nickte ihrer Mutter zu.

„Siehst du wohl, Mami.“

Annie versuchte zu lächeln.

„Mein Goldkind, ich weiß. Achte nicht auf meine Tränen.“

„Mama hat Kopfweh, kleine Jonny. Ich rufe jetzt Grill – die spielt noch ein Weilchen mit dir, bis du zu Bett gehst.“

Als Grill eintrat, sah ihr Annie mit großen Augen ins Gesicht und streckte ihr die Hand entgegen.

„Liebe Frau Grill – ich erinnere mich Ihrer so genau. Sie haben sich fast gar nicht verändert – nur das Haar ist grau geworden inzwischen.“

Grill streichelte behutsam die schlanke, weiße Hand.

„Ja, ja – auch ich erinnere mich Ihrer noch sehr gut.“

„Und Sie wollen sich meiner Kleinen ein wenig annehmen?“

„Gern – mit Freuden – sie ist ein so liebes Ding.“

Gräfin Thea sah besorgt den fieberischen Glanz in Annies Augen.

„Nun geh mit Jonny, Grill – ich bleibe hier."

„Gibst du auch gut acht auf Mami, Frau Gräfin?"

„Ganz gewiß, Jonny."

Jonny warf ihr im Hinausgehen eine Kußhand zu.

„Welch ein süßes, liebes Kind! Man muß ihm gut sein", sagte Gräfin Thea entzückt.

Annies Augen strahlten fieberhaft. „Wenn ich Jonny nicht gehabt hätte – ich hätte mich gleich den Eltern und meinem Mann niederschießen lassen. Aber die Angst um das Kind trieb mich zur Selbsterhaltung. Gottlob hat Jonny nicht viel gemerkt von all dem Greuel. Als wir entflohen, schlief sie, und da wir in der Nacht durch den Wald wanderten, blieb ihr der Schrecken verborgen. Nur um des Kindes willen habe ich mich von den toten Eltern zu trennen vermocht, nachdem ich ihnen mit einem treuen Diener eine schlichte Ruhestätte im Walde bereitet hatte. Dort liegen sie nun mit meinem guten Mann – fern von der Heimat – ruchlos niedergeschossen – ach – furchtbare – schreckensvolle Stunden . . ."

Gräfin Thea beugte sich liebevoll zu ihr nieder.

„Nicht daran denken, mein liebes Kind. Du mußt gesund werden. Richte deine Gedanken auf freundlichere Bilder. Ich will dir von Wildenfels erzählen, von dem Park und dem See. Sobald du kräftiger geworden bist, bringe ich dich heim – und dann sollst du wieder gesund und froh werden."

Sie nahm Annies Hand in die ihre, und während sie dieselbe sanft streichelte, erzählte sie mit halber Stimme allerlei von Wildenfels, was in Annie eine lichtvollere Stimmung erwecken konnte.

Annie lag still mit halbgeschlossenen Augen. Als Schwester Magda eintrat, um ihr die Medizin zu reichen, blickte sie auf, wie eben aus einem schönen Traum erwacht.

Am nächsten Tag schrieb Gräfin Thea einen kurzen Brief an Susanne, in welchem sie meldete, daß sie noch einige Zeit in Hamburg zu bleiben gedenke, wo sie eine alte Bekannte besuchte, die in der Klinik des Dr. Brand in ärztlicher Behandlung sei. Susanne möge sich in keiner Weise beunruhigen. Grill sei bei ihr. Und wenn sie nach Hause käme, würde sie alles Nähere berichten. Sie schloß mit herzlichen Grüßen an Lothar und seine Mutter.

Alle übrige Zeit brachte Gräfin Thea entweder am Krankenbett Annies zu, oder sie ging mit der kleinen Jonny hinaus in den Garten, damit das Kind genügend frische Luft bekäme.

Sie verstand es, eine gewisse Ruhe, einen stillen Seelenfrieden für die Patientin zu schaffen. Annie sah nicht mehr mit so angstvollen Augen auf das Kind. Sie wußte, es war geborgen, auch wenn sie kränker wurde oder gar sterben mußte.

Einmal sprach sie zu Gräfin Thea von der Möglichkeit, daß sie vielleicht nicht wieder gesund würde.

„Was wird aus meinem Kinde?“ hatte sie gefragt.

Gräfin Thea hatte ihre Wange gestreichelt.

„Was würde ich in diesem Falle mit dem Kinde meiner Tochter tun, Annie? Ich würde es wie mein eigenes ans Herz nehmen und nie mehr von ihm lassen. Aber mit so trüben Gedanken sollst du dich nicht befassen, hörst du?“

Annie hatte schnell ihre Hand an die Lippen gezogen.

„Liebe, Gute – du nimmst mir alle Last von der Seele – mir ist so leicht und frei zumute, daß ich fliegen könnte.“

Es war seltsam mit Annies Zustand. Jetzt, da sie ihrer Sorgen um die Zukunft ledig war, brach die letzte Lebensenergie nieder. Sie verfiel mehr und mehr in einen apathischen Zustand, aus dem sie nur öfter und öfter qualvolle Atemnot emporschreckte. Das Fieber bildete keine regelmäßige Kurve, einmal war es hoch, dann fiel es rapid, um am anderen Tage wieder zu steigen. Der Körper der Kranken zehrte mehr und mehr ab. Sie konnte fast keine Nahrung zu sich nehmen.

Gräfin Thea hatte jeden Tag mit dem Arzt eine Unterredung, und er konnte ihr keine Hoffnung mehr geben.

„Es ist, als ob sich die Patientin nach dem Tode sehnte – sie hat jedenfalls keinen Willen zum Leben mehr, nichts, was ihre erloschene Energie wecken könnte“, sagte er ihr am Morgen des sechsten Tages nach ihrer Ankunft.

Gräfin Thea war in den letzten Tagen kaum noch von Annies Bett gewichen, sie fühlte, lange Zeit blieb ihr nicht, um an Annie selbst gutzumachen. Alle Liebe strömte sie auf die Kranke aus. Das war die Frau, die ihrem Sohne lieber und teuerer gewesen war, als jede andere – und Annie hatte ihrem Sohn im Herzen die Treue bewahrt bis zu dieser Stunde. Das machte sie ihr lieb wie ein eignes Kind. Schmerzlich fühlte sie, wie ganz anders sich ihres Sohnes Leben gestaltet haben würde mit einem so edlen, warmherzigen und feinfühligen Geschöpf an der Seite. Susannes kaltes, hochmütiges Gesicht stand ihr vor Augen und sie fror innerlich dabei.

Wenn sie still am Bett saß und in Annies Leidenszüge blickte, dann gelobte sie bei sich selbst, was sie an ihr nicht gutmachen konnte, das wollte sie an Jonny vergelten.

Am siebenten Tage schlief Annie still und friedlich in der Dämmerung ein, um nicht mehr aufzuwachen. Gräfin Thea hielt die erkaltende Hand in der ihren und merkte erst, daß es die einer Toten war, als Schwester Magda eintrat und das Licht einschaltete.

Klein-Jonny war mit Grill ausgegangen. Grill sollte ihr ein neues Püppchen kaufen, weil das alte am Morgen den Kopf verloren hatte. Sie kam freudestrahlend zurück und ahnte nicht, daß der herbste Verlust sie soeben betroffen hatte.

Gräfin Thea nahm sie in ihre Arme und küßte sie. Tränen rannen ihr über die Wangen.

„Weshalb weinst du, Großmama?“ fragte Jonny betreten und trocknete ihre Tränen mit den ungeschickten Händchen.

„Meine liebe, kleine Jonny – Mami ist zu den lieben Großeltern und Papa in den Himmel gegangen.“

Jonnys Gesichtchen wurde blaß, sie zitterte, als käme ihr ein Verstehen der Größe ihres Verlustes. Mit einem ungestümen Laut warf sie sich an die Brust der alten Dame.

„Großmama – sehe ich meine liebe Mami nie wieder – erst wenn ich in den Himmel komme?“

„Ja, mein Kind – erst dann."
„Ach – dann will ich lieber gleich dahin gehen."
„Das kann nicht sein, meine Jonny, wir müssen warten, bis uns der liebe Gott zu sich ruft."
Jonny konnte das nicht verstehen – verstehen es doch auch Erwachsene nicht. Sie weinte und wußte nicht, warum, und Gräfin Thea mußte sie trösten, bis sie vor Müdigkeit einschlief.

Bis Annie zur letzten Ruhe bestattet war, blieb Gräfin Thea mit Grill in dem Gartenhäuschen des Dr. Brand. Dann rief sie Grill zu sich.
„Wir fahren morgen früh nach Hause, Grill – du kannst packen."
Grill sah ihre Herrin unsicher und beklommen an.
„Und das Kind? Was gedenken Frau Gräfin mit Jonny zu tun?"
„Sie geht mit uns nach Wildenfels, dort soll sie für immer eine Heimat finden, ich habe es ihrem armen Mütterchen versprochen."
Grill strahlte über das ganze Gesicht. „Oh, du lieber Gott – was bin ich froh. Frau Gräfin glauben nicht, wie ich mich um das Kind gesorgt habe. Man muß es liebhaben, ob man will oder nicht."
„Ja, Grill – du hast recht. Und ich denke, wir können in Wildenfels so ein Sonnenscheinchen brauchen. Meinst du nicht auch?"
„Freilich, Frau Gräfin haben recht. Na, und Graf Lothar, der wird ja wohl eine große Freude haben. Er hat sich früher immerzu eine kleine Schwester gewünscht, wenn er niemand zum Spielen hatte."
Gräfin Thea lächelte.
„Er kann so ein junges Blut jetzt doppelt gut brauchen. Wir sind alle zu alt, um seiner Elastizität standzuhalten. Nun geh, Grill – mache alles fertig. Ich werde unsere Ankunft nach Hause melden, damit der Wagen an der Bahn ist."

10

Gräfin Susanne war unangenehm berührt, weil sie so bald von Beburg zurückkehren mußte. Was mochte ihre Schwiegermutter plötzlich zu allerlei Reisen verleiten? Sie war sonst nicht von Wildenfels fortzubringen.

Der Brief Gräfin Theas brachte ihr auch nicht genug Aufklärung. Endlich war ein Telegramm gekommen, welches ihre Ankunft meldete und den Wagen zur Bahn beorderte.

Lothar, der schon längst Sehnsucht nach seiner geliebten Großmama hatte, bat dringend, mit zur Stadt fahren zu dürfen. Aber Gräfin Susanne erlaubte es nicht. Sie schob die Unterrichtsstunden vor, aber ein wenig versagte sie Lothar die Fahrt aus Ärger auf ihre Schwiegermutter, weil diese ihr den Beburger Aufenthalt gekürzt hatte – nur um irgendeine Bekannte wiederzusehen. Das hätte wahrlich Zeit gehabt, bis sie wieder heimkam. Aber Mama gönnte ihr die kleine Abwechslung nicht. Sie sollte den ganzen Tag dasitzen und an ihren verstorbenen Mann denken. Lieber Gott – davon würde er doch auch nicht wieder lebendig. Es war wirklich genug der Trauer, wenn sie ein ganzes Jahr auf alle Lebensfreuden verzichten mußte.

So lag Gräfin Susanne recht verstimmt und mißmutig auf einem Ruhebett in ihrem Boudoir und quälte sich mit einer langweiligen Lektüre, als ihr gemeldet wurde, daß Gräfin Thea soeben eingetroffen sei.

Sie erhob sich, um sie zu begrüßen. Als sie die Treppe herunter in die große Halle kam, sah sie Grill mit einem bildhübschen kleinen Mädchen an sich vorbei die Treppe hinaufsteigen.

Ein verwunderter Seitenblick aus ihren Augen traf das Kind. Hatte da ihre Schwiegermutter Besuch mitgebracht? Sie vermied jedoch, in Anwesenheit der Dienerschaft eine Frage zu stellen und begrüßte die alte Dame in der ihr eigenen, vornehm kühlen Art, indem sie flüchtig mit ihren Lippen deren Wange berührte.

„Guten Tag, Mama. Es ist gut, daß du wieder da bist.

Lothar hat sich schon halb krank nach dir gesehnt. Am liebsten hätte er den Unterricht versäumt, um dich abzuholen", sagte sie mit einem leisen, mokanten Beiklang.

„Ich hatte auch Sehnsucht nach Hause, Susanne. Aber eine ernste Pflicht hielt mich in Hamburg zurück."

Die Diener hatten die Halle verlassen.

„Du mußt mir alles erklären, Mama, deine Reise war mir so überraschend und unverständlich. Übrigens – ich sah da Frau Grill mit einem Kinde hinaufgehen. Wer ist das? Hast du Besuch mitgebracht?" forschte Susanne, entschieden neugierig.

„Das sollst du alles hören, Susanne. Jetzt will ich mich umkleiden. In einer halben Stunde komme ich zu dir – ich habe dir manches zu sagen."

In demselben Augenblick kam Lothar angestürmt und flog seiner Großmutter um den Hals.

„Bist du endlich wieder da, Großmama – liebe Großmama?"

Sie küßten sich beide herzlich und innig.

„Großer Junge, du tust ja gerade, als käme Großmama von einer Reise um die Welt zurück!" spottete Susanne.

Lothar warf den Kopf zurück. Etwas wie Trotz lag in seinen Augen.

„Ach – du weißt nur nicht, wie es ist, so tolle Sehnsucht nach jemand zu haben."

Gräfin Susanne zuckte die Achseln.

„Jedenfalls liebe ich es nicht, meine Gefühle zu Markte zu tragen, und du tätest besser, dir ein Beispiel hieran zu nehmen."

„Das kann ich nicht, Mama – nie."

„Du wirst noch manches lernen müssen. Überhaupt – wie kommst du jetzt hierher – mitten aus der Unterrichtsstunde?"

„Es war gerade eine Pause, und ich wollte nur Großmama begrüßen."

„Gut, das ist geschehen – nun gehe wieder an deine Arbeit."

Lothar küßte die alte Dame schnell noch einmal.

„Ich komme nachher zu dir, Großmama."

„Ja, Lothar, ich freue mich darauf", antwortete die alte Dame, und als er davongelaufen war, fuhr sie, zu Susanne gewendet, fort: „Schilt ihn nicht. Er ist ungestümer in seinem Empfinden als du. Das liegt ihm im Blut. Er hat die rasche Wildenfelser Art."

Susanne zog den Mund herb zusammen. Dann sagte sie ruhig und gelassen:

„Brauchst ihn nicht zu entschuldigen, ich bin ihm nicht böse. Aber gerade weil er ungestümes Blut hat, muß er ab und zu einen Dämpfer bekommen. Du zürnst mir wohl zuweilen, daß mein Blut langsamer und bedächtiger durch die Adern fließt. Aber ich glaube, es schadet Lothar nicht, wenn auch ein Einschlag meines Wesens sich dem Wildenfelser Ungestüm zugesellt. Ich bin nicht sentimental und gönne dir Lothars Zärtlichkeiten. Dafür laß mir aber auch einigen Einfluß auf seine Erziehung und wirke nicht gegenteilig auf die Pläne, die ich mit ihm habe."

„Das will ich gewiß nicht tun, Susanne. Hab' Dank, daß du mir seine Liebe gönnst – wahrlich – ich brauche sie nötig genug."

„Danken sollst du mir nicht. Und jetzt will ich dich nicht länger aufhalten. Du wolltest dich umkleiden. Ich darf dich also danach erwarten."

Gräfin Thea stieg die Treppe empor. Es legte sich doch heimliches Bangen auf ihre Seele. Was würde die kühl denkende Susanne sagen, wenn sie erfuhr, daß sie die Enkelin des ehemaligen Rendanten Horst als Hausgenossin – als Töchterchen in Wildenfels aufnehmen wollte? Sie konnte ihr ja nicht die ganze Wahrheit sagen. Susanne durfte nicht mehr erfahren, als was sie Grill und dem Detektiv gesagt hatte. Kein Wort sollte jemals Joachims Beteiligung verraten.

Oben in ihrem Zimmer fand sie Grill mit Jonny beschäftigt. Die Kleine sprang ihr entgegen.

„O liebe, liebe Großmama – wie schön ist es hier bei dir. Das ist tausendmal schöner, als auf dem Bild über Großpapas Bett."

Gräfin Thea zog sie herzlich an sich.

„Also gefällt es dir hier?"

„Hm – fein.“

„Und hast auch schon ein frisches Kleidchen angezogen, das ist hübsch.“

„Ja – Grill hat es getan. Sie hat mir auch die Locken gebürstet, die gute Grill. Schau – ganz ordentlich sehe ich nun wieder aus. Meinst du, daß Mama sich im Himmel darüber freut?“

„Sehr wird sie sich freuen, mein Goldköpfchen. Am meisten aber darüber, wenn du froh und heiter bist.“

Jonny nickte, hob die Schultern hoch und atmete tief auf, als ob sie etwas Schweres abtun wollte.

„Ja – daran will ich immer denken. Aber nicht wahr – abends, wenn ich in meinem Bettchen liege und hab' so arge Sehnsucht nach Mami – dann darf ich noch traurig sein – dann sieht es Mami nicht.“

Die Gräfin zog das Kind fest in die Arme und tauschte einen gerührten Blick mit Grill über das blonde Köpfchen hinweg aus.

„Kleine, tapfere Jonny – auch das wird bald besser werden.“

„Wo hast du den großen Jungen, den du so lieb hast?“

„Er hat jetzt Schule. Nachher kommt er zu uns.“

„Oh – ich freue mich.“

Gräfin Thea lächelte.

„Ich wette, er freut sich auch. Aber nun komm, Grill, ich will mich umkleiden. Nachher habe ich mit Gräfin Susanne zu reden. Du behältst Jonny bei dir, bis ich dich rufen lasse. Dann bringst du sie hinüber, damit ich sie meiner Schwiegertocher vorstelle.“

Das Boudoir Gräfin Susannes hatte Lothar „die blaue Grotte“ getauft. Es war in satten, tiefblauen Tönen gehalten. Die Wände, Teppiche, Möbelbezüge und Decke, alles leuchtete in derselben eigenartigen Farbe. Selbst das Licht fiel in blauem Schimmer durch das Fenster, da stets durchscheinende Vorhänge in blauer Tönung vorgezogen waren. Und abends sorgte eine elektrische Lampe in blauer Kristallglocke für dieselbe magische Beleuchtung. Gräfin Susanne hatte gefunden, daß diese Farbe besonders vorteilhaft für ihre Erscheinung war. Da sie im Hause nur weiße

Kleider trug, sah ihr vornehmes Äußeres auch wirklich recht eigenartig aus in dieser blauen Grotte, etwa, als hätte man ein schönes Marmorbild darinnen aufgestellt. Aber jetzt, in ihren Trauerkleidern, wirkte sie wie ein dunkler Schatten.

Als sie, nach der Begrüßung ihrer Schwiegermutter, hierher zurückgekehrt war, trat sie an das Fenster und schob den Vorhang ein wenig beiseite. Nachdenklich schaute sie in die leuchtende, blühende Spätsommerpracht hinaus. Im Park begann bereits an manchen Stellen eine leise, herbstliche Färbung sichtbar zu werden. Gräfin Susanne seufzte. Auch ihre Lebenssonne stand auf der höchsten Höhe und konnte nicht mehr aufsteigen. Langsam, aber sicher würde sie sich zum Untergang neigen. Und gerade jetzt ging ihr ein köstliches Jahr verloren. Noch stand sie im Zenit ihrer Schönheit, noch folgten die Blicke der Männer bewundernd ihrer Erscheinung – aber solch ein langweiliges Trauerjahr stumpfte ab. Das Leben steht still und legt sich wie ein Schleier über das ganze Wesen. Gräfin Susanne kannte nur eine Furcht – alt zu werden und keine Bewunderung mehr zu erregen.

Sie grübelte über das Törichte einer erzwungenen Trauer. Wer einem verlorenen, geliebten Menschen nachtrauern wollte – nun gut –, der mochte in seinem Herzen trauern, solange es ihm Bedürfnis war. Aber die vielen tausend Fälle, wo die schwarzen Kleider nur äußerliche Trauerpflicht zum Ausdruck brachten! Warum verbot die gute Sitte den Trauernden jede Zerstreuung, jede Aufheiterung, die gerade ein Betrübter so nötig braucht? Warum zwang man sie, die ihrem Mann im Leben so fern gestanden hatte, ein ganzes, köstliches Jahr lang die Einsiedlerin zu spielen, gerade jetzt, wo ein Jahr für sie doppelt zählte? Es war unsinnig! Sie würde sich sträflich langweilen und versauern. Besuche würden sich selten genug einfinden – natürlich – wer sollte sich freiwillig durch Besuche in einem Trauerhaus die Lebensfreude stören lassen. Niemand läßt sich gern an den Tod erinnern, sie konnte es ihren Bekannten nicht verdenken.

Gewiß – es war betrübend, daß Joachim so jung und so

tragisch sterben mußte. Ihr wäre es auch lieber gewesen, er wäre am Leben geblieben, denn er war ein sehr bequemer und rücksichtsvoller Ehemann gewesen und hatte ihr die nötige Sicherheit im geselligen Verkehr gegeben. Sie konnte sich den Hof machen lassen, soviel sie wollte, ein Hinweis auf ihren Gatten genügte, allzu feurige Anbeter in die Schranken zurückzuweisen. Für Gefühlsausbrüche war Gräfin Susanne auch in solchen Lagen nicht zu haben. Sie wollte sich anbeten, bewundern lassen, wie eine unnahbare Gottheit. Mitten in diese Betrachtungen hinein kam ihr plötzlich wieder die Erinnerung an das kleine Mädchen, welches Grill die Treppe hinaufgeführt hatte. Was mochte es damit für eine Bewandtnis haben?

Wenn da nur nicht wieder irgendeine Sentimentalität dahintersteckt, dachte sie ahnungsvoll.

Sie trat vom Fenster zurück und ließ sich in einen Sessel nieder. Zum Zeitvertreib nahm sie ihre Lektüre von vorhin wieder auf, aber das Buch vermochte sie nicht zu fesseln.

Schließlich war sie recht ungeduldig und neugierig geworden, und als ihre Schwiegermutter endlich eintrat, atmete sie auf.

Gräfin Thea ließ sich ihr gegenüber nieder.

„Fühlst du dich nicht sehr müde von der Reise, Mama?" fragte Susanne artig, aber ohne Wärme.

„Nein, ich bin leidlich frisch, und es drängt mich, dir eine Mitteilung zu machen. Du hast Zeit für mich?"

„Gewiß, Mama, ich stehe vollständig zu deiner Verfügung."

Gräfin Thea stützte den Kopf in die Hand und sah ihrer Schwiegertochter in das kühle, unbewegte Gesicht. Dann sagte sie halblaut:

„Ich muß ein wenig weit ausholen, Susanne, habe also Geduld."

Und sie erzählte ihr die Geschichte von dem verschwundenen Halsband, von Horsts Entlassung und dem Verdacht, der auf ihm lastete.

Als sie soweit gekommen war, richtete sich Susanne interessiert empor.

„Ah – deshalb ist Horst damals mit seiner Familie so

schnell von Wildenfels entfernt worden? Sonderbar – es kursierten ganz andere Gerüchte darüber."

Gräfin Thea sah betroffen auf. „Andere Gerüchte? Was waren das für Gerüchte?"

„Nun, man sagte, Joachim habe eine Liebschaft gehabt mit der Tochter des Rendanten. Sein Vater sei dahintergekommen und habe, um einen törichten Streich seines Sohnes zu verhüten, das Ärgernis aus dem Wege geräumt."

Die alte Dame preßte einen Moment die Lippen fest zusammen. Dann fragte sie tonlos:

„Und wie dachtest du über dieses Gerücht, als bald darauf Joachim um deine Hand anhielt?"

Susanne zuckte die Achseln.

„Mein Gott, Mama, die Herren aus unseren Gesellschaftskreisen haben alle ihre Liebchen, ehe sie heiraten. Ob es nun eine Dame vom Theater ist oder so ein kleines Mädchen, das ist gleich. Mich hat dieser Gedanke nicht weiter aufgeregt."

Gräfin Thea richtete sich auf. Ihr Gesicht war gerötet.

„Du irrst dich, wenn du Annie Horst unter diese leichte Ware rechnest. Sie war eine sehr wohlerzogene junge Dame. Ihre Ehre ist über jeden Zweifel erhaben."

Susanne lächelte überlegen.

„Aber Mama, das ist mir wirklich gleichgültig. Jedenfalls war sie also die Tochter eines Rendanten, der unter entehrendem Verdacht aus seinem Dienst entlassen wurde. Mir ist diese Entlassung nun verständlicher. Papa ist wirklich milde mit ihm verfahren. Natürlich war es ihm hauptsächlich darum zu tun, einen Skandal zu vermeiden. Sonst hätte er wohl strengere Saiten aufgezogen."

Die alte Dame seufzte.

„Das wäre möglich gewesen. Aber gottlob – Horst wurde öffentliche Schande erspart. Und jetzt ist seine Unschuld erwiesen worden – das Halsband hat sich wiedergefunden."

„Wiedergefunden?"

„Ja", sagte Gräfin Thea seufzend und erzählte der interessiert aufhorchenden Susanne die Mär von dem Auffinden des Halsbandes in ihrem Schreibtisch.

„Oh – das ist allerdings sehr fatal“, sagte Susanne.

„Furchtbar war mir die Entdeckung, daß ein Unschuldiger darunter leiden mußte. Ich war durchdrungen von dem Wunsch gutzumachen.“

„Das kann ich mir denken, Mama. Man nimmt nicht gern einem Unschuldigen seine Ehre, auch wenn er ein Angestellter ist.“

„Nicht wahr, das kannst du verstehen?“ fragte Gräfin Thea mit zitternder Stimme. Und sie erzählte, weshalb sie nach Beburg gereist war und was Anton Völker über Annie und ihre Angehörigen in Erfahrung gebracht hatte.

„Ach, nun verstehe ich alles, Mama. Du reistest natürlich nach Hamburg, um die junge Frau zu entschädigen, nicht wahr?“

„So ist es.“

Die alte Dame berichtete, wie sie Annie gefunden und wie sie dieselbe bis zu ihrer Todesstunde nicht verlassen hatte.

Susanne lächelte.

„Das sieht dir wieder ähnlich, Mama. So weit hättest du nicht zu gehen brauchen. Es war wahrlich genug, wenn du dieser Mrs. Warrens sagtest, wie die Unschuld ihres Vaters erwiesen wurde, und du ihr eine Summe Geld als Entschädigung geboten hättest.“

„Erlaube, Susanne – das genügte mir keineswegs. Ich fühle mich mitschuldig an allem Unglück, welches die Familie betroffen hat. Wären sie in Wildenfels geblieben, lebten sie vielleicht heute alle froh und glücklich.“

„Vielleicht – aber vielleicht auch nicht.“

„Gleichviel – ich habe das Bedürfnis, gutzumachen bis zur Grenze der Möglichkeit, weil ich überzeugt bin, daß es meine Pflicht ist. Ich blieb bei Annie und gelobte ihr, für ihr Kind zu sorgen, wie für mein eigenes. Und nun weißt du, wer das kleine Mädchen ist, nach dem du fragtest: es ist Jonny Warrens – Annies Tochter und Horsts Enkelin.“

Susanne zog die Augenbrauen hoch. „Du hast dir unerhörte und sehr weitgehende Buße auferlegt. So groß war dein Vergehen in meinen Augen nicht. Aber darüber wirst du deine eigene Ansicht haben, und mir steht es nicht zu, sie zu bekämpfen. Verstehe ich dich recht, so willst du das Kind in irgendeine Erziehungsanstalt bringen und ihr später, wenn sie erwachsen ist, eine Entschädigungssumme zahlen?"

„Nein, Susanne – so wohlfeil will ich mich nicht von meinen Verpflichtungen loskaufen. Ich habe gelobt, Jonny wie ein eigenes Kind zu halten. Und daran will ich nicht drehen und deuteln. Soviel es in meiner Macht steht, will ich ihr die Mutter zu ersetzen suchen, und Wildenfels soll ihre Heimat sein."

„Aber Mama – verzeihe mir – das ist ein Unsinn – das geht zu weit!" rief Susanne entrüstet.

„Das ist nicht meine Ansicht."

„Aber die meine. Was soll das fremde Kind hier? Du bürdest dir eine große Last auf."

„Ganz gewiß nicht. Im Gegenteil. Ich habe die Kleine schon herzlich liebgewonnen. Sie ist ein süßes, liebes Geschöpf. Sieh sie dir nur erst einmal an, du wirst entzückt sein. Und denke an Lothar, wie der sich freuen wird an einer so lieblichen kleinen Hausgenossin."

Susanne warf hochmütig den Kopf zurück und sah die alte Dame mit kalten, abweisenden Augen an. „Ich halte es nicht für wünschenswert, daß Lothar mit Kindern von ehemaligen Angestellten verkehrt."

Gräfin Thea sah sie vorwurfsvoll an.

„Susanne, willst du deinem Sohne derartige Hochmutsideen in den Kopf setzen?"

„Bitte sehr – das ist kein Hochmut, sondern Standesbewußtsein."

„Es sind Kinder."

„Aber sie werden einst erwachsen sein, bitte, vergiß das nicht. Und laß dir raten, gib das Kind fort, es bringt nur Widerwärtigkeiten. Du kannst auch ohnedies großmütig für die Kleine sorgen."

Gräfin Thea zog die Stirn wie im Schmerz zusammen. Dann sagte sie ruhig und fest:

„Nein – Jonny bleibt hier – ich halte mein Wort."

Susanne knüllte nervös ihr Spitzentaschentuch in den Händen und machte ein böses Gesicht.

„Ich kann dich leider nicht daran hindern.“

„Susanne – sei nicht hart. Das arme, verwaiste Kind braucht ein wenig Liebe. Und laß Lothar ruhig mit ihr spielen, es schadet ihm gewiß nicht. Die Kleine ist so lieb und gut – sie ist ebenso viel wert wie das Kind eines Edelmannes.“

„Aber um Gottes willen, Mama, diese Ansichten! Hast du kein Standesbewußtsein?“

Gräfin Thea lächelte wehmütig.

„Als ich noch sehr jung und unreif war – da war ich auch so stolz auf meine Geburt – wie du. Damals glaubte ich, Aristokraten seien wirklich ein bevorzugter Menschenschlag. Aber ich habe bald erkennen lernen, daß das ein Irrtum ist. Wir sind auch nur arme, irrende Menschen, wie die, welche keinen Stammbaum haben. Nur der Zufall bestimmt die Geburt, und alle Menschen haben gleiches Anrecht, auf die Höhe des Lebens zu gelangen, wie alle den Keim für Gut und Böse in sich tragen. Und ob adlig oder nicht – in die Tiefe der Schuld können wir alle gerissen werden.“

Susanne erhob sich erregt.

„Mama – ich kenne dich nicht wieder. Besinne dich. Wenn dich Joachim – wenn dich dein Mann so hätte sprechen hören.“

Gräfin Theas Blick umflorte sich.

„Mein Mann hat sich nicht zu dieser Freiheit des Gedankens durchringen können. Er war davon überzeugt, daß seine Standesgenossen so streng ehrenhaft und untadelig waren, wie er selbst. Sein Blick war nicht weit und frei genug, um ihm Erkenntnis zu bringen. Aber mit Joachim fühlte ich mich eins in dieser Beziehung, so unverständlich dir das auch scheinen mag.“

„Und gedenkst du Lothars Erziehung in diesem Sinne zu beeinflussen?“

Gräfin Thea strich sich über die Stirn.

„Ich werde es ihm selbst überlassen, sich über diesen Punkt ein Urteil zu bilden.“

„Das hätte ich auch unbedingt von dir verlangen müssen. Mama. Mir ist es schon widerwärtig genug, daß sein

Lehrer in jeder Beziehung demokratische Ansichten hat. Wäre ich nicht durch Joachim kontraktlich an ihn gebunden, hätte ich längst einen anderen Lehrer engagiert. Aber dem Lehrer kann ich wenigstens Vorschriften machen."

Gräfin Thea lächelte.

„Nun – mir machst du eben auch welche."

„Ja, du zwingst mich dazu. Lothar soll stolz darauf sein, Graf Wildenfels zu heißen und einem alten, untadeligen Geschlecht anzugehören. Lies die Chronik unseres Hauses – kein Wildenfels hat je etwas getan, was seinen Namen mit dem leisesten Makel behaftete. Mein Sohn soll sich mit Stolz seiner bevorzugten Geburt bewußt sein, und mein Ehrgeiz für ihn geht sehr weit."

Gräfin Thea preßte die Hände fest ineinander. Der kummervolle Zug, der sich in der Todesnacht ihres Sohnes in ihr Gesicht gegraben hatte, trat wieder schärfer hervor. „Kein Wildenfels hat je etwas getan, was seinen Namen mit dem leisesten Makel behaftete." Diese Worte Susannes erfüllten ihre Seele mit Jammer. Sie wußte es besser.

„Laß uns Frieden schließen, Susanne. Wir beide sind so verschiedene Naturen, daß wir uns notgedrungen beiderseitige Zugeständnisse machen müssen. Verhärte dich nicht und versage dem armen Kinde nicht die Aufnahme in unserem Hause. In wenigen Jahren geht Lothar fort von Wildenfels, um zu studieren. Dann ist die Kleine immer noch ein Kind. Weiter brauchen wir jetzt nicht zu sorgen. Sei nicht unbarmherzig gegen eine Waise."

Susanne machte eine unmutige Bewegung.

„Ein Unmensch bin ich nicht, wenn ich auch deine Aufopferung übertrieben finde. Ich will wünschen, daß kein Unheil mit diesem Kinde bei uns einzieht. Auf dein Haupt jedenfalls die Folgen."

Gräfin Thea seufzte wie erlöst.

„Darf ich dir die Kleine jetzt bringen?"

Susanne neigte den Kopf: „Bitte sehr."

Gräfin Thea ließ Grill rufen, und die beiden Damen nahmen wieder Platz und tauschten einige gleichgültige Redensarten.

Kurze Zeit darauf trat Grill ein, Jonny an der Hand führend. Das Kind eilte auf die alte Dame zu.

„Großmama – liebe Großmama!"

Susannes Stirn verfinsterte sich bei dieser vertraulichen Anrede. Aber sie sagte kein Wort, wie unpassend sie dieselbe fand.

Gräfin Thea küßte Jonny herzlich.

„Da bist du ja, Goldköpfchen."

„Darf ich hinaus in den großen, großen Garten?" fragte Jonny eifrig.

„Gewiß, noch ein wenig. Es wird bald dunkel. Aber nun gehe erst einmal zu der anderen Dame hinüber und sag ihr artig guten Tag."

Jonny wandte sich zu Susanne und schritt zaghaft zu ihr hin. Die kalten, hochmütigen Augen schüchterten sie ein. Kinder fühlen instinktiv, wer es gut mit ihnen meint.

„Guten Tag", sagte sie leise, machte ein Knickschen, und beklommen ergriff sie Susannes zögernd dargebotene Hand.

Diese mußte sich gestehen, daß sie selten ein so schönes, liebliches Kind gesehen hatte und daß die Kleine von einem Aristokratenkind nicht zu unterscheiden war. Aber gerade das nahm sie gegen Jonny ein. Sie wollte sich nicht bezaubern lassen und empfand schon in dieser Stunde mit Gewißheit, daß ihr das Kind lästig und widerwärtig sein würde.

„Guten Tag" antwortete sie kühl und hielt nur flüchtig die Kinderhand.

„Ich heiße Jonny Warrens", sagte die Kleine hastig und unsicher.

„Es ist gut, Jonny", erwiderte Susanne ungerührt.

Grill und Gräfin Thea sahen sich einen Moment an, als wollte eine die andere fragen, ob sie Susannes abweisendes Benehmen merke.

Jonny floh zu der alten Dame zurück und sah ängstlich zu ihr auf.

„Ist die schöne Dame böse mit mir?"

„Nein, Jonny. Du mußt nur lieb und artig sein, dann wird sie dich auch liebgewinnen."

Jonny schüttelte zweifelnd den Kopf.
„Sie sieht nicht so lieb aus wie du. Ich möchte, daß sie fortgeht.“
Susanne machte ein unbeschreibliches Gesicht.
„Sehr gut erzogen ist das Kind, das muß man sagen“, bemerkte sie spöttisch.
Gräfin Thea sah sie bittend an.
„Susanne – sie kommt hier in neue ungewohnte Verhältnisse. Wenn du dich erst ein wenig mit ihr beschäftigt hast, wird sie die Scheu vor dir verlieren.“
„Oh – mich verlangt nicht danach. Ich verspüre nicht die mindeste Lust, mich um ihre Gunst zu bewerben.“
In Gräfin Theas Gesicht zuckte es. Sie erhob sich.
„Ich will dich jetzt allein lassen, Susanne. Bei Tisch sehen wir uns wieder“, sagte sie kurz, nahm Jonny an die Hand und winkte Grill, ihr zu folgen.
Susanne sah ärgerlich hinter ihnen her und ballte zornig die Hände.
„Das hat mir noch gefehlt – so ein bodenloser Unsinn“, murmelte sie.
Gräfin Thea war mit Jonny und Grill wieder in ihre Zimmer gegangen. Drüben blieb sie vor Grill stehen.
„Was sagst du dazu, Grill?“
„Daß der liebe Gott Frau Gräfin schon vergelten wird, was sie an dem Kinde tut. Gräfin Susanne wird sich an die Kleine gewöhnen.“
Die alte Dame strich mit bebender Hand über Jonnys Scheitel. Das Kind schmiegte sich an sie.
„Großmama – die schöne Dame war böse auf mich“, flüsterte das Kind ängstlich.
„Nein, nein, Kleinchen, das mußt du nicht denken! Sei nur recht brav.“
„Ja, das will ich, damit du Freude an mir hast, du und meine Lieben im Himmel und die gute Grill! Euch habe ich alle sehr lieb! Die schöne Dame nicht.“
„Das mußt du nie wieder sagen, Jonny, hörst du?“
Gräfin Thea setzte sich müde in einen Sessel – es war doch ein wenig viel für sie gewesen. Sie schloß die Augen, und Grill hielt Jonny zurück mit einem besorgten Blick

auf ihre Herrin. In diesem Augenblick kam Lothar mit schnellen Schritten ins Zimmer.

„Großmama – endlich frei!“ rief er und umschlang die alte Dame zärtlich. „Hast du dich nach mir gebangt?“

„Sehr, mein Junge“, antwortete die alte Dame, ihm liebevoll in die Augen sehend. „Und nun sieh dir an, was ich dir mitgebracht habe.“

Lothar wandte sich nach Jonny um, und Grill verließ geräuschlos das Zimmer.

„Du – die ist aber niedlich – wer ist denn das kleine Mädchen?“ forschte Lothar.

„Das ist Jonny Warrens. Sie kommt aus Venezuela.“

Lothar machte große Augen.

„So weit her – das kleine Ding? Wo sind denn ihre Eltern?“

„Sie ist eine Waise, Lothar.“

„Oh – die arme Kleine.“

„Jonny soll für immer im Schloß bleiben, bei uns.“

Lothars Augen strahlten.

„O fein. Du, Großmama, sie ist zu lieb. Was sie für schöne goldene Locken hat. Kann sie Deutsch reden?“

„Versuch's einmal“, sagte die Großmutter, mit innigem Lächeln die beiden Kinder betrachtend.

Lothar trat zu Jonny und faßte ihre Hand, ihr ins Gesicht lachend.

„Guten Tag, Jonny.“

Jonny lächelte glücklich zu ihm auf.

„Bist du Großmamas lieber Junge?“

Er lachte herzlich.

„Wie heißt du?“ fragte Jonny.

„Lothar.“

„Lothar“, sagte sie mit fremder Betonung.

„Großmama – lieb klingt es, wie sie meinen Namen ausspricht. Überhaupt, sie gefällt mir riesig. Wird sie wirklich immer bei uns bleiben?“

„Ja, Lothar. Sie hat Heimatrecht in Wildenfels. Wie das zusammenhängt, erzähle ich dir heute abend. Aber eins will ich dir jetzt schon sagen. Komm einmal her zu mir.“

Lothar trat zu ihr heran. Sie faßte seine Schultern und zog ihn zu sich herab.

„Du wolltest ja deinen Teil an meiner Aufgabe – unser Geheimnis betreffend!"

Lothar nickte eifrig und sah sie erwartungsvoll an.

„Dies ist dein Teil! Du sollst Jonny liebhaben wie eine Schwester, sollst sie beschützen und behüten vor allem Ungemach – immerfort – auch wenn ich nicht mehr am Leben bin", sagte Gräfin Thea leise und eindringlich. Lothar sah sie mit blitzenden Augen an.

„Kannte Papa die kleine Jonny?"

„Sie selbst nicht, aber ihre Mutter und ihre Großeltern. Und jedenfalls ist es sein Wunsch und Wille, daß wir Jonny liebhaben und daß sie eine Heimat findet. Kann ich mich darauf verlassen, daß du mir dabei hilfst?"

Lothar reichte ihr die Hand und sah sie fest an.

„Ehrenwort! Du, keiner soll wagen, ihr ein Härchen zu krümmen. Ich will ihr Ritter sein", sagte er ein wenig prahlerisch, aber sehr ehrlich.

„Das ist recht, mein Junge. Ich freue mich, daß du mir helfen willst."

„Na weißt du, schwer ist das nicht", erwiderte er, etwas unzufrieden in seinem jugendlichen Tatendrang.

„Desto besser, schwer soll es dir auch nicht sein. Nun komm her, Goldköpfchen. Willst du jetzt mit Lothar noch ein Weilchen in den Garten gehen?"

Jonny nickte strahlend.

„Ja – mit ihm gehe ich gern überall hin – ist mir gleich, wohin – er ist ein lieber, großer Junge. Komm, Lothar."

Sie reichte ihm das Händchen. Er griff, ein wenig verlegen und ungeschickt, aber mit sichtlichem Vergnügen danach. Seine Rolle als brüderlicher Beschützer war ihm ungewohnt und neu. Aber er schritt froh neben ihr dahin und nickte der Großmutter noch einmal zu, als wollte er sagen: Verlaß dich nur ruhig auf mich, ich behüte sie getreulich.

Gräfin Thea sah vom Fenster aus die beiden Kinder. Lothar erklärte anscheinend die Gegend. Er sprach lebhaft auf Jonny ein und zeigte mit den Händen bald hierhin, bald dorthin. Die alte Dame trat aufatmend zurück, und ihre Augen suchten das Bild ihres Sohnes.

„Ist es so recht, Joachim?“ fragte sie, als sei das Bild ein lebendiges Wesen.

Dann klingelte sie Grill.

Diese erschien sofort.

„Frau Gräfin befehlen?“

„Grill, du läßt das Zimmer zwischen meinem kleinen Salon und dem Schlafzimmer für Jonny zurechtmachen. Ich will das Kind auch nachts in der Nähe haben.“

„Werden Frau Gräfin da nicht im Schlaf gestört werden?“

„Bewahre. Jonny ist groß genug, um die Nacht durchzuschlafen. Es ist zu meiner Beruhigung. Und hör mal zu, Grill – die Garderobe der Kleinen muß ergänzt werden. Sieh nach, was da alles fehlt. Das wollen wir von auswärts kommen lassen. Wenn dich die anderen über Jonny fragen, so weißt du, daß ich das Enkelkind der Horsts wie meine eigene Tochter halten will. Danach sollen sich die Leute richten. Ich verlasse mich auf dich, gute Grill.“

„Frau Gräfin können das auch unbesorgt.“

So war die kleine Jonny Warrens nun in Wildenfels aufgenommen. Und ihr liebliches Wesen nahm bald alle Menschen für sie ein. Jonny wurde wirklich eine Art Sonnenschein für Wildenfels. Nur ein Mensch schloß feindlich sein Herz gegen das liebe Kind. Das war Gräfin Susanne. Sie hatte kein Lächeln, kein warmes Wort für die Kleine.

Es war ihr ein Dorn im Auge, daß Lothar sich gern mit Jonny beschäftigte und gleich seiner Großmutter einen förmlichen Kult mit ihr trieb.

Scharf tadelte sie das wieder und wieder und sagte Lothar wiederholt, daß Jonny als Enkelin eines Untergebenen kein passender Umgang für ihn sei.

Lothar fühlte, daß seine Mutter Jonny feindlich gesinnt war. Das tat ihm weh, und eines Tages beichtete er der Großmutter sein Leid.

„Warum spricht Mama so verächtlich von Jonny? Ist es

eine Schande, daß ihr Großvater Rendant in Wildenfels war?“

„Nein, mein Lothar, ganz gewiß nicht.“

„Der Herr Lehrer sagt auch – ob Arbeiterkind oder Fürstenkind – beide müssen gut und tüchtig sein, wenn sie im Leben etwas gelten sollen.“

„Da hat der Herr Lehrer sehr recht.“

„Nun also, Jonny ist gewiß lieb und gut, und mir ist gleichgültig, ob sie von Adel ist oder nicht. Ich habe sie lieb und freue mich sehr, daß sie bei uns ist.“

„Daran halte nur fest, mein Junge.“

„Großmama – warum ist Mama so ganz anders als du und ich? Warum hat sie die kleine Jonny nicht lieb, wie es alle anderen Menschen im Schloß tun?“

Gräfin Thea seufzte.

„Mama ist von anderer Art als wir.“

Lothar nickte.

„Weißt du, manchmal muß ich denken, Mama kann wohl überhaupt niemand so richtig liebhaben – auch mich nicht.“

Die alte Dame erschrak.

„Kind – so etwas darfst du nicht denken. Mama kann nicht zeigen, wenn sie jemand liebhat. Wir wollen sie trotzdem liebhaben, nicht wahr?“

„Ja – ich will gewiß. Aber weißt du, es wäre viel leichter, wenn sie uns einmal zeigte, daß sie uns liebhat.“

Gräfin Thea seufzte sorgenvoll. Susannes abweisendes Benehmen gegen Jonny tat ihr sehr weh. Um so zärtlicher umfaßte sie im Herzen das Kind. Und daß Lothar von Tag zu Tag mehr an der Kleinen hing, freute sie innig.

Jonny hatte gleichfalls ihr ganzes Herz an Lothar gehängt.

Sie zählte die Stunden, wenn er Unterricht hatte. Und oft stahl sie sich heimlich an die Tür des Schulzimmers und lauschte, ob sie seine Stimme hörte. Dann war sie wieder für ein Weilchen zufrieden und sprang davon. Seine Freistunden widmete Lothar gewissenhaft seinem kleinen Schützling. Sogar Großmama kam zuweilen ein bißchen zu kurz, wenn schönes Wetter war und die Kinder im Park herumtollten.

11

Seit dem Tode Joachims von Wildenfels waren zwölf Jahre vergangen. Es war ein schöner, klarer Wintertag, kurz vor Weihnachten. Vom See herauf durch den verschneiten Park kam ein schlankes junges Mädchen. Es trug ein dunkles Jackenkleid, darüber eine kurze Pelzjacke. Seine sportgewandt schreitende Gestalt ruhte auf kleinen Füßen in festen Lederstiefeln. Das feingezeichnete Gesicht war von der frischen Winterluft mit dem köstlichen zarten Rot gesunder Jugend bedeckt. Große, braune Augen, in denen es funkelte, als seien Sonnenstrahlen darin gefangen, blickten heiter in die Welt. Das feine Köpfchen trug schwer an einer Fülle goldblonder Locken von seltener Schönheit. Keck war ein Pelzmützchen darauf gedrückt. Alles in allem bot diese junge Dame einen entzückenden Anblick.

Es war Jonny Warrens, Gräfin Theas Pflegetöchterchen. Am Arm hängende Schlittschuhe verrieten, zu welchem Zweck sie auf dem Weg war. Als sie den Fahrweg kreuzte, kam eben ein eleganter Schlitten. In einen Pelz gehüllt, saß ein Herr von ungefähr achtundvierzig bis fünfzig Jahren im Fond desselben. Bei Jonnys Anblick ließ er sofort halten und sprang aus dem Schlitten.

„Mein Fräulein – das muß ein guter Tag sein. Das Glück läuft mir über den Weg“, sagte er mit warmer Betonung.

Jonny sah lächelnd zu ihm auf, als er ihre Hand mit ausdrucksvoller Gebärde ergriff. Sein etwas rotes, von kleinen blauen Äderchen durchzogenes Gesicht mit dem dicken, graumelierten Schnurrbart verriet den Lebemann. In seinen Augen lag ein Ausdruck, wie Feinschmecker ihn bei auserlesenem Genuß haben.

„Sie sollten im Schlitten sitzenbleiben, Baron. Hier liegt der Schnee ziemlich hoch, und Sie tragen keine schneetüchtigen Schuhe wie ich“, sagte Jonny, nachdem sie ihn begrüßt hatte.

Baron Hasselwert blickte entzückt auf ihre kleinen Füße herab. Dabei wurde ihm so warm, daß er den Pelzmantel zurückschlug. Oder wollte er nur jugendliches Feuer vortäuschen?

„Ich bitte sehr, gnädiges Fräulein, das bißchen Schnee geniert einen alten Jäger nicht. Wenn Sie gestatten, begleite ich Sie zu Fuß zum Schloß."

Jonny sah zu ihm auf.

„Und wenn Sie dann einen Schnupfen bekommen, bin ich schuld. Das kann ich nicht verantworten. Bitte, fahren Sie lieber."

„Auf keinen Fall – lieber einen Schnupfen, als auf das Glück Ihrer Gesellschaft verzichten."

Er gab seinem Kutscher Weisung voranzufahren, und ging mit Jonny auf dem Fußweg durch den Park.

Sie plauderten recht lebhaft miteinander, und Jonnys fröhliches Lachen klang hell durch die klare Winterluft. Sie faßte die recht deutlichen Komplimente des Barons scherzhaft auf und ahnte nicht, daß dieser seine Worte sehr ernst meinte. Als sie den großen Platz vor dem Schloßportal überschritten, sah Jonny mit ihren jungen, scharfen Augen, daß sich der blaue Vorhang an den Fenstern von Gräfin Susannes Boudoir bewegte, als sei er rasch niedergefallen. Einen Moment flog ein Schatten über ihr frohes Gesicht, und sie strebte eilig über den Platz, so daß Baron Hasselwert in seinem schweren Pelz kaum mit ihr Schritt halten konnte.

„Warum plötzlich diese Eile? Wollen Sie grausam die wenigen Minuten kürzen, die mir vom Glück beschert wurden?"

Jonny wandte ihm das ernst gewordene Gesicht zu.

„Nein, Baron, aber mir ist eben zum Bewußtsein gekommen, daß ich mich verspätet habe."

Als sie die große Halle betreten hatten und der Baron einem Diener Hut und Pelz übergab, kam Gräfin Susanne eben die Treppe herab. Sie war noch immer eine sehr hübsche, stattliche Erscheinung, sah entschieden jünger aus als sie war, und verstand es, ihre Reize durch Pflege ihres Äußeren zur vollsten Geltung zu bringen. Aus ihrem kalten, unbewegten Gesicht funkelten ihre Augen in diesem Moment unbeherrscht gehässig zu Jonny hinüber.

„Sie sind sehr lange ausgeblieben, Fräulein Warrens. Mama hat nach Ihnen fragen lassen", sagte sie mit scharfem Tadel, wie man zu einem säumigen Untergebenen spricht. Jonnys Gesicht hatte sich mit dunkler Röte überzogen.

„Ich gehe sofort hinauf", sagte sie hastig, machte eine Verbeugung vor dem Baron und floh vor den kalten, gehässigen Augen die Treppe hinauf. Baron Hasselwert sah ihr entschieden betrübt nach. Dann aber nahm ihn Gräfin Susanne in Anspruch.

„Willkommen, lieber Baron – Sie haben sich die ganze Woche nicht sehen lassen."

„Ich war einige Tage verreist, Gräfin. Darf ich mich nach Ihrem Befinden erkundigen?"

Susanne öffnete die Tür zu dem kleinen Empfangssalon, dessen Wände mit herrlichen Gobelins geschmückt waren. Sie lud mit einer Handbewegung den Baron zum Sitzen ein und schmiegte sich selbst in lässiger Haltung in einen Sessel.

„Danke, ich befinde mich wohl. Sie kamen zu Fuß? Ich sah Ihren Schlitten leer ankommen."

„Allerdings. Ich traf im Park mit Fräulein Warrens zusammen und zog es vor, in ihrer liebenswürdigen Gesellschaft den Weg zurückzulegen. Leider war er zu kurz."

Susannes Lippen zuckten nervös.

„Lieber Baron – Sie verwöhnen das junge Mädchen durch Ihre Artigkeiten. Bitte, vergessen Sie nicht, daß Fräulein Warrens die Gesellschafterin meiner Schwiegermama ist. Solche Mädchen bilden sich leicht Torheiten ein", sagte sie entschieden verstimmt. Baron Hasselwert war so ziemlich der einzige Verehrer, der Gräfin Susanne treu geblieben war. Einer nach dem andern hatte sich von ihr zurückgezogen, als man merkte, daß sie nicht daran dachte, sich wieder zu verheiraten. Nach dem Trauerjahr war sie von allen Seiten umschwärmt worden, und das gefiel ihr. Hauptsächlich Baron Hasselwert hatte der schönen Frau auf Tod und Leben den Hof gemacht, einesteils, weil sie reich, andernteils, weil sie schön war. Aber Gräfin Susanne wollte eben nur verehrt und bewundert werden, keine neue Verbindung eingehen, die nur den Glanz ihrer jetzigen Stellung in der Gesellschaft beeinträchtigen konnte. Später begannen ihre Reize zu verblühen, ihre einst geradezu berühmt schöne Gestalt neigte trotz aller Gegenmittel ein wenig zum Starkwerden, und sie war längst nicht mehr gefeierter Mittelpunkt der Gesellschaft. Es bedurfte schon allerhand kosmetischer Feinheiten, um die Reste einstiger Schönheit festzuhalten. Das Gespenst ihres Lebens – die Angst vor dem Altern – trübte ihr Dasein. Sie gehörte zu den Frauen, die nicht verstehen, mit Grazie und Heiterkeit alt zu werden, sondern sich ängstlich an die entschwindende Jugend klammern.

Baron Hasselwert hatte sich, treu wie ein Schatten, an ihre Fersen geheftet. Selbst als er seinen kinderlosen Oheim beerbte und Besitzer von Hasselwert wurde – das war vor sechs Jahren – hatte er noch einmal einen Ansturm gewagt. Aber Susanne blieb lieber Gräfin Wildenfels. Der Glanz dieses Namens konnte ihr nicht durch den des Barons ersetzt werden.

Hasselwert hatte sich niedergeschlagen mit der Rolle eines sie verehrenden Freundes abgefunden. Eine andere Frau zu heiraten, daran dachte er nicht. Und Gräfin Susanne sonnte sich in dieser treuen Anhänglichkeit, als ihre anderen Verehrer sie verließen. Wenn Susanne in Wildenfels glänzende Feste gab, dann kehrte wohl der eine oder andere ihrer Verehrer noch einmal vorübergehend zu ihr zurück. Aber seit Jonny Warrens vor mehr denn Jahresfrist als erwachsene junge Dame aus der Pension zurückgekehrt war, verblaßte Gräfin Susannes Stern vollends vor Jonnys sieghafter, jugendfrischer Schönheit. Man war entzückt und bezaubert von der frischen Lieblichkeit des jungen Mädchens und beachtete Gräfin Susanne weniger.

War Susanne bisher Jonny nur kalt und unnahbar entgegengetreten, so verfolgte sie diese jetzt mit feindlicher Gehässigkeit. Ihre kleinliche Seele gönnte Jonny die Bewunderung nicht, die ihr selbst Lebensbedingung war. Noch tiefer fraß sich der Haß in ihre Seele, als sie bemerken mußte, daß ihr treuester Verehrer, Baron Hasselwert, sich auffallend mit Jonny zu beschäftigen begann.

Sie suchte nun das junge Mädchen bei jeder Gelegenheit in seinen Augen herabzusetzen.

Baron Hasselwert merkte diese Absicht und ließ sich nicht beirren. Auch heute spielte nur ein Lächeln um seinen Mund, als er antwortete: „Verehrteste, schönste aller Frauen – was soll sich Fräulein Warrens einbilden? Sie kann sich höchstens denken, daß mich ihre Schönheit und Lieblichkeit bezaubert hat und den Wunsch in mir erweckt, sie zu meiner Frau zu machen."

Susanne fuhr zurück, als habe sie einen Schlag ins Gesicht erhalten.

„Baron – solche Scherze liebe ich nicht", sagte sie mit bebenden Lippen, und ihre Augen blickten fast angstvoll in die seinigen.

Hasselwert straffte seine noch sehr stattliche, etwas hagere Figur und fuhr sich wie prüfend über die kleine Tonsur am Hinterkopf.

„Aber bitte sehr, Gräfin – ich würde mir nie erlauben, mit solchen Dingen zu scherzen. Mir ist sehr ernsthaft zumute. Nur zu ernsthaft."

Susanne zerrte nervös an ihrem Taschentuch, welches sie meist in der Hand zu tragen pflegte.

„Ihren Ausspruch kann ich nur als Scherz auffassen. Sie, Baron – und dieses bürgerliche Mädchen – die Gesellschafterin Mamas – undenkbar", sagte sie mit gepreßter Stimme.

„Pardon? Weshalb kaprizieren Sie sich darauf, Fräulein Warrens als Gesellschafterin zu bezeichnen? Ihre hochverehrte Frau Schwiegermama stellte sie uns allen als ihr Pflegetöchterchen vor. Und Fräulein Warrens nennt Gräfin Thea ‚Großmama'. Das bezeichnet zur Genüge, daß man sie als zu Ihrer Familie gehörig betrachten darf."

„Ich meinesteils verzichte gern auf die Ehre, Fräulein Warrens als Angehörige zu betrachten. Für mich ist sie einfach die Enkelin des früheren Rendanten Horst. Daß Mama in ihren etwas überspannten Mitleidsideen der Gesellschaft Fräulein Warrens als gleichberechtigt aufnötigen will, ist mir reichlich unangenehm", erwiderte Susanne scharf.

„Aber ich bitte Sie, gnädigste Gräfin – von einem Aufnötigen kann dabei nicht die Rede sein. Fräulein Warrens braucht keinen adligen Namen, um sich als Adelsgeschöpfchen zu beweisen. Alle Welt ist von ihr entzückt – Damen und Herren wetteifern, die reizende junge Dame auszuzeichnen. Daß sie bescheiden und lieb dabei bleibt, ist noch ein besonderer Verdienst. Jedenfalls besitzt sie Vorzüge genug, daß sie – selbst wenn sie nur Gräfin Theas Gesellschafterin wäre – einen Mann mit ihrer Hand zu beglücken vermag. Und ich brauche nur auf mich selbst Rücksicht zu nehmen."

Susanne hatte sich fast die Lippen wundgebissen.

„Sie vergessen die Gesellschaft, Baron. Auf die müssen Sie Rücksicht nehmen", sagte sie, mühsam ihre Fassung bewahrend.

Hasselwert lachte.

„Die Gesellschaft? Ich sage Ihnen, man würde die junge Dame mit offenen Armen als Baronin Hasselwert aufnehmen. Sie ist hochgeachtet und beliebt, man würde es mir nicht verargen, wenn ich mir diese holde Blume an mein einsames Herz holte. So engherzig sind wir gottlob nicht mehr in unseren Kreisen. Ich habe nur Bedenken dabei – ob sie mich haben will. Ich bin alt geworden, gnädigste Gräfin. Sie wissen, welchem unerreichbaren Stern ich lange Jahre gehuldigt habe. Und Sie haben mir alle Hoffnung genommen. Nun hat sich mein Herz dem Reiz dieser jungen Dame ergeben – ein neuer Frühling will in meine Brust einziehen. Ist das so unbegreiflich, teuerste Freundin?"

Susanne hob stolz den Kopf.

„Allerdings. Ich finde, es ist ein recht weiter Sprung, den sich Ihr Herz da gestattet hat. Im übrigen kommen Sie bei mir fast in Verdacht, ein verkappter Dichter zu sein. Sie werden poetisch", sagte sie gereizt.

Hasselwert verbeugte sich.

„Gnädigste Gräfin – wer, wie ich, ein offenes Auge für Frauenschönheiten hat, braucht kein Dichter zu sein, um Fräulein Warrens Zauber zu erliegen."

Sie zuckte spöttisch die Schultern, aber ihr Haß gegen Jonny hatte neue Nahrung gefunden.

„Ich will hoffen, daß Sie wieder zur Vernunft kommen, ehe es zu spät ist. Jetzt lassen wir aber wohl dieses Thema fallen. Ich kann mir nicht denken, daß Sie mich besucht haben, um mir von Fräulein Warrens' Reizen vorzuschwärmen."

Der Baron verbeugte sich.

„Verzeihen Sie – Sie haben recht. Es ist beinahe ein Verbrechen, einer schönen Frau von der Schönheit einer anderen zu sprechen – der stolz erblühten Rose von der Knospe, die sich erst zur vollen Pracht entfalten soll."

Er zog ihre Hand an seine Lippen und sah mit der Bewunderung des alten Verehrers in Susannes leicht gerötetes Gesicht. Der Wunsch, ihn zurückzuerobern, stieg in ihr auf. War sie nicht mehr schön genug, es mit diesem Mädchen aufzunehmen?

Sie zwang ein berückendes Lächeln in ihr Gesicht.

„Lieber Baron, Sie sind wirklich in poetischer Stimmung. Man darf Sie heute nicht streng beurteilen."

„Wenn Frauen lächeln, sind sie am schönsten. Gräfin – Sie verdrehen mir leider immer noch den Kopf, wenn sie wollen."

Er seufzte elegisch und sah sie lange an. Aber Jonnys goldiges Köpfchen drängte sich in seine Erinnerung, und er merkte zum ersten Male, daß Susannes Reize im Verblühen waren.

Er raffte sich auf.

„Jetzt will ich aber endlich zu dem wirklichen Zweck meines heutigen Besuches kommen. Ich erlaube mir, Sie zu einem Eisfest einzuladen, welches ich auf dem Hasselwerter See veranstalten will. Als Junggeselle ist mir so wenig Gelegenheit geboten, mich für erwiesene Gastfreundschaft zu revanchieren. Ich stehe wieder einmal in tiefer Schuld bei allen Nachbarn. Nun habe ich die Gelegenheit ergriffen und will ein Eisfest arrangieren. Tauwetter ist, laut Wetterbericht, in nächster Zeit ausgeschlossen. Von allen Seiten ist der Hasselwerter See bequem mit Schlitten oder Wagen zu erreichen. Auf dem See werden Zelte aufgeschlagen, in denen für Erquickung gesorgt wird. Musik ist bereits bestellt. Die Schlittschuhbahn ist ganz brillant –

spiegelglatt. Nach Dunkelwerden wird ein Feuerwerk abgebrannt mit allerlei Überraschungen. Es fehlt nichts, als daß meine Gäste zusagen, und Sie, werteste Freundin, das Amt der Lady Patronesse übernehmen."

Susanne neigte lächelnd das Haupt. „Einem so schmeichelhaften Anerbieten darf man sich nicht entziehen. Ich nehme Ihre Einladung an und werde fleißig Eislauf üben, um mit Ehren bestehen zu können."

„Oh – eine so brillante Läuferin – ich kenne Ihre Leistung auf diesem Gebiet. Gerade der Gedanke daran hat mich auf die Idee mit dem Eisfest gebracht."

Susanne lauschte mit Wohlbehagen diesen schmeichelnden Worten.

„Wann soll das Fest stattfinden?"

„Am Donnerstag. Heute ist Montag, und um die Weihnachtszeit sind fast alle unsere Nachbarn zu Hause. Die Familien aus der Stadt mit ihren Damen haben gute Fahrbahn bis Hasselwert."

„Sie können trotzdem nur auf die jüngeren Herrschaften rechnen."

„Oh, bitte sehr – auch für ältere Gäste ist gesorgt. Der Hasselwerter Gasthof liegt dicht am See. Den habe ich für Donnerstag für mich reservieren lassen. Er wird von unten bis oben, innen und außen mit Tannengrün dekoriert. Im Saal wird nach dem Feuerwerk ein Tänzchen arrangiert, und die Gastzimmer, die alle nach dem See hinausliegen, werden für die älteren Herrschaften behaglich erwärmt."

„Also ist alles aufs beste überlegt. Nun – Sie sind bekannt als Veranstalter glänzender Festlichkeiten. Von Ihrem vorjährigen Waldfest schwärmt heute noch alt und jung. Sie werden keine einzige Absage erhalten. Und ich nehme Ihre Einladung nicht nur für mich an, sondern auch für meinen Sohn."

„Ah – Lothar kommt Weihnacht nach Hause?"

„Ja, endlich einmal wieder. Ich erhielt eben erst die Nachricht, daß er am Mittwoch eintrifft. Ich wollte, daß er auch diesen Winter eine größere Reise unternehmen sollte. Aber mein großer Junge streikt. Er ist ein Schwärmer und sehnt sich nach dem Weihnachtsbaum, nach Christstollen und Honigkuchen – wie ein Baby."

Sie hatte das in ihrer leicht spöttischen Art gesagt. Hasselwert nickte.

„Kann ich verstehen, gnädigste Gräfin. Um Weihnachten kranken die verstocktesten Globetrotter am Heimwehfieber. Graf Lothar war lange nicht daheim."

„Seit reichlich zwei Jahren nicht. Es kam immer etwas dazwischen. Und nun ist er der Gesandtschaft in Rom zugeteilt worden. Im Januar muß er dort eintreffen. Da will er unbedingt Weihnachten zu Hause verleben."

„Ich freue mich, ihn bei meinem Feste zu haben."

„Und wir rechnen dann auf Ihren häufigen Besuch. Silvester will ich zu Ehren meines Sohnes einen großen Ball in Wildenfels geben. Er muß wieder Fühlung bekommen mit unseren Nachbarn. Leider ist er ja in den letzten sechs Jahren immer nur kurze Zeit zu Hause gewesen. In den Universitätsferien hat er meist große Reisen gemacht, damit er die Welt kennenlernt."

„Das ist auch richtig. Übrigens wird es mir schwerfallen, in Ihnen die Mutter eines erwachsenen Sohnes – eines Dr. jur. und künftigen Gesandtschaftsbeamten zu sehen."

Gräfin Susanne seufzte.

„Mir ist es selbst ein wenig sonderbar", sagte sie, einen verstohlenen Blick in den Spiegel werfend.

„Sie werden sich neben ihm ausnehmen wie eine Schwester."

Susanne lehnte sich kokett zurück.

„Was hilft es, lieber Baron. Ich kann ihn nicht verleugnen. Man sollte nicht so jung heiraten – ich war ein halbes Kind", erwiderte sie träumerisch.

Sie plauderten noch ein Weilchen über allerlei Nichtigkeiten. Dann erhob sich Hasselwert.

„Darf ich Ihrer verehrten Frau Schwiegermama meine Aufwartung machen? Ich möchte auch sie und Fräulein Warrens bitten, am Eisfest teilzunehmen."

Susannes Gesicht verfinsterte sich bei Jonnys Erwähnung.

„Mama ist heute nicht recht wohl und kann keine Besuche empfangen. Außerdem – bei ihrem Alter wird das Fest zu anstrengend sein. Sie wird sich schwerlich beteiligen können."

Der Baron machte ein enttäuschtes Gesicht. Er hatte gehofft, Jonny noch einmal zu sehen, um sie einzuladen. Gerade an ihrem Erscheinen lag ihm viel. Und er wußte, daß Jonny nur in Gesellschaft ging, wenn Gräfin Thea dabei war. Mit Susanne ging sie nie aus, oder vielmehr, Susanne hätte sie nie mitgenommen. Sie behandelte Jonny nur als Gesellschafterin ihrer Schwiegermutter und betonte diesen Standpunkt überall. Da Gräfin Thea Jonny allen Bekannten als ihr Pflegetöchterchen vorstellte und das junge Mädchen die alte Dame Großmama nannte, so spöttelte die Gesellschaft ein wenig über diese Zwiespältigkeit.

Da aber Gräfin Susanne nicht sehr beliebt war, ihres kalten, hochmütigen Wesens wegen, so neigte man überall dazu, Gräfin Theas Wunsch zu folgen und Fräulein Warrens als vollwertiges Glied der Gesellschaft aufzunehmen.

Hasselwert bat Susanne, Gräfin Thea seine Einladung zu übermitteln. Er hoffte, daß sie zusagen und Jonny mitbringen werde.

Dann verabschiedete er sich mit einem ausdrucksvollen Handkuß von Susanne.

Susanne blieb in unmutiger Stimmung zurück. Widerwärtiger denn je war ihr der Gedanke an Jonny Warrens' Anwesenheit. Noch nie hatte sie den Wunsch, Jonny für immer von Wildenfels zu entfernen, so stark empfunden wie heute.

Schon oft hatte sie im Laufe der Jahre versucht, das junge Mädchen zu verdrängen. Gräfin Thea hielt liebevoll und schützend ihre Hand über sie. Auch Lothar warf sich, solange er zu Hause war, bei jeder Gelegenheit zu Jonnys Ritter auf.

Deshalb war Susanne froh, als Lothar zur Universität ging. Seine Freundschaft mit dem „widerwärtigen Eindringling", wie sie Jonny bei sich bezeichnete, mißfiel ihr im höchsten Maße.

Da ihr außerdem der große Sohn im Wege war, weil er ihr Alter zu deutlich verriet, sorgte sie dafür, daß er möglichst wenig nach Hause kam. Dadurch wollte sie ihn auch dem Einfluß ihrer Schwiegermutter entziehen. Sie hoffte, daß sich in den Klubs, dem Söhne aus alten Adelsgeschlechtern angehörten, die demokratischen Ansichten verlören, die ihm Wetzel und ihre Schwiegermutter aufgenötigt hatten. Sie wußte nicht, daß diese Anschauungen bei Lothar schon längst feste Wurzeln gefaßt hatten, sein Charakter früh gereift und gestählt war. Und daß er in einem regen Briefwechsel mit seiner Großmutter Gefühle und Ideen austauschte, die der Mutter unfaßbar und unverständlich waren, ahnte sie nicht. Am meisten aber wäre sie empört gewesen, hätte sie gewußt, daß Lothar und Jonny im regen Briefwechsel standen. Gräfin Thea war die Vermittlerin. Zwischen Lothar und Jonny bestand noch immer dasselbe innige Verhältnis, das sie schon als Kinder verbunden hatte. Zwar hatten sie sich, seit Lothar die Universität bezog, nur selten gesehen. Damals war Jonny elf Jahre gewesen. Lothar kam immer seltener nach Hause, und als er das letzte Mal in Wildenfels gewesen war, hatte sie das Weihnachtsfest in einer Genfer Pension zugebracht. Sie hatte die weite Reise nicht allein machen wollen, und Gräfin Thea und Grill waren inzwischen zu alt geworden, um sie abzuholen.

So war Jonny zwei Jahre von Wildenfels fortgewesen in der Pension. Und als sie wieder heimkam um die Osterzeit, da hatte Lothar gerade eine Orientreise angetreten.

Seine Briefe an sie waren fast ein wenig väterlich gehalten. Er sah sie im Geist noch in kurzen Kleidern und ganz kindlich, so wie er sie das letztemal gesehen hatte. Gräfin Thea war stolz auf ihren Enkel. Er hatte gelernt, seine ungestüme Art zu zügeln. Ein fester, bewußter Wille prägte sich in all seinem Tun aus. Keine Spur von der Unbeständigkeit seines Vaters war in seinem Charakter zu merken, wenn sich auch dessen sonnige, liebenswürdige Eigenschaften auf ihn vererbt hatten. Die alte Dame war glücklich, daß Lothar ein warmes Herz und Großherzigkeit im Handeln und Denken besaß. Sie liebte Lothar über alles. Immer mehr verschmolz er in ihrem Herzen mit seinem Vater zu einer Person.

Gräfin Thea war in den letzten Jahren sehr gealtert. Ihr Haar war jetzt silberweiß. Nie verließ sie ganz der Gedanke an das, was sie für ihren Sohn zu sühnen hatte. Sie erzog Jonny wirklich wie ein eigenes Kind und hatte die Freude, daß ihr mit rührender Liebe und Anhänglichkeit gedankt wurde. Neben Lothar liebte sie die arme Waise, als sei sie wirklich eine Schwester von ihm. Und in der Dämmerung, da hielt die alte Dame manch liebes Mal Zwiegespräche mit dem Bild über ihrem Schreibtisch.

Ein wenig gebeugt hatte sich die früher so aufrechte Gestalt, und in dem gütigen Gesicht zeigte sich manche neue Leidensspur.

Anlaß zu dauerndem Kummer war ihr Susannes immer mehr zutage tretende Feindschaft gegen Jonny. Es entging ihr nicht, daß diese das junge Mädchen zu demütigen versuchte, wo sie nur immer konnte. Hielt sie auch ihre Hände schützend über das geliebte Pflegetöchterchen, so sah sie doch manchen Schatten in Jonnys liebem Gesicht. Auch heimlich vergossene Tränen hinterlassen Spuren. Dann wußte Gräfin Thea lieb und eindringlich zu trösten, daß bald die Sonnenlichter wieder in Jonnys Augen aufstrahlten.

Daß man ihren Schützling in der Gesellschaft freundlich aufnahm, tat Gräfin Thea sehr wohl. Hasselwerts Ansicht stand nicht vereinzelt da. Mancher hätte sich gern das Blümlein gepflückt, das in Wildenfels blühte, wenn sich einer der Bewerber eines Erfolges sicher gefühlt hätte. Aber Jonny war gegen alle Herren gleich unbefangen und freundlich und wußte taktvoll ihre Person in den Hintergrund zu stellen, wenn man sie zum Mittelpunkt machen wollte, so daß auch die Damen ihr Lob sangen. Zudem wußte man durch Gräfin Thea, daß Lothar mit großer, brüderlicher Zärtlichkeit an Jonny hing. Die töchtergesegneten Familien begannen sich in Gedanken schon eindringlich mit Graf Lothar zu beschäftigen, denn er war unbedingt die glänzendste Partie im weiten Umkreis. Man stellte sich also aus Klugheit gut mit Jonny und bedauerte nur, daß Graf Lothar so wenig zu Hause war.

12

Jonny war, als sie sich von Baron Hasselwert verabschiedet hatte, die Treppe hinaufgeeilt. Schnell legte sie in ihrem Zimmer die Überkleider ab, strich sich ordnend über das Haar und ging hinüber zu Gräfin Thea.

Im Vorzimmer saß Grill. An ihr waren die Jahre fast spurlos vorübergegangen. Das Haar war nur ein bißchen grauer, die Haut etwas faltiger, und die Brille saß öfter und länger auf der Nase. Aber sonst war sie noch flink und rüstig. Bei Jonnys Eintritt wandte sie sich mit vergnügtem Gesicht um.

„Da sind Sie ja, Fräulein Jonnychen, lieber Gott, so hübsche rote Bäckchen und so klare Augen! War's schön auf der Eisbahn?"

„Herrlich! Aber sage, Grillchen – ist Großmama schon ungeduldig?"

„Ach – wo wird sie denn."

„Gräfin Susanne war böse, daß ich zu lange ausgeblieben bin. Sie sagte, Großmama hätte schon nach mir gefragt."

Grill machte ein ärgerliches Gesicht. „Ach Kindchen – Gräfin Susanne machen Sie es nun einmal nie recht. Daran sollten Sie sich nicht kehren. Ich war unten und habe den Hausmeister gefragt, ob Sie schon wieder zurück sind. Das wird sie gehört haben. Unsere gnädige Gräfin freut sich, wenn Sie ein wenig Vergnügen auf dem See haben. Sie sorgt immer, daß es Ihnen nicht zu einsam ist hier oben zwischen uns alten Frauen."

Jonny drückte mit beiden Händen die Schultern der alten Frau, als müsse sie ihrem Gefühl Ausdruck geben. Eine Geste großer Innigkeit.

„Ach, Grillchen – Großmama ist himmlisch gut. Dafür haben wir sie aber auch herzlich lieb, gelt?"

„Das will ich meinen. Gehen Sie nur schnell hinein – ein bißchen Sehnsucht hat Frau Gräfin schon nach ihrem Sonnenschein. Es ist auch ein Brief da vom jungen Herrn Grafen."

„Von Lothar!" rief Jonny freudig. Ihre Wangen färbten

sich höher, und sie ging eilends, Grill freundlich zunikkend, in das Wohnzimmer Gräfin Theas.

Die alte Dame lag in einem bequemen Sessel am Kamin. Die rote Glut des Feuers warf warme Lichter auf ihr Gesicht und das schöne, weiße Haar. Neben ihr stand ein Tischchen, auf dem Bücher, Zeitschriften und eine Brille lagen. Sie trug noch immer schwarze Kleider.

Jonny umschlang liebevoll ihre Schultern. „Da bin ich endlich zurück, liebe, liebe Großmama. Nun schilt tüchtig, daß ich so lange ausblieb."

„Das will ich lieber unterlassen, mein Herzkind. Du kommst immer zeitig genug in mein Altfrauenheim."

Jonny ließ sich zu ihren Füßen nieder auf ein flaches Kissen.

„Ich wollte längst aufhören – aber es war zu schön, so dahinzufliegen. Noch eine Runde – und noch eine – und dann war's plötzlich so spät."

Gräfin Thea sah wohlgefällig in das blühende Mädchengesicht.

„Dafür bringst du die helle Winterfreude der Jugend mit herein, Goldköpfchen. Also schön war's? Und da soll ich schelten? O nein – du steckst ohnedies zu viel im Zimmer bei mir alten Frau."

„Ich bin so gerne bei dir. Nirgends ist es so traut. Und es tut mir leid, daß ich dich nicht ins Freie nehmen kann, so oft ich hinausgehe."

Gräfin Thea streichelte lächelnd ihre Wange. „Aufs Eis kann ich nicht mehr, Liebling. Und sonst bist du nur fortzubringen, wenn ich mein Mittagsschläfchen halte. Aber nun sieh mal, was ich hier habe."

Sie reichte ihr einen Brief, der zwischen den Zeitungen auf dem Tischchen lag.

„Von Lothar!" rief Jonny froh.

„Ja, ja – lies nur! Wirst dich freuen über die Botschaft. Ich habe meinen Brief schon gelesen."

Jonny öffnete das Schreiben und las. Gräfin Thea beobachtete lächelnd ihr Gesicht, in dem sich alle Regungen der jungen, reinen Seele widerspiegelten.

Plötzlich sprang das junge Mädchen mit einem Jubellaut empor und umarmte die alte Dame stürmisch.

„Er kommt – Großmama – er kommt zum Fest nach Hause!“ rief sie aufjauchzend.

Gräfin Thea nickte aufatmend. „Ja – endlich wieder einmal. Aber nun lies nur weiter, der Brief enthält noch mehr Neuigkeiten.“

Jonny setzte sich wieder auf ihren Platz und las weiter. Dabei wurde ihr Gesicht ernst und die Augen umflorten sich.

„Ach – nur wenige Wochen bleibt er daheim. Dann geht er nach Rom – zur Gesandtschaft – so weit fort – da werden wir ihn wieder lange Zeit nicht sehen.“

Gräfin Thea seufzte.

„Er will vorläufig nur ein Jahr dort bleiben!“

Jonny strich die losen, blonden Löckchen aus der Stirn.

„Nur ein Jahr – ach, Großmama – ein Jahr ist eine schrecklich lange Zeit.“

Die alte Dame lächelte wehmütig. „Dir scheint es lang – wenn man so alt ist wie ich, ist es eine kurze Spanne Zeit. Und doch – du hast recht – es ist lang genug, um viele tausend Menschenschicksale zu entscheiden. Aber damit wollen wir uns nicht die Freude auf das Wiedersehen trüben.“

Jonny faltete ihren Brief zusammen und steckte ihn zu sich. Sie pflegte Lothars Briefe so oft zu lesen, bis sie sich jedes Wort eingeprägt hatte. Ihr Gesicht strahlte schon wieder.

„Ach Gott, Großmama – wie ich mich freue, denke nur, ich habe ihn viel länger nicht gesehen als du. Drei Jahre lang nicht. Er war hier, während ich in Pension war. Weißt du – damals war ich furchtbar unglücklich, als ich wußte, Lothar war hier, und ich konnte nicht heimkommen. Du – vier Wochen will er bleiben – das wird aber wunderbar schön werden. Ob er wohl noch größer geworden ist? Damals, als ich ihn zuletzt sah, war er schon so groß, daß ich mich auf die Zehen stellen mußte, wenn ich ihn um den Hals fassen wollte. Weißt du – ich habe noch nie einen jungen Mann gesehen, der mir so gefällt wie Lothar. Und wie gut er ist – wie gut! Ach, Großmama, mir klopft das Herz wie ein Hammer vor Freude. Wird das ein himmlisches Weihnachtsfest werden – noch schöner wie vor drei Jahren. Ich weiß nicht, was ich anfangen soll vor Wonne. Du freust dich ebenso, gelt? Wir haben uns lange genug nach ihm gesehnt."

Gräfin Thea zog sie lächelnd an sich. „Nun komm nur erst zu Atem, Mädchen. Freilich haben wir uns nach ihm gesehnt. Aber nun lies mir seinen Brief noch einmal vor. Meine Augen wollen nicht so wie ich. Und wenn du mir mit deiner warmen, jungen Stimme seine Worte vorliest, dann ist mir zumute, als würden sie lebendig."

Jonny tat, wie ihr geheißen worden. Als sie zu Ende war, plauderten die beiden Frauen freudig und angeregt von dem kommenden Weihnachtsfest. Schön sollte es werden, wenn Lothar nach Hause kam.

„Und schon so bald, Großmama – Mittwoch schon. Freilich, für meine Ungeduld ist es noch eine lange Zeit", sagte Jonny seufzend.

In demselben Augenblick öffnete sich die Tür und Gräfin Susanne trat ein. Sie begrüßte ihre Schwiegermutter in ihrer kühlen Art, ohne von Jonny Notiz zu nehmen.

„Ich sehe, du hast auch Nachricht von Lothar. Da brauche ich dir sein Kommen nicht erst zu melden", sagte sie, auf Lothars Brief deutend.

„Du vermutest recht, Susanne. Bitte, nimm Platz. Du hattest Besuch?"

„Ja, Hasselwert läßt sich dir empfehlen", erwiderte Susanne, und zu Jonny gewendet fuhr sie fort: „Ich habe mit Gräfin Thea zu sprechen – wenn Sie gebraucht werden, lasse ich Sie rufen, Fräulein Warrens."

Jonny, deren Gesicht bei Susannes Eintreten alle Fröhlichkeit verlor, hatte sich bereits erhoben und verließ mit einer stummen Verbeugung das Zimmer.

Über Gräfin Theas Antlitz flog ein leichter Schatten. Es tat ihr immer wieder weh, wenn Susanne Jonny gegenüber schroff und unliebenswürdig war. Da sie aber schon oft vergeblich den Versuch gemacht hatte, ihre Schwiegertochter umzustimmen, so sagte sie nichts.

Bei einer früheren Gelegenheit hatte ihr Susanne auf einen sanften Vorwurf über ihr Benehmen gegen das junge

Mädchen geantwortet: „Du hast es dir in den Kopf gesetzt, dieses Mädchen als deinesgleichen zu behandeln, du setzest sie in Szene, als wenn sie eine Tochter des Hauses wäre, und sie rangiert in deinem Herzen dicht hinter Lothar. Das muß ich mir gefallen lassen, obwohl meiner Meinung nach Fräulein Warrens, die Enkelin des Rendanten Horst, auf eine andere Stufe gehört. Ich habe es aufgegeben, deine Ansicht zu bekämpfen – nun laß du mir auch die meine. Fräulein Warrens ist anmaßend genug durch deine Güte. Es ist gut, wenn sie durch mein Verhalten ab und zu daran erinnert wird, wohin sie eigentlich gehört."

Seit jener Stunde hat Gräfin Thea nie mehr ein Wort zu Jonnys Gunsten gesagt. Sie wußte, daß es vergeblich war.

Susanne ließ sich ihrer Schwiegermutter gegenüber in einen Sessel nieder.

„Hasselwert gibt am Donnerstag ein Eisfest auf seinem See. Er wollte dir seine Aufwartung machen und dich zu dem Feste einladen. Ich habe gesagt, daß solch ein Fest zu anstrengend für dich ist, du würdest dich mindestens erkälten. Das war wohl in deinem Sinne?"

Gräfin Thea lächelte.

„Über die Jahre der Eisfeste bin ich freilich hinaus. Am Eissport kann ich mich jedenfalls nicht mehr beteiligen. Ich sitze lieber hinter dem warmen Ofen."

„Das dachte ich mir. Für Lothar und mich habe ich die Einladung angenommen."

„Das ist recht, Susanne. Hoffentlich wird es recht hübsch."

„Oh, Hasselwert versteht sich auf solche Feste. Aber das nur nebenbei. Es war noch etwas anderes, was ich dir mitteilen wollte, etwas, was mich verstimmt hat. Denke dir, der Baron scheint sich dermaßen in das hübsche Lärvchen Fräulein Warrens verliebt zu haben, daß er allen Ernstes mit dem Gedanken umgeht, sie zu heiraten!"

Gräfin Thea fuhr erschrocken auf. „Um Gottes willen!" rief sie abwehrend.

„Nicht wahr – das erschreckt dich auch. Du siehst wohl ein, was dabei herauskommt, daß du das junge Mädchen so gewaltsam in unsere Kreise gedrängt hast. Dadurch haben sich bei den Herren die Begriffe verwirrt. Sie sehen in ihr deine sogenannte Pflegetochter."

Die alte Dame sah ernst in ihr Gesicht. „Du hast mich mißverstanden, Susanne. Ich erschrak nicht darüber, daß Hasselwert das bürgerliche Fräulein Warrens heiraten will, sondern daß er mit seinen beinahe fünfzig Jahren daran denkt, um ein achtzehnjähriges Mädchen zu werben. Darin allein sehe ich das Mißverhältnis."

Susanne starrte sie zornig an.

„Aber, Mama! Du denkst doch nicht im Ernste daran, daß Fräulein Warrens in unsere Kreise hineinheiraten könnte?"

Gräfin Thea zuckte gleichmütig die Schultern.

„Warum nicht? Wenn sich ein Mann für sie fände, der sie lieb genug hat, um über solche Äußerlichkeiten hinwegsehen zu können. Nur müßte er im Alter besser zu ihr passen wie Hasselwert. Jonny ist ein unbeschriebenes Blatt, ein unberührtes Geschöpf – ein tiefinnerlicher Charakter, der sich noch herrlich entfalten wird. Und wenn sie zehnmal bürgerlich ist – für einen Baron Hasselwert ist sie mir viel zu schade."

Gräfin Susanne biß sich auf die Lippen. Ihr Gesicht war bleich vor Empörung. Sie warf den Kopf zurück.

„Mama, ich kann nur tief bedauern, solche Worte von dir hören zu müssen."

Die alte Dame lächelte fein mit einem gütigen, nachsichtigen Ausdruck. Sie legte die Hände auf die Armlehnen ihres Sessels und beugte sich vor.

„Liebes Kind, wir haben uns vor Jahren einmal über unsere Adelsbegriffe unterhalten, damals, als ich Jonny zu mir nahm. Ich bin inzwischen fester mit meiner Ansicht verwachsen, daß nicht der Zufall unseren Wert bestimmt, sondern das, was wir sind in unserem Innenleben und der Welt gegenüber. Es kommt nur darauf an, was wir für Eigenschaften besitzen, nicht darauf, ob wir zufällig einen Adelstitel geerbt haben. Wir haben Anspruch auf Bevorzugung erst, wenn wir edler, besser, tüchtiger sind als alle anderen Menschen. Adelsmensch im schönsten und wahrsten Sinne kann jeder sein, ohne Ansehen der Geburt."

Susanne hatte sich erhoben und war zurückgetreten.

„Gottlob, daß du mit deiner Ansicht vereinzelt dastehst“, sagte sie, zornig vor Erregung.

„Ach, glaube das nicht. Es empfinden viele unserer Standesgenossen wie ich selbst, wenn sie es auch nicht aussprechen. Ich würde auch nicht jedem mein Glaubensbekenntnis offenbaren. Jeder Mensch ist Egoist, wir sind alle auf unseren Vorteil bedacht. Deshalb hüten wir uns, dieser Ansicht Ausdruck zu geben. Nicht aus Überzeugung, sondern um uns nicht einen Vorteil entgehen zu lassen, geben wir uns den Anschein, an die Vorrechte adliger Abstammung zu glauben.“

Susanne war einigemal erregt auf- und abgegangen.

Nun blieb sie stehen und sah mit zusammengezogener Stirn auf die alte Dame herab.

„Weißt du, worüber ich von Herzen froh bin?“ fragte sie mit verhaltener Entrüstung.

„Nun?“

„Daß ich Lothar zeitig genug deinem Einfluß entzogen habe. Ich tat recht daran, ihn so viel wie möglich von zu Hause fernzuhalten. Der Verkehr mit seinen Standesgenossen wird etwaige Einwirkungen von deiner und seines früheren Lehrers Seite ausgleichen und schadlos gemacht haben. Das hoffe ich wenigstens!“

Gräfin Thea lächelte. Es war ein klares, schönes Lächeln, wie es Menschen haben, die des Lebens Höhe erreichen und einen freien Ausblick haben. Sie dachte an Lothars Briefe, an seine gesunden, wahren Ansichten vom rechten Menschenwert. Sie wußte, daß er noch heute mit seinem geliebten Lehrer in Verbindung stand, dem er vor allem den frischen, freien Ausblick ins Leben dankte. An ihrem Sohne würde Susanne den Zug der neuen Zeit erkennen, und in dem Sinne eine bittere Enttäuschung erleben.

„Lothar ist jung, Susanne. Warten wir ab, wie er sich auswächst. Ich erlebe es wohl nicht mehr, aber ich wünsche dir, daß du dich dareinfindest, ihn seine eigenen Wege gehen zu lassen.“

Susanne warf den Kopf stolz zurück. „Ich hoffe, Lothar

einst auf einem Platze zu sehen, wo er sich mit Stolz bewußt ist, ein Graf Wildenfels zu sein – auf Wegen, die gottlob nur alten Geschlechtern zugängig sind.“

„Wir werden sehen, Kind“, antwortete die alte Dame ruhig.

Susanne nahm wieder Platz und zwang ihre Erregung nieder. Nach einer Weile fragte sie in ihrem alten beherrschten Ton:

„Wie gedenkst du dich etwaigen Bewerbungen des Barons um Fräulein Warrens gegenüberzustellen?“

Ein feines, humorvolles Lächeln umspielte Gräfin Theas Mund.

„Ich stelle mich gar nicht dazu. In dieser Angelegenheit hat einzig und allein Jonny zu entscheiden. Aber wie die Entscheidung ausfällt, das kann ich dir genau sagen – sie wird danken – höflich, aber entschieden.“

„Bist du so sicher, daß es sie nicht gelüstet, Baronin Hasselwert zu heißen?“

„Ich bin sicher, daß sie sich nicht verkaufen wird, nicht um Geld, nicht um einen Titel. Du kennst Jonny nicht. Trotz aller Weichheit und Güte, die in ihrem Wesen ausgeprägt ist, hat sie einen unbeugsam festen, klaren Willen und geraden Sinn. Es ist kein Falsch an ihr. Wahr und klar geht sie ihren Weg. Ihr reines Herz kennt keine Berechnung, keine Koketterie. Solche Mädchen heiraten aus Liebe oder gar nicht. Das ist meine Überzeugung.“

Susannes Mund zuckte verächtlich. „Du bist entschieden eine große Idealistin.“

Gräfin Thea lächelte.

„Merkst du das jetzt erst?“ fragte sie mit leisem Spott.

„Ich glaube, du willst dich auch noch über mich lustig machen?“ sagte Susanne gereizt, und ihre Abneigung gegen Jonny verstärkte sich noch durch diese neue Niederlage.

Die alte Dame schüttelte den Kopf. „Nein, wahrlich nicht. Dazu bist du kaum geschaffen. Man kann deine schroffen Ansichten bekämpfen, aber sich nicht darüber lustig machen. Du kannst nur ernst genommen werden. Und solange deine Überzeugung ehrlich ist und nicht durch kleinliche Gehässigkeit bestimmt, hast du so gut ein Recht darauf wie ich auf die meine. Laß uns in Frieden nebeneinander gehen, Susanne. Lange findest du mich wohl nicht mehr auf deinem Weg."

Sie reichte Susanne mit gütigem Lächeln die Hand. Diese legte zögernd die ihre hinein. Was ihre Schwiegermutter von kleinlicher Gehässigkeit gesagt hatte, traf sie an einer verwundbaren Stelle. Aber ihr Groll gegen Jonny wuchs auch dadurch. Dieses Mädchen war als Störenfried nach Wildenfels gekommen, das war Gräfin Susannes Überzeugung.

13

Es war in der Dämmerstunde. Auf der Chaussee kam von der Stadt her ein Mietschlitten gefahren. Im Fond saß ein junger Mann mit dunklem Haar, gebräuntem, charaktervollem Gesicht und dunkelblauen Augen. Lothar! Der schon heute abend seine Angehörigen durch seine Ankunft überraschen wollte. Am See ließ er den Schlitten halten, lohnte den Kutscher ab und ging zu Fuß durch den Park. Elastisch, mit erwartungsvoll strahlendem Gesicht, schritt er dahin, echte Heimkehrfreude im Herzen.

Als er auf den freien Platz vor dem Schloß hinaustrat, blieb er stehen und umfaßte tief aufatmend mit einem Blick das ganze, wohlbekannte Bild. Da stand mitten auf dem verschneiten Rasenrondell das Sandsteinbild der beiden Männer, die mit dem Eber kämpften. Ein früherer Landesherr hatte dieses Monument einem Vorfahren Lothars gestiftet, weil dieser ihm das Leben gerettet hatte bei einer Eberjagd. Die beiden Sandsteinmänner sollten Porträtähnlichkeit haben mit dem Landesherrn und seinem Retter. Jetzt lagen dicke Schneehauben auf dem steinernen Gebilde, und es zeigte groteske Formen. Lothar lachte in sich hinein über den komischen Anblick. Im Schloß waren nur wenige Fenster erhellt. Die große Halle strahlte in der üblichen Lichtfülle, und die beiden Bogenlampen vor dem Portal erleuchteten den Vorplatz. Aber in den Parterreräumen war es so dunkel wie in den Gemächern seiner Mutter. Nur die Wirtschaftsräume im Souterrain waren erleuchtet und die Zimmer seiner Großmutter und Jonnys.

Lothars Augen strahlten in sehnsüchtigem Glanze. Eilig schritt er über den Platz, wie ein übermütiger Knabe sprang er die Freitreppe empor und stand gleich darauf in der großen Halle. Dort war gerade der Hausmeister beschäftigt, frische Pflanzengruppen aufzustellen. Graf Lothar sollte am nächsten Tage festlich empfangen werden. Und nun stand er plötzlich mit lachendem Gesicht mitten zwischen den festlichen Vorbereitungen.

Dem Hausmeister blieb buchstäblich vor Schrecken das Wort im Munde stecken. Er mußte erst einige Male nach Luft schnappen, ehe er sprechen konnte. „Der gnädige Herr Graf kommen schon heute – und kein Wagen an der Bahn – verzeihen der Herr Graf – wir hatten keine Ahnung“, stammelte er erschrocken.

Lothar klopfte ihm begütigend auf die Schulter.

„Nur Ruhe, Schiffler, ich bin, wie Sie sehen, auch ohne den Wagen heil angekommen. Lassen Sie sich nicht stören, der festliche Empfang kann morgen nachgeholt werden. Jetzt, bitte, keinen Lärm – ich will die Herrschaften überraschen.“

„Herr Graf verzeihen – die Frau Gräfin Mutter ist leider nicht zu Hause. Sie ist vor einer halben Stunde nach Liebenau gefahren zu einer Festlichkeit.“

„So, so – aber Gräfin Thea ist daheim?“

„Gewiß, Frau Gräfin befinden sich in ihren Zimmern. Darf ich Herrn Grafen behilflich sein?“

Lothar warf ihm lustig Hut und Mantel zu und stürmte dann mit großen Sätzen die Treppen hinauf.

Das Vorzimmer war leer, Grill befand sich unten in der Küche. Er öffnete die Tür zum Wohnzimmer und steckte vorsichtig den Kopf hinein. Die alte Dame saß in ihrem Lehnstuhl am Kamin. Ohne sich umzuwenden, fragte sie:

„Bist du es, Grill?“

„Nein, Großmama – ich bin es.“

Sie fuhr in freudiger Überraschung herum.

„Lothar – Lothar!“

Da lag er auch schon zu ihren Füßen und umfaßte sie fest mit seinen jungen, starken Armen.

„Großmama – liebe, liebe Großmama!"

Sie strich mit zitternden Fingern über sein Haar, das wie früher im Nacken und am Hinterkopf kurz geschnitten war und sich über der Stirn leicht gewellt emporbäumte.

„Hab' ich dich nun endlich wieder nach langer, langer Zeit? Und nun doch noch so überraschend früh."

Er sah lachend zu ihr empor, aber in seinen Augen lag ein weicher, glücklicher Ausdruck.

„Plötzlich konnte ich es nicht mehr aushalten vor Sehnsucht, und da mich nichts mehr zurückhielt, machte ich mich auf die Reise."

Es lag etwas von seiner alten ungestümen Art in seinem Wesen.

„Nun findest du aber deine Mutter nicht zu Hause. Sie wird vor elf Uhr nicht zurück sein."

„So kann ich inzwischen ungestört mit euch Wiedersehen feiern. Jonny ist doch zu Hause? Oder hat Mama sie mitgenommen?"

„Nein, deine Mutter pflegt Jonny nie mitzunehmen. Sie ist zu Hause."

Lothars Gesicht überflog ein Schatten. „Steht sie der Kleinen noch immer so fremd gegenüber?"

„Vielleicht mehr als früher, das wird auch nie anders werden. Aber nicht betrübt sein deshalb, mein lieber, lieber Junge, deine Mutter ist nun einmal von kühler Art, der muß man gerecht werden."

Lothar küßte ihre Hände.

„Ich tue es, soviel ich kann, Großmama. Aber weh tut es immer wieder. Man vergißt es da draußen und denkt, wenn man heimkommt, ist alles licht und warm."

„Das ist es auch, mein Junge. Warme Herzen schlagen dir entgegen. Jonny und ich, wir sprechen und denken kaum etwas anderes, als daß du heimkommst, seit wir deinen Brief haben."

Lothar küßte sie nochmals zärtlich und sprang dann empor.

„Aber wo steckt das Kleinchen?" fragte er ungeduldig.

Gräfin Thea lächelte. Er würde staunen über „das Kleinchen".

„Sie wird im Augenblick hier sein. Sie wollte sich nur eine Handarbeit aus ihrem Zimmer herüberholen."

Lothar lachte.

„Du – sie wird nicht wenig erstaunt sein, mich hier zu finden, was?"

„Das glaube ich auch – doch still – sie kommt, ich höre ihre Tür zufallen."

Lothar stand hochaufgerichtet und erwartungsvoll mitten im Raum und schaute nach der Tür, durch die „das Kleinchen" eintreten sollte.

Jonny kam ahnungslos ins Zimmer. Und da durchzuckte es ihren Körper plötzlich wie ein Schlag, ihre Augen weiteten sich, das süße Gesicht überflog helle Röte, und mit einem halb unterdrückten Jubelruf flog sie in Lothars ausgebreitete Arme.

„Lothar – Lothar!"

Die Augen der beiden Menschen tauchten tief ineinander. Ein atemloses Staunen lag darin, ein süßer Schrecken. Lothars Blick umfaßte das schöne, holdselige Mädchenantlitz mit einem Ausdruck, als wenn sich ihm plötzlich ein herrliches Wunder ereignet hätte. Jonny erzitterte unter diesem Blick, und ein fast banger Ausdruck kam in ihre Augen. Er fühlte ihr Erzittern, und das Blut jagte ihm plötzlich wild durch die Adern. Fest zog er sie an sich, wie in einem beseligenden Rausch. Es wurde ihm mit einem Schlag bewußt, daß er kein Kind mehr in den Armen hielt, sondern ein entzückendes, junges Weib. Wie sonst neigte er sich, um sie zu küssen, aber der Kuß brannte heißer auf ihren Lippen. Und unter diesem scheuen und doch heißen Kuß erwachte etwas in den beiden jungen Herzen, was sie bisher nie empfunden hatten. Wie in einem Traum hielten sie sich umschlungen. Weltvergessen sahen sie sich eine Weile an.

Dann aber flammte es rot über beider Gesichter. Schnell ließen sie einander los und standen einen Augenblick betreten da.

Endlich faßte sich Lothar.

„Jonny – kleine Jonny – du bist ja eine große Dame geworden – ich kenne dich kaum wieder", stammelte er, ohne den Blick von ihr zu lassen. Das junge Mädchen strich sich in hilfloser Verlegenheit das Haar aus der Stirn und mühte sich ängstlich, dieser Verwirrung Herr zu werden.

„Ich bin – so überrascht – so –"

Und plötzlich, ohne ihre Rede zu beenden, lief sie hinüber zur Gräfin Thea und barg ihr Gesicht erglühend an deren Schulter. Das seltsame, ungekannte Gefühl, das sie übermannt hatte, machte sich Luft in einem verhaltenen Schluchzen.

Die alte Dame hatte mit gefalteten Händen und großen, strahlenden Augen die Begrüßung der beiden jungen Menschen beobachtet. Ein fragender Blick flog hinüber zu dem Bild ihres Sohnes, und ein stilles, glückliches Lächeln umspielte ihren Mund. Feierlich war ihr zumute wie in der Kirche. Es lag ein Hauch heiliger Freude auf ihrer Stirn.

Sanft strich sie über Jonnys goldenes Haar und sah mit ihren gütigen Augen zu Lothar hinüber. Der stand noch regungslos mitten im Zimmer. Seine Hände waren fest geballt, als müsse er sich selbst zurückhalten, und in seinen Augen lag ein versonnener Blick. Er wandte sie nicht von Jonny.

Wie ein Kind hatte sie in seinen Gedanken gelebt, wie ein zärtlich geliebtes Kind. Und plötzlich hatte sie vor ihm gestanden wie ein holdes Traumbild – ein junges Weib in holder Schönheit und Lieblichkeit. So fremd – und doch vertraut. Er konnte es nicht fassen, daß er plötzlich ein anderes Gefühl für Jonny hegte als bisher.

Seine Großmutter nickte ihm still zu, als wollte sie sagen: „Ich verstehe dich – ich weiß, was du empfindest."

Er sah sie mit großen, ernsten Augen an und trat einen Schritt näher, als wollte er sich zu Jonny herabbeugen. Aber er blieb wieder stehen und strich sich das Haar aus der Stirn. Gewaltsam zwang er die Erregung in sich nieder.

„Nun sieh nur, Lothar, was deine Überraschung angerichtet hat. Jonny ist fassungslos vor Schreck", sagte die alte Dame lächelnd, um den jungen Leuten die Fassung zurückzugeben.

Aufatmend trat Lothar heran und faßte Jonny an beiden Schultern. „War's so schlimm, kleine Jonny? Hab' ich dich erschreckt? Verzeihe mir, das wollte ich nicht."

Sie richtete sich auf und sah ihn unsicher an.

„Ach – ich schäme mich furchtbar, Lothar. So töricht von mir. Aber ich weiß nicht – wie mir plötzlich zumute war, als ich dich sah. Dumm von mir, nicht wahr?" sagte sie leise.

Er sah mit leuchtenden Augen in ihr Gesicht. „Dumm finde ich das nicht, Jonny. Warm – sehr warm ist mir ums Herz geworden – ich habe gefühlt, daß du dich freust, mich zu sehen. Nicht wahr – das tust du doch?"

Sie drückte die Hände an die Schläfen und nickte lebhaft.

„Sehr – sehr."

„Und schließlich warst du nicht mehr überrascht als ich. Groß bist du geworden und so – so anders – nicht mehr ‚Klein-Jonny' von einst, eine richtige Dame."

Sie lachte leise.

„Oh – das ist nur äußerlich. Innerlich bin ich noch ganz die alte – mit allen Fehlern und Torheiten – ich komme mir wirklich nicht damenhaft vor."

„Und über dem Staunen vergißt du ganz, daß Lothar hungrig und durstig sein wird", warf die Gräfin gutmütig scheltend ein, um ein unbefangenes Thema aufkommen zu lassen.

Jonny blickte erschrocken zu Lothar auf.

„Wirklich – daran hab' ich nicht gedacht."

Er weidete seine Augen an ihrer lieblichen Schönheit.

„Nicht schlimm", tröstete er. „Ich speise nachher mit euch. Ihr habt sicher noch nicht zu Abend gegessen?"

„Nein, aber dir zu Ehren können wir das gleich tun", sagte Gräfin Thea lächelnd. „Geh, Jonny – sag Bescheid, daß wir heute eine halbe Stunde früher speisen." Jonny eilte hinaus, froh, ein Weilchen aus dem Bann von Lothars Augen zu kommen, die eine heimliche Unruhe in ihrer Seele weckten.

Als sie gegangen war, sah Lothar eine Weile stumm hinter ihr her. Dann setzte er sich tief aufatmend auf den niedrigen Sessel zu Füßen seiner Großmutter. Er faßte ihre Hand und sah sie versonnen an.

„Großmama, was ist aus der kleinen Jonny für ein entzückendes Geschöpf geworden“, sagte er halblaut, wie in Gedanken versunken.

„Das war sie eigentlich immer, Lothar. Schon als Kind versprach sie eine Schönheit zu werden“, antwortete die alte Dame lächelnd.

„Ja, ja – aber weißt du – die Schönheit allein ist es nicht – ich habe schon sehr viele schöne Frauen gesehen – aber es ist etwas unbeschreiblich Süßes, Liebes in ihrem Wesen – etwas ganz Eigenartiges.“

Die Gräfin nickte. „Du hast recht. Und wir zwei haben das nicht allein herausgefunden.“

Lothar sah unruhig forschend in ihr Gesicht. „Soll das heißen, daß sich Bewerber für sie gefunden haben?“

Gräfin Thea ließ ihren prüfenden Blick nicht von seinem Gesicht.

„Ja – das meine ich – man zeichnet sie sehr aus in der Gesellschaft, obwohl sie nur das bürgerliche, vermögenslose Fräulein Warrens ist. Und man denkt ernstlich daran, ihr einen Heiratsantrag zu machen.“

Lothar sprang auf und fuhr sich mit der Hand aufgeregt durchs Haar. In seinem lebensvollen Gesicht spiegelte sich Schrecken.

„Das darf nicht sein – sie ist noch zu jung.“

„Nun – sie wird neunzehn Jahre alt – ich habe mich schon mit achtzehn verheiratet.“

Lothar ging unruhig auf und ab. Dann blieb er vor ihr stehen und sah in ihr Gesicht.

„Sie hat sich schon entschieden? Ich meine – sie bevorzugt einen ihrer Bewerber?“ fragte er gepreßt.

Es lag eine unruhige Erwartung in seinem Antlitz, als wolle er ihr die Antwort vom Gesicht ablesen.

Gräfin Thea sah ihn mit großen, ernsten Augen an.

„Nein, Lothar. Jonnys Herz ist ein unbeschriebenes Blatt – ich weiß es genau.“

Lothar setzte sich still wieder auf seinen Platz. In seinen Augen lag ein freudiger Glanz.

„Großmama, ich bin so froh, daß ich endlich wieder einmal daheim bin. Ich freue mich unsagbar auf die Zeit meines Hierseins. Es ist nirgends so schön auf der Welt als daheim."

Die Gräfin strich ihm lächelnd über die Stirn.

„Das sagst du nun, nachdem du dich draußen in der Welt müde geflattert hast."

„Du weißt, Großmama, es war nicht mein Wunsch, wenn ich in den Ferien die großen Reisen machte. Schön ist die weite Welt – und man lernt viel draußen. Aber manchmal wäre ich lieber daheim gewesen. Mama wünschte dringend, daß ich aller Herren Länder kennenlernen sollte. Diesmal", er lachte lustig auf, „wollte sie mich nach Portugal schicken. Aber da habe ich entschieden gestreikt, das Weihnachtsfest muß ich wieder einmal mit euch allen feiern."

„Und Ende Januar willst du nach Rom gehen?"

„Ja – auch diesen Wunsch will ich Mama noch erfüllen, zumal mir mein neues Amt als Auszeichnung übertragen wurde. Was dann wird, davon sprechen wir später noch."

Sie saßen eine Weile schweigend Hand in Hand. Lothar dachte an Jonny und blickte sehnsüchtig zur Tür, ob sie nicht wieder erscheine. Und Gräfin Thea durchlebte im Geiste noch einmal die Begrüßung zwischen Lothar und Jonny. Sie hatte mit ihnen gefühlt, hatte empfunden, was in der Minute zwischen ihnen erwacht war. Sie hatte lange schon geahnt, daß diese beiden Menschen tiefer füreinander fühlten, als sie es wußten.

Vielleicht las sie so gut in diesen jungen Herzen, weil sie seit langem wünschte, daß sie einander in Liebe begegnen möchten. Gab es eine herrlichere Sühne für alle Schuld, wenn Lothar Jonny für immer an sein Herz nahm? Joachim hatte Jonnys Mutter geliebt – war's nicht verständlich, daß Lothar das getreue Abbild Annies ebenfalls liebte? Es konnte, sollte und durfte nicht anders sein. Ihr Gebet ging dahin, daß diese beiden Menschen füreinander geschaffen waren.

Unwillkürlich faltete die alte Dame ihre Hände. Ihr Gebet stieg heimlich zum Himmel auf. Und dann suchten ihre Augen Joachims Bild. Nicht wahr – dir wäre es recht, dachte sie. Fast hätte sie es, ihrer Gewohnheit gemäß, laut ausgesprochen. Lothar war aus seinem Sinnen aufgewacht und bemerkte diesen Blick.

„Großmama – du hast mir nie ausführlich erzählt, wie es kam, daß du Jonny nach Wildenfels brachtest. Darf ich auch jetzt noch nicht ganz in unser Geheimnis eingeweiht werden?"

Die alte Dame stützte aufseufzend den Kopf in die Hand.

„Laß dir genügen, was du weißt, Lothar – wir wollen nicht ohne Not an die trübe Vergangenheit rühren. Nur, wenn ich das Werk nicht vollbringen kann, solltest du nach deines Vaters Wunsch eingeweiht werden. Ich hoffe, es noch zu Ende zu führen. Du hilfst mir ja dabei. Vergiß nie – was wir Jonny zuliebe tun können, verringert meine Schuld – du weißt doch – wegen des Halsbandes. Und auch in deines Vaters Sinne handeln wir. Damit du das besser verstehst, will ich dir heute noch eins sagen – es muß aber auch dies unter uns beiden bleiben."

„Mein Wort darauf, Großmama."

„Dein Vater, der deine Mutter nur auf Wunsch und Befehl seines Vaters heiratete, hat sie nicht geliebt. Sein Herz gehörte Jonnys Mutter – bis zum letzten Atemzug."

Lothar fuhr überrascht empor. Eine Flamme schlug über sein Gesicht.

„Jonnys Mutter? Gleicht sie ihr?"

„Ja, sie ist ihr Ebenbild."

„Und mein Vater verließ sie?"

„Nicht eigentlich – sie ging eben damals mit ihren Eltern nach Venezuela."

„Aber er fügte sich darein, eine andere zu heiraten – meine Mutter?"

„Ja, Lothar – er war in strengen Standesvorurteilen erzogen, und sein Vater konnte sehr hart sein."

Lothar faßte ihre beiden Hände. „Vorurteile – du wirst Standesvorurteile nicht gelten lassen, Großmama?"

„Nein, Lothar – schon längst nicht mehr. Einst habe auch ich es getan. Das Leben hat mir harte Lehren erteilt."

„Du würdest nicht dagegen sein, wenn ein Graf Wildenfels ein bürgerliches Mädchen heiratet?"

„Wenn sie sonst seiner würdig wäre, gewiß nicht."

Er küßte ihre Hände inbrünstig. „Großmama, mein Herz ist mir heute so voll, als wäre ich meinem Schicksal begegnet."

Sie beugte sich nieder und küßte seine Stirn.

„Es gibt solche Stunden, mein lieber Junge. Vielleicht lief dir das Glück in den Weg. Halte es fest, Lothar!"

Dabei sah sie ihn beschwörend an.

Er umarmte sie ungestüm. „Großmama – liebe, teure Großmama!"

„Mein Junge! Wir zwei verstehen uns!"

Sie sahen sich eine Weile schweigend an und wußten sich, wie so oft, eins miteinander.

Dann kam Jonny zurück. Sie hatte draußen Zeit gefunden, sich zu fassen, und meldete nun scheinbar unbefangen, daß man in fünf Minuten zu Tisch gehen könne.

In froher, gehobener Stimmung saßen die drei Menschen später unten im kleinen Speisesaal. Der Hausmeister hatte, wie es die Gräfin liebte, nur eine kleinere Tafel decken lassen. Blütenweißes Damastgedeck mit kostbarem Porzellan und Silbergerät, in einem hohen Kristallglas ein Strauß Chrysanthemen, zierten den Tisch. Das alles hob sich licht ab von der dunklen Holzverkleidung der Wände und den mächtigen tiefdunklen Eichenmöbeln, in die das Wappen der Grafen Wildenfels eingeschnitzt war.

Der Hausmeister bediente die Herrschaften selbst, um etwas den festlichen Charakter dieses ersten gemeinsamen Mahles zu betonen. Lothar war in übermütiger Laune und ließ dabei seine Augen kaum von dem goldig schimmernden Köpfchen ihm gegenüber.

Auch Jonny war lebhafter als sonst, und Gräfin Thea freute sich an den beiden glückstrahlenden jungen Gesichtern. Sie sah, daß die beiden Augenpaare zuweilen einen Moment weltvergessen ineinander ruhten, sah, daß Lothars heißer, suchender Blick immer wieder zu Jonny hinüberflog und wie sich die Züge des jungen Mädchens leise verklärten, wenn er das Wort direkt an sie richtete.

Es war der alten Dame zumute, als fühle sie die heiße stürmische Liebeswelle, die von einem zum andern drängte, fordernd und gewährend, wehrend und sich ergebend. Eine heilige Rührung nahm sie gefangen. Sie freute sich, daß Lothar so hübsch und bedeutend aussah, freute sich, daß Jonny gerade das kleidsame Prinzeßkleid aus weißem Tuch trug, in dem die Vorzüge ihrer anmutigen Gestalt recht zur Geltung kamen, und daß ihr goldiges Haar sich so gut von der dunkel getäfelten Wand abhob.

Es war eine selten harmonische, glückverheißende Stunde, die die drei Menschen verlebten.

Nach Tisch führte Lothar seine Großmutter wieder hinauf in ihr Zimmer. Jonny schritt an ihrer andern Seite.

Im Vorzimmer begrüßte der Graf die gute alte Grill, die mit freudestrahlendem Gesicht zu ihm aufschaute. Wie in den Kinderjahren neckte er sie ein bißchen mit ihrer Vorliebe für ihren Kanarienvogel Hans, von dem er behauptete, daß er hundert Jahre alt wäre und nur alle fünf Jahre einen neuen Bauer und neue Federn bekäme.

Grill hatte zwar im Laufe der Jahre mindestens zehn verschiedene Exemplare angeschafft – sobald ein Vogel starb, ersetzte sie ihn durch einen neuen –, aber sie hießen alle Hans, und Grill bildete sich ein, es wäre immer derselbe. Lothar behauptete lachend, Hans werde zu gut gefüttert, er bekäme nicht, wie gewöhnliche Kanarienvögel, Hanf und Rüben zu fressen, sondern Pasteten und Trüffeln, deshalb sei er permanent einer Karlsbader Kur bedürftig.

Grill lachte über das ganze Gesicht. Mit strahlenden Augen blickte sie ihm nach, als er heiter in dem Wohnzimmer der Gräfin verschwand.

Gottlob – er ist noch ganz der alte, dachte sie befriedigt und setzte ihre Brille auf, um ein Kapitel in ihrem Zeitungsroman zu lesen. Lothar plauderte noch ein Stündchen mit den beiden Damen. Dann wurde Gräfin Thea müde, und er erhob sich, um sich zu verabschieden. Erst verabredete er aber noch mit Jonny, daß sie während seiner Anwesenheit zusammen das erste Frühstück einnehmen und dann je nach dem Wetter einen Ausflug oder sonst etwas gemeinsam unternehmen wollten. Da Gräfin Thea und Lothars Mutter des Morgens sehr lange schliefen, wollten sie die Frühstunden für sich gründlich ausnutzen.

Dann zog er sich nach herzlichem Abschied zurück, um seine Mutter noch zu erwarten.

14

Lothar bewohnte die Zimmer seines Vaters. Er hatte Befehl gegeben, ihm sofort zu melden, wenn seine Mutter heimkehrte.

Aufgeregt und unruhig von den Eindrücken der letzten Stunden, schritt er durch seine Zimmer, deren Verbindungstüren offen standen. So konnte er eine ausgedehnte Promenade machen. Seine Gedanken weilten bei Jonny. Er hatte schönen Frauen gehuldigt, hatte sich als Student auch einige Male regelrecht verliebt – aber was heute bei Jonnys Anblick in ihm aufgewacht war, das hatte er noch für keine Frau empfunden. In der Ferne hatte er ihrer gedacht, wie ein großer Bruder an seine zärtlich geliebte Schwester denkt. Er sah sie immer vor sich mit der etwas eckigen, aufgeschossenen Backfischfigur – so wie er sie zuletzt vor drei Jahren gesehen hatte. Nie war es ihm eingefallen, daran zu denken, daß drei Jahre bei einem Mädchen in ihrem Alter Wunder vollbringen können. Und wie ein holdes Wunder hatte sie nun heute vor seinen staunenden Augen gestanden – so unbegreiflich verändert. Ein völlig neues Wesen, so daß seine Gefühle für sie eine große Wandlung durchmachten. Er war ein Mensch, der gewohnt war, sich selbst Rechenschaft zu geben über sein Denken und Empfinden. Auch jetzt suchte er mit sich selbst ins klare zu kommen.

Herzlich lieb hatte er Jonny schon immer gehabt, es hatte ihn gefreut, wenn er ihr einen Wunsch erfüllen oder sie beschützen konnte. Und warm und wohl war ihm ums

Herz gewesen, wenn sie sich an ihn geschmiegt und ihn mit goldig schimmernden Augen zärtlich und dankbar angesehen hatte. Ja, er erinnerte sich aus seiner Knabenzeit, daß er manchmal in der Schulstunde eine unsinnige Sehnsucht nach ihr gehabt hatte. Schlief vielleicht damals schon in seinem Herzen, was heute aufgewacht war, als er die schlanke Mädchengestalt im Arm gehalten und ihre bebenden Lippen mit heißerem Verlangen geküßt hatte als sonst?

Warum war er so erschrocken, als ihm Großmama von Jonnys Bewerbern erzählte? War es Eifersucht, was er dabei empfand? Hatte er nicht aufgeatmet, als Großmama ihm versicherte, daß Jonnys Herz noch frei sei?

Nein, keinem gönnte er ihre Liebe, keinem, weil er sie selbst liebte.

Er stand plötzlich still und sah mit weitgeöffneten Augen vor sich hin, als sähe er sie wieder vor sich in ihrem weißen Kleid mit den dicken, goldenen Locken um das hübsche Köpfchen.

„Kleine Jonny – süße, kleine Jonny“, flüsterte er zärtlich und sehnsüchtig. Und dann warf er sich in einen Sessel und schloß die Augen. Seine Gedanken zauberten ihm ihre Gestalt vor. Er sah die feinen Linien, sah das verwirrte, hilflose Lächeln, den bangen, fragenden Blick, als wollte sie sagen: Bist du mein Schicksal? Welch eine reine, tiefe Seele lag in dem Blick ihrer Augen!

Jonny, liebe geliebte Jonny! War auch in ihrem Herzen das gleiche Empfinden erwacht wie in dem seinen? Floh sie deshalb in Großmamas Arme, im jähen Schrecken über das neue, ungekannte Gefühl? Ach, wenn er das glauben dürfte, wenn sie jetzt mit gleicher, sehnender Unruhe an ihn dächte, wie er an sie!

Und wie sonderbar – sein Vater hatte Jonnys Mutter geliebt. Gutmachen sollte er an Jonny – darauf bezogen sich seines Vaters letzte Worte. Gutmachen! Wie leicht würde ihm das sein. Liebe schenken – eine tiefe, reine, heilige Liebe – sein ganzes Herz – hieß das gutmachen? Das war kein Opfer, war seines Herzens heißer Wunsch und Wille! Wie hatte er so lange fernbleiben können? Er reiste draußen in der Welt umher, und hier zu Hause wartete das Gück auf ihn und grüßte ihn bei der Heimkehr mit sonnigen Augen.

Er atmete schwer. Die junge, selige Liebe schlug ihm über dem Kopf zusammen.

Immer hab' ich sie geliebt – immer – ich wußte es nur nicht, dachte er beglückt.

So saß er, in Träume versunken, bis sich plötzlich die Tür öffnete und seine Mutter auf der Schwelle erschien. Sie hatte den Diener zurückgehalten, der Lothar ihre Rückkehr melden wollte und war selbst bei ihm eingetreten. Der Pelzmantel lag noch über ihren Schultern und bildete einen prächtigen Rahmen für das kostbare, elegante Abendkleid in lichtgrauen Farben. Der Pelz glitt herab, als sie auf Lothar zuschritt, und ihre Schultern und Arme wurden sichtbar. Sie sah sehr schön und vornehm aus, und die wundervollen Brillanten, die sie im Haar und um den Nacken trug, paßten gut zu ihrer fürstlichen Erscheinung.

Lothar war aufgesprungen und ihr entgegengeeilt. Er küßte ihr die Hand, die sie ihm zum Gruß entgegenstreckte.

„Du bist schon heute abend angekommen, Lothar? Wie schade, daß ich es nicht wußte. Ich wäre selbstverständlich zu Hause geblieben. Warum hast du nicht depeschiert?" sagte sie in ihrer zurückhaltenden Art. Es lag nicht viel Wärme in ihrer Begrüßung, wenn auch ihre Augen stolz aufleuchteten beim Anblick seiner eleganten, schlanken Gestalt.

„Ich wollte euch überraschen, Mama."

„Dabei kommt meist nicht viel Gutes heraus, mein Sohn. Ich liebe es gar nicht, überrascht zu werden. Jedenfalls hast du es dir nun selbst zuzuschreiben, daß nichts zu deinem Empfang bereit war."

Sie klingelte und befahl dem eintretenden Diener, den Pelz hinauszunehmen. Dann ließ sie sich in einen Sessel gleiten.

„Komm, setze dich zu mir, Lothar. Ich bin zwar müde, aber ein halbes Stündchen will ich noch mit dir plaudern."

Lothar setzte sich ihr gegenüber. Wie immer, wirkte das Wesen seiner Mutter ernüchternd auf ihn.

„Dir geht es gut, Mama, nicht wahr? Jedenfalls siehst du vorzüglich aus. Man wird dir nicht glauben wollen, daß ich dein Sohn bin“, sagte er etwas förmlich.

Sie lächelte geschmeichelt. „Ja, ja – du wirst mich kompromittieren, mein Sohn. Du siehst entschieden älter aus, als du bist. Großmama hast du schon begrüßt?“

„Ja – wir haben zusammen zu Abend gegessen.“

„Sie ist in letzter Zeit hinfälliger geworden.“

„Ich fand sie frisch und gutaussehend.“

„Das wird die freudige Überraschung gemacht haben. Morgen bei Tage wirst du merken, wie sehr sie gealtert ist.“

„Sie ist fast siebzig Jahre alt.“

„Gewiß, und für ihr Alter ist sie noch erstaunlich rüstig. Aber nun erzähle mir von dir. Du gehst nach Rom?“

Er berichtete von seinem neuen Amt.

Sie hörte befriedigt und aufmerksam zu. „Du wirst Karriere machen, mein Sohn. Ich hoffe, daß du bei deinem Können und deinem Namen schnell befördert wirst.“

Lothar sah ihr ernst ins Gesicht. „Darauf werde ich es wohl nicht ankommen lassen, Mama. Ich habe deinem Wunsche gemäß den Versuch gemacht. Aber ich eigne mich kaum für die diplomatische Karriere und werde wohl, wenn das Jahr in Rom zu Ende ist, meinen Abschied einreichen, um selbst die Verwaltung meiner Güter in die Hand zu nehmen.“

Gräfin Susanne fuhr entrüstet auf.

„Welche Idee! Daraus kann nichts werden – ein für allemal nicht. Wildenfels ist in bewährten, vortrefflichen Händen – da kannst du unbesorgt sein. Es ist und bleibt mein Wunsch, daß du Karriere machst. Die Befähigung dazu hast du, und bei deinen Verbindungen wird der Erfolg nicht ausbleiben. Keinesfalls dulde ich, daß du dich zurückziehst und dich hier als simpler Landjunker selbst außer Kurs setzt.“

„Man muß nicht außer Kurs gesetzt werden, wenn man einen großen Besitz zu verwalten hat. Es gibt auch dabei ein reiches Feld der Betätigung und vielleicht ein idealeres, wenn auch äußerer Erfolg nicht damit verbunden ist. Ich habe deinem Wunsch gemäß mein Studium beendet und auch einen Versuch gemacht, ob ich mich zum Diplomaten eigne. Du hast mich nie gefragt, ob mir diese Art der Betätigung zusagt. Bisher habe ich, ohne meine eigenen Wünsche zu berücksichtigen, getan, was du von mir fordertest. Aber je älter ich werde, je mehr empfinde ich, daß du mich auf eine Bahn drängtest, die meinem innersten Wesen widerstrebt. Ich tauge nicht zum Diplomaten. Ich möchte nun *mein* Leben haben, Mama!"

Gräfin Susannes Gesicht hatte sich zornig gerötet. „Welcher Unsinn! Es ist immer mein Ehrgeiz gewesen, dich eines Tages unter den großen Männern unseres Landes zu finden. Dein Vater hatte zu meinem großen Leidwesen den bequemen Hang, hier in aller Ruhe seinen Kohl zu bauen. Da er nicht ehrgeizig war, hoffte ich auf meinen Sohn. Willst auch du mich enttäuschen?"

Lothar hatte die Stirn wie im Schmerz zusammengezogen.

„Wäre diese Enttäuschung so schmerzlich für dich? Gelte sie dir mehr, als mich in der Erfüllung meiner Pflichten als Gutsherr glücklich zu wissen?" fragte er dringend.

Seine Mutter warf ärgerlich den Kopf zurück. „Mein Gott, Lothar, kann es für einen Mann ein größeres Glück geben, als seinen Ehrgeiz zu befriedigen?"

„Doch vielleicht, Mama. Den Ehrgeiz, den du meinst, habe ich nicht. Ich habe wohl den Wunsch, im Leben zu nützen, etwas zu tun, was das Wohl der Allgemeinheit fördert. Aber sage selbst: Wem nütze ich, wenn ich irgendeine Stellung im Korps der Diplomaten einnehme? Die Ämter, die wirklich von großer Wichtigkeit für die Allgemeinheit sind, sind selten! Und auch in solchen Ämtern ist man meist nicht in der Lage zu tun, was man für das Rechte hält. Man ist nur Staffage – auf die Person und die Fähigkeiten kommt es wenig an. Man ist ein Rad, das läuft, wenn die anderen auch laufen."

„Du sprichst wenig achtungsvoll von deinem Beruf",

sagte seine Mutter empört. „Mir scheint, du besitzest ebensowenig Ehrgeiz wie dein Vater.“

„Oder zu viel, Mama. Warum soll ich mich ducken und beugen – oft gegen meine Überzeugung handeln –, wenn ich in meinem Reiche aufrecht stehen und herrschen kann? Gewiß, Wildenfels hat tüchtige Beamte. Aber ich könnte vielleicht für mich und meine Untergebenen Besseres schaffen, wenn ich mich selbst mit Hingabe meiner ganzen Persönlichkeit an die Spitze stellte. Es ist ein schönes, stolzes Gefühl, das Wohl und Wehe vieler Menschen in der Hand zu haben. Kannst du mir das nicht nachfühlen? Ich glaube, ähnlich wie ich hat auch mein Vater empfunden.“

Gräfin Susannes Mund zog sich herb, fast verächtlich zusammen. Ihre Augen hefteten sich finster in die ihres Sohnes. „Dein Vater war ein Schwächling!“ stieß sie zornig hervor.

„Mama!“

„Ja, er war es. Du brauchst mich nicht so empört anzusehen, weil ich das Ding beim rechten Namen nenne. Deine Großmutter hat dir deinen Vater wohl in einem idealen Licht geschildert. Ich sage dir aber nochmals, er war ein Schwächling, ohne Ehrgeiz. Ich dulde nicht, daß du in seine Fußstapfen trittst. Du bleibst deiner Laufbahn treu, ich will es – und du wirst dich fügen.“

Lothar erhob sich und trat an das Fenster. Als er sich nach einer Weile umwandte, sah er bleich aus. Die Schmähung seines Vaters aus dem Munde der Mutter hatte das Band zwischen ihm und ihr noch mehr gelockert. Er trat mit entschlossenem Ausdruck in den Augen vor seine Mutter hin. Um das breite, festgefügte Kinn lag ein Zug unbeugsamer Energie.

„Mama, ich bin jetzt in dem Alter, in dem ich selbst eine Entscheidung über meine Zukunft treffen kann. Und bei aller Ehrfurcht vor dir – ich wäre wert, ein Schwächling zu heißen, wenn ich mich gegen meinen Willen in einem Beruf festhalten ließe, der mir aufgenötigt wurde, als ich noch zu jung war, selbst zu entscheiden. Mein Vater selbst würde mich darin nicht beirren, er würde meinen Willen achten. Ich kann auf deine Wünsche keine Rücksicht nehmen."

Gräfin Susanne erhob sich hastig. „Du weigerst mir den Gehorsam?" rief sie entrüstet.

„Verzeih, in diesem Punkte kann ein Mann nur seinem eigenen Willen untertan sein. Ich verspreche dir, freiwillig noch ein Jahr nach Rom zu gehen und mich in dieser Zeit ernstlich zu prüfen. Komme ich zu keinem anderen Resultat als jetzt, so lege ich mein Amt nieder und kehre für immer nach Wildenfels zurück."

Sie sahen sich beide eine Weile schweigend an, fast wie zwei Gegner, die ihre Kräfte messen. Auf Lothars Gesicht prägte sich ein eiserner Wille aus. Seine Mutter erkannte, daß er von festerer Art war als sein Vater. Diesen unbeugsamen Ausdruck hatte sie zuweilen im Gesicht ihres Schwiegervaters gesehen. Und dieser ließ sich nie beirren in dem, was er beschlossen hatte. Es wurde ihr klar in dieser Stunde, Lothar unterwarf sich nicht, wenn er nicht wollte. Ihr Ärger mußte sich Luft machen.

„Diese Zukunftspläne hat dir deine Großmutter eingeimpft? Alles, was du sagst, sieht sehr nach Beeinflussung aus. Sie war immer dagegen, daß du Diplomat werden solltest", sagte sie höhnisch.

„Vielleicht, weil sie mich besser kannte als du. Sie hat sich mehr mit mir beschäftigt."

„Soll das ein Vorwurf sein?" brauste sie auf.

„Nein, ich stelle nur eine einfache Tatsache fest. Übrigens hat mich Großmama in keiner Weise beeinflußt. Ich habe mit ihr noch kein Wort über diese Angelegenheit gesprochen."

„Nun, beenden wir diese Unterredung. Ich bin müde. Aber wir kommen später darauf zurück. Ich gebe es noch nicht auf, meinen Willen durchzusetzen. In einem Jahr ändert sich manches. Und daß du nach Rom gehst, darauf habe ich dein Wort."

„Ich werde es halten."

„Es ist gut, und nun gute Nacht." Er küßte ihr artig die Hand und begleitete sie hinaus.

15

Am nächsten Morgen, als Lothar in den kleinen Saal trat, wo das Frühstück eingenommen wurde, stand Jonny bereits seiner wartend am Fenster. Sie trug ein einfaches, sportliches Kostüm aus englischem Stoff, war also schon bis auf die Überkleider fertig zum Ausgehen.

Lothar meinte, noch nie etwas Hübscheres gesehen zu haben als diesen einfachen Anzug, der sie ihm wieder in einem ganz anderen Lichte zeigte. Vielleicht waren auch die strahlenden Sonnenaugen und das süße Gesichtchen schuld daran.

„Du bist früher auf als ich, Jonny", sagte er, ihre beiden Hände fassend und sie wieder zum Fenster drehend. „Nun laß dich einmal bei Tageslicht anschauen. Ich kann noch nicht fassen, daß meine kleine Jonny eine große, junge Dame geworden ist."

Sie sah errötend in sein Gesicht, zwang aber ihre Verlegenheit tapfer nieder und lachte ihn an.

„Du hast dich genauso verändert, Lothar. Ich muß auch erst aus deinen Zügen herauslesen, daß du der alte bist."

„Du findest den dir herzlich und innig ergebenen Lothar", sagte er warm und küßte langsam und ausdrucksvoll ihre beiden feingegliederten Hände. Er fühlte beseligt, daß sie zitternd in den seinen lagen.

„Hast du gut geschlafen?" fragte sie, hastig ihre Hände zurückziehend.

Er lächelte und sah sie an. „Nicht so gut wie sonst."

Sie holte tief Atem. „Ich auch nicht – ich konnte lange vor Freude nicht einschlafen, weil du da bist."

„Freust du dich wirklich so sehr?"

„Aber Lothar – das kannst du dir denken. Hast du deine Mutter noch gesprochen?"

„Ja – ich hatte eine sehr ernste Unterhaltung mit ihr."

„Doch nichts Schlimmes für dich?" forschte sie besorgt.

„Nein, Meinungsverschiedenheiten. Mama will, daß ich Diplomat bleibe, ich aber gehe nur ein Jahr nach Rom – dann kehre ich für immer nach Wildenfels zurück."

Jonny preßte die Handflächen zusammen und sah so strahlend glücklich zu ihm auf, daß er sich kaum beherrschen konnte.

„Für immer – ach, Lothar – ist das wahr?"

„Gewiß, Jonny. Ist dir das lieb?"

„Ach – ich kann dir gar nicht sagen, wie sehr ich mich freue."

Er haschte nach ihrer Hand.

„Dann bleib ich immer bei dir, immer", sagte er mit unterdrückter Stimme.

Sie sahen sich an. Wieder tauchten die Augen selbstvergessen ineinander. Jonnys Wangen färbten sich tiefer. Sie riß sich plötzlich los.

„Du – wir müssen frühstücken! Nachher gehst du mit mir zum See hinunter, ja?" sagte sie und ließ sich am Frühstückstisch nieder.

Er setzte sich ihr gegenüber.

„Alles, was du willst, Jonny. Ich will dich in den wenigen Wochen, da ich zu Hause bin, so verwöhnen, daß du nachher immer denken sollst: Wäre er nur erst wieder da."

Sie lachte verwirrt und strich sich die losen Locken von der Stirn zurück. Er kannte diese charakteristische Bewegung von früher her. Aber auch die erschien ihm heute neu und reizvoll.

„Weißt du – das denke ich immer! Schon so lange, wie du von Wildenfels fort bist. Es ist viel schöner, wenn du zu Hause bist."

Ein Diener brachte das Frühstück. Lothar schickte ihn wieder hinaus.

„Wir zwei brauchen keine Bedienung, gelt, Jonny?"

„Nein, ich gewiß nicht. Darf ich dir Tee geben oder Kakao? Ach nein, ich weiß schon, Tee ohne Zucker, nicht wahr, so hältst du es noch immer?"

„Ja, ja, Tee ohne Zucker. Und nun legst du mir auch etwas Eßbares vor."

Sie sah ihn neckend an.

„Du, das mit dem Verwöhnen soll wohl auf Gegenseitigkeit beruhen?"

„Natürlich."

Sie bediente ihn und aß dann selbst. Er freute sich, wie ihre gesunden weißen Zähne in das frische Weißbrot hineinbissen.

„Hm – schmeckt prachtvoll, Jonny. So herrlich habe ich schon lange nicht mehr gefrühstückt."

Sie lachte.

„Das klingt, als müßtest du draußen in der Fremde Hunger leiden."

„Wer weiß, ob es nicht so ist. Bitte gib mir mehr, ich habe Riesenappetit."

„Das macht die Heimatluft."

Er sah sie mit leuchtenden Augen an.

„Meinst du?"

Sie nickte eifrig.

„Ganz sicher. Aber sag, Lothar, weiß Großmama schon, daß du übers Jahr für immer nach Hause kommst?"

„Nein. Sag du ihr nichts davon, ich will selbst mit ihr darüber reden."

„Oh, das hätte ich ohnedies nicht getan, dann sähst du ihre Freude nicht bei dieser Nachricht. Ach, du glaubst nicht, was sie für Sehnsucht nach dir hat."

„Und du nicht?" forschte er.

„Doch – natürlich auch. Und wenn wir vor Sehnsucht nicht ein und aus wissen, lese ich Großmama deine Briefe vor, und dann reden wir von dir – stundenlang."

Er hätte sie küssen mögen, zwang sich aber, ruhig auszusehen.

„So – und das wird dir nicht langweilig?"

„O nein – niemals", versicherte sie mit ehrlichem Eifer.

Er strich sich aufatmend über die heiße Stirn.

„Was tust du eigentlich sonst den ganzen Tag?" erkundigte er sich scheinbar sachlich.

Sie machte ein drollig wichtiges Gesicht. „Du glaubst wohl, ich bin ein Faulpelz? O nein! Frühmorgens, wenn Großmama noch schläft, gehe ich meist schon ins Dorf und sehe nach Großmamas Kranken, weil sie das selbst nicht mehr so oft kann. Denen habe ich allerlei zu bringen und nachzusehen, was ihnen fehlt. Wenn ich zurückkomme, ist Großmutter beim Frühstück. Dabei lese ich ihr

Briefe und Zeitungen vor und erstatte Bericht über die Kranken. Dann begleite ich Großmama auf einem kurzen Spaziergang durch den Park. Wenn wir zurückkommen, gibt es allerlei kleine Arbeiten für mich. Weißt du – Grill ist auch schon alt, und es macht mir Spaß, ihr dies und das abzunehmen. Nach Tisch, wenn Großmama schläft, laufe ich meist zum See hinunter. Im Sommer rudere ich ein Stück hinaus, im Winter laufe ich Schlittschuh. Wenn Großmama ausgeschlafen hat, machen wir bei gutem Wetter Besuch in der Nachbarschaft. Bei schlechtem Wetter musiziere ich oder schreibe Briefe für Großmama an Freunde oder Lieferanten. Abends nach Tisch muß ich ihr ein paar Lieder singen, Whist oder Dame mit ihr spielen – und dann ist mein Tagewerk zu Ende."

Er hatte mit großem Interesse zugehört.

„Etwas hast du noch vergessen, Jonny."

Sie sah ihn fragend an.

„Nun?"

„Die Bälle, Soireen, Gartenparties und andere Feste in der Nachbarschaft. Da ist doch immer etwas los, das kenne ich. Und du wirst dich natürlich sehr gut amüsieren. Eine so – reizende junge Dame wie du wird von allen Seiten angeschwärmt, nicht wahr?"

Sie lachte.

„Ach du – das ist nicht so schlimm, so viel Gesellschaften besuche ich nicht. Mußt doch bedenken, daß Großmama leicht müde wird und nicht viel ausgeht. Da bleibe ich meist mit ihr zu Hause."

„Tut dir das nicht leid. Bringst du damit nicht Opfer?"

Sie sah ihn betroffen an.

„Opfer? Nein. Ich bin nicht gern unter Menschen, wenn Großmama nicht bei mir ist. Sie sind alle nett zu mir – aber ich gehöre nicht zu ihnen."

Er blickte betroffen in ihr Gesicht.

„Wie meinst du das? Du gehörst zu uns, also auch zu denen, die mit uns verkehren. Du bist Großmamas liebes Pflegetöchterchen."

Jonny sah vor sich nieder. Ein leiser Schatten lag auf

ihrem Gesicht. Dann erhob sie die Augen und sah ihn an. Es lag ein trauriger Blick darin...

„Du und Großmama – ihr rechnet mich zu euch in eurer Güte. Aber die anderen Herrschaften wissen alle, daß ich aus Barmherzigkeit hier bei euch Aufnahme gefunden habe und sind nur aus Rücksicht auf Großmama nett zu mir. Deshalb ist es mir lieb, daß deine Mutter mich stets als Großmamas Gesellschafterin vorstellt. Da weiß man gleich, auf welcher Stufe ich stehe."

Lothar fuhr auf. Seine Stirn rötete sich jäh. Er faßte ihre Hand.

„Mama gibt dich als Großmamas Gesellschafterin aus? Das ist – das ist –"

Er sprang auf und lief mit langen Schritten hin und her. Plötzlich blieb er dann vor ihr stehen. Sie sah ängstlich und betreten zu ihm auf.

„Und Großmama erträgt das?" fragte er mit unterdrückter Heftigkeit.

Sie legte ihre Hand auf seinen Arm. „Aber Lothar, weshalb regt dich das so auf? Es ist keine Schande, Gesellschafterin zu sein. Mir ist es im Gegenteil lieb, so habe ich einen Zweck und esse mein Brot nicht umsonst."

Er zog sie zu sich empor und sah ihr mit schmerzlicher Zärtlichkeit ins Gesicht und schüttelte sie leicht.

„Jonny! Liebe kleine Jonny! Du sollst nicht demütig und bescheiden sein. Du hast ein Recht, dich als Kind vom Hause zu fühlen! Du bist Großmamas liebes Töchterchen, meine Schwester, nein noch mehr! Ich dulde nicht, daß man dich wie eine bezahlte Kraft außerhalb stellt, auch von meiner Mutter dulde ich das nicht. Eine Schande ist es gewiß nicht, Gesellschafterin zu sein, aber du, du sollst nicht nur geduldet sein. Es ist gut, daß ich nach Hause kam – sehr gut. Ehe ich gehe, soll deine Stellung hier im Hause und in der Gesellschaft klargestellt sein, verlaß dich darauf."

Jonny sah beschwörend in seine flammenden Augen.

„Lothar – ich bitte dich innig – so sehr ich kann – widersetze dich deiner Mutter nicht. Ich könnte nicht ertragen, wenn du dich meinetwegen mit ihr erzürntest."

Er küßte ihre Hände.
„Nein, nein, du, hab keine Angst, ich bespreche das erst mit Großmama und werde den rechten Ton schon finden. Aber versprich mir – fühle dich hier nicht geduldet, das ertrage ich nicht. Hier bin ich jetzt der Herr – und in meinem Hause bist du heimatberechtigt, du gehörst zu uns für alle Zeit, hörst du?“
Ihre Augen füllten sich mit Tränen. Im Übermaß des Empfindens legte sie ihr Gesicht auf seine Hände, mit denen er noch die ihren umfaßt hielt.
„Du bist so gut – du und Großmama – ich bin Euch dankbar, unsagbar dankbar für eure Liebe und Güte.“
Er zog sie fest an sich. Es wollte sich über seine Lippen drängen, was er für sie empfand. Aber da sah sie zu ihm auf, gläubig und vertrauend, wie ein Kind. Und diesem Kinderblick gegenüber wurde ihm klar – noch durfte er nicht reden.
„Wenn du glaubst, uns Dank schuldig zu sein, kannst du ihn leicht abtragen“, sagte er leise.
„Wie denn – sag's schnell“, bat sie eifrig.
„Hab uns recht lieb, Großmama und mich.“
Sie sah fast enttäuscht aus.
„Ach – das muß ich ganz von selbst tun, ob ich will oder nicht. Ich dachte, ich könnte dir etwas anderes zuliebe tun, etwas, das recht, recht schwer ist.“
Er blickte sie seltsam an.
„Vielleicht fordere ich das eines Tages von dir.“
Sie nickte. „Tu es nur, ich wünsche es mir, so sehr ich kann.“
Er gab sie plötzlich frei und trat zurück. Sein Atem ging schwer. „Komm – laß uns hinaus ins Freie gehen“, sagte er hastig.
Jonny sah zur Uhr.
„Bis zum See kommen wir nicht mehr. Großmama soll nachher nicht auf uns warten. Wenn es dir recht ist, gehen wir in den Park.“
„Mir ist alles recht.“
„Gehst du heute nach Tisch, wenn Großmama schläft, mit mir Schlittschuhlaufen?“

„Gern, ich freue mich schon darauf.“

Wenige Minuten später verließen sie das Schloß. Jonny hatte ihre Pelzjacke angezogen und die Mütze auf die blonden Haare gedrückt. Lothar sah sie immer von der Seite an, und trotz der kalten Winterluft war ihm sehr warm in seinem Überrock.

„Weißt du, was wir jetzt tun?“ fragte er, ihren Arm fassend.

„Nun?“

„Wir liefern eine regelrechte Schneeballschlacht. Erinnerst du dich noch, wie wir uns manchmal bombardiert haben?“

Sie nickte lachend.

„Oh – fein. Ach, Lothar, es ist zu himmlisch, daß du hier bist. Ich wollte, die Zeit bliebe jetzt still stehen – hundert Jahre lang.“

„Hm – ein bißchen viel – da müßte es noch schöner sein.“

„Ja – für dich ist das auch nichts Besonderes weiter, mit mir im Park herumzulaufen.“

Er zog ihren Arm durch den seinen. „So – meinst du?“

Im Park gingen sie erst ruhig und vernünftig nebeneinander her und plauderten von gleichgültigen Dingen. Aber dann lockte der weiche, unberührte Schnee. Der jugendliche Übermut kam zum Durchbruch. Sie eröffneten eine regelrechte Schneeballschlacht. Jonny war ganz dabei. Ihre Augen strahlten, und ihre ursprüngliche Art kam zum Durchbruch. Graziös und elastisch sprang sie hin und her und bombardierte ihren Gegner mit wohlgezielten Bällen. Lothar ergötzte sich viel mehr an dem Anblick ihrer jungen, geschmeidigen Glieder als am Spiel selbst. Er war nicht so geschickt, wie er sein wollte. Und plötzlich sprang Jonny auf ihn zu und wollte ihm die Hand voll Schnee ins Gesicht reiben. Aber ehe sie dazu kam, umfaßte er sie schnell mit beiden Armen und küßte sie einige Male fest auf den Mund.

Sie lag einige Sekunden wie erstarrt an seinem Herzen. Es war früher wohl öfter geschehen, daß er sie in dieser Weise wehrlos machte, und lachend hatte sie sich dann ergeben. Aber heute lachte sie nicht. Dunkle Röte schoß in ihr Gesicht, und sie machte sich hastig frei. Er atmete unruhig. Sein Blut jagte heiß zum Herzen. Da sah er ihre Verwirrung, und das machte ihn ruhig und stark.

„Siehst du wohl, – so geht es den Attentätern", sagte er scherzend und scheinbar harmlos. „Das war die Strafe dafür, daß du mein Gesicht so barbarisch behandeln wolltest. Willst du es nochmals tun?"

Sie wehrte erschrocken ab und zwang sich gleichfalls zu einem scherzenden Ton.

„Oh, nein, ich fürchte die Strafe."

„War es schlimm, Jonny?"

Es klang wieder ein heißer Unterton durch seine Frage.

„Furchtbar schlimm", neckte sie.

„Also wollen wir Frieden schließen?"

„Ja, die Schlacht ist aus."

Er klopfte ihr sorglich den Schnee von den Schultern und schob seinen Arm in den ihren. Sie rückte sich die verschobene Mütze zurecht, während sie weitergingen, und strich sich das Haar zurück. Es war aber zu locker geworden, die Mütze wollte nicht sitzen.

Da blieb sie stehen und nahm sie ab.

„Bitte, halte die Mütze einen Augenblick, Lothar, ich muß mir meine Kämme fester stecken, sie sitzen nicht mehr."

Er nahm gehorsam die Mütze. Mit einigen energischen Griffen zog sie die Kämme aus der sportlichen Frisur und legte sie auf die Mütze. Die goldblonden Locken fielen in ihrer Pracht auseinander, unbefangen strich sie glättend über den lockigen Scheitel und wollte die Locken wieder feststecken. Lothar hatte eine davon ergriffen und wog sie bewundernd in der Hand.

„Was hast du für wundervolles Haar", sagte er leise.

Sie machte eine hastige Bewegung, und Mütze samt Kämme flogen in den Schnee. Lachend beugten sie sich beide herab. Dabei glitten Jonny die Locken über die Schultern und lagen wie goldene Schlangen auf dem Pelz. Es dauerte lange, bis Lothar Mütze und Kämme aufgehoben hatte.

„Nun halt sie aber fest“, schalt sie noch immer lachend.

Er versprach es feierlich und sah andächtig zu, wie sie die Lockenpracht in eine sportliche Form zwang. Am liebsten hätte er sie gelöst gelassen. Aber er hielt seine Wünsche zurück.

Die Locken waren wieder eng um den feinen Kopf gesteckt. Dann stülpte sie das Pelzmützchen wieder resolut auf die goldene Pracht.

Das alles sah so entzückend aus, daß er stundenlang geduldig zugesehen hätte.

„So – nun bin ich fertig, sehe ich ordentlich aus?“ fragte sie, ahnungslos, welche Augenweide sie Lothar bereitet hatte.

Lächelnd zog er einen Taschenspiegel hervor.

Sie blickte flüchtig hinein. „Hm – es geht an. Danke. Aber nun müssen wir heim. Großmama wird sonst warten.“

Langsam gingen sie nach dem Schloß zurück. Jonny atmete einige Male tief auf, als wäre ihr die Brust zu eng. Und schließlich sagte sie, im Übermaß des Empfindens:

„Ich könnte laut aufschreien, so froh bin ich, daß du da bist.“

„Tue es.“

Sie schüttelte den Kopf. „Nein, ich will meine Freude lieber still in mich verschließen.“

„Aber mir mußt du sie zeigen, Jonny“, bat er.

Sie nickte stumm und sah mit einem Blick zu ihm auf, der ihm die Seligkeit ihres jungen Herzens enthüllte.

16

Der Hausmeister empfing Lothar mit der Nachricht, daß seine Mutter ihn erwarte. Lothar verabschiedete sich von Jonny und sagte zu ihr:

„Ich komme nachher zu Großmama, sage ihr, daß ich zu meiner Mutter gerufen wurde.“

Er blieb auf dem Korridor stehen, bis sie verschwunden war. Dann trat er bei seiner Mutter ein. Sie empfing ihn in der „blauen Grotte“ und lag in lässiger Haltung in einem Sessel, als er eintrat. Ein weiches, elegantes Hauskleid in zarten Fliederfarben umhüllte ihre Gestalt. Durch das blaue Licht im Zimmer wirkte dieser Farbenton ganz eigenartig. Trotz der magischen Beleuchtung sah Lothar heute, daß auch für seine schöne Mutter die Zeit gekommen war, wo das beginnende Alter anfing, seinen Tribut zu verlangen. Ohne auf das Gespräch vom vorigen Abend zurückzukommen, plauderte sie in der eigenen kühlen Art mit ihrem Sohn. Nicht ein einziges Mal ließ sie etwas wie Wärme durchblicken.

Lothar empfand von neuem, daß zwischen ihm und seiner Mutter kein herzliches, inniges Gefühl aufkommen konnte. Ernüchternd legte sich der Gedanke auf seine Brust, wie er gedarbt haben würde an Liebe, wenn seine Großmutter und Jonny ihn nicht mit dem Liebesreichtum ihrer Seelen überschüttet hätten.

Im Laufe des Gespräches erwähnte Gräfin Susanne auch die Einladung zu dem Eisfest nach Hasselwert. Lothar nahm diese Nachricht mit Genugtuung auf. Er wußte nicht, daß Jonnys Beteiligung ausgeschlossen war und hoffte, bei dieser Gelegenheit durch sein Verhalten vor aller Welt festzustellen, daß er von jedem Jonny als seine Schwester respektiert zu sehen wünschte. Eine Stunde mochte vergangen sein, als Jonny zu den beiden ins Zimmer trat.

Sie verneigte sich sehr artig vor der Gräfin und wandte sich dann an Lothar.

„Großmama läßt dich bitten, Lothar, du möchtest zu ihr kommen, wenn du Zeit für sie übrig hast.“

Gräfin Susanne kniff indigniert die Augen zusammen und fixierte Jonny mit starrem Blick.

Lothar erhob sich sofort. „Du gestattest, daß ich Großmama guten Morgen sage, Mama?“

„Bitte sehr“, antwortete sie kühl.

Er küßte ihr die Hand und wandte sich an das junge Mädchen.

„Du kommst mit, Jonny?“

„Bitte, einen Augenblick, Fräulein Warrens“, sagte Susanne mit scharfer Betonung der Anrede. „Ich habe etwas mit Ihnen zu sprechen. Geh du nur einstweilen allein, Lothar.“

Dieser verneigte sich und nickte Jonny lächelnd zu, als er hinausging. Er ahnte nicht, was seine Mutter von Jonny wollte.

Diese war bei den Worten der Gräfin stehengeblieben. Ein unbehagliches Gefühl beschlich sie stets, wenn diese einmal das Wort an sie richtete. Meistens kam dabei eine Demütigung für sie heraus. Ängstlich sah sie in das kalte, stolze Gesicht, das in dem blauen Licht noch unnahbarer aussah. Jonny fand dieses blaue Zimmer überhaupt schrecklich und begriff nicht Gräfin Susannes Vorliebe dafür. Ihr war in diesem Zimmer immer zumute, als laste ein unheimlicher Bann auf ihrer Seele.

„Darf ich mich nach Ihren Wünschen erkundigen, Frau Gräfin?“ fragte sie leise. Susanne hatte sich eine vertraulichere Anrede verbeten.

Gräfin Susanne starrte sie in fast ungezogener Weise an.

„Ich muß mich wundern über Ihren Mangel an Takt, Fräulein Warrens“, sagte sie scharf.

Jonny zuckte zusammen und sah betroffen in das unbarmherzige Gesicht ihrer Feindin.

„Frau Gräfin, ich weiß nicht, was ich getan habe. Womit habe ich den Vorwurf der Taktlosigkeit verdient?“ fragte sie mit bebender Stimme.

Gräfin Susanne lehnte sich indigniert zurück.

„Schlimm genug, daß Sie es nicht wissen. Ich denke, man hat in der Pension gelehrt, daß man junge Herren, mit denen man in keiner Weise verwandt ist, nicht einfach ‚du‘ und beim Vornamen nennt. Oder nicht?‘

Jonny war leichenblaß geworden. „Doch – das – das weiß ich.“

„Schön. Dann brauche ich Sie wohl nicht darauf aufmerksam zu machen, daß es ungehörig ist. Jedenfalls verbiete ich Ihnen ein für allemal, meinen Sohn so vertraulich anzureden. Solange Sie noch ein Kind waren, mochte das gehen. Jetzt ist es damit vorbei. Mein Sohn ist für Sie Graf

Wildenfels – nicht mehr und nicht weniger. Haben Sie mich verstanden?"

Jonny stand starr mit zuckenden Lippen. Kein Ton entrang sich ihrem Munde, nur die Hände preßte sie zitternd zusammen. In den Augen lag ein Ausdruck tödlichen Schreckens und qualvoller Scham.

Stumm neigte sie den Kopf. Am liebsten hätte sie fliehen mögen aus dem Bereich der kalten, starren Augen. Aber ihre Füße waren wie gelähmt.

Gräfin Susanne wandte sich zur Seite und ergriff ein Buch, um darin zu lesen.

„Sie können gehen, ich habe Ihnen weiter nichts zu sagen, mache Sie aber darauf aufmerksam, daß ich unbedingten Gehorsam verlange. Glauben Sie nicht, daß Sie sich hinter Gräfin Thea stecken können. In dieser Angelegenheit lasse ich mir keine Einmischung gefallen. Übrigens will ich zu Ihrer Ehre annehmen, daß es nur dieses Hinweises bedarf, um Sie vor weiteren Aufdringlichkeiten zurückzuhalten."

Jonny richtete sich plötzlich zu ihrer schlanken Höhe empor.

„Sie können unbesorgt sein, Frau Gräfin – ich werde weder aufdringlich noch taktlos sein. Darf ich mich nun zurückziehen?"

„Bitte."

Gräfin Susanne begann gleichmütig ihre Lektüre. Jonny verließ das Zimmer mit einem Gefühl, als habe sie den Boden unter den Füßen verloren. Draußen lehnte sie sich einen Moment mit geschlossenen Augen an die Wand und preßte die Hände auf das wild klopfende Herz. Und dann eilte sie wie ein verscheuchtes Wild in ihr Zimmer und warf sich mit dumpfem Schluchzen auf ihr Lager.

Ihr war zumute, als habe man sie mit einer Peitsche ins Gesicht geschlagen, als habe man ihre reinsten und heiligsten Gefühle in den Staub getreten. Zugleich schämte sie sich unsagbar, daß man ihr eine Taktlosigkeit und Aufdringlichkeit vorgeworfen hatte, und sie prüfte sich ängstlich, ob dieser Vorwurf nur mit einem Schein des Rechts gegen sie erhoben werden durfte. Hatte Lothar ähnliches empfunden wie seine Mutter, als sie ihn in der alten vertraulichen Weise begrüßte?

Durch das seltsame neue Gefühl, welches in ihr bei Lothars Anblick erwacht war, hatte sie die ruhige Sicherheit ihres Wesens verloren. Sie wußte nicht einmal, ob sie Gräfin Susannes Tadel verdiente oder nicht.

Wie zerschmettert war sie von dem qualvollen Schmerz dieser Stunde. Und sie fühlte, daß sie sehr unglücklich sein würde, wenn sie Lothar von nun an kalt und förmlich mit „Herr Graf" anreden mußte. Zum ersten Male wurde ihr drückend der Standesunterschied zwischen ihm und ihr bewußt, und voll tiefer Verzweiflung machte sie sich klar, daß Gräfin Susanne ein Recht hatte, von ihr zu fordern, daß sie jede Vertraulichkeit mit Lothar unterließ. Mit einem Male war der leuchtende Sonnenschein dieses Tages verschwunden! Alles Licht, alle Wärme hatte sich in kalten Schatten gewandelt, und ihr blieb nicht einmal der Trost, an Großmamas Herzen ihr Leid klagen zu können.

Lange blieb sie in dieser unfrohen Verzagtheit auf ihrem Lager, bis an die Tür geklopft wurde. Sie erhob sich müde und öffnete. Grill stand draußen.

„Lieber Gott, Fräulein Jonnychen – wie sehen Sie aus – Sie sind doch nicht krank?" rief die gute Alte bestürzt bei ihrem Anblick.

Jonny versuchte zu lächeln. „Nur ein wenig Kopfweh, Grillchen, es wird bald vorüber sein."

„Soll ich Ihnen eine Limonade rühren? Nein. Aber dann reiben Sie sich wenigstens die Wangen mit kaltem Wasser. Sie sollen hinüberkommen zur Frau Gräfin, Graf Lothar ist bei ihr. Wenn Frau Gräfin Ihre blassen Bäckchen sieht, erschreckt sie sich."

Jonny wusch sich schnell das Gesicht und rieb es mit einem Tuch, bis es erneut Farbe zeigte. „Ist es nun wieder besser, Grillchen?" fragte sie mit erzwungenem Scherz.

„Ja, ja – nun geht es schon. Aber nach Tisch müssen Sie hinaus. Sie haben jetzt so viel bei den Weihnachtsarbeiten gesessen. Jawohl – abends hatten Sie immer noch lange Licht."

„Ei, Grill – du paßt ja auf wie ein Wächter", drohte Jonny lächelnd.

Aber das Lächeln gefiel Grill nicht. Kopfschüttelnd sah sie hinter Jonny her.

Das junge Mädchen ging sehr langsam, sie fühlte sich todmüde, und die Füße versagten ihr fast den Dienst.

Als sie bei Gräfin Thea eintrat, sahen diese und Lothar ihr lächelnd entgegen, als hätten sie von ihr gesprochen.

„Kindchen, ich habe Lothar eben erzählt, wie schön du singen kannst. Nun will er dich unbedingt gleich hören. Singst du uns ein paar Lieder?" fragte die alte Dame.

Jonny sah in ihre gütigen, liebevollen Augen, und am liebsten hätte sie sich ihr zu Füßen geworfen und ihr allen Kummer gebeichtet. Aber sie durfte Großmama nicht betrüben, wußte sie doch, wie diese immer traurig war, wenn Gräfin Susanne schroff zu ihr war. Sie trat zu ihr, vermied aber, Lothar anzusehen.

„Bitte, erlaß mir heute das Singen, Großmama. Ich habe Kopfweh und kann gewiß keinen Ton herausbringen. Ein andermal will ich gern singen – nur jetzt nicht."

Gräfin Thea sah besorgt in Jonnys Gesicht. „Wahrhaftig, Kind, du siehst ganz bleich aus. Aber ist es denn ein Wunder? Immer hockst du bei mir alten Frau. Gleich gehst du wieder hinaus ins Freie. Du warst ohnedies noch nicht im Dorf heute. Lothar kann dich begleiten."

Jonny wehrte erschrocken ab. „O nein – du sollst dich nicht berauben – ich gehe allein."

Lothar stand schon neben ihr.

„Nein, du gehst nicht allein. Lothar wollte auch ins Dorf, um nach allerlei zu sehen", erwiderte Gräfin Thea bestimmt.

Jonny stand unschlüssig. Sie fürchtete plötzlich ein Alleinsein mit Lothar.

Dieser faßte sie bei den Schultern.

„Nun schnell – mach dich fertig – ich warte hier auf dich."

Sie ging still und langsam aus dem Zimmer, nicht in ihrer raschen, elastischen Art.

Gräfin Thea sah befremdet hinter ihr her.

„Sagtest du nicht, deine Mutter habe Jonny vorhin zurückgehalten?“ fragte sie ihren Enkel.

„Ja, Großmama – warum fragst du?“

Die alte Dame sah bekümmert zu ihm auf. „Das Kind hat sonst nie Kopfweh, und sie sah aus, als hätte sie geweint.“

Lothar blickte sie betroffen an, und seine Stirn rötete sich. „Du glaubst – Mama könnte ihr weh getan haben?“

Sie seufzte. „Es wäre nicht das erstemal.“

Lothar fuhr sich unruhig durchs Haar. „Wir wollen sie gleich fragen, wenn sie zurückkommt.“

„Nein, Lothar – frage nicht, ich werde später selbst mit ihr sprechen. Auf keinen Fall möchte ich, daß du Jonnys Partei deiner Mutter gegenüber nimmst, das sagte ich dir schon vorhin, als wir darüber sprachen. Vorläufig steht das Kind noch in meinem Schutz.“

„Aber du mußt sie nicht kränken lassen, Großmama. Auf keinen Fall dulde ich, daß Mama Jonny wie eine Angestellte behandelt. Ganz heiß ist mir heute früh vor Empörung geworden, als ich hörte, daß Mama Jonny als deine Gesellschafterin ausgibt. Das darf nicht mehr sein. Jedenfalls werde ich offiziell durch mein Benehmen zeigen, daß ich Jonny wie meine Schwester behandelt sehen will.“

„Das tue immerhin, es kann nicht schaden, obwohl Jonny auch ohnedies allgemein beliebt ist.“

„Gleich morgen bei dem Eisfest in Hasselwert wird sich Gelegenheit dazu finden.“

„Bei dem Eisfest? Da wird Jonny wohl kaum dabei sein. Für mich ist es wohl zu anstrengend, und deine Mutter nimmt sie nicht mit.“

„So geht sie mit mir.“

„Du wirst deine Mutter begleiten müssen.“

„Dann mag sie sich Jonnys Begleitung gefallen lassen.“

„Das wird sie auf alle Fälle verhindern wollen – schon des Barons wegen.“

„Hasselwert? Was ist mit ihm?“

Die alte Dame sah ihn forschend an, als sie erwiderte: „Er hat die Absicht, Jonny seine Hand anzubieten.“

Lothar zuckte zusammen. „Baron Hasselwert? Unmöglich – er könnte ihr Vater sein. Und soviel ich weiß, hat er sich früher eifrig um Mama beworben."

„Das war früher. Jetzt will er jedenfalls Jonny zur Baronin Hasselwert machen. Er hat es selbst deiner Mutter gesagt. Sie war außer sich, daß er das bürgerliche Fräulein Warrens heiraten will, und sie hofft es wohl zu hintertreiben."

Lothar lachte zornig auf. „Ei – darin begegnen wir uns, das hoffe ich auch."

Gräfin Thea lächelte humorvoll.

„So, so – du auch? Bist du auch so adelsstolz?"

Er setzte sich schnell zu ihren Füßen und erfaßte ihre Hand.

„Großmama – das weißt du besser. Aber ich gönne sie keinem, sie ist mir zu schade für ihn – und überhaupt, sie soll in Wildenfels bleiben – immer."

Sie strich ihm das Haar aus der heißen Stirn.

„So lieb hast du sie?" fragte sie leise und gütig.

Er küßte ihre Hand.

„Großmama – die Erkenntnis ist gestern über mich gekommen, als ich sie wiedersah – ich habe sie lieb – anders als du denkst – anders, als ich selbst bisher geglaubt habe. Jonny muß meine Frau werden, wenn ich glücklich sein soll. Wirst du dagegen sein?"

Die alte Dame legte wie überwältigt die Hand vor die Augen.

„Großmama!" bat er leidenschaftlich.

Da sah sie ihn an mit einem stillen, verklärten Blick. „Ich segne deine Wahl, Lothar. Laß dir dein Glück nicht stören durch leere Formen, nicht durch trügerische, menschliche Satzungen. Ich bin glücklich und froh. Mein Herz ist voll Weihe. Sieh hinüber – ist es nicht, als ob dein Vater mit helleren Augen zu uns herniederblickte?"

„Hätte er meine Wahl gebilligt, Großmama?"

„Ja – von ganzem Herzen. Sei du glücklicher, als er werden durfte. Aber versprich mir: Sprich jetzt noch nicht das bindende Wort, laß Jonny ihre Unbefangenheit noch. Du mußt in kurzer Zeit wieder fort – denke an deine Mutter.

Das wird nicht ohne harte Kämpfe abgehen. Und Jonny stände ihr dann allein gegenüber. Darum warte, bis du von Rom zurückkommst. Ihr seid jung, und ein Jahr ist schnell vorbei."

„Aber wird Jonny inzwischen nicht einen anderen Bewerber erhören?"

Gräfin Thea lächelte.

„Sie liebt dich, und ich kenne sie doch genau. Ohne Liebe ergibt sie sich nicht."

Er schaute sie mit strahlenden Augen an.

„Du sagst das so bestimmt. Woher weißt du, daß sie mich liebt?"

Sie lächelte fein.

„Das habe ich mit meinen alten Augen gesehen. Nun mache deine jungen auf, dann merkst du es auch. Jetzt still – Jonny kommt. Und über das Eisfest reden wir noch. Vielleicht läßt es sich noch machen, daß Jonny teilnimmt."

17

Einige Minuten lang ging Lothar an Jonnys Seite durch den Park nach dem Dorfe zu. Er sah forschend von der Seite in ihr Gesicht, aber er sprach nicht, bis sie mitten im Park waren. Dann schob er plötzlich seinen Arm durch den ihren.

„Du bist so still, Jonny."

Sie wurde dunkelrot.

„Ich habe Kopfweh."

„Immer noch?"

„Ja."

„Ist es so schlimm, daß du nicht reden kannst?"

Sie rang mit ihrem Entschluß. Dann richtete sie sich straff empor und sagte, starr vor sich hinsehend: „Bitte, Herr Graf – nennen Sie mich nicht mehr du – wir sind keine Kinder mehr."

Erst lachte er ein wenig. Aber dann bekam sein Gesicht plötzlich einen harten, finsteren Ausdruck. Er blieb mit einem Ruck stehen und vertrat ihr den Weg.

Sie erschrak, als sie scheu in sein verändertes Gesicht blickte.

„Was waren das für törichte Worte, Jonny?"

„Herr Graf – ich bitte –"

Er faßte sie bei beiden Armen und schüttelte sie im schmerzlichen Zorn.

„Untersteh dich und rede mich noch einmal so förmlich an. Das dulde ich nicht, verstehst du?"

Sie sah ihn mit qualvollen Blicken an. Er hätte das süße, hilflose Gesicht mit Küssen bedecken mögen. Mit weicher Stimme fuhr er fort: „Also wie heiße ich, Jonny?"

Ihre Lippen zuckten.

„Bitte – begreifen Sie – es geht nicht anders – Sie müssen –"

„Gar nichts muß ich. Hier in Wildenfels bin ich der Herr, hier habe ich zu befehlen und nicht zu müssen. Gleich auf der Stelle sagst du: Lieber Lothar, ich war sehr töricht, verzeihe mir, ich will es nie wieder tun."

Jonnys Augen füllten sich mit Tränen. „Ich kann nicht – darf nicht", sagte sie leise.

Da legte er den Arm um ihre Schulter, nahm ihr das Tüchlein aus der Hand und trocknete ihre Tränen.

„Du törichte liebe Jonny – bist sonst kein Hasenfuß. Hast du dich erschrecken lassen? Heute morgen und gestern abend sagtest du ohne alle Bedenken du zu mir. Und jetzt plötzlich kränkst du mich mit solch zeremoniellem Unsinn. Das kommt nicht aus deinem eigenen Herzen. Gestehe es nur – meine Mutter hat dir diese Flausen in den Kopf gesetzt."

Sie schluckte tapfer an ihren Tränen. „Gräfin Susanne hat recht, es schickt sich nicht, es war taktlos von mir – aufdringlich."

Er zuckte zusammen und preßte sie fest an sich. Ganz bleich war er geworden. „So, so – das hat dir meine Mutter eingeredet – taktlos – aufdringlich – du? Und dadurch hast du dich schrecken lassen, armes Kleinchen?"

„Ach bitte, Herr Graf – es muß sein."

„Still – kein solches Wort mehr, dieses gräßliche ‚Herr Graf' macht mich wild", brauste er auf. Und dann fuhr er, sich beherrschend, liebevoll fort: „Kleines Dummerchen, meinst du, das lasse ich mir von dir gefallen? Jetzt sieh mich mal an.“

Er hob ihren Kopf und sah ihr tief in die Augen. Unter diesem Blick fühlte sie sich machtlos und ohne Willen.

„Nun sprich mir mal nach: Lieber Lothar.“

Sie sah ihn bittend an. Er lächelte.

„Es hilft dir nichts – also – lieber Lothar.“

Willenlos sprach sie es nach. Er nickte befriedigt.

„Nun weiter: Lieber Lothar, ich sage aller Welt zum Trotz ‚Du‘ zu dir, weil du es willst, und werde dich nie wieder anders nennen.“

Sie schüttelte den Kopf.

„Gräfin Susanne verlangt Gehorsam.“

Er sah zärtlich in ihre ängstlichen Augen.

„Ich verlange auch Gehorsam, und hier in Wildenfels geht mein Wille noch über den meiner Mutter. Also schnell: Ich sage aller Welt zum Trotz du zu dir, weil du es willst und werde dich nie wieder anders nennen.“

Jonny zögerte noch immer. Aber da sah er sie mit einem seltsam zwingenden Blick an.

„Ich will es“, sagte er leise.

Und da sprach sie seine Worte nach.

Er atmete auf. „So – Gott sei Dank – nun können wir weitergehen. Und laß dir nie wieder einfallen, mir ungehorsam zu sein.“

Jonny wußte nicht, ob sie weinen oder lachen sollte. „Aber deine Mutter, Lothar – wenn sie es hört?“

„Darüber mache dir keine Sorge, ich werde mit ihr sprechen. Aber jetzt sag gleich noch einmal zur Übung: Lieber Lothar.“

Da faßte sie schnell seine Hand und preßte ihre heißen, jungen Lippen darauf.

Er zog sie erschrocken zurück.

„Jonny – das darfst du nie wieder tun – nie wieder“, sagte er heiser. Sie sah ihn bittend an.

„Laß mich – ich muß dir zeigen, wie dankbar ich dir bin – daß du so gut zu mir bist.“

Da faßte er ihre Hände und küßte sie langsam und andächtig, eine nach der anderen. Und dann drückte er ihre rosigen Handflächen an seine heißen Wangen, über die Augen, weil er ihren Blick nicht mehr ertragen konnte. So stand er eine Weile. Dann ließ er ihre Hände los und zwang sich, weitergehend, zu einem leichten Ton.

„Wie ist es morgen mit dem Eisfest, Jonny. Kommst du mit?"

„Nein, Großmama würde sich erkälten, das ist nichts für sie."

„Aber du möchtest gern mit."

Sie errötete.

„Da du hingehst, wäre ich auch gern dabei."

„Nur meinetwegen? Nicht auch wegen Baron Hasselwert?"

Sie sah ihn erstaunt an.

„Warum wegen Baron Hasselwert?"

„Nun – weil er die Absicht hat, dich zur Baronin Hasselwert zu machen."

Sie erschrak.

„Um Gottes willen!"

„Magst du ihn nicht?"

Energisch schüttelte sie den Kopf.

„Nein – o nein."

„Aber vielleicht ist dir ein anderer lieber", forschte er.

Sie wurde glühend rot, und ihr Herz klopfte in wilden Schlägen.

„Nun?" fragte er ungeduldig.

Jonny schüttelte den Kopf.

„Nein, nein – keinen – die Männer sind mir alle gleichgültig."

Das hatte er zu hören erwartet und war nun zufrieden.

„Mich wirst du hoffentlich ausnehmen", neckte er übermütig.

Sie schritt schneller aus, wie auf der Flucht, und er sah einen Augenblick die kleinen geröteten Ohren unter Locken und Kappe.

„Lauf nicht so, Jonny. Also gelt – mich nimmst du aus?"

Sie nickte hastig.

„Ja – dich und Großmama hab' ich gleich lieb."

Da schritt er frohgemut neben ihr und sang ein lustiges Lied, das hell durch den Wald klang. Das erinnerte ihn an Jonnys Weigerung zu singen. Er brach ab.

„Du – heute abend singst du mir deine Lieder, ja?"

„Gern."

„Und das Eisfest, das haben wir ganz vergessen. Ich hoffe, daß du mitkommst, Großmama wird das schon einrichten. Im Gasthof zu Hasselwert soll getanzt werden. Tanzest du gern?"

„O ja – du auch?"

„Hm – es kommt drauf an, mit wem. Du müßtest mir gleich im voraus ein paar Tänze zusagen."

Ihre Augen glänzten. Er sah, wie ihr das Verlangen die Wangen rötete und nahm sich vor, ihre Beteiligung am Feste durchzusetzen. Jetzt fürchtete er weder Hasselwert noch sonst einen Bewerber.

Im Dorfe angelangt, begleitete Lothar Jonny in alle Behausungen, in denen sie im Auftrag der Gräfin zu tun hatte. Die Leute waren erst ein wenig verschüchtert, Lothar war ihnen fremd geworden. Aber er wußte sie bald zutraulich zu machen und ihnen die Lippen zu öffnen. Da berichteten sie gesprächig all ihre kleinen und großen Leiden und Freuden. Auch allerlei Wünsche brachten sie vor, und Lothar notierte sich einiges und versprach Erfüllung.

Auf dem Gang durch das Dorf merkte er, daß hier manches geändert und gebessert werden konnte. Der Vorsatz, seine Güter selbst zu bewirtschaften, setzte sich immer fester.

Auf dem Heimweg plauderte er mit Jonny darüber. Sie ging voll Wärme und Interesse darauf ein, und es war heimlicher Stolz, ein heißes Freuen in ihr, daß er sie zur Vertrauten seiner Pläne machte.

Erst in der Nähe des Schlosses wurde sie gedrückt und einsilbig. Die Angst vor Gräfin Susanne wurde wieder wach. Lothar sah es ihr an. Ehe sie auf den freien Platz hinaustraten, sagte er eindringlich:

„Nicht so verzagt aussehen, Jonny. Ich dulde es nicht, daß dir jemand etwas zuleide tut. Kopf hoch und mache ein frohes Gesicht. Ich kann es nicht sehen, wenn du traurig bist."

Sie lächelte tapfer.

Lothar ging sofort zu seiner Großmutter hinauf. Gräfin Susanne war nicht zu sprechen, sie war bei der Toilette für das Diner. Er erzählte der alten Dame, was seine Mutter von Jonny verlangt hatte.

Gräfin Thea nickte vor sich hin.

„Ich wußte, daß es wieder etwas gegeben hatte. Was willst du nun tun?"

„Natürlich Mama sofort erklären, daß ich Jonny als zu mir gehörig betrachte und eine so steife Anrede nicht dulden werde."

Die alte Dame sah nachdenklich aus.

„Willst du einen Rat von mir annehmen, Lothar?"

„Gern! Du weißt, daß ich es mit Freuden tue."

„Dann vermeide so viel als möglich alle Schroffheiten. Laß es Jonnys wegen nicht zu einem Konflikt kommen zwischen deiner Mutter und dir, solange du es vermeiden kannst. Ihr werdet nicht viel in Gegenwart deiner Mutter zusammen sein – kaum mehr als bei Tisch –, da läßt sich eine direkte Anrede vermeiden."

„Aber in Gesellschaft, Großmama? Wenn Jonny zum Beispiel das Eisfest mit besucht – oder Silvester, wenn Mama hier in Wildenfels einen großen Ball gibt – da will ich auf alle Fälle zu Jonny in der alten Vertraulichkeit Stellung nehmen."

„Nun – Jonny ist in Gesellschaft ziemlich still und zurückhaltend. Ich werde mit ihr sprechen, daß sie in Gegenwart deiner Mutter jede Anrede vermeidet. Hört deine Mutter dann von dir noch das alte vertrauliche ‚Du', dann wird sie wohl selbst mit dir darüber sprechen, daß es ihr unangenehm ist. Und dann ist es Zeit für dich, Stellung zu der Angelegenheit zu nehmen – in aller Ruhe und schuldigen Ehrfurcht. Dann kann sie wenigstens Jonny keinen Vorwurf machen. Sprichst du jetzt darüber, so wird sie sich noch mehr gegen Jonny erbittern, weil sie glauben wird, daß diese sich bei dir beklagte."

Lothar küßte ihr die Hand.

„Du hast recht, wie immer, Großmama. Wahrlich. Du hast mehr diplomatische Fähigkeiten als ich.“

Gräfin Thea lächelte.

„Man lernt es, diplomatisch zu sein, wenn man merkt, daß der gerade Weg manche Fallgrube enthält. Da weicht man gern rechts und links ein wenig aus.“

18

Beim Diner saß Gräfin Susanne neben ihrem Sohn auf der einen Seite der Tafel. Jonny saß neben Gräfin Thea, Lothar gegenüber. Man speiste in Wildenfels im großen Stil, auch wenn keine Gäste anwesend waren.

Gräfin Susanne liebte es so. Sie trug eine kostbare Dinertoilette in grauvioletten Farben. Auch Gräfin Thea sah vornehm aus in schwarz-weiß-gestreifter Seide. Jonny saß Lothar wie der verkörperte Frühling gegenüber in einem duftigen, mattblauen Kleid, das in schmale Plisseefalten gelegt war. Die Unterhaltung drehte sich, schon der servierenden Diener wegen, nur um gleichgültige Dinge. Erst beim Dessert, nachdem der Hausmeister mit den Dienern das Zimmer verlassen hatte, wurde man ungezwungener. Gräfin Susanne brachte selbst das Gespräch auf das Eisfest. Hasselwert hatte ein Festprogramm geschickt. Das las sie vor. Es wurden darin auch die erwärmten Gasthofzimmer erwähnt zur Benutzung für die älteren Herrschaften. Bei dieser Stelle sah Lothar seine Großmutter bittend und bedeutungsvoll an.

Die alte Dame lächelte verständnisvoll.

„Ach bitte, Susanne – das lies noch einmal.“

Gräfin Susanne wiederholte.

„Das ist ja eine sehr gute Idee von Hasselwert“, sagte darauf Gräfin Thea. „Ich habe nicht gedacht, daß er auch für die älteren Herrschaften vorgesorgt hat. Das ändert natürlich meine Bestimmung. Ich treffe da sicher einige meiner alten Freunde und kann behaglich mit ihnen plaudern. Jedenfalls fahr ich mit hinüber. So kommt auch Jonny noch zu ihrem Rechte.“

Susanne kniff, unangenehm berührt, die Lippen zusammen.

„Es wird für dich schwerlich viel Amüsement herauskommen, Mama."

„Nun, ich werde schon auf meine Kosten kommen, wenn ich vom warmen Zimmer aus das fröhliche Jungvolk auf dem Eise sich tummeln sehe."

„Man weiß nicht, ob die Räume wirklich gut durchwärmt sind", gab Susanne zu bedenken.

Um Gräfin Theas Mund zuckte es verräterisch. Sie durchschaute ihre Schwiegertochter.

„Baron Hasselwert ist in solchen Fällen durchaus verläßlich. Schlimmstenfalls fahre ich wieder heim. Jonny findet dann schon einen Schutz. Dich will ich damit nicht belästigen."

„Ich könnte mich auch nicht um Fräulein Warrens kümmern. Baron Hasselwert rechnet auf meine Unterstützung bei dem Feste."

„Ich bin auch noch da", warf Lothar, wie beiläufig, ein.

Jonny wurde bei diesen Worten dunkelrot. Ihr Herz klopfte bang bei dieser Unterhaltung. Gräfin Thea hatte ihr Verhaltensmaßregeln gegeben, daß sie in Gräfin Susannes Gegenwart Lothar nicht direkt anreden solle.

Nun saß sie ihm ängstlich gegenüber und wagte ihn nicht einmal anzusehen.

Gräfin Susanne hatte sich brüsk an Lothar gewandt.

„Du kommst selbstverständlich nicht in Frage als Schutz eines jungen Mädchens. Wenn Fräulein Warrens darauf besteht, das Fest zu besuchen, so muß sie mit Mama wieder nach Hause fahren, sobald diese das Fest verläßt."

Lothar wollte eine heftige Antwort geben, das sah man seinem erregten Gesicht an. Aber ein warnender, bittender Blick seiner Großmutter ließ ihn schweigen. Statt seiner antwortete Gräfin Thea sehr ruhig und gleichmütig, indem sie Jonnys zitternde Hand verstohlen unter dem Tisch drückte:

„Die Angelegenheit bedarf keiner Erörterung mehr. Ich

bleibe, solange ich kann, und dann kehrt Jonny mit mir heim."

Gräfin Susannes Wunsch war es nicht, daß ihre Schwiegermutter und Jonny mit nach Hasselwert kamen. Wußte sie doch, daß der Baron nur auf eine Gelegenheit wartete, sich Jonny zu nähern. Jedenfalls nahm sie sich vor, das junge Mädchen keinen Augenblick aus den Augen zu lassen. Man mußte den Baron um jeden Preis vor einer Unbesonnenheit bewahren, das war ihre Meinung.

Wenn sie eine Ahnung gehabt hätte, welche heißen Wünsche in Lothars Brust erwacht waren in bezug auf Jonny Warrens, sie hätte wahrscheinlich ihr Augenmerk mehr auf ihn gerichtet als auf Baron Hasselwert. Daß sie Jonny die vertrauliche Anrede ihres Sohnes verbot, war nur ein Ausdruck ihrer Gehässigkeit gegen diese. Nie wäre ihr der Gedanke gekommen, daß sich ein Graf Wildenfels so weit vergessen könnte, an eine Heirat mit der Enkelin eines Rentmeisters zu denken.

Nach Tische liefen Jonny und Lothar Schlittschuh auf dem Wildenfelser See. Es war prachtvolle Bahn und herrliches Wetter. Sie waren beide hervorragende Läufer. Lothar hatte seine Verstimmung überwunden und war in übermütiger Laune. Er riß Jonny mit fort. Auch sie vergaß, was quälend hinter ihr lag. Sie war jung und elastisch, und das Glück über Lothars Gegenwart und sein liebevolles Wesen war zu groß, als daß sie nicht alles andere darüber vergessen sollte.

Wie herrlich war diese Stunde auf dem See. Während sie in weitem Bogen dahinflogen und die frische Luft ihre Wangen färbte, durchdrang die junge, selige Liebe tiefer und tiefer ihr ganzes Sein.

Ins Schloß zurückgekehrt, widmete sich Lothar seiner Mutter. Einige Besucher fanden sich zur Teestunde ein. Unter anderem die junge Komteß Liebenau mit ihren Eltern. Gräfin Susanne schien diese junge Dame sehr auszuzeichnen. Lothar zeigte sich in seiner natürlichen Liebenswürdigkeit allen Besuchern gegenüber. Man sprach fast ausschließlich von dem Eisfest in Hasselwert.

Da Gräfin Thea für morgen Kräfte sammeln wollte,

kam sie nicht herunter, und Jonny blieb bei ihr im Zimmer. Lothar schien der Nachmittag wie verlorene Stunden.

Als die Besucher sich entfernt und Gräfin Susanne sich etwas ermüdet in ihre „blaue Grotte" zurückgezogen hatte, eilte Lothar in Gräfin Theas Zimmer. Dort fühlte er sich sehr glücklich und behaglich. Jonny sang ihre schönsten Lieder, und er saß neben seiner Großmutter und lauschte voll Entzücken der glockenreinen, schönen Stimme, die aus dem Herzen zu kommen schien.

19

An dem nächsten Nachmittag fuhr zuerst Lothar mit seiner Mutter im Schlitten nach Hasselwert. Gleich darauf folgte Gräfin Thea mit Jonny im Auto nach. Das junge Mädchen sorgte liebevoll dafür, daß die alte Dame mit Pelz und Fußsack versehen war, damit sie sich ja nicht auf der langen Fahrt erkältete.

Als Lothar und Gräfin Susanne eintrafen, herrschte bereits ein fröhliches Treiben auf dem Hasselwerter See. Die buntgestreiften, mit Tannengrün dekorierten Zelte nahmen sich auf der glitzernden Eisfläche sehr malerisch aus. Punschbowle, Pfannkuchen, Kaffee und feines Gebäck, nebst allerhand Delikatessen und feinen Likören wurden in den Zelten nach Wunsch gereicht. Die Musiker saßen hinter Tannengrün verborgen auf einer Tribüne, damit man ihre grotesken Vermummungen nicht sehen konnte. Die jungen Herrschaften blickten aber gerade deshalb hinter die Kulissen und amüsierten sich königlich über die mit Ohrenklappen, Wärmflaschen und warmen Decken ausstaffierten Gestalten, die schmelzende Walzerklänge über den See trompeteten.

Baron Hasselwert, der ein guter Eiskunstläufer war, flog von einer Gruppe zur anderen, um seine Gäste zu begrüßen und zu unterhalten. Zuweilen lief er zum Gasthof hinüber, um zu sehen, ob auch die älteren Herrschaften gut versorgt waren. An allen Fenstern sah man die lachenden, vergnügten Gesichter.

Als Gräfin Susanne mit Lothar im Schlitten vorfuhr, eilte der Baron herbei, half ihr aus den Pelzdecken und begrüßte Mutter und Sohn sehr erfreut. Aber dabei glitten seine Augen forschend zwischen ihnen hin und her.

„Ihre hochverehrte Frau Mama kommt nicht, gnädigste Gräfin?" fragte er sichtlich betrübt.

„Doch, Baron, Großmama kommt mit meiner Pflegeschwester nach", antwortete Lothar schnell, ehe Gräfin Susanne antworten konnte.

Seiner Mutter fiel die „Pflegeschwester" anscheinend sehr auf die Nerven, sie sah ärgerlich in sein Gesicht. Da sie ihm aber in Gegenwart des Barons keinen Verweis erteilen konnte, schritt sie stumm zwischen ihm und dem Baron zu den übrigen Gästen. Lothar wurde schnell von allen Seiten umringt. Man begrüßte ihn warm und herzlich vergnügt. Die jungen Damen wandten ihm ihre Gunst zu. Sie freuten sich des Eislauf- und Tanzpartners. Seine vornehme, schlanke Erscheinung, sein rassiges, gebräuntes Gesicht und die lustigen Augen gefielen ihnen sehr.

„Kinder, ein Tänzer mehr für heute abend", sagte die kleine Lilly Sander zu ihren Freundinnen.

„Famos, er sieht aus, als könnte man gut mit ihm tanzen."

„Vorsicht – der Schein trügt – er unterhält sich sehr angelegentlich mit der langweiligen Herta Liebenau – dann ist er vielleicht selbst langweilig", sagte eine üppige Blondine mit munteren Augen.

„Wenn er nur gut tanzt. Übrigens hat er die Liebenau nicht selbst aufgesucht, seine Mutter hat ihn zu ihr geführt. Wißt ihr, was meine verheiratete Schwester mir erzählt hat?"

„Nun – was denn, Lilly?"

„Gräfin Liebenau und Gräfin Susanne Wildenfels schmieden Pläne für die Zukunft. Sie sollen in letzter Zeit sehr intim sein, und Herta Liebenau ist oft in Wildenfels gewesen. Merkt ihr etwas?"

„Da gehört ja nicht viel dazu. Aber daß dieser hübsche Mensch nicht gerade sehr gut zu Herta paßt, muß festgestellt werden."

„Ach – noch ist es ja nicht so weit. Wir werden mal Jonny Warrens ein bißchen aushorchen."

„Kommt sie heute?"

„Ja, ich hörte, daß sie nachkommt mit der alten Gräfin Wildenfels. Seht – jetzt hat er sich von Herta losgeeist – er kommt herüber zu uns."

„Zu dumm – da hält ihn Soltenau auf. Elly, gib deinem Vater einen kleinen Wink."

Elly von Soltenau lachte.

„Papa ist nicht für zarte Winke, da müßte ich schon mit dem Zaunpfahl kommen. Aber wartet – da läuft mein Bruder Hans, der ist mit Lothar befreundet. Hans! Hans!"

Hans Soltenau kam schnell herbei.

„Wo brennt es, Elly?"

„Ach, mach jetzt keine dummen Witze. Hol uns mal Graf Wildenfels herbei, dort drüben steht er mit Papa. Aber falle nicht mit der Tür ins Haus, hörst du. Es darf nicht aussehen, als ob wir einen Wunsch geäußert hätten."

„Hm – schön – werde mein Möglichstes tun. Was bekomme ich als Belohnung, meine Damen?"

Die jungen Mädchen kicherten.

„Machst du es nicht ohne, Hans?" fragte Elly lachend.

„Umsonst ist der Tod. Mindestens muß mir jede der Damen einen Tanz für heute abend zugestehen."

„Angenommen. Aber lauf, sonst frieren wir hier an."

Hans Soltenau machte seine Sache gut. Lothar kam mit ihm herüber.

Einige der Damen kannten Lothar aus ihrer Backfischzeit. Schnell war er in lustiger Unterhaltung mit ihnen. Einige junge Herren kamen noch herbei. Man lief in einer langen Reihe lachend und vergnügt über den großen See.

Lothars Augen flogen jedoch immer wieder zum Weg, der von Wildenfels herüberführte. Endlich sah er den Wagen kommen.

„Herrschaften, ich bitte um einige Minuten Urlaub. Großmama kommt eben mit meiner Pflegeschwester. Darf ich diese herüberholen?"

Alle stimmten lustig zu.

Lothar stürmte dem Ufer zu. Aber Baron Hasselwert

war ihm zuvorgekommen. Zum Glück hielt Gräfin Thea Hasselwert im Gespräch fest, und so mußte er betrübt zusehen, wie Lothar sich eilig mit Jonny entfernte. Diese wurde heute entschieden liebenswürdiger aufgenommen von den jungen Damen. Lothar betonte bei jeder Gelegenheit die „Pflegeschwester“ und war so ritterlich bemüht um sie, daß man merkte, welchen Standpunkt er vertrat.

Hasselwert hatte Gräfin Thea inzwischen bei ihren alten Freunden in einem der Gastzimmer am Fenster untergebracht. Nun kam er wieder heraus und hielt nach Jonny Umschau. Er sah sie zwischen Lothar und einem jungen Offizier inmitten einer langen Kette über den See laufen. Gerade, als er sich anschickte, ihr zu folgen, kam ihm Gräfin Susanne in den Weg. An ihrer Seite befand sich Komteß Liebenau.

„Lieber Baron, wir brauchen einen Kavalier zu einer Fahrt über den See. Komteß Herta ist nicht sehr sicher. Sie haben die Güte und führen sie auf der anderen Seite.“

Was blieb ihm anderes übrig, als mit den beiden Damen langsam über den See zu laufen!

Sehnsüchtig blickte er zu Jonny hinüber, deren strahlendes Gesichtchen reizender denn je aussah. Als er sich endlich von den beiden Damen losmachen konnte und sich nach Jonny umsah, flog sie nicht weit von ihm mit Lothar und Hans von Soltenau vorüber. Er nahm schnellen Anlauf, um sie einzuholen, wurde aber gleich darauf von einer Kette junger Leute umringt, die ihn mit allerlei Fragen und Wünschen festhielten.

Auch Gräfin Susanne hatte bemerkt, daß Jonny zwischen Lothar und Soltenau über den See lief. Ihre Stirn zog sich zusammen. Sie hatte Lothar ausdrücklich gebeten, sich möglichst viel mit Komteß Liebenau zu beschäftigen. Statt dessen lief er unausgesetzt mit Jonny, und Komteß Herta saß drüben allein im Zelt, fror Stein und Bein und hatte eine rote Nasenspitze. Diese Jonny Warrens wurde ihr reichlich unbequem. Wenn Hasselwert nicht die absurde Idee gehabt hätte, sich um Fräulein Warrens zu bewerben, dann hätte sie ihn hinter Lothar und Jonny hergeschickt, damit sie ihrem Sohn einmal gründlich den

Standpunkt klarmachen konnte. Aber das hieße die Gefahr für den Baron geradezu heraufbeschwören. Susanne zweifelte keinen Augenblick, daß Jonny Hasselwerts Bewerbung annehmen würde.

So beschloß sie, selbst Lothar und Jonny zu folgen und sie zu trennen. Aber das war nicht so einfach, wie sie dachte. Zwar war sie noch immer eine gute Läuferin, aber die jugendliche Frische und Elastizität fehlte. Sie kam nicht so schnell vorwärts, wie sie wünschte, und die beiden jungen Menschen entwischten ihr immer wieder.

Müde und verstimmt gab sie das Rennen auf und war froh, als man sie ins Schlepptau nahm und zu den Zelten führte. Sie beschloß, dort zu warten, bis Lothar vorüberkam, und setzte sich zur Komteß Liebenau, die ab und zu von einer mitleidigen Seele ein Stück mit herumgeschleift wurde. Lothar und Jonny waren zum Gasthof hinübergelaufen, um zu sehen, ob Gräfin Thea gut untergebracht war und es ihr an nichts fehlte.

Sie fanden die alte Dame in angeregter Unterhaltung mit einigen älteren Herrschaften am Fenster sitzend. Lothar wurde auch hier freundlich und herzlich begrüßt und Jonny nicht minder. Wiederholt betonte Lothar im Laufe des Gesprächs, daß er Jonny als seine Pflegeschwester betrachte. Einige der Herrschaften sahen sich dabei verständnisinnig an. Man wußte nun, daß Lothar zu seiner Großmutter hielt in bezug auf das junge Mädchen.

Als Lothar mit Jonny wieder draußen war auf dem See, lief er seiner Mutter in den Weg. Sie war äußerst schlecht gelaunt. Hasselwert kümmerte sich wenig um sie und suchte überall nach Jonny, und auf Lothar hatte sie in den Zelten wohl eine Stunde gewartet und inzwischen kalte Füße bekommen. Schließlich lief sie mit dem alten Herrn von Soltenau ein Stück, um sich zu erwärmen, und dabei traf sie endlich auf ihren Sohn.

Ohne von Jonny Notiz zu nehmen, forderte sie ihn auf, sie zum Gasthof hinüberzuführen, da sie müde sei. Aber Herr von Soltenau vereitelte ahnungslos diesen Versuch, ein Alleinsein mit Lothar herbeizuführen.

„Lassen Sie das Jungvolk ruhig auf dem Eise, Gräfin,

ich werde mir die Ehre geben, Sie hinüberzubegleiten, da ich mich ebenfalls nach dem warmen Zimmer sehne.“

Innerlich wütend, mußte sie das artige Anerbieten annehmen. Lothar war wieder frei. Jonny hatte sich jedoch eilig entfernt, als Gräfin Susanne ihren Sohn ansprach. Er sah sich suchend nach ihr um, ohne sie zu finden. Einige junge Herren, mit denen er von der Kinderzeit noch bekannt war, schleppten ihn unter fröhlichem Hallo zum Zelt an die unerschöpfliche Punschbowle. Er mußte ein Glas mit ihnen trinken und konnte sich nicht gleich wieder losmachen. Endlich gelang es ihm, unbemerkt zu entwischen. Draußen lief er fast der Komteß Liebenau in den Weg, die am Arme eines mitleidigen älteren Herrn krampfhafte Versuche machte, sich auf unsicheren Füßen zu halten. Entsetzt umkreiste er sie in weitem Bogen, sich den Anschein gebend, als hätte er sie nicht gesehen. Unruhig suchte er nach Jonny, und plötzlich entdeckten seine scharfen Augen sie an der äußersten Spitze des Sees, und zwar in Baron Hasselwerts Begleitung.

Hei! Wie er da pfeilschnell dahinflog. Als er näher kam, sah er, daß Jonnys Gesicht sehr rot war und daß ihre Augen hilflos nach Rettung ausschauten. Sie strahlten auf, als sie Lothar kommen sah, während des Barons Gesicht sich verfinsterte.

„Sie haben meine Schwester unter Ihren Schutz genommen, während ich mich an Ihrer famosen Bowle labte, Baron. Ich danke Ihnen sehr. Ihre Pflichten als Gastgeber sind wirklich anstrengend. Drüben im Zelt verlangt man allseitig nach Ihnen“, sagte Lothar ohne alle Gewissensbisse, der Wahrheit ein Schnippchen schlagend.

„Es war mir eine Ehre und ein Vergnügen“, antwortete Hasselwert ein wenig säuerlich. Lothar wandte sich an das junge Mädchen.

„Komm, Jonny, wir laufen noch einmal um den ganzen See, ehe es dunkel wird. Baron, wir wollen Sie nicht länger Ihren anderen Gästen entziehen – Adieu!“

Er faßte ihre Hand und zog sie eilig mit sich fort, ehe der Baron etwas erwidern konnte.

Als sie außer Hörweite waren, fragte Lothar lächelnd:

„Kam ich zur rechten Zeit, kleine Jonny? Du sahst aus wie ein armes, schüchternes Vöglein, das dem Vogelsteller ins Garn gelaufen ist und ängstlich davonflattern möchte."

Jonny seufzte.

„Ach, weißt du, Lothar – das trübt mir das ganze Fest. Baron Hasselwert war wirklich im besten Zuge, mir eine entscheidende Frage vorzulegen. Was tue ich nur, wenn er mich wieder stellt?"

„Sehr einfach, du dankst ihm für die Ehre, Baronin Hasselwert zu werden."

„Du – so einfach ist das nicht. Es tut mir schrecklich leid, ihn zu betrüben. Er ist immer liebenswürdig und gütig zu mir gewesen."

„Deshalb hat er noch lange kein Recht, sich mit achtundvierzig Jahren um eine neunzehnjährige junge Dame zu bewerben. Es geschieht ihm ganz recht, wenn er einen Korb bekommt", antwortete Lothar ungerührt. Er gönnte dem Baron nicht einmal ihr Mitleid.

Sie sah ihn vorwurfsvoll an.

„Wie kannst du nur so hart sein, Lothar. Man kann doch nichts dafür, wenn man einen Menschen liebhat. Das kommt von selbst. Das Herz fragt leider gar nicht, ob das Alter oder die Verhältnisse zusammenpassen."

Er sah seitwärts auf sie nieder. In seinem Gesicht zuckte es leise. Wie herzig und lieb sie aussah.

„Du redest, als verständest du selbst etwas von der Liebe – das klang beinahe wie eigene Erfahrung", neckte er.

Sie wurde sehr verlegen und sah erschrocken zur Seite.

„Wollen wir nicht zu den Zelten hinüberlaufen? Es wird dunkel, und ich glaube, das Feuerwerk wird gleich beginnen."

„Das sehen wir von hier auch sehr gut. Ich bin viel lieber mit dir allein als drüben zwischen all den Menschen. Übrigens weichst du mir aus. Wie steht es also mit deiner Erfahrung in Herzenssachen?"

Sie sah ängstlich zu ihm auf. Er verlangsamte das Tempo und blieb schließlich vor ihr stehen.

„Nun?" drängte er.

Sie fuhr sich mit dem Muff über das erhitzte Gesicht, und um den weichen, blühenden Mund zuckte es plötzlich wie im Trotz.

„Wie kannst du nur so – so dumm fragen? Das war natürlich eine allgemeine Bemerkung."

Er sah sie eine Weile an. Nie kehrte sich sonst ihr Trotz gegen ihn. Das war Notwehr – er fühlte es. Und es gelüstete ihn, den zuckenden Trotz von ihren Lippen fortzuküssen. Seine Augen leuchteten in der Dämmerung mit heißem Ausdruck in die ihren.

„Jonny – du mußt mir etwas versprechen, jetzt gleich!"

„Was denn?"

„Daß du, solange ich in Rom bin, keinerlei Bewerbung um deine Hand annimmst, auch wenn man dich von irgendeiner Seite dazu drängt. Weißt du, ich könnte den Gedanken nicht ertragen, daß du einem anderen, ich meine, einem Menschen, den ich nicht genau prüfen kann, deine Hand reichtest. Ich habe so eine Art Bestimmungsrecht über dich, nicht wahr?"

Sie nickte stumm.

„Also, versprich mir, ohne meine Einwilligung verlobst du dich mit niemand."

Sie sah zu Boden und er fühlte, wie ihre Hand in der seinen bebte.

„Das kann ich dir versprechen. Ich heirate überhaupt nicht – niemals."

Er drehte sich plötzlich übermütig im Kreise herum.

„Niemals? Du – das ist ein leichtsinniges Versprechen, das akzeptiere ich nicht."

„Doch, das kannst du gern", ereiferte sie sich.

Er drückte ihren Arm an sich. Schade, daß sie nicht allein waren, er hätte sich gern einmal wieder unter der Maske der Brüderlichkeit einen Kuß gestohlen.

„Nun müssen wir hinüber, Lothar. Ich will auch wieder einmal nach Großmama sehen. Vielleicht will sie nach dem Feuerwerk nach Hause."

Er schob ihre schlanke Gestalt vor sich her, um ihr nicht länger in das süße Gesicht sehen zu müssen, weil er fühlte, daß er am Ende seiner Fassung war.

Schweigend liefen sie hinüber. Am Ufer flammte die erste Rakete auf. Jonny erschrak und wäre gefallen, wenn Lothar sie nicht schnell in seinen Armen aufgefangen hätte. Einen Augenblick ruhte sie an seinem Herzen. Da war ihr zumute, als versänke die Welt um sie her.

Lothar neigte sich über sie.

„Hast du dir weh getan, Liebling?" fragte er weich und zärtlich.

Sie schüttelte den Kopf und richtete sich auf. Er führte sie sorgsam weiter. Sie sprachen nicht mehr. In der Nähe der übrigen Gesellschaft blieben sie stehen und sahen dem Feuerwerk zu. Treibende Sehnsucht im Herzen, in unruhige Gedanken versunken, standen sie nebeneinander. Mit den leuchtenden Kugeln und Sternen flogen heiße Wünsche zu dem abendlichen Winterhimmel empor.

Das Souper wurde im Gasthof an kleinen Tischen eingenommen. Hasselwert hatte seinen Koch und die Dienerschaft mit der Herstellung desselben beauftragt.

Gräfin Thea unterhielt sich so gut, daß sie nicht an die Heimfahrt dachte. Einer ihrer alten Verehrer führte sie zu Tisch, und Lothar und Jonny nahmen gerade an ihrem Tische Platz, als Gräfin Susanne eintrat.

Sie schritt schnell auf Lothar zu und sagte leise:

„Ich suche dich überall, du sollst Komteß Liebenau zu Tisch führen."

„Ich bedaure, Mama – wir sind hier schon vier Personen", sagte er abwehrend.

„Du wußtest, daß ich es wünschte", flüsterte sie ärgerlich.

Da aber nichts mehr zu ändern war, rauschte sie davon. Gleich darauf nahm sie mit Hasselwert, Herta Liebenau und einem blassen jungen Volontär, dem die Komteß nun als Tischdame zugefallen war, am Nebentisch Platz.

Susanne nahm sich vor, am nächsten Tag Lothar darauf aufmerksam zu machen, daß sie es ferner nicht leiden würde, wenn er sich so viel mit Fräulein Warrens beschäftigte und sich wie ihr leiblicher Bruder benahm. An etwas anderes dachte sie noch mit keinem Gedanken. Ärgerlich und verstimmt sah sie nach dem Nebentisch hinüber. Und plötzlich versteinerte sich ihr Gesicht geradezu. Sie hatte soeben ganz deutlich gehört, daß Jonny sagte:

„Bitte, Lothar, reich mir die Schüssel herüber."

Sie warf einen vernichtenden Blick zu dem jungen Mädchen hinüber. Jonny merkte ihn zum Glück nicht, sonst wäre es wohl für den Rest des Tages um ihren Frohsinn geschehen gewesen. Aber Lothar hatte den Blick aufgefangen, und er wußte nun, daß es zu einer Auseinandersetzung kommen würde.

Daß er Jonny um keinen Preis von neuem kränken lassen würde, stand bei ihm fest. Ein markanter Zug grub sich um seinen Mund. Wenn Lothar Wildenfels so aussah, war er zum Äußersten entschlossen.

Susanne brach zeitiger auf, als sie beabsichtigt hatte. Sie war mißgestimmt, weil Lothar auch beim Tanzen die kleine Liebenau in keiner Weise auszeichnete. Die Ärmste wurde nicht halb soviel von Tänzern umlagert wie das simple Fräulein Warrens. Das fand die Gräfin unerhört.

Auch Hasselwert war bei dem Feste nicht, wie er gedacht, auf seine Kosten gekommen. Er konnte kein ungestörtes Wort mit Jonny sprechen.

Jonny aber sagte, als sie mit Gräfin Thea nach Hause fuhr: „Ach, Großmama – heute war es himmlisch, ich hätte bis zum Morgen tanzen können."

20

Als Lothar am nächsten Morgen mit Jonny von einem Frühspaziergang nach Hause kam, meldete ihm ein Diener, daß seine Mutter ihn zu sprechen wünsche. Er wußte sofort, welche Angelegenheit zwischen ihnen zur Sprache kommen würde. Am Abend vorher auf der Heimfahrt hatte sich seine Mutter in ein gekränktes Schweigen gehüllt und sich dann, daheim angelangt, sofort zurückgezogen.

Vorbereitet auf das, was sie ihm sagen würde, betrat er die „blaue Grotte".

Gräfin Susanne empfing ihren Sohn in der ihr eigenen, kühlen Weise. Nachdem er ihr die Hand geküßt und sich nach ihrem Befinden erkundigt hatte, sagte sie:

„Bitte, nimm Platz. Ich habe ein ernstes Wort mit dir zu reden."

Er ließ sich nieder und sah sie erwartungsvoll an.

Sie fuhr fort: „Du hast mir durch dein Verhalten gestern die Freude an dem Feste verdorben."

Lothar gab sich den Anschein der Unbefangenheit. „Das sollte mir sehr leid tun, Mama. Womit habe ich dein Mißfallen erregt?"

„Durch die Art und Weise, wie du meinen Wünschen zuwidergehandelt hast. Ich bat dich, Herta Liebenau zu Tisch zu führen, dich überhaupt etwas mehr mit ihr zu befassen als mit den anderen Damen. Statt meinem Wunsche zu entsprechen, hast du dich fast ausschließlich Fräulein Warrens gewidmet, und zwar in einer Weise, die ich ganz unstatthaft finde. Wenn sie deine Schwester wäre, hättest du nicht mehr Wesens von ihr machen können. Ich habe leider hören müssen, daß du sie direkt für deine Pflegeschwester ausgibst. Wie kommst du dazu?"

Lothar sah ihr ernst und fest in die Augen. „Wir haben jahrelang wie Geschwister miteinander verkehrt, und Großmama betrachtet Jonny als Pflegetochter. Da ist es selbstverständlich, daß sie zu uns gehört."

„Das ist durchaus nicht selbstverständlich", antwortete seine Mutter zornig. „Deine Großmutter ist eine sentimentale Närrin in diesem Punkte. Weil sie eines Tages aus Versehen ein Halsband verlegte und dadurch Fräulein Warrens' Großvater in den Verdacht des Diebstahls kam, nötigt sie uns diese unbequeme Hausgenossin auf. Sie verwöhnt und verzärtelt das Mädchen, läßt sie in allerlei Anmaßungen aufwachsen und impft auch noch dir ihre törichten Anschauungen ein. Daß sie ihr Versehen gutmachen wollte, begreife ich, sie konnte Fräulein Warrens einem Erziehungsinstitut übergeben und ihr meinetwegen eine Summe als Entschädigung zahlen. Damit war ihr Versehen reichlich genug gesühnt. Statt dessen verlangt sie von uns, daß wir diesen Eindringling wie ein Familienmitglied betrachten. Ich habe von Anfang an entschieden dagegen Front gemacht und verlange nun auch von dir, daß du es in Zukunft tust und nicht Großmamas törichtem Treiben zustimmst."

Lothar war ruhig und beherrscht geblieben. „Du vergißt dabei eins, Mama, daß mir Jonny durch den jahrelangen geschwisterlichen Verkehr lieb und teuer geworden ist. Ich begreife Großmamas Liebe und Zärtlichkeit für sie vollständig. Sie ist ein liebenswertes Geschöpf mit vielen guten und edlen Eigenschaften. Von alledem abgesehen, muß uns Großmamas Wunsch genügen, daß sie Jonny wie ein eigenes Kind betrachtet zu sehen wünscht."

„Nein, das genügt mir durchaus nicht. Dieses Fräulein Warrens ist mir unausstehlich, sie ist anmaßend und aufdringlich im höchsten Grade und mir äußerst widerwärtig."

Lothar war blaß geworden. Die Muskeln seines Gesichts strafften sich. Man sah, daß er an sich halten mußte.

„Du kennst Jonny nicht, Mama, sonst würdest du ihr nicht so häßliche, niedrige Eigenschaften vorwerfen. Jonny ist ein feinfühliges Geschöpf, bescheiden und zurückhaltend, und ihre dankbare Ergebenheit ist rührend."

Susanne lachte hart und spöttisch auf.

„Mir scheint, du betrachtest das Fräulein durch die rosige Brille deiner Großmutter. Findest du es nicht anmaßend und aufdringlich, daß sie dich jetzt, da ihr erwachsen seid, einfach ‚Du' und beim Vornamen nennt?"

„Nein, das finde ich nur natürlich. Sie hat jedenfalls nicht daran gedacht, daß dir das unangenehm sein könnte."

„Nun – bitte sehr – ich habe ihr vorgestern selbst gesagt, daß ich es unschicklich finde und daß ich es ihr verbiete, ein für allemal. Trotzdem habe ich gestern abend ganz deutlich gehört, wie sie dich vor aller Welt duzte und beim Vornamen nannte. Ist das nicht unverschämt?"

Lothar richtete sich straff auf.

„Nein, Mama – denn es geschah auf meinen ausdrücklichen Wunsch – auf meinen Befehl."

„Was soll das heißen?"

„Jonny nannte mich vorgestern, wie du ihr befohlen hattest, ‚Herr Graf', und bat mich, sie in Zukunft nicht mehr mit ‚Du' anzureden. Das erschien mir – verzeih – lächerlich und unnatürlich, nachdem wir jahrelang wie Bruder und Schwester gelebt haben. Ich stellte einfach meinen Befehl dem deinen gegenüber. Und ich erkläre dir hiermit, daß ich nicht dulde, daß Jonny hier in Wildenfels die geringste Kränkung widerfährt, auch von dir nicht."

Gräfin Susanne starrte ihren Sohn entgeistert an. „Das – das wagst du mir zu bieten – dieses hergelaufenen Mädchens wegen?"

Lothar sprang auf.

„Jonny ist kein hergelaufenes Mädchen. Sie hat ein Recht, in Wildenfels eine Heimat zu finden. Du weißt, daß Großmamas verhängnisvoller Irrtum Jonnys Angehörige einem unseligen Schicksal in die Arme trieb. Sei gerecht, Mama, – du weißt, daß das arme Kind allein und schutzlos in der Welt steht."

Sie sah ihn mit einem höhnischen Blick an.

„Allein und schutzlos? Nun, ich habe eben erfahren, daß du dich in sehr beredter Weise zu ihrem Ritter aufwirfst. Du wagst es sogar, ihretwegen deine Mutter zu kränken und zu beleidigen."

Lothar preßte die Lippen aufeinander.

„Das liegt mir fern", sagte er dann ruhig.

„Du hast es aber getan, indem du deine Befehle den meinen gegenüberstellst."

„Ich mußte das tun – um dein Unrecht gutzumachen."

„Ach bitte – kümmere dich nicht um das, was du mein Unrecht nennst. Dafür stehe ich jederzeit selbst ein. Wenn Fräulein Warrens ein taktvolles Mädchen wäre, dann hätte sie sich an meinen Befehl gehalten, nicht an deinen. Mir scheint jedoch, es ist ihr vergnüglicher, sich mit einem jungen Herrn allerlei Vertraulichkeiten zu erlauben."

Lothar blieb plötzlich hochaufgerichtet vor seiner Mutter stehen und sah sie mit einem stählernen Blick an.

„Mama – ich mache dich darauf aufmerksam, daß ich eine Beleidigung Jonnys wie einen mir selbst angetanen Schimpf betrachte."

Sie sah ihm entsetzt mit erwachendem Mißtrauen in das erregte Gesicht.

„Lothar – was soll das heißen?"

Er zwang die Erregung gewaltsam nieder. Die Mahnung seiner Großmutter fiel ihm ein.

„Es soll heißen – daß ich Jonny – auch dir gegenüber – wie eine Schwester betrachte und für sie einstehe."

Sie blickte ihn noch immer mißtrauisch prüfend an. Eine Ahnung stieg in ihr auf, daß Lothar noch wärmer für Jonny empfand, als er eingestehen wollte. Der Gedanke war ihr so furchtbar, daß sie für den Augenblick wie gelähmt war. Was war nur an diesem Mädchen, daß alle Männer Sinn und Verstand verloren?

Wenn Hasselwert, der gereifte, verständige Mann, sich soweit vergessen konnte, um Jonny zu werben – war es da nicht auch möglich, daß sie Lothar betörte? Vielleicht war es gar ihre Absicht, Herrin von Wildenfels zu werden. Ah – dann sollte sie sich verrechnet haben. Solange noch ein Atemzug in ihr war, würde sie sich dem widersetzen. Zugleich mit dieser Entdeckung erwachte auch die Furcht in ihr, Lothar durch Widerspruch noch mehr zu reizen. Es war gefährlich, ihm Jonny im Lichte der Märtyrerin zu zeigen. Das Hilflose, Rührende wirkt unweigerlich auf die Männer.

Lähmende Angst befiel sie, daß Lothar sich in Jonny verliebt haben könnte. Noch war es hoffentlich nicht so weit, noch könnte man wohl das drohende Unheil abwenden. Aber wahrlich, es war hohe Zeit, zu handeln, ehe es zu spät war. Innerlich ganz fassungslos, suchte sie nach außen die gleichmäßige, kühle Ruhe zu zeigen, die ihr sonst eigen war. Sie stützte den Kopf in die Hand.

„Du bist nach dem Hausgesetz Herr in Wildenfels, und es bleibt mir nichts übrig, als mich dir zu fügen – gegen meine bessere Einsicht. Aber es tut mir bitter weh, daß mein Sohn, einer Fremden wegen, Partei gegen mich nimmt. Ich habe dir nichts mehr zu sagen in dieser Angelegenheit."

Lothar war durch ihr Einlenken sofort besänftigt. Er faßte ihre Hand und führte sie an die Lippen.

„Verzeih, Mama – und suche mich zu verstehen. Ich konnte nicht anders handeln. Jonny steht unter meinem Schutz. Versuche einmal, ihr gerecht zu werden, sie ohne Groll zu dulden. Wenn du ihr erlauben wolltest, dich zu lieben, – ihr junges Herz birgt großen Liebesreichtum. Du würdest selber froh daran werden, wenn du der armen Waise ein wenig Liebe geben wolltest."

Es lag eine warme, innige Bitte in seinen Augen, und seine Stimme klang weich und flehend, wie sie noch nie die Stimme ihres Sohnes gehört hatte. Das Gefühl des Hasses gegen Jonny wuchs immer größer in ihrem Herzen, und daneben bedrückte sie die Angst, daß diese ihrem Sohne gefährlich werden könne. Nein, nein, das durfte nicht sein – das mußte sie verhindern um jeden Preis. Sie hatte in ihrem Herzen schon die Wahl getroffen, wer nach ihr Herrin in Wildenfels sein sollte. Herta Liebenau war ganz die Frau, die sie für ihren Sohn wünschte. Wenn sie auch keine Schönheit war, ihre vornehme Abkunft war in ihren Augen mehr wert. Hertas Mutter war eine Prinzessin aus regierendem Hause, und sie war entschieden die vornehmste unter den heiratsfähigen Damen der Umgegend.

Jetzt nur um Gottes willen vorsichtig sein und dann schnell handeln.

„Verlange nichts Unmögliches von mir", sagte sie möglichst sanft. „Ich habe meinen Standpunkt so gut wie du den deinen. Laß uns nicht mehr davon reden. Ich sehe ein, es führt zu nichts. Und ich muß die bittere Erfahrung einstecken, daß ich im Herzen meines Sohnes hinter einer Fremden rangiere. Daß du Großmama über mich stelltest, habe ich ruhig hingenommen. Ich kann dir nicht so zärtlich entgegenkommen wie sie. Das liegt mir nicht. Ich bin nicht sentimental veranlagt. Es hat mir auch nicht weh getan. Großmama hat ein Recht auf deine Liebe – aber dieses Mädchen nicht."

Lothar sah ernst und etwas bedrückt zu ihr herab. Er fühlte sich im Unrecht, wußte aber auch, daß seine Mutter nie etwas getan hatte, um seine Liebe zu erringen. Sie war immer kühl und unnahbar geblieben, auch früher, als er oft voll kindlicher Zärtlichkeit zu ihr gekommen war. Kalt hatte sie ihn oft genug zurückgewiesen. Trotzdem fühlte er sich durch ihre Worte bedrückt. Sein ritterlicher Sinn konnte es nicht ertragen, die Mutter gekränkt zu haben. Er ergriff ihre Hand.

„Mama – wenn du mir nur zeigen wolltest, daß du mich liebhast und nach meiner Liebe verlangst. Du würdest schnell genug ein Echo in meiner Brust wecken. Ich warte nur darauf", sagte er herzlich.

Aber Gräfin Susanne verstand es nicht, Herzen zu fesseln.

„Laß gut sein, Lothar. Wir sind zu verschiedene Charaktere, um uns ganz zu verstehen. Du bist entschieden zu weich und ideal veranlagt – ich lebe auf realem Boden und kann mich ebensowenig ändern wie du."

Lothar ließ ihre Hand aus der seinen gleiten. Nein – nie konnte zwischen ihnen ein so herzliches Verhältnis bestehen, wie zwischen ihm und seiner Großmutter. Ihre beiden Naturen stießen einander ab, ohne es zu wollen.

„Hast du sonst noch Wünsche, Mama?"

„Nein."

„Dann darf ich mich wohl zurückziehen?"

„Bitte – ich halte dich nicht."

Er küßte ihre Hand und verabschiedete sich.

Lothar hatte eine geschäftliche Unterredung mit seinem Rendanten und den Verwaltern gehabt, nachdem er seine Mutter verlassen hatte. Als er vom Rentamt her durch die große Halle kam, begegnete er Jonny. Sie kam die Treppe herab, zum Ausgehen fertig.

„Wo willst du hingehen, Jonny?"

Ein stiller Glanz lag auf ihrem jungen, weichen Gesicht.

„In den Wald mit dem Verwalter, Tannen für das Weihnachtsfest aussuchen."

Lothar hielt sie fest und sah ihr froh in die lieben Augen. „Warte einen Augenblick, ich gehe mit – das habe ich lange nicht mehr getan."

Er ließ sich Hut und Mantel bringen.

Seite an Seite schritten sie hinaus. Lothar war froh in der Meinung, daß seine Mutter wenigstens die Feindseligkeiten gegen Jonny einstellen würde. Er preßte ihren Arm an sich.

„Brauchst nun keine Angst mehr zu haben vor meiner Mutter, Jonny. Sie weiß, daß zwischen uns beiden keine Rede sein kann von ‚Herr Graf' und ‚Fräulein Warrens'!"

Sie erschrak und wurde blaß. „Hast du mit deiner Mutter darüber gesprochen?"

„Ja."

„Ist sie sehr böse auf mich?"

„Nein, kleiner furchtsamer Hase. Duck dich nicht so schreckhaft. Du stehst immer unter meinem Schutz."

„Sag mir nur eins", bat sie mit unruhigen Blicken, „hattest du Unannehmlichkeiten meinetwegen?"

Er lachte, gerührt von ihrer Angst. „Ei, es war sehr schlimm, Mama drohte mit dem Stocke. Du mußt mich bedauern."

Sie lachte ein wenig. „Nein – sag doch – war es schlimm?"

„Nein! Nun beruhigt, ja?"

Sie nickte und atmete auf, wie von einer schweren Last befreit. „Nun freue ich mich auf das Weihnachtsfest."

„Hast du viele Wünsche an das Christkind?"

„Nur einen."

„Was ist das für ein Wunsch?"

„Daß du zu Weihnachten übers Jahr für immer nach Wildenfels zurückkommst."

„Solche Wünsche gehören nicht zu dem Ressort des Christkindes."

„Vielleicht doch."

„Nein, nein – da mußt du dich lieber an mich selbst wenden. Also bitte mich einmal recht schön darum, dann erfülle ich dir deinen Wunsch."

Sie sah ihn an. Es zuckte um ihren Mund, und die Augen wurden groß und feucht.

„Ach – dafür finde ich wohl nicht die rechten Worte."

„Ich sage sie dir vor, brauchst nur nachzusprechen, ja?"

Sie nickte und er begann:

„Lieber, lieber Lothar, ich bitte dich, so sehr ich kann."

Sie sprach es lächelnd nach, und er fuhr fort:

„Kehre bald für immer nach Wildenfels zurück. Ich hab' dich so lieb.“

Auch das wiederholte sie. Dann sprach er weiter:

„Und kann es vor Sehnsucht nach dir nicht aushalten.“

Erglühend und zögernd sprach sie auch das nach.

Er nickte befriedigt.

Und nun weiter: „Ich verspreche dir dafür, daß ich dir alles zuliebe tun werde, was du von mir verlangst.“

Sie zögerte.

„Muß das sein?“ fragte sie verwirrt.

„Natürlich – das ist die Hauptsache.“

Sie vollendete, ohne ihn anzusehen, und er bemerkte mit Entzücken ihre holde Verwirrung. Als sie zu Ende war, streichelte er ihre Hand.

„So ist's brav, Jonny. Und nun will ich gleich antworten: Ja – ich komme sicher zurück bis zum nächsten Weihnachtsfest. Und dann bleibe ich immer bei dir.“

Jetzt trat der Verwalter am Parktor zu ihnen. Lothar zog Jonnys Arm durch den seinen, und so schritten sie hinaus in den Wald, um die Weihnachtstannen zu bestimmen.

21

Gräfin Susanne sah vom Fenster aus Lothar und Jonny fortgehen. Die Gelegenheit war günstig, einmal ganz allein mit Gräfin Thea zu sprechen. Sofort suchte sie dieselbe auf. Im Vorzimmer saß Grill und nähte.

Susanne sagte ihr, daß sie dafür sorgen solle, daß sie ungestört mit Gräfin Thea bleibe. Dann trat sie in das Wohnzimmer ihrer Schwiegermutter.

Diese saß am Schreibtisch und schloß schnell ein Schriftstück in ein Fach, als Susanne eintrat.

„Ich störe dich hoffentlich nicht, Mama, aber ich habe eine Sache von dringender Wichtigkeit mit dir zu besprechen“, sagte sie sichtlich erregt.

Gräfin Thea erhob sich. „Setzen wir uns an den Kamin, Susanne – du störst mich nicht.“

Sie ließen sich nieder. Dann sagte Susanne hastig:

„Du siehst mich in Aufregung, liebe Mama."

Die alte Dame blickte forschend in ihre unruhigen Augen.

„Was ist geschehen?"

„Ich komme mit einer dringenden und notwendigen Forderung zu dir und hoffe auf Erfüllung."

„Was wünschest du?"

„Mama – Fräulein Warrens muß aus dem Hause – so schnell wie irgend möglich."

Gräfin Thea sah bekümmert in ihr Gesicht.

„Immer wieder dieses Anliegen, Susanne. Ich hoffte, du hättest dich endlich damit abgefunden. Diesen Wunsch will und kann ich dir nicht erfüllen."

„Oh, du wirst selbst die Notwendigkeit einsehen, wenn du alles weißt. Es hätte längst geschehen müssen. Immer ist es mir gewesen, als müsse uns von diesem Mädchen Unheil drohen."

Die alte Dame sah betroffen auf. „Du erschreckst mich. Welch ein Unheil könnte uns von Jonny kommen?"

„Das sollst du hören. Ich hatte vorhin eine Unterredung mit Lothar bezüglich Fräulein Warrens. Das vertrauliche Benehmen der beiden ist jetzt, da sie keine Kinder mehr sind, nicht statthaft. Nun denke dir meinen Schrecken, als ich bemerken mußte, daß Lothar in einer Weise für Fräulein Warrens gegen mich auftrat, daß mir kein Zweifel bleibt: Entweder ist er schon in sie verliebt, oder er steht dicht davor. Anscheinend geht dieses Mädchen darauf aus, ihn in ihre Netze zu ziehen und Herrin von Wildenfels zu werden. Sie muß so schnell als möglich fort, sonst stehe ich für nichts ein."

Gräfin Thea hatte ihre Ruhe nicht verloren.

„Du irrst dich, wie immer, in Jonny. Sie denkt nicht einmal im Traume daran, Netze auszustellen oder Gräfin Wildenfels zu werden. Dazu ist sie viel zu bescheiden."

„Das ist deine Meinung, nicht die meine. Aber selbst wenn sie nicht daran dächte, Lothar scheint nicht weit davon entfernt zu sein. Ich kann dir versichern, er hat in einem Tone zu mir gesprochen, der die größte brüderliche Zärtlichkeit übertrifft. Ich fürchte das Schlimmste, wenn wir nicht sofort alles tun, diesem unliebsamen Fall vorzubeugen. Und es gibt nur ein Mittel, das Unglück zu verhüten – Fräulein Warrens muß fort."

Gräfin Thea sah eine Weile nachdenklich vor sich hin. Da hatte sich der ungestüme Junge doch wohl hinreißen lassen, seine Gefühle zu verraten. Sie sah ihn im Geiste stehen und Jonnys Partei in leidenschaftlicher Weise nehmen. Es gehörte kein besonderer Scharfblick dazu, ihn zu durchschauen.

Sie lächelte. Nein – zum Diplomaten war Lothar wirklich nicht tauglich. Langsam hob sie den Kopf und sah ihre Schwiegertochter mit klaren, gütigen Augen an.

„Liebe Susanne – ich könnte kein Unglück darin sehen, wenn sich Lothar mit Jonny vermählte", sagte sie ruhig.

Susanne fuhr entsetzt auf und starrte die alte Dame an, als fürchte sie um deren Verstand.

„Mama!"

Gräfin Thea atmete tief auf.

„Ich will dir etwas sagen, liebes Kind. Meine Ansichten über Adel der Geburt und Adel der Seele kennst du. Jonny hat keinen Fehler, als daß sie arm und bürgerlich ist. Nach Reichtum braucht ein Wildenfels gottlob nicht zu heiraten. Und Jonny ersetzt den Adel der Geburt durch den des Herzens."

Gräfin Susanne beugte sich weit vor. „Mama – deine seltsame Vorliebe für dieses Mädchen grenzt an das Unglaubliche", stieß sie mit unterdrückter Heftigkeit hervor. „Ich verstehe dich nicht. Nie – niemals würde ich meine Einwilligung geben. Außerdem habe ich andere Pläne mit Lothar. Ich habe bereits die künftige Gattin für ihn erwählt. Komme zur Vernunft und überlege dir, was du eben gesagt hast. Du bist wie verblendet, wenn es sich um Fräulein Warrens handelt. Es ist, als ob sie dich verhext oder verzaubert hätte."

Gräfin Thea lächelte gutmütig überlegen.

„Warum nicht gar, Susanne? Gottlob sind wir über die Zeit des Hexenglaubens hinaus, sonst würdest du wohl über die arme Jonny ein hochnotpeinliches Gericht halten lassen."

Susanne sprang auf und ging erregt auf und ab. „Wie kannst du scherzen in solch einer Angelegenheit! Verstehen wir uns nicht mehr? Nicht einmal dann, wenn es sich um Lothars Wohl und Wehe handelt?“ fragte sie, außer sich und so erregt, wie sie Gräfin Thea noch nie gesehen hatte.

„Liebes Kind – wo eines Menschen Wohl und Wehe liegt, können wir mit unsern kurzsichtigen Augen nicht erkennen. Darüber entscheidet eine höhere Macht, der wir alle untertan sind. Aber, soweit Menschenaugen sehen können, scheint es mir sicher, daß Lothars Glück durch eine Verbindung mit Jonny weniger gefährdet ist, als wenn er sich nach deinem Wunsch mit der reizlosen, blutarmen und kaltherzigen Liebenau vermählte. Das ist wohl die Frau, die du ihm zugedacht hast?“

„Woher weißt du das?“

Gräfin Thea lächelte fein.

„Meine alten Augen sind noch scharf. Ich sah und hörte gestern mancherlei.“

„Nun, du kannst es ja auch wissen. Herta von Liebenau ist die vornehmste und beste Partie. Du weißt, ihre Mutter ist eine Prinzessin aus regierendem Hause.“

„Deshalb scheint mir das magere und fischblütige junge Ding noch lange nicht die passende Frau für unsern ungestümen heißblütigen Lothar.“

„Vielleicht gerade, sie würden sich ergänzen.“

Gräfin Thea seufzte. Sie dachte an die Ehe ihres Sohnes mit Susanne. Da sollten auch zwei grundverschiedene Naturen „sich ergänzen“. Der Versuch war kläglich gescheitert. Dabei war Susanne wenigstens eine schöne, gesunde Frau gewesen. Aber sie verriet nichts von diesen Gedanken.

„Vielleicht auch nicht“, sagte sie nur.

Susanne blieb vor ihr stehen. „Oh, bitte nicht nutzlos streiten. Jedenfalls bitte ich dich inständig, laß Fräulein Warrens von Wildenfels fortgehen. Du kannst in großherziger Weise auswärts für sie sorgen. Aber entferne sie. Ich ertrüge es nicht, wenn mir Lothar dieses Mädchen als Schwiegertochter aufzwingen würde, ich ginge daran zugrunde.“

Gräfin Thea seufzte tief und schmerzlich.

„Versündige dich nicht, Susanne. Ich habe meinen Sohn geliebt, heißer, inniger hat eine Mutter nie ein Kind geliebt. Ich habe ihn hergeben müssen in der Blüte seiner Jahre, ehe er ein volles Lebensglück genossen hatte – und ich habe es ertragen. Wie kleinlich scheint mir deine Angst. Sei mir nicht gram darum, aber wenn ich wüßte, daß Lothars Glück von einer Verbindung mit Jonny abhängt, ich selbst würde sie ihm in die Arme legen. Es ist so ein nichtiges Beginnen, im Leben eines Menschen Vorsehung spielen zu wollen."

Susanne wandte sich schroff ab und trat an das Fenster. Finster starrte sie durch die Spitzenvorhänge ins Freie.

Endlich wandte sie sich mit düsterem Gesicht wieder um.

„Du weigerst dich also, Fräulein Warrens zu entfernen?"

„Ja! Sie bleibt hier, Wildenfels ist ihre Heimat."

Susanne lachte rauh und heiser auf. „Sie scheint dir teurer zu sein als wir alle. Auf dein Haupt die Folgen."

„Gott mag alles zum Besten wenden, Susanne. Was hülfe es, wollte ich das arme Kind verbannen? Lothar würde es nicht dulden. Und wenn er Jonny wirklich mit anderen als brüderlichen Augen betrachtet, dann wäre ihre Entfernung eher ein Mittel, die Flammen emporschlagen zu lassen, die du ersticken willst. Nichts ist geeigneter, Liebe erstarken zu lassen, als Mitleid."

„So soll ich tatenlos zusehen, wie sich das Unheil über uns zusammenzieht?"

„Das Unheil? Es kann auch Glück sein."

„Mit dir ist nicht vernünftig zu reden, du bist verblendet. Aber das sage ich dir, bleibt Fräulein Warrens hier, dann werde ich mit allen Mitteln, die mir zu Gebote stehen, dafür sorgen, daß Lothar nicht nach Wildenfels zurückkehrt, bis die Gefahr für ihn beseitigt ist. Entweder trennst du dich von Fräulein Warrens, oder du siehst Lothar nicht wieder, bis er verheiratet ist."

Gräfin Thea wollte etwas entgegnen, aber sie preßte die

Lippen aufeinander. Ihr Blick flog hinüber zu ihrem Schreibtisch. Ein Seufzer hob ihre Brust.

„Wir wollen uns nicht länger darüber ereifern, Susanne. Jeder tue das, was er für das Rechte hält. Gott wird alles so führen, wie er es bestimmt hat. Laß uns das Weihnachtsfest in Frieden feiern – vielleicht ist es das letzte, welches mir beschieden ist. Nach dem Feste geht Lothar nach Rom. Mindestens auf ein Jahr kommt er nicht nach Hause. Ein Jahr entscheidet viel. Wer weiß – am Ende heiratet er weder Jonny noch die Liebenau, sondern überhaupt nicht."

Susanne ging nachdenklich im Zimmer auf und ab. Zeit gewonnen – alles gewonnen, sagte sie sich. In diesen kurzen Wochen würde sich Lothar schwerlich an Jonny binden, selbst im schlimmsten Falle nicht. Und dann – Gräfin Thea war sehr alt! Alte Menschen sterben meist schnell. Wenn sie nicht mehr war, dann würde es ein leichtes sein, Jonny zu entfernen. Auf jeden Fall aber wollte sie Lothars Aufmerksamkeit immer wieder auf Herta Liebenau richten.

Auch Gräfin Thea wollte vor allen Dingen Zeit gewinnen und die Sache nicht auf die Spitze treiben. Kam Lothar nach Jahresfrist zurück und war seine Liebe zu Jonny unverändert, dann konnte er selbst sein Schicksal mit junger, starker Kraft entscheiden. Jetzt galt es aber, Lothar zu warnen. Er mußte vorsichtig sein, daß sich der Verdacht seiner Mutter nicht verstärkte, sonst verbitterte sie sich immer mehr gegen Jonny.

Die beiden Damen tauschten noch einige Redensarten, dann ging Susanne verstimmt in ihre Gemächer zurück.

Gräfin Thea setzte sich wieder an ihren Schreibtisch und zog das Schriftstück nochmals hervor, das sie bei Susannes Eintritt verschlossen hatte. Nach kurzer Überlegung schrieb sie noch einige Worte dazu. Dann entnahm sie jener Kassette, die sie in der Sterbestunde von ihrem Sohne erhalten hatte, das Dokument, welches seine Beichte enthielt. Sie hatte es vor langen Jahren frisch versiegelt. Mit dem von ihr verfaßten Schreiben steckte sie es in ein großes Kuvert und versah dieses mit der Aufschrift:

„An meinen Enkel Lothar, Erbgraf von Wildenfels und Neuendorf. Nach meinem Tode zu öffnen."

Dann verschloß sie das Kuvert in der Kassette und barg dieselbe wieder in ihrem Schreibtisch. In demselben Fach lag das verhängnisvolle Halsband. Sie nahm es heraus und betrachtete es sinnend. Langsam ließ sie es über die Hand gleiten. Ihr Blick trübte sich. Sie sah empor zu dem Bilde ihres Sohnes:

„So Gott will, trägt es Jonny an ihrem Hochzeitstage, Joachim. Dann ist alles, alles wieder gut", sagte sie leise und schloß das Halsband wieder fort.

22

Baron Hasselwert vermochte seine Ungeduld, sich bei Jonny Warrens Gewißheit zu holen, nicht lange zu beherrschen. Erst wollte er bis nach dem Feste warten, ehe er wieder einmal nach Wildenfels fuhr. Aber dann überlegte er sich, daß der Heilige Abend so recht geeignet erschien, eine Verlobung zu feiern. Und so kam er am Tag vor dem Christabend im schönsten Freierdreß in Wildenfels vorgefahren und ließ sich diesmal sofort bei Gräfin Thea melden. Vor Gräfin Susanne fürchtete er sich ein wenig.

Gräfin Thea empfing ihn etwas bestürzt. Sein feierlicher Anzug verriet ihr den Zweck seines Besuches. Er ließ sie nicht lange in Zweifel, sondern ging schnell auf sein Ziel los und hielt in aller Form um Jonnys Hand an.

Die alte Dame war peinlich berührt, wußte sie doch, wie Jonnys Antwort auf diesen Antrag ausfallen würde. Sie hätte ihm gern einen Korb erspart, aber er ließ ihr keine Zeit, ihm einen abwehrenden Wink zu geben.

So antwortete sie ihm, daß Jonny allein über diese Frage entscheiden könne.

Er bat um die Erlaubnis, die junge Dame sogleich sprechen zu dürfen.

Gräfin Thea ließ Jonny rufen. Das junge Mädchen erschrak, als sie Hasselwert erblickte, und ihr Gesicht trug einen nervösen Ausdruck. Der Baron ging mit Todesverachtung vorwärts und wiederholte seine Werbung.

Jonny hatte sich hinter Gräfin Theas Sessel geflüchtet und umfaßte dessen Lehne, als müsse sie einen Halt haben. In ihrem Gesicht prägte sich Verlegenheit und große Betrübnis aus.

Als der Baron zu Ende war und sie flehend ansah, nahm sie allen Mut zusammen.

„Lieber Baron – Sie erweisen mir eine so große Ehre – aber – verzeihen Sie mir bitte – ich kann nicht – es ist mir leider unmöglich, Ihren Antrag anzunehmen – ich kann wirklich nicht."

Des Barons Gesicht verfärbte sich. „Mein teures gnädiges Fräulein, mein Antrag kommt Ihnen zu plötzlich – zu unerwartet", sagte er bittend. „Wollen Sie mir ein wenig Hoffnung lassen? Sie müssen sich nicht in diesem Augenblick entscheiden. Ich weiß, ich bin bedeutend älter als Sie und würde mich mit einer kindlichen Zuneigung begnügen. Mein Leben ist so einsam – in Hasselwert fehlt die Herrin – ich würde Sie auf Händen tragen – Sie sind mir sehr, sehr teuer – jeden Wunsch würde ich Ihnen erfüllen. Vielleicht ziehen Sie das alles einmal ruhig in Betracht und geben mir dann erst eine entscheidende Antwort."

Jonny trat hastig einen Schritt vor. „Nein, nein", wehrte sie ängstlich ab. „Bitte, Baron Hasselwert – glauben Sie mir, ich bin mir ganz klar. Und mein Entschluß wird nie anders ausfallen. Ach, glauben Sie mir, ich werde überhaupt nie heiraten, will immer bei Großmama bleiben. Seien Sie mir nicht böse, Baron."

Hasselwert seufzte tief auf und sah sehr niedergeschlagen aus.

„Böse gewiß nicht, Fräulein Warrens, obwohl es mich sehr schmerzt. Es war mein ehrliches Bestreben, Sie glücklich zu machen, glauben Sie es mir."

Sie sah in sein von roten Äderchen durchzogenes Gesicht, auf sein gelichtetes Haar und die faltigen Wülste unter den Augen. Und vor ihrem geistigen Auge erschien neben diesem Freier die schlanke, elegante Gestalt Lothars. Ein heißes Erschrecken durchzuckte sie. Ihr Herz klopfte bis zum Halse hinauf. Mit peinlicher Schärfe erkannte sie, so wie Lothar würde ihr nie ein anderer Mann gefallen, egal ob er jung oder alt, schön oder häßlich war. Es wäre ihr vermessen erschienen, daran zu denken, daß Lothar eines Tages wie der Baron vor ihr stehen könne. Nein, sie war sich bewußt, daß sie nie heiraten würde und nichts wünschte, als mit Lothar in Wildenfels zu bleiben, so wie jetzt.

„Sie sind so gütig, lieber Baron. Es schmerzt mich, Ihnen wehe tun zu müssen. Verzeihen Sie mir."

Sie trat auf ihn zu und entbot ihm kindlich bittend die Hand.

Er zog ihre Hand an seine Brust.

„Mein verehrtes Fräulein", stieß er halberstickt hervor.

„Bitte, bitte, bleiben Sie mir hiernach in Zukunft freundlich gesinnt. Sie werden bald einsehen, daß ich einfaches, schlichtes Ding nicht dazu tauge, Baronin zu werden."

Ihre Lieblichkeit entzückte und rührte ihn zugleich. Ein weiches, fast väterliches Gefühl, wie er es nie gekannt, stieg in ihm auf. Noch einmal führte er ihre Hand an sein Herz.

„Sie liebes Kind, Sie würden einem Fürstenthron zur Zierde gereichen. Verzeihen Sie mir, daß ich so vermessen war, zu hoffen, daß Ihre Jugend Sonnenschein in mein einsames Haus bringen würde. Leben Sie wohl."

Hierauf wandte sich Hasselwert an Gräfin Thea, die stumme Zeugin dieser Szene gewesen war, und verabschiedete sich auch von ihr.

Sie war nicht so gerührt wie die weichherzige Jonny. Nach ihrer Meinung hätte der Baron bei einiger Überlegung einsehen müssen, daß es ein Unrecht war, so ein junges Ding an sein Alter fesseln zu wollen.

„Leben Sie wohl, lieber Baron, ich hoffe, Sie kommen schnell über diese Enttäuschung hinweg", sagte sie trotzdem freundlich.

Der Baron ließ sich, als er Gräfin Theas Zimmer verlassen hatte, bei Susanne melden. Sie empfing den vertrauten Freund in ihrem blauen Zimmer.

„Ich hörte, Sie waren bereits bei meiner Schwiegermutter, lieber Baron", sagte sie, ihn mit unruhiger Spannung betrachtend.

Er machte ein eigentümliches Gesicht und seufzte ein wenig. „Ich bin nur zu Ihnen gekommen, um mich auslachen zu lassen. Vielleicht gibt mir das mein seelisches Gleichgewicht wieder", sagte er mit Galgenhumor.

„Auslachen? Warum?"

„Weil ich mir heute den zweiten Korb in Wildenfels geholt habe. Vor Jahren gaben Sie mir den ersten! Fräulein Warrens hat mir soeben mit Grazie den zweiten verabfolgt. Nun sitze ich vor Ihnen und erwarte, daß Sie mich auslachen."

Susanne preßte die Lippen herb zusammen. Nach einer Weile sagte sie vorwurfsvoll:

„Wie konnten Sie sich nur eine solche Blöße geben. Ein Mann wie Sie und dieses Mädchen."

Er seufzte verstohlen.

„Ich wäre unsinnig glücklich gewesen, wenn Fräulein Warrens mir ihr Jawort gegeben hätte. Mein Herz wußte nichts von Alter und von Torheit."

Susanne zog die Stirn in Falten.

„Unsinnig – ja – glücklich? Das wage ich zu bezweifeln. Ich kann Ihnen nur Glück wünschen, daß Sie abgewiesen wurden."

„Es kommt alles auf die Auffassung an. Aber nun will ich Sie nicht länger mit meinen Gefühlen langweilen. In der Hauptsache bin ich zu Ihnen gekommen, um mich zu verabschieden. Nach Neujahr gehe ich auf längere Zeit nach Nizza."

Susanne lachte zornig auf.

„Nun vertreibt mir dieses Fräulein Warrens meinen besten Freund."

Er küßte ihr die Hand. – „Bin ich das wirklich?"

Sie sah ihn lächelnd an.

„Zweifeln Sie daran? Was soll ohne Sie aus unserem Silvesterball werden?"

„Nun, den will ich noch miterleben. Auf einige Tage kommt es mir nicht an. Sie bleiben auch nur noch so lange in Wildenfels, bis Ihr Herr Sohn abgereist ist, nicht wahr?"

„Ende Januar gehe ich mit Graf und Gräfin Liebenau zur Residenz.“

„Sehen Sie wohl, dann wäre es noch öder für mich. Und ich halte es jetzt in meinen vier Wänden nicht mehr aus.“

„Sie kommen aber Silvester bestimmt, lieber Freund?“

„Mein Wort darauf.“

Gleich darauf verabschiedete sich der Baron und fuhr betrübt nach Hause. Susanne sah ihm sinnend nach.

„Kein Zweifel – sie hofft entschieden, Lothar in ihre Netze zu ziehen, sonst hätte sie den Baron nicht abgewiesen. Aber es soll ihr nicht gelingen – niemals!“ murmelte sie zornig.

23

Am Weihnachtsabend wurde zuerst in der großen Halle dem Personal beschert. Dann kamen die Beamten an die Reihe, für die im großen Saal die Geschenke aufgebaut waren.

Erst dann, als alle zu ihrem Rechte gekommen waren, fand die Feier für die Familienmitglieder und Jonny statt.

In einem kleinen Saal neben dem Speisezimmer waren zwei wundervolle Tannen aufgestellt. Sie waren mit zahllosen weißen Kerzen besteckt, ohne jeden weiteren Schmuck. In ernster Pracht und der vollen Schönheit ihres Wuchses streckten sie ihre Zweige aus.

Lothar hatte für seine Angehörigen von seinen Reisen wundervolle Stoffe und Geschmeide mitgebracht. Für Jonny war ein duftiges, spinnwebfeines Gewebe bestimmt, das mit einer herrlichen, gestickten Bordüre versehen war. Und auf diesem Stoffe lag ein eigenartiger Gürtel aus getriebenem Silber von kostbarer, fremdartiger Schönheit. Zwischen den reichen Ornamenten waren allerlei rätselhafte Schriftzeichen zu sehen. Solche Gürtel schenken indische Fürsten und Würdenträger ihren Frauen als glückbringende Zeichen.

Lothar erklärte Jonny, daß die Trägerin dieses Gürtels gegen jedes Unglück gefeit ist. Er tat es, durch die Großmutter gewarnt, in einer sachlich belehrenden Weise. Aber seine Augen sahen dabei wie gebannt in Jonnys erregt schimmernde Augen, so daß es wie eine Woge unverstandener Glückseligkeit über sie hinflutete.

Sie strich mit den Händen leise und kosend über den seidigen Glanz des duftigen Gewebes und freute sich daran. Aber den Gürtel betrachtete sie mit einem Gefühl, als müsse wirklich ihr Glück damit verbunden sein.

Gräfin Susanne hatte, der Form genügend, Jonny mit einem Armband beschenkt, wehrte aber kühl, fast verletzend ihren Dank ab. Jonny trug in Zukunft dieses Armband nie – es lag ganz unten in ihrem Schmuckkasten. Sie fühlte, es war nicht von Herzen gegeben. Dafür hatte aber Gräfin Thea für ihren Liebling reiche Geschenke aufgebaut, und hier zeigte jede Kleinigkeit die liebevolle Sorgfalt, mit der sie ausgesucht waren.

Ohne daß sie es wollte, war das junge Mädchen der Mittelpunkt, um den sich an diesem Abend alles drehte, und sie wäre restlos glücklich gewesen, hätte sie nicht zuweilen Susannes kalte, beobachtende Blicke auf sich ruhen gefühlt.

Auf Gräfin Theas Wunsch sang Jonny einige Weihnachtslieder. Die klare, warme Mädchenstimme füllte den Festraum mit Wohlklang und schmeichelte sich in die Herzen der Zuhörer. Lothar lauschte erst stumm, dann lockten die bekannten Melodien, und sein kräftiger Bariton fiel ein. Hell und freudig klangen die beiden jungen Stimmen zusammen. Sie ergänzten sich und schmiegten sich einander an.

Gräfin Thea saß still mit gefalteten Händen, und ihre Augen blickten verklärt.

Sogar Susanne war wider ihren Willen ein wenig in Stimmung gekommen und summte leise das eine oder andere Lied mit. „Ehre sei Gott in der Höhe und Friede auf Erden“, klang es jetzt feierlich zu ihr herüber. Verstand sie die Mahnung oder regte sich sonst ein wärmeres Gefühl – sie nickte lächelnd zu ihrer Schwiegermutter hinüber. Vielleicht waren ihre Besorgnisse in diesem Augenblick zerstreut. Lothar hatte sich den ganzen Abend sehr zusammengenommen, und Jonny war in Susannes Gegenwart ohnedies so schüchtern, daß sie nicht viel sprach.

Fast erschrocken blickte sie auf, als Gräfin Susanne sie aufforderte, das eine Lied zu wiederholen. Später als sonst ging man zu Tisch. Lothar war froh über die gute Stimmung seiner Mutter. Er widmete sich ihr mit besonderer Aufmerksamkeit und blieb auch noch bei ihr, als sich Gräfin Thea mit Jonny zurückzog.

Die alte Dame nahm das junge Mädchen noch mit in ihr Wohnzimmer. Und dort erzählte sie ihr die Geschichte von dem verlegten Halsband und wie es dann gekommen war, daß Gräfin Thea sie nach Wildenfels holte.

Jonny hörte mit großen, erstaunten Augen zu. Bisher hatte sie nicht gewußt, weshalb Gräfin Thea die verwaiste Enkelin des Rendanten Horst so liebevoll bei sich aufgenommen hatte.

Die alte Dame hatte das Halsband hervorgeholt und legte es lächelnd, wie zur Probe, um Jonnys schlanken Hals.

„Siehst du, Goldköpfchen, nun weißt du, daß du ein Recht darauf hast, in Wildenfels zu sein. Ich nahm dich zu mir, um meine Schuld zu sühnen. Daß du mir fester und fester ans Herz gewachsen bist, hat damit nichts zu tun. Du bist mein liebes Töchterchen geworden. Und an deinem Hochzeitstage – da sollst du dieses Halsband tragen. Vielleicht erlebe ich es noch."

Jonny löste langsam den Schmuck von ihrem Halse und sah darauf nieder. Wie seltsam die Steine sie anfunkelten!

Jonny legte das Halsband in die Hände der alten Dame zurück. Ihr Gesichtchen sah sehr ernst aus.

„Ich werde mich nie verheiraten, Großmama", sagte sie dann leise.

Die alte Dame strich ihr lächelnd über das Haar.

„Warte, bis der Rechte kommen wird."

„Es wird für mich kein Rechter kommen, glaub' es mir. Ich möchte nicht gerne fort von Wildenfels, wo mir deine Liebe eine so herrliche Heimat geschaffen hat. Wie soll ich dir dafür danken."

„Du bist mir keinen Dank schuldig. Ich hab' nur eine Schuld an dich abgetragen."

Jonny umschlang die alte Dame innig.

„Sprich nicht von Schuld, liebe, liebe Großmama. Ach, wenn es eine tausendfache, eine wirkliche Schuld gewesen wäre, deine Liebe und Güte hätten sie schon längst gutgemacht."

Gräfin Thea lehnte ihre Wange an die des jungen Mädchens und sah zu dem Bilde ihres Sohnes auf.

„Glaubst du das wirklich, Kind, wäre damit alles abzubüßen gewesen?" fragte sie mit verhaltener Stimme.

„Ganz gewiß, Großmama. Was du für mich getan hast, ist so groß und so gut. Ich kann es dir nur danken mit schrankenloser Liebe – sonst habe ich nichts zu geben."

Die alte Dame küßte sie innig.

„Du gibst mir Sonnenschein, damit sich mein altes Herz daran wärmen kann. Gott segne dich, mein liebes Kind. Aber nun bin ich müde – es war ein anstrengender Tag. Geh, hole mir meine alte Grill, sie soll mich zu Bett bringen."

Jonny erhob sich und küßte ihre Hände. Dann ging sie schnell hinaus.

Grill war draußen im Vorzimmer über einer erbaulichen Weihnachtsgeschichte eingenickt. Die Brille saß ihr schief auf der Nase. Neben ihr auf dem Tisch stand ein Teller mit Honigkuchen und ein halb geleertes Punschglas, Reste des Weihnachtsschmauses.

Jonny legte sanft ihre Hand auf die Schulter der alten Frau.

„Grillchen, liebes, altes Grillchen, bist du so sehr müde?" fragte sie mitleidig.

Grill ermunterte sich schnell und rückte ihre Brille zurecht.

„Ach bewahre, Fräulein Jonnychen, ich habe nur so ein bißchen geduselt. Das macht der Punsch – ich kann ihn nämlich nicht vertragen."

Jonny streichelte ihr lächelnd die Wangen.

„Du sollst Großmama zu Bett bringen."

„Ja, ja, ich gehe gleich hinein. Aber was ich noch sagen

wollte – vielen Dank noch einmal für das schöne, warme Tuch, das Sie mir gehäkelt haben. So mollig warm ist es, ich habe es gleich umgenommen!"

„Sollst du auch, Grillchen, damit dich das böse Rheuma nicht mehr so plagt."

Sie gingen beide zu Gräfin Thea hinein. Jonny sagte ihr gute Nacht und suchte ihr Zimmer auf. Sie stand lange verträumt im Dunkeln am Fenster und blickte hinaus in die wundervolle Rauhreifpracht des Parkes. Der Mond stand am Himmel und warf sein bleiches Licht über die Welt. Eine echte, verheißungsvolle Christnacht.

Jonny faltete die Hände über dem Fensterkreuz und lehnte die Wange darauf. Ihre Gedanken flohen in die Vergangenheit zurück. Gräfin Theas Erzählung hatte manches in ihrer Seele lebendig gemacht, was ihrem Gedächtnis entschwunden war. Bis in ihre früheste Kindheit wurde die Erinnerung geweckt. Sie sah Großvater und Großmutter vor sich, wie sie ihr das Bild über Großvaters Bett zeigten. „Unsere Heimat", hatten sie gesagt und feuchte Augen dabei bekommen. Und das blonde zärtliche Mütterchen war dazu gekommen. Auch sie hatte Tränen im Auge, und auch sie sagte: „Unsere Heimat", und ein sehnsuchtsvoller Klang zitterte in diesen beiden Worten.

Sie alle hatten die Heimat nicht wiedergesehen. Die Großeltern lagen neben dem Vater in fremder, dunkler Erde, und ihres Mütterchens Grab, das sie nur wenige Male mit Großmama hatte besuchen können, befand sich auf dem großen Hamburger Friedhof, zwischen denen fremder Menschen. Nur sie allein hatte die Heimat erreicht, und sie fühlte es, daß sie mit allen Fasern im Heimatboden wurzelte.

Wieviel Liebe hatte sie erfahren, wieviel Güte! Wenn auch Gräfin Susannes Wesen wie ein dunkler Schatten auf ihren Weg fiel, wäre dieser Schatten nicht, es wäre zu viel des Sonnenscheins gewesen. Vielleicht wäre sie in diesem wolkenlosen Glück übermütig geworden. Es war schon gut so, wie es das Schicksal gefügt hatte.

Aufatmend wollte sie eben vom Fenster zurücktreten, um zu Bett zu gehen. Da sah sie draußen im Mondlicht auf der weißen Schneefläche eine menschliche Gestalt einherschreiten. Ihr Herzschlag stockte, gebannt blieb sie stehen. Es war Lothar. Der Mond beleuchtete hell sein Gesicht. Sie drückte die Hände aufs Herz. Wie sie es liebte, dieses kluge, energische Gesicht mit den warm blickenden Augen, die so heiß oder übermütig aufleuchten konnten.

Ihre Augen ließen nicht von ihm. Sie sah, daß er stehenblieb und zu ihrem Fenster heraufsah. Sie erzitterte, obwohl sie sich sagte, daß er sie nicht sehen konnte, denn ihr Fenster lag im Schatten, und das Zimmer war dunkel. Desto deutlicher sah sie sein Gesicht. Atemlos blickte sie hinab, als müsse sie sich seine Züge einprägen für lange Zeit. Und als er dann weiterging und im Hause verschwand, erfüllte plötzlich Erkenntnis ihrer Liebe ihr Herz. Sie sank in einen Sessel und preßte die Hände vor das Gesicht.

„Lothar – Lothar – ich hab' dich lieb – ich hab' dich unsagbar lieb", flüsterte sie, und verstand doch noch nicht ganz ihres Herzens süße Not.

24

Schnell waren die Tage bis Silvester vergangen. Susanne war mit den Vorbereitungen zu dem Ball so stark beschäftigt gewesen, daß sie Lothars Gesellschaft nicht viel in Anspruch nahm. Er hatte einige Besuche in der Nachbarschaft gemacht und war auch einige Male in der Kleinstadt gewesen. Trotzdem blieb ihm viel Zeit für Jonny, die er entweder bei seiner Großmutter sah oder mit der er die Morgenstunden und die Zeit nach Tisch gemeinsam verbrachte. Und er kostete jede Minute aus. Immer klarer wurde es ihm, daß Jonny die Ergänzung seines Wesens war, daß er sie liebte mit einer tiefen, heiligen Liebe, die nichts gemein hatte mit jenen flüchtigen Leidenschaften, die ihm draußen im Strom der Welt vorübergehend die Sinne in Aufruhr gebracht hatten.

Er beherrschte sich jedoch soviel als möglich in Jonnys Gegenwart, um ihren Frieden nicht zu stören. Nur manchmal, wenn das Gefühl mit ihm durchging, ließ er seiner Zärtlichkeit freien Lauf. Aber soviel Besinnung behielt er immer, daß er diesen Zärtlichkeiten einen brüderlichen Anstrich gab. Freilich, schwer fiel es ihm, denn wenn sie reglos, wie gelähmt in seinen Armen lag, wenn ihm das unbewußte Anschmiegen ihres Körpers verriet, daß ein anderes, tieferes Gefühl als schwesterliche Liebe auch in ihrem Herzen erwacht war, dann lockte es ihn, sie vollends wachzuküssen. Manchmal schien es ihm Torheit, daß er sich noch ein langes Jahr von ihr trennen sollte, ohne ihr zu sagen, was sie ihm in Wirklichkeit war. Aber dann siegte der Verstand. Er sagte sich, daß Jonny, wenn er abwesend war, allen Stürmen preisgegeben sein würde. Und daß es nicht ohne Stürme abgehen würde, wenn er der Mutter sein Bedürfnis mit Jonny mitteilte. Das wußte er so gut wie seine Großmutter.

Am Silvesterabend trafen die Gäste pünktlich ein. Auf dem Lande genießt man alle Festlichkeiten gründlich, nicht nur so im Vorübergehen wie in der Großstadt.

Gräfin Susanne empfing an Lothars Seite ihre Gäste. Sie hatte lange nicht so schön und vorteilhaft ausgesehen wie heute. Der stattliche Sohn an ihrer Seite tat ihrer Erscheinung keinen Abbruch, im Gegenteil, man mußte diese schöne, noch immer jugendliche Mutter bewundern.

Jonny war einstweilen noch oben bei Gräfin Thea. Die alte Dame wollte erst herunterkommen, wenn alle Gäste vollzählig erschienen waren, um ihre Kräfte nicht frühzeitig zu verausgaben.

Als die beiden Damen dann Arm in Arm in den Festsaal traten, ruhten fast aller Augen wohlgefällig auf Jonnys entzückender Erscheinung. Sie trug zwar nur eine schlichte weiße Robe aus duftigen Stoffen, mit Apfelblüten bestickt, aber sie sah aus wie der leibhaftige Frühling. Lothars Augen weideten sich an der holden Erscheinung. Er sah sofort, daß sie den silbernen Gürtel trug, den er ihr geschenkt hatte. Sobald er sich einige Minuten freimachen konnte, ging er zu ihr hinüber, um das holde Wunder in der Nähe anzuschauen. Sie sah erwartungsvoll zu ihm auf.

„Was sagst du nun zu dem Gürtel, Lothar? Ist er nicht

herrlich? Er schmiegt sich an, als sei er aus Seidenfäden gewebt und nicht aus Metall. Und wie schön paßt er zu meinem Kleide, findest du nicht auch?" sagte sie lebhaft, und die Freude an ihrem hübschen Anzug leuchtete auf ihrem Gesicht.

Er sah aber nicht den Gürtel, sondern die blühende, liebliche Erscheinung.

„Wundervoll. Ein leibhaftiges Märchen. Prinzessin Tausendschön", sagte er mit verhaltener Erregung.

„Ach da, ich meine den Gürtel", sagte sie eifrig.

„Ja, ja – der Gürtel – natürlich – er ist zu beneiden, dieser Gürtel – nein – ich meine – er ist schön, und du bist beneidenswert, daß du ihn tragen darfst, weil er Glück bringt."

„Ist er wirklich zauberkräftig?" fragte sie lächelnd.

„Ja. Wenn er verschenkt wird mit dem aufrichtigen Wunsch, daß er Glück bringen soll, dann tut er es auch."

„Ach, dann bin ich ganz sicher. Du wünschest gewiß, daß er mir Glück bringen soll."

Er drückte ihre Hand fest in der seinen.

„Ja, so gewiß, als ich mir selbst wünsche, glücklich zu werden."

Nun wurde Jonny von einer Schar junger Herren umringt, die sich alle ihre Tanzkarte ausbaten. Nur mit Mühe konnte sich Lothar einen Walzer und einen zweiten Tanz retten. Im Nu war Jonnys Karte mit allerlei Namensschnörkel bedeckt.

Sie zeigte Lothar lachend die Karte. „Kannst du einen einzigen von diesen Namen lesen?"

„Nein."

„Ich auch nicht. Aber das ist auch nicht nötig, die Herren werden sich schon melden, wenn die Reihe an sie kommt. Deinen Namen finde ich heraus. Auf die beiden Tänze freue ich mich am meisten."

„Ich mich auch, Jonny. Aber nun muß ich meinen Pflichten nachkommen. Sieh dir diesen holden Damenflor an, da muß ich mich hindurchtanzen. Ich bitte um stilles Beileid."

„Ach, tanzen ist herrlich."

Plötzlich erschrak sie. Lothar folgte ihrem Blick.

„Was ist dir, Jonny?"

Sie seufzte. „Ach Gott, da ist Baron Hasselwert. Ich denke, er ist schon abgereist."

„Er hat seine Abreise verschoben, unserem Ball zu Ehren. Hast du Angst vor ihm?"

Sie sah unbehaglich aus.

„Angst nicht, aber es ist mir peinlich, mit ihm zusammenzutreffen."

„Er wird dir möglichst wenig zu nahe kommen."

Susanne hatte die beiden beobachtet. Ihr Sohn stand ihr zu lange bei diesem gefährlichen Mädchen. Entschlossen trat sie zu dem Paar und trennte es.

„Bitte, Lothar, komm mit mir hinüber zu Liebenaus, du hast kaum mehr als einige Begrüßungsworte mit ihnen gewechselt."

Lothar schritt folgsam an der Seite seiner Mutter durch den Saal. Manches Mädchenauge folgte seiner hohen, schlanken Gestalt, die in dem ohnehin so kleidsamen Frack vorzüglich zur Geltung kam.

Komteß Liebenau, die trotz ihrer reichen, eleganten Toilette wenig reizvoll aussah, bekam etwas Farbe, als er sich zu ihr neigte und um ihre Tanzkarte bat.

„Es freut mich, Komteß bei uns zu sehen. Ich glaubte Sie schon bei den Festlichkeiten in der Hauptstadt", sagte er konventionell. „Ihre Frau Mutter sagte mir, daß Sie diesen Winter dort sein würden, als wir letzthin in Hasselwert waren."

Die Komteß lächelte geschmeichelt zu ihm auf und hob die schweren Lider, als mache es ihr Mühe aufzublicken. „Wir reisen erst Mitte Januar. Ihre Frau Mutter wird uns begleiten. Sie gehen nach Rom, nicht wahr?"

„Ja, Komteß."

„Wir werden Ende Februar auch dorthin kommen und bis nach Ostern bleiben."

Lothar war das sehr gleichgültig. Er ahnte nicht, daß seine Mutter an diesem Entschluß der gräflichen Familie beteiligt war. Der Form genügend heuchelte er einige Freude.

„Wir werden uns dann jedenfalls in Rom wiedersehen.“

„Ganz sicher. Mein Vetter ist übrigens auch dort. Bestellen Sie ihm bitte inzwischen unsere Grüße.“

„Ich werde daran denken.“

Graf Liebenau legte ihm die Hand auf die Schulter. Er sprach in jovial vertraulicher Weise auf Lothar ein, während seine Gattin, die geborene Prinzessin von X., nicht weit von ihm in einem Sessel ruhte und die ihr gebührenden Huldigungen entgegennahm. Auch Lothar mußte zu ihr gehen und einige Artigkeiten anbringen. Sie ließ sich herab, ihm gnädig die Hand zum Kusse zu reichen und ihn mit einigen liebenswürdigen Worten auszuzeichnen.

Lothar war aber dieser Auszeichnung gar nicht würdig, denn er suchte nach einem Vorwand, sich ihr so bald wie möglich zu entziehen. Es gelang ihm auch, sich fortzuspielen. Aber auf der Flucht wurde er von seiner Mutter wieder festgehalten.

„Lothar, ich bitte dich, beschäftige dich so viel wie möglich mit Komteß Liebenau. Suche sie nur erst näher kennenzulernen. Sie ist eine sehr vornehme und sympathische junge Dame.“

Lothar lachte.

„Mama – über Geschmack läßt sich streiten.“

„Außerdem sind ihre Eltern sehr einflußreich. Sie können dir nützen.“

Er richtete sich stolz auf.

„Ich brauche keine Protektion.“

„Du sollst nur einsehen, daß Komteß Liebenau die vornehmste junge Dame ist in unserem Kreise.“

Seine Augen blitzten sie mutig an.

„Wenn sie etwas hübscher wäre, könnte es ihr trotzdem nicht schaden.“

„Vornehme Tugenden wiegen äußere Schönheiten völlig auf.“

Er lachte.

„Das kann ich nicht unterschreiben von meinem Standpunkt aus. Aber du preisest mir die junge Dame an, als wolltest du mich mit ihr verheiraten.“

„Es wäre mein innigster Wunsch, Lothar."

Bestürzt sah er sie an.

„Mit dieser seelenlosen Hopfenstange? Nein – ich danke – nicht mein Geschmack", sagte er hastig und schroff.

„Lothar – vergiß nicht – der Name, den du trägst, verpflichtet."

Seine Stirn rötete sich.

„Er verpflichtet mich keinesfalls, diese mir äußerst unsympathische Komteß zu heiraten. Vorläufig wollen wir überhaupt nicht daran denken, Mama. Du brauchst dich nicht zu bemühen."

„Du bist siebenundzwanzig Jahre, Lothar."

„Trotzdem – es eilt mir nicht mit der Heirat. Jedenfalls ist hier nicht die Zeit und der Ort, darüber zu sprechen."

„Du weichst mir aus."

Zum Glück für Lothar trat Baron Hasselwert zu ihnen heran.

„Gräfin – dieser Walzer gehört mir."

Er führte sie in die Reihe der Tanzenden. Lothar sah eine Weile gedankenverloren hinter seiner Mutter her. Dann raffte er sich auf. Seine Pflicht rief ihn hinüber zu den jungen Damen, die noch keine Tänzer hatten. Gleich darauf führte er Fräulein von Soltenau zum Tanze. Während er ihrem flinken Zünglein standhielt, flog sein Blick suchend im Saal umher. Da sah er Jonny vorübertanzen. Ihre Blicke grüßten mit sonnigem Ausdruck zu ihm herüber. Er atmete tief auf.

So hold und lieb wie sie ist keine hier im Saal, und die Liebenau kann mir gestohlen werden. Ich weiß, wer einmal Gräfin Wildenfels wird, trotz aller Hindernisse, die man mir in den Weg legen wird, dachte er.

Fräulein von Soltenaus helles Lachen riß ihn aus seinen Gedanken.

„Graf, Sie haben mir eben eine äußerst treffende Antwort gegeben", neckte ihn seine Tänzerin.

Er sah sie verdutzt an. „Habe ich Sie mißverstanden?" fragte er verlegen.

„Nein, Sie haben mir überhaupt nicht zugehört."

„Oh, bitte sehr, woraus schließen Sie das?“
Sie lachte noch immer.
„Ich fragte Sie, ob Sie gern nach Rom gehen. Darauf antworteten Sie mir: ‚Ganz Ihrer Meinung, der Fußboden ist zu glatt.‘“
Nun mußte Lothar auch lachen.
„Es bleibt mir nichts übrig, als Sie demütigst um Verzeihung zu bitten und offen einzugestehen, daß ich unaufmerksam war. Ich unterwerfe mich bedingungslos jeder Strafe.“
Die junge Dame sah lachend in sein drollig zerknirschtes Gesicht. „Die Strafe sei Ihnen erlassen. Ich will Gnade für Recht ergehen lassen.“
„Ihre Milde macht mich auf ewig zu Ihrem Schuldner. Ich selbst verzeihe mir nicht, daß ich meine Gedanken in Gesellschaft einer so liebenswürdigen jungen Dame schweifen ließ.“
Sie sah ihn übermütig an. „Ich will die günstige Gelegenheit benützen, um mir über eine alte Schuld von Ihnen die Absolution zu erbitten.“
Er sah sie erstaunt an.
„Eine alte Schuld?“
Sie nickte.
„Eigentlich ist sie schon verjährt. Können Sie sich noch entsinnen, daß Sie vor Jahren, als Sie in den Universitätsferien meinen Bruder besuchten und mit ihm in unserer Laube saßen, von oben eine recht ausgiebige nasse Dusche bekamen?“
„Allerdings, ich war bis auf die Haut durchnäßt und mußte in Kleidern Ihres Herrn Bruders nach Hause fahren. Niemand konnte sich erklären, wer uns so intensiv mit Wasser begossen hatte.“
Sie machte ein tragisches Gesicht. „Das war ich.“
Er lachte.
„Sie? Wie war das möglich?“
„Unsere neue Gartenspritze war das Ziel meiner Sehnsucht. In einem unbewachten Augenblick fiel ich darüber her. Der Erfolg war niederschmetternd. Ich gab Fersengeld, als ich Sie und Hans empört aufschreien hörte. Die-

ser Schrei hat mich bis in die tiefsten Träume verfolgt. Aber ich verschloß meine schwarze Untat in mein Herz und habe sie nicht gebeichtet. Hans hatte damals seiner Schwester gegenüber schrecklich ungalante Anfälle – ich glaube, es hätte fast eine Ohrfeige gegeben. So, nun sind wir quitt, nicht wahr? Ich habe Ihre Verzeihung?"

Lothar lachte herzlich.

„Voll und ganz. Wenn Sie nächsten Sommer eine neue Gartenspritze probieren wollen, stelle ich mich zur Verfügung."

Sie machte ein würdevolles Gesicht. „Über solche Jugendstreiche bin ich erhaben, seit ich mich diesen Sommer verlobt habe."

„Ich habe Ihren Verlobten vor wenigen Wochen in der Stadt kennengelernt, wo ich ihm mit Hans begegnete."

Sie nickte.

„Weiß ich. Georg hat es mir geschrieben."

Sie tanzten weiter und plauderten angeregt miteinander. Lothar schweifte nicht wieder mit seinen Gedanken ab. Auch in der Pause blieb er bei Fräulein von Soltenau stehen. Ihr Bruder kam herzu, und Elly beichtete auch ihm ihr wässeriges Attentat. Die Fröhlichkeit der drei Menschen war ansteckend. Es gesellten sich noch mehr Herren und Damen zu ihnen.

Erst beim nächsten Tanz stoben sie alle auseinander. Lothar war mit Jonny verabredet. Als er sie endlich im Arm hielt, seufzte er befriedigt auf.

„Amüsierst du dich, Prinzessin Tausendschön?"

Sie strahlte ihn an. „Sehr. Du auch?"

Er erzählte ihr, was ihm eben mit seiner Tänzerin begegnet war. Sie lachte fröhlich auf.

„Elly ist ein reizendes Mädchen, lustig und natürlich."

„Und wie gefällt dir Herta von Liebenau?"

„Oh, die spricht fast nie ein Wort mit mir. Ich glaube, sie ist sehr stolz. Gefällt sie dir?"

„Hm, von weitem", scherzte er.

In demselben Moment verstummte die Musik. Diener traten ein, mit großen Tabletts, auf denen gefüllte Sektgläser standen.

Die Herren sahen nach der Uhr. Dann schlug draußen in der Halle eine Glocke zwölf Schläge an.

Prosit Neujahr! – Die Gläser klangen aneinander. Lothar hatte Jonny nicht von seinem Arm gelassen. Er sah ihr tief in die Augen.

„Auf unser Glück, Jonny“, sagte er leise und leerte sein Glas in einem Zuge.

„Auf das deine, Lothar“, antwortete sie bewegt und nippte an ihrem Glas. Er nahm es ihr dann aus der Hand und trank es leer.

„Nun komm zu Großmama“, bat er.

Sie kamen im Tumult nur langsam vorwärts.

Überall wurden sie mit fröhlichem: „Prosit Neujahr!“ festgehalten. Endlich standen sie vor Gräfin Thea. Sie saß auf der Estrade im Chor der Mütter.

Jonny und Lothar faßten jeder eine ihrer Hände und küßten sie, ihren Glückwunsch vorbringend.

Gräfin Thea blickte frohbewegt in die jungen, strahlenden Gesichter.

„Gott segne euch“, sagte sie leise.

Es dauerte ziemlich lange, bis sich alle Anwesenden zum Jahresanfang gute Worte gesagt hatten.

Lothar hatte seine Mutter aufgesucht. Da sie aber bei den Liebenaus stand, mußte er wieder eine Weile in deren Gesellschaft aushalten. Er merkte, daß seine Mutter verstimmt war und suchte sie durch doppelte Liebenswürdigkeit gegen Komteß Herta zu versöhnen, weil er fürchtete daß sie sonst Jonny von neuem schmollen würde.

Er widmete sich der jungen Dame. Susanne bemerkte es mit Genugtuung. Sie hoffte, daß ihre Worte nicht ohne Eindruck geblieben wären. Sie arbeitete geschäftig an ihren Zukunftsplänen.

Da Baron Hasselwert sich ihr wieder fast ausschließlich widmete und Artigkeiten sagte über ihr blendendes Aussehen und ihre wundervolle Pariser Toilette, war sie schließlich in guter Laune, die nur wieder einige Trübung erfuhr als sie merkte, daß Lothar erneut mit Jonny tanzte. Da er aber gleich darauf klugerweise Komteß Herta zum Tanz holte, hellte sich ihre Miene wieder auf.

25

Lothars Abreise stand für den nächsten Tag bevor. Noch einmal frühstückte er allein mit Jonny. Mit all seinen Sinnen nahm er die köstliche Stunde in sich auf.

Jonny sah ein wenig blaß aus, und in ihren sonst frohen Augen lag ein trüber Ausdruck.

„Morgen um diese Zeit bist du schon fort von Wildenfels“, sagte sie leise, als sie ihm die gefüllte Tasse reichte.

Er blickte sie an und faßte ihre Hand, die er über dem Tisch festhielt.

„Tut es dir sehr leid?“

Sie nickte. Tränen glänzten in ihrem Blick. Aber sie bezwang sich tapfer.

„Es wird mir sein, als habe ich diese herrlichen Tage nur geträumt, wenn du fort bist.“

„Ich habe sie mit Bewußtsein genossen. Die Heimat wird mich nun wieder mit doppeltem Zauber locken. Noch nie habe ich so tief empfunden, daß meine Seele im Heimatboden wurzelt.“

Sie verstand nicht den Unterton in seinen Worten, aber sie fühlte, daß er schwerer schied als sonst. Und das beglückte sie, ohne daß sie es sich eingestand.

„Sie soll dich mit tausend Banden halten und bald zurückrufen, die Heimat“, sagte sie mit bebender Stimme.

Er küßte und streichelte ihre Hand. Dann gab er sie frei und lehnte sich zurück.

„Ich lasse treue Herzen hier zurück, nicht wahr? Du wirst meiner in Sehnsucht gedenken?“

„Gewiß, Lothar. Großmama sehnt sich nun wieder alle Tage nach dir, auch deine Mutter – und ich.“

„Du zuletzt? Hast du mich am wenigsten lieb von euch dreien?“

Sie sah ihn ganz erschrocken an. Aber dann lächelte sie.

„Soll ich mich zuerst nennen? Weißt du, was wir als Kinder in solchen Fällen sagten: Der Esel geht voran.“

„Also nur die Angst, für ein Grautier gehalten zu werden, war schuld daran, und nicht, daß du mich weniger liebst?“

Ihre Augen weiteten sich und hingen einen Moment mit so schrankenloser Liebe und Hingabe an seinen Zügen, daß er die Armlehnen seines Sessels umklammerte, wie um sich selbst festzuhalten.

„Du mußt wissen, Lothar, daß ich dich liebhabe wie keinen Menschen sonst auf der Welt."

Es klang schlicht und wahr, so natürlich und überzeugend, daß er zufrieden war. Er fühlte, diese Mädchenseele gehörte ihm mit jeder Faser ihres Seins. Aber, daß sie es so offen aussprach, verriet ihm, daß sie selbst noch nicht klar war über ihr Empfinden. Ein leises Ahnen dämmerte wohl zuweilen in ihr, wenn er sich zu sehr hinreißen ließ. Aber noch blieb sie sich selbst ein Rätsel. Zu lange hatte sie in ihm nur den Pflegebruder gesehen, als daß sie so schnell ganz begreifen konnte, daß ihre Herzen einen anderen Weg gingen. Wie gern wäre er geblieben und hätte unter seinem Einfluß die köstliche Frucht vollends reifen lassen. Unsagbar süß waren solche Stunden, in denen er, der Wissende, ihren holden Unverstand langsam schwinden sehen würde wie fliehenden Nebel. Er wußte, es bedurfte nur eines heißen Wortes, um diesen Schleier zu zerreißen, der ihre Seele vor ihr selbst verhüllte, nur eines Kusses, der statt brüderlicher Zärtlichkeit die Leidenschaft des Mannes verriet. Aber beides mußte er sich versagen, es war besser für sie und auch für ihn. Die Trennung würde ihnen doppelt schwer werden.

Schweigend beendeten sie das Frühstück. Dann gingen sie hinaus in den Park. Arm in Arm wanderten sie auf den verschneiten Wegen.

Sie sprachen wenig und wußten, daß sie sich viel zu sagen hatten. Aber es gibt ein Schweigen, das beredter ist, als tausend Worte. Dann ist der Mund still, und die Seelen reden zueinander.

Als sie ins Schloß zurückkehrten, kam ihnen Grill in der Halle entgegen und meldete Lothar, daß ihn seine Großmutter zu sprechen wünsche, sobald er die Gräfin begrüßt habe.

Während Lothar seine Mutter aufsuchte, ging Jonny mit Grill hinauf.

„Fräulein Jonnychen, Frau Gräfin hat gewünscht, ganz ungestört zu sein. Sie hat zu arbeiten und dann eine wichtige Unterredung mit dem Herrn Grafen", sagte Grill.

„Es ist gut, Grillchen. Dann bring mir zu arbeiten in mein Zimmer. Du hast hoffentlich etwas für mich zu tun?"

„Wenn Sie die Spitzen nachsehen wollten, die Frau Gräfin zum Silvesterball getragen hat. Es sind so kostbare Stücke, und durch das Aufnähen entsteht hier und da ein kleiner Schaden. Sie haben geschickte Händchen, Fräulein Jonnychen, und meine alten Augen gehen mir jetzt leider so schnell über bei so feinen Arbeiten."

Jonny klopfte ihr lächelnd den Rücken. „Mach nicht soviel Worte, Grillchen. Bring mir die Arbeit, ich bin froh, wenn ich dir etwas abnehmen kann."

Eine halbe Stunde später trat Lothar bei seiner Großmutter ein. Sie erhob sich lebhafter als sonst und ging ihm entgegen.

„Da bin ich, Großmama. Hast du gut geschlafen?"

„Ich danke dir. So gut wie es meinem Alter zukommt. Nun setze dich zu mir, hier an meinen Schreibtisch. Ich möchte etwas mit dir besprechen."

Er legte den Arm um ihre Schulter und führte sie zu ihrem Sessel. Dann nahm er ihr gegenüber Platz.

„Warst du mit Jonny im Park?" fragte sie lächelnd.

„Ja, Großmama – zum letzten Mal. Es ist mir sehr schwer geworden, meine Gefühle nicht zu verraten."

Sie nickte.

„Ich glaube es dir. Aber dennoch ist es besser, du gehst, ohne das entscheidende Wort zu sprechen, deiner Mutter wegen."

„Die Rücksicht auf Mama hat mich dazu bestimmt. Sie ist ohnedies schlechter als je auf Jonny zu sprechen und besteht auf ihrem Plan, mich mit der Liebenau zu verheiraten. Ich lasse Jonny in deiner treuen Hut und lege ihr Wohl in deine Hände, geliebte Großmama!"

Gräfin Thea seufzte.

„Solange ich lebe, ist Jonny in treuestem Schutz. Aber ich bin alt, Lothar, und in meinem Alter geht man oft plötzlich den letzten Weg. Ich hoffe, daß ich deine Rückkehr noch erlebe, aber es kann auch anders kommen. In deiner letzten langen Abwesenheit habe ich manchmal gefürchtet, ich müßte fort, ohne daß ich von dir Abschied genommen und dir noch manches ans Herz gelegt hätte. Dieser Furcht möchte ich mich nicht noch einmal aussetzen. Deshalb will ich heute mit dir besprechen, was mir auf der Seele liegt, und Abschied von dir nehmen – als wenn es für immer sein müßte. Nichts ist mir quälender als der Gedanke, daß ich einmal schnell dahingerafft würde und hätte dir nicht Lebewohl gesagt."

Lothar beugte sich vor und faßte ihre Hände. „Gott mag dich mir noch lange erhalten, liebe, liebe Großmama."

„Wie er will, Lothar. Jedenfalls will ich bereit sein, wenn er mich abruft. Und nun paß gut auf. Hier in meinem Schreibtisch siehst du dieses kleine Extrafach, welches nur dieser Schlüssel schließt. Es ist ein kunstvoll gearbeitetes Schloß. Bitte, nimm zuerst diesen Schlüssel an dich und verwahre ihn sehr gut, er ist von Wichtigkeit und darf nicht verlorengehen."

Sie reichte ihm einen kleinen Schlüssel mit vergoldetem Griff. Lothar befestigte ihn an einem kleinen Schlüsselbund, an dem er alle wichtigen Schlüssel aufbewahrte.

„Was hat es mit diesem Schlüssel für eine Bewandtnis, Großmama?"

„Das sollst du jetzt hören. Wenn ich sterben sollte, ehe du heimkehrst, so findest du nach deiner Rückkehr hier in diesem Fach eine kleine, feuersichere Kassette. In dieser Kassette liegt ein verschlossenes, an dich adressiertes Kuvert und jenes Halsband, welches in einer für Horst so verhängnisvollen Weise verschwunden war. Dieses Halsband sollst du Jonny an dem Tage überreichen, da sie deine Frau wird. Sie soll es als Hochzeitsschmuck tragen. Doch das nebenbei. Die Hauptsache ist das Kuvert. Darin befindet sich ein versiegeltes Dokument und ein Schreiben von mir an dich. Gib mir dein Wort, daß du alles, was ich in diesem Schreiben von dir verlange, tun willst. Du kannst mir das Wort bedingungslos geben. Außer einigen testamentarischen Verfügungen enthält es nur noch die Angabe, was du mit dem Dokument beginnen sollst. Du weißt, ich würde nichts von dir verlangen, was dir nicht zum Segen würde."

„Mein Wort darauf, Großmama, dein Wille soll erfüllt werden bis ins kleinste."

„Danke dir, mein lieber Junge. Nun bin ich über diesen Punkt beruhigt. Ein besonderes Testament werde ich nicht machen, ich weiß, daß du nicht an meinen Verfügungen drehen und deuteln wirst. Und wenn ich dich nun nicht mehr wiedersehen sollte – Gottes Segen mit dir, mein geliebtes Kind. Du hast mir den früh verlorenen Sohn ersetzt und mein altes Herz mit Freude erfüllt und mir Liebe gegeben in reichem Maße. Der Himmel möge dir ein ungetrübtes Glück bescheren, das soll mein letztes Gebet, mein letzter Wunsch sein. Ob du bei mir bist oder nicht, wenn ich zur letzten Ruhe gehe, mein letzter Atemzug wird ein Segenswunsch für dich sein."

Lothar kniete erschüttert neben ihr nieder und zog sie fest an sich, als wolle er sie nie von sich lassen.

„Großmama, du hast meinem Leben Inhalt gegeben, von dir hab' ich Liebe, nur Liebe erfahren. Ohne dich hätte ich darben müssen, denn mein Herz ist immer liebebedürftig gewesen. Nie, nie werde ich das vergessen. Deine goldenen Worte und Lehren, deine gütige Weisheit, dein menschliches Verstehen sind als unvergänglicher Schatz in mein Herz gepflanzt worden. Sie haben mein Leben reich gemacht. Dir und Wetzel verdanke ich es, daß ich nicht ein verkümmerter, verknöcherter Gesell geworden bin, der des Lebens wahren Wert nie erfaßt hätte. Was ich bin, danke ich euch. Aus deiner Hand empfange ich nun auch noch das höchste Glück – ein reines, gemütvolles und liebenswertes Weib, ein herrliches Geschöpf, das du mit liebevoller Hingabe aufgezogen hast zu einer wahrhaft ebenbürtigen Gefährtin für mich. Du hast all die köstlichen Eigenschaften in ihr zur Blüte gebracht, die mich beglücken werden."

„Das walte Gott, mein Junge! Ich habe nicht soviel Verdienst dabei wie du denkst. Aus edlem Metall kann man edle Gebilde formen. Aber eine ebenbürtige Frau wird dir Jonny sein im edelsten Sinne des Wortes, denn sie ist ein Adelsgeschöpf trotz ihres bürgerlichen Namens. Und damit wollen wir dies Gespräch beenden. Nur eins noch: Bleib dir selbst treu in allen Lebenslagen. Nichts rächt sich mehr als Untreue an sich selbst."

Er küßte sie innig. „Dein Wort soll unvergessen sein, Großmama. Hoffentlich finde ich dich wieder, wenn ich heimkehre."

„Wie Gott will, ich bin jetzt bereit und habe mein Haus bestellt. Verwahre den Schlüssel gut. Vielleicht birgt er dein Lebensglück."

Er erhob sich und führte sie auf ihren Wunsch zum Kamin hinüber.

„Nun geh, Lothar, du hast mit deinen Beamten und mit deiner Mutter noch manches zu ordnen. Auch möchte ich jetzt allein sein und diese Stunde in mir ausklingen lassen, als wäre es wirklich die Abschiedsstunde gewesen."

Er umarmte sie noch einmal stumm und ungestüm, sein ganzes starkes Empfinden lag in dieser Umarmung. Dann ging er schnell hinaus.

Einsam streifte er wohl eine Stunde im Freien umher. Auch er fühlte das Bedürfnis, etwas in sich ausklingen zu lassen. Wie eine bange Ahnung lag es auf seiner Seele, daß er sie nicht mehr finden würde, wenn er heimkehrte. Und da fühlte er erst voll und ganz, wie teuer sie ihm war. Es wurde ihm sehr schwer, von Wildenfels fortzugehen, nicht nur Jonnys wegen.

26

Ecco la Roma! Lothar sprang auf aus seiner Kupee-Ecke und sah wie seine Mitreisenden auf die Ewige Stadt. Ecco la Roma! Da ist Rom!

Wie freudig sich das die Menschen zuriefen. Lothar erlebte es nicht zum ersten Male, er war schon früher in Rom gewesen. Und doch blickte er mit gleichem Interesse auf das Meer von Dächern, Mauern und sich daraus hervorhebenden Türmen. Hinter Monte Mario hervor leuchtete St. Peter mit seiner majestätischen Pracht im hellen Sonnenglanze.

Als der Zug hielt, stand Lothars Diener, der ihm vorausgereist war, schon wartend auf dem Bahnsteig. Lothar hatte nichts zu tun, als sich in den bereitstehenden Wagen zu setzen und zu seiner Wohnung zu fahren, die vollständig zu seiner Aufnahme bereit war.

Nachdem er sich umgekleidet und erfrischt hatte, war es Abend geworden. Er ging noch aus. Da er in etwas gedrückter Stimmung war, hoffte er, irgendwelche Aufheiterung zu finden. Er war in die Hochflut der römischen Festsaison gekommen. Ehe er sich versah, war er mitten im Trubel der Gesellschaft. Fast keinen Abend war er frei. Manchen Tag mußte er mehrere Festlichkeiten besuchen. Und der vornehme deutsche Aristokrat mit dem eleganten, sympathischen Wesen wurde überall mit Auszeichnung aufgenommen. Schöne Frauenaugen sahen ihn lockend an. Manch süßer Mund lachte ihm verheißungsvoll entgegen, und manche heiße Hand bot sich ihm ausdrucksvoll zum Kuß. Der stattliche Deutsche mit den breiten Schultern und dem geistvollen Gesicht gefiel den römischen Frauen gut. Früher hätte er wohl den vielfältigen Verlokkungen nicht so leicht widerstehen können. Aber jetzt schob sich Jonnys Bild zwischen ihn und jede Versuchung. Ihre reinen, zärtlichen Augen strahlten ihm im Wachen und im Traume. Sie war die Eine, die Einzige, der sein ganzes Herz gehörte.

Mit welchem Entzücken preßte er jetzt ihre Briefe an seine Lippen, wie wichtig und interessant erschien ihm jedes Wort, das sie schrieb.

Sie wechselten fleißiger als früher Briefe miteinander. Mochte er noch soviel Ablenkung haben durch sein Amt und die Geselligkeit: um Jonnys Briefe zu lesen und ausführlich zu beantworten, hatte er immer Zeit.

Der Inhalt dieser Briefe war fast noch im alten Ton gehalten, aber ihre Worte wurden ihm lebendig, er sah sie dabei vor sich in ihrem ganzen Zauber. Ihre Worte waren so ganz unverstellt, der Ausdruck ihrer Persönlichkeit, eine köstliche Vereinigung der heiteren Plauderei eines Kindes mit der Gedanken- und Gemütstiefe des reifenden Weibes. In seine Briefe schlich sich wohl trotz aller Vorsicht manchmal ein Wort und eine heimliche sehnsüchtige Frage. Die Briefe wurden immer gehaltvoller und wärmer, aber nie vergaß er ganz, daß er ihren Frieden nicht stören durfte.

Gleich nach Lothar war Gräfin Susanne zur Residenz abgereist, um noch an einigen Festlichkeiten teilzunehmen. Sie kam dort fast täglich mit Liebenaus zusammen. Lothar hatte Eindruck auf Komteß Herta gemacht. Ihre Eltern kamen seiner Mutter entschieden mehr entgegen, und ohne es direkt auszusprechen, war man darüber einig, daß eine Verbindung der beiden jungen Leute sehr erwünscht sei.

Ende Februar wollten Liebenaus, angeblich um Hertas Vetter zu besuchen, nach Rom gehen und bis zum Osterfest dort bleiben. Susanne ahnte sehr wohl, daß Lothars Anwesenheit in Rom für diese Reise bestimmend war. Sie überlegte sich, daß die jungen Leute dort eher einander nahe zu bringen seien. Lothar stand in Rom nicht unter dem unmittelbaren Einfluß seiner Großmutter, und Jonny konnte ihn ebenfalls nicht ablenken. Es fiel ihr ein, daß es von Nutzen sein konnte für ihre Pläne, wenn sie selbst als Vermittlerin mit nach Rom ging. Ein Aufenthalt in der Ewigen Stadt würde außerdem sehr reizvoll sein. In Wildenfels dagegen würde sie ohnedies trostloser Langeweile anheimfallen, zumal ihr Freund Hasselwert abwesend war. So entschloß sie sich kurzerhand, Graf Liebenau und seine Damen nach Rom zu begleiten. Die Art, wie ihr Entschluß von der Komteß Herta und ihren Eltern aufgenommen wurde, verriet ihr zur Genüge, wieviel Wert diese auf ihre Begleitung legten.

Susanne kehrte nur für drei Tage nach Wildenfels zurück, um Vorbereitungen für eine längere Abwesenheit zu treffen. Gräfin Thea war nicht wenig überrascht von ihrem Plan, nach Rom zu reisen. Sie begriff sofort, zu welchem Zweck Susanne die Liebenaus begleitete. Aber sie sagte kein Wort, trug nur ihre Grüße auf für Lothar und wünschte ihr viel Vergnügen. Am 26. Februar reiste Susanne mit den Liebenaus nach Rom. Sie hatte Lothar ihre Ankunft gemeldet. Er war sehr überrascht gewesen, freute sich aber, sie einige Wochen in der Nähe zu haben, war sie doch ein Bindeglied zwischen ihm und der Heimat.

Er belegte im Hotel Quirinal Wohnung für sie und erwartete sie zur angegebenen Zeit auf dem Bahnhof.

Wie groß war aber sein Erstaunen, als er sie in Gesellschaft der gräflichen Familie aussteigen sah. Ein Blitz der Erkenntnis durchschoß seine Gedanken. Plötzlich wußte er genau, weshalb seine Mutter nach Rom gekommen war. Sie hoffte sicher, ihn hier in der Fremde ihren Plänen leichter geneigt zu machen.

Mit keiner Miene verriet er, was er dachte. Mit förmlicher Artigkeit begrüßte er die Herrschaften, die im selben Hotel wie seine Mutter Wohnung nahmen.

Es verging nun kein Tag, wo er nicht mindestens einmal mit Komteß Herta zusammentraf. Besuchte er seine Mutter im Hotel, durfte er sicher sein, daß sich die junge Dame bei ihr einstellte. Holte er seine Mutter zu einer Spazierfahrt ab, dann fand sich immer für diese ein Grund, die Komteß allein oder mit ihren Eltern ins Schlepptau zu nehmen.

Den römischen Karneval, dieses farbenfreudigste aller Feste, verlebte er in Gesellschaft der Liebenaus. Bei dem berühmten Blumenkorso saß er mit der Komteß und seiner Mutter in einem mit Veilchen geschmückten Wagen und wunderte sich nicht, daß die junge Dame genau wußte, daß Veilchen seine Lieblingsblumen waren und daß sie aus diesem Grunde ihren Wagen damit geschmückt hatte.

Er erkannte immer deutlicher, wie fleißig darauf hingearbeitet wurde, ihn der Komteß näherzubringen. Nie wurde es einem Mann leichter gemacht, um eine Dame zu werben als ihm. Es fehlte nicht an stimmungsvollen Gelegenheiten aller Art, ihm das Herz warm zu machen und die Zunge zu lösen. Das reizlose, blutarme Komteßchen schien allen Ernstes Feuer gefangen zu haben. Ihre schweren Augenlider hoben und senkten sich ausdrucksvoll, wenn sie mit Lothar sprach. Sie gab sich sichtlich Mühe, ihn zu fesseln, und ihre Mutter und Susanne ersannen die herrlichsten verführerischen Kostüme für sie. Nur das Persönchen selbst bekam dadurch nicht das geringste Verführerische für Lothar, trotz aller Mühe.

Dem jungen Mann wurden diese immer deutlicher werdenden Veranstaltungen reichlich unangenehm. Sooft er konnte, schob er dienstliche Abhaltungen vor. Die Freude am Besuch seiner Mutter war ihm gleich vergällt worden. Als er einmal einen dienstlichen Vorwand gebraucht hatte, um sich von einem gemeinsamen Ausflug freizumachen, mußte er zu seinem Leidwesen erfahren, daß durch den Vetter der Komteß verraten worden war, daß es eben nur ein Vorwand gewesen. Seine Mutter aber machte ihm deshalb Vorwürfe, die geborene Prinzessin neckte ihn mit süßsaurer Vertraulichkeit, Graf Liebenau blinzelte ihm jovial vertraulich zu und sprach von der Anziehungskraft beliebter Künstlerkneipen, die man eben auch einmal besuchen müsse, und Komteß Herta versuchte zu schmollen.

Lothar war dies alles lästig. Man begann in der römischen Gesellschaft aufmerksam zu werden auf dies junge deutsche Paar, das man überall beisammen sah. Eines Tages neckten einige Freunde und Bekannte Lothar ziemlich deutlich mit seiner Vorliebe für die Gesellschaft der Liebenaus. Er wies sehr energisch und verstimmt diese Nekkereien zurück. Aber dieser kleine Zwischenfall war der Tropfen, der den Becher seiner Geduld zum Überlaufen brachte. Er besuchte seine Mutter am nächsten Tag zu einer Zeit, da er wußte, daß die Liebenaus mit dem Vetter Kirchen und Museen besichtigten. Gräfin Susanne kannte das alles schon und liebte solche anstrengenden Genüsse nicht. So traf er sie, wie er gehofft hatte, allein im Hotel an.

Ohne Umschweife bat er sie eindringlich, ihn in Zukunft so wenig wie möglich mit den Liebenaus zusammenzubringen. Er wünsche nicht, eine Dame zu kompromittieren.

Gräfin Susannes Gesicht rötete sich. „Aber ich bitte dich, Lothar, warum verlangst du das? Die Liebenaus sind mir sympathische, charmante Persönlichkeiten, deren Gesellschaft ich hier schwer entbehren könnte. Und Herta ist liebenswürdig, sie besitzt vornehme Charaktereigenschaften und –"

„Verzeih, daß ich dich unterbreche, Mama, ich kenne alle Vorzüge, die du an Komteß Liebenau gefunden hast, zur Genüge, da du mir dieselben oft genug erzählt hast. Leider kann ich deinen Geschmack nicht teilen. Die junge Dame ist mir mehr als gleichgültig. Ich bitte dich, gib deine nutzlosen Bemühungen auf. Die Komteß Liebenau wird ganz sicher niemals Gräfin von Wildenfels. Deshalb möchte ich vermeiden, daß man unserer beiden Namen mit mehr oder weniger diskretem Lächeln zusammen nennt, wie ich leider schon gestern abend gehört habe. Im Interesse der jungen Dame möchte ich jede falsche Deutung vermeiden."

Seine Mutter nagte erregt an ihrer Lippe. Dann richtete sie sich energisch empor und sah ihn fest und entschlossen an.

„Es ist mein Wunsch und Wille, daß du dich noch während meines Hierseins mit Herta verlobst. Ich bin eigens zu dem Zweck mit nach Rom gekommen, euch einander näherzubringen."

„Darüber war ich mir klar seit dem Augenblick, da ich dich in ihrer Gesellschaft hier ankommen sah. Es war mir sehr unangenehm, daß du mich so viel zu einem Zusammensein mit ihr nötigtest, denn ich kann dir deinen Wunsch nicht erfüllen. Wie konntest du nur einen Augenblick annehmen, daß ich mich auf solche Weise zu einer, wie du wissen mußt, mir sehr unsympathischen Verbindung zwingen lassen würde? Das widerstrebt meinem Charakter vollständig. Selbst wenn mir die Komteß weniger gleichgültig wäre, hätten mich diese Bemühungen abgestoßen. Wenn ich mich einmal verheirate, werde ich mir selbst eine Frau aussuchen. Verzeihe, daß ich das alles so unumwunden ausspreche, aber ich muß deutlich werden, da du meine Abwehr nicht verstanden hast oder nicht verstehen wolltest. Bei allem schuldigen Respekt vor dir – aber du weißt, daß ich einen sehr ausgesprochenen Selbständigkeitstrieb habe und mich nicht am Gängelband führen lasse."

Gräfin Susanne zog die Stirn finster zusammen. „Dieser Selbständigkeitstrieb ist entschieden eine Frucht der Erziehung durch deinen plebejischen Hauslehrer. Du vergißt, daß es gottlob in unseren Kreisen noch üblich ist, daß die Eltern über die Verbindungen ihrer Kinder bestimmen. Dein Vater und ich, wir haben uns auch nur dem Befehl unserer Eltern gefügt."

Lothar ergriff ihre Hand und sah ihr ernst und bittend ins Gesicht.

„Und ihr seid beide unglücklich geworden, Mama. Kannst du das leugnen?"

Sie entzog ihm lächelnd die Hand.

„Das sind Empfindungen für Bürgersleute. Was heißt übrigens unglücklich? Wir waren eben zu verschiedene Charaktere."

„Wahre Liebe gleicht auch solche Unterschiede aus. Die Liebe fehlte, Mama! Und das blieb mir eine Warnung!"

Sie zuckte spöttisch die Achseln.

„Du redest wie ein schwärmerischer Primaner. Wahre Liebe – bah – Ammenmärchen – die gibt es nicht in dem Sinne, wie du meinst, glaube es mir."

„Doch. Man muß nur daran glauben und ihr sein Herz nicht verschließen."

„Hast du es schon an dir selbst erfahren?"

Er zögerte einen Augenblick. Gern hätte er sich zu seiner Liebe bekannt. Aber er durfte es nicht, Jonnys wegen.

„Jedenfalls weiß ich, daß ich für Herta von Liebenau nichts, gar nichts empfinde außer den Wunsch, nicht mehr mit ihr zusammentreffen zu müssen", antwortete er ausweichend.

Sie sah ihn lauernd an.

„Und wenn ich nun schon mit ihren Eltern einig wäre, daß eine Verbindung zwischen euch nur eine Frage der Zeit ist?"

„Du hattest kein Recht, eine solche Abmachung zu treffen!“

„Doch, das Recht der Mutter an ihrem Sohne.“

„Dieses Recht geht nur bis zu einer gewissen Grenze. Bist du irgendwelche Verpflichtungen eingegangen, so mußt du sie schon selbst wieder lösen.“

„Willst du mich bloßstellen? Was soll ich für einen Grund angeben? Es gäbe nur einen, der stichhaltig wäre – daß du ohne mein Wissen eine andere Verpflichtung eingegangen wärst.“

Wieder traf ihn ein lauernder Blick. Er fing ihn auf und mahnte sich selbst zur Ruhe und Vorsicht. „Zwar bin ich noch keinerlei derartige Verpflichtung eingegangen, aber meinetwegen benutze diese Ausrede. Sage den Liebenaus, was du willst, nur befreie mich endlich von dem Zwang, ihnen überall begegnen zu müssen und ihren ziemlich deutlichen Bemühungen ausgesetzt zu sein, was nachgerade unerträglich geworden ist. Sogar ihr Vetter liegt mir mit Lobgesängen auf seine Kusine in den Ohren, wenn ich mit ihm zusammentreffe. Ich streike einfach, das halte ich nicht länger aus. Warum heiratet der Vetter dieses Mädchen nicht!“

Die letzten Worte brachte er heftig und ungestüm heraus. Seine Mutter machte ein nervös abwehrendes Gesicht.

„Du bist unglaublich burschikos in deinen Ausdrücken. Auch ein Andenken an Wetzel. Im übrigen vermisse ich schmerzlich den Ton kindlicher Verehrung in deinen Worten.“

Er küßte schnell ihre Hand.

„Verzeih, Mama, ich bin zu heftig geworden, aber bedenke meine Lage. Zwang ertrage ich nicht, bitte, befreie mich davon. Dann will ich dir sehr dankbar und ergeben sein.“

Sie seufzte tief auf.

„Mit dir ist nichts – gar nichts anzufangen, du bist ein Starrkopf.“

„Besser als ein Schwächling“, sagte er leise.

Etwas in seinem Ausdruck mahnte sie zur Vorsicht. Sie

wußte, daß er sie an den Ausspruch über seinen Vater erinnern wollte! Sie fühlte, daß ihm der tote Vater noch heute mehr galt als die lebende Mutter. Daß sie wirklich keine Aussicht mehr hatte, Lothar mit Komteß Herta zu verbinden, sah sie ein. Vielleicht war die junge Dame zu reizlos. Aber wenn sie auf diesen Wunsch verzichten mußte, wollte sie sich wenigstens in einer anderen Weise davor sichern, daß er keine törichte Verbindung eingehen würde.

„Ich will sehen, was sich tun läßt. Aber dafür verlange ich ein bindendes Versprechen von dir."

„Welches Versprechen?"

„Daß du nie eine andere als eine standesgemäße Ehe eingehen wirst."

Lothar hatte sein Gesicht in der Gewalt, kein Zucken verriet seine Empfindung bei diesen Worten.

„Ich verspreche dir, daß ich nie einer Dame meine Hand reichen werde, die nicht würdig ist, Gräfin Wildenfels zu heißen."

„Bah – das ist ein sehr dehnbarer Begriff, mein Sohn."

„Ein anderes Versprechen kann ich dir nicht geben, Mama.

Sie preßte zornig die Nägel in ihre Handflächen, und ein böses Leuchten trat in ihre Augen. Er denkt dennoch an diese Jonny Warrens, das scheint mir sicher. Also werde ich meine Maßnahmen zu treffen wissen. Dieses Mädchen soll und muß unschädlich gemacht werden auf irgendeine Weise, dachte sie erbittert.

„Und ich sage dir, daß ich nie eine andere als eine standesgemäße Nachfolgerin in Wildenfels haben will. Ich schwöre dir, nie werde ich meinen Segen geben zu einer unebenbürtigen Heirat, so wahr das Wappenschild der Grafen Wildenfels rein und makellos ist bis auf den heutigen Tag! Nie hat ein Wildenfels seinem Namen eine Schmach angetan, auch nicht den Makel einer unebenbürtigen Heirat. Du sollst nicht der erste sein, das schwöre ich, der einen Makel an seinen Namen heftet."

Lothar war bleich geworden, aber in seinen Augen glühte ein unabänderlicher Entschluß.

„Ein Makel würde es nur dann sein, wenn ich eine Frau mit schlechtem Ruf heirate."

„Das ist deine bequeme Auffassung. Ich halte mich an meinen Schwur", sagte sie kalt und scharf.

Lothar richtete sich hoch auf. „Solch ein Schwur kann zu einem zweischneidigen Schwert werden, Mama. Übrigens ist es sehr gewagt, einen Schwur abzulegen auf das, was ein anderer tun oder lassen wird."

Sie starrte ihn finster an.

„Ich bleibe bei dem, was ich dir gesagt habe, und daran halte ich fest."

Mutter und Sohn trennten sich heute in gereizter, erbitterter Stimmung.

Aber in Zukunft hatte Lothar Ruhe vor Komteß Liebenau und ihrer Familie. Susanne hatte mit Graf und Gräfin Liebenau gesprochen und es sehr bedauert, daß ihr Sohn, ohne ihr Vorwissen, bereits Verpflichtungen eingegangen sei.

Das Verhältnis zwischen ihr und den Liebenaus lockerte sich merklich. Man zog sich gegenseitig zurück. Die Herrschaften kehrten früher, als sie beabsichtigt hatten, unter einem Vorwand nach Hause zurück.

Susanne blieb noch bis nach dem Osterfest. Ihr Verhältnis zu Lothar blieb merklich gespannt. Der Abschied fiel noch kühler aus als sonst.

Lothar konnte seiner Verstimmung nicht Herr werden. So töricht ihm der Schwur seiner Mutter erschien, mußte er sich doch nun sagen, daß er niemals darauf rechnen konnte, ihren Segen zu einer Vereinigung mit Jonny zu erhalten. Er kannte die Chronik seines Hauses genau genug, um zu wissen, daß keinem seiner Vorfahren, der geringste Makel nachzuweisen war. Und ohne den Segen seiner Mutter zu heiraten, dünkte ihm bitter – so fern sie sich auch innerlich standen.

Trotzdem dachte er nicht daran, Jonny aufzugeben, dazu liebte er sie zu sehr. Er war sicher, daß seine Mutter argwöhnisch war, daß ihr Schwur nur deshalb abgelegt wurde, um ihn von einer Verbindung mit Jonny zurückzuhalten.

Jedenfalls sehnte er sich nun doppelt danach, daß dieses Jahr vergehen möge, damit er heimkehren und mit offenem Visier um Jonnys Besitz kämpfen konnte.

Nach Ostern wurde es bald still in Rom. Die Fremden reisten ab, und die vornehmen Römer suchten Sommerfrischen auf, am Meer oder im Gebirge.

Lothar tat das gleiche. Er mietete sich in Rocca di Papa ein kleines Häuschen, rings von blühenden Gärten umgeben. Hier gedachte er die heißen Monate zuzubringen und sich nur in Rom aufzuhalten, wenn ihn seine Geschäfte unbedingt festhielten.

Ein befreundeter junger Diplomat wählte gleichfalls dieses idyllische Örtchen zum Sommeraufenthalt. Mit diesem zusammen unternahm Lothar kleine Ausflüge in das Albanergebirge, aber immer erst, wenn die Sonne sich dem Untergang zuneigte.

Eines Abends hatten sich die beiden Herren in eine unbekannte Gegend verirrt und fanden erst spät auf den richtigen Weg zurück. Beim hastigen Vorwärtsschreiten glitt Lothar aus und fiel so unglücklich einen kleinen, aber steilen Abhang hinab, daß er den Unterschenkel brach.

Mit zwei herbeigerufenen Landleuten brachte ihn sein Freund auf einer improvisierten Bahre zum Auto und nach Hause.

Es war ein einfacher Bruch, der in wenigen Wochen geheilt sein würde. Immerhin war Lothar zum Stilliegen verurteilt und hatte nun Zeit und Muße, seinen unerfreulichen und sehnsüchtigen Gedanken Audienz zu geben. Jonny – liebe kleine Jonny – wärst du bei mir, dachte er oft in ungestümer Sehnsucht. Er wünschte sich Flügel und mußte doch bewegungslos auf seinem Lager ausharren.

Sein Diener hatte seine Not mit ihm und seiner Ungeduld. Er war ein schwieriger Patient und das Kranksein nicht gewöhnt.

27

Gräfin Susanne war mißgestimmt nach Hause zurückgekehrt. Ihre Schwiegermutter bekam nur kurze Antworten auf ihre Fragen nach Lothars Ergehen. Jede Kleinigkeit mußte sie Susanne fragen. Die alte Dame war zu scharfsinnig, um nicht zu merken, daß eine neue Spannung herrschte zwischen Mutter und Sohn, und es fiel ihr nicht schwer, die wahre Veranlassung zu erraten. Ein Brief Lothars, den er von Rom aus schrieb, ehe er nach Rocca di Papa ging, bestätigte ihre Ahnung. Er teilte ihr mit, was sich zwischen seiner Mutter und ihm zugetragen hatte. Auch von ihrem Schwur berichtete er. Gräfin Thea machte ein seltsames Gesicht, als sie diese Stelle las, und sah zu dem Bild ihres Sohnes auf. Und dann streifte ihr Blick den Schreibtisch. Ein Seufzer stahl sich über ihre Lippen, und sie blickte lange sinnend auf den Brief herab. Aber dann trat ein Lächeln in ihr Gesicht und sie las weiter. Lothar teilte ihr noch mit, daß er im Begriff sei, eine Sommerfrische zu beziehen, und bat sie zum Schluß, den beiliegenden Brief Jonny zu geben.

Noch immer gingen Lothars und Jonnys Briefe durch Gräfin Theas Hand, da alle Postsachen von Gräfin Susanne nachgesehen wurden und man vor ihr verbergen wollte, daß die beiden jungen Leute so eifrig miteinander Briefe tauschten.

Jonnys Schreiben von Lothar enthielt wie sonst eine genaue Schilderung seines Lebens. Flüchtig erwähnte er auch, daß Graf Liebenau mit seinen Damen in Rom gewesen und er viel mit ihnen zusammengetroffen sei. Aber über die Absichten seiner Mutter schrieb er kein Wort. Und Großmamas Briefe von Lothar durfte Jonny jetzt oft nicht mehr lesen. Es stand so manches darin, was nicht für sie bestimmt war, obwohl es sich fast nur um ihre Person drehte. Gräfin Thea mußte darin alle sehnsüchtigen Stimmungen Lothars über sich ergehen lassen, da sie seine einzige Vertraute war.

Aber die alte Dame las all die wiederkehrenden, ungeduldigen Stoßseufzer mit innigem Behagen. Sie freute sich der jungen, reinen Liebe. Auch Jonnys jetzt sehr ungleiches, oft verträumtes Wesen beobachtete sie mit stillem Lächeln. Aus deren Liedern klang abwechselnd deren Jubeln und Jauchzen oder tiefe Schwermut. Wenn man sie unvermutet in ihren Träumen anrief, wurde sie rot und überhastete sich dann im Bestreben, irgendein Versäumnis gutzumachen.

Der Frühlingssturm fegte durchs Land. Schnee und Eis waren verschwunden. In der Erde dehnten und streckten sich tausend geheimnisvolle Kräfte, und schüchterne Keime drängten zum Licht. Im Wildenfelser Park trugen die Bäume ein zartes Grün wie feine gekräuselte Federchen. Jeden Morgen konnte Gräfin Thea von ihrem Fenster aus sehen, daß der grüne Schleier über dem Park dichter und sichtbarer wurde. Mit dankbaren Augen genoß sie das neue Werden ringsum, aber sie fühlte, daß ihre Kräfte merklich abnahmen. Hinaus konnte sie nicht mehr. Langsam verzehrten sich die letzten Reserven eines Wesens, das lange, lange Jahre in Güte und Sanftmut geherrscht hatte auf Wildenfels. Das Alter forderte nun plötzlich energisch seinen Tribut.

Als die ersten Blumen auf der Parkwiese blühten, vermochte Gräfin Thea nur noch das Bett zu verlassen, um auf den Diwan gebracht zu werden.

Grill und Jonny wichen kaum von ihrer Seite. Jonny mußte von ihr fortgeschickt werden, damit sie zuweilen ein Stündchen an die frische Luft kam.

Susanne machte ihrer Schwiegermutter jeden Morgen den schuldigen Besuch, kümmerte sich aber sonst nicht viel um die alte Dame. Einmal fragte sie den Arzt, der zuweilen nach Gräfin Thea sah, ob Grund zur Besorgnis vorläge. Der Arzt gab eine vorsichtige Antwort, sprach von hohem Alter und Kräfteverfall. Susanne suchte darauf nachdenklich ihr Zimmer auf und schritt lange Zeit ruhelos auf und ab. In ihrem Kopf jagten sich allerlei Pläne. Und all diese Pläne gingen von einem Wunsch aus: „Wenn ihre Schwiegermutter doch sterben würde, ehe Lothar heimkehrte."

Sie gestand es sich nicht ein, aber heimlich wünschte sie brennend, daß dieses Altfrauendasein bald auslöschen möge, damit für sie die Bahn frei war zum Handeln.

Und dann kam eines Tages von Lothar die Nachricht, daß er gestürzt war und den Unterschenkel gebrochen hatte.

Er meldete seinen Unfall in humoristischer Weise, um seine Angehörigen nicht zu erschrecken, aber Gräfin Thea hatte eine Ohnmacht. Ihr schwacher Körper war derartigen Aufregungen nicht mehr gewachsen. Auch Jonnys Herz klopfte in unruhiger Angst und Sorge. Würde Lothar gut gepflegt werden, würde es ihm an nichts fehlen? Aber er schrieb, sie sollten sich daheim keinerlei Sorge um ihn machen. Das Unangenehmste an der Sache sei, daß er einige Wochen stilliegen müßte.

Gräfin Thea erholte sich sehr schwer, obwohl sie selbst sich ausschalt, daß ihr Lothars Unfall so großen Schreck verursacht hatte.

„Wenn ich jetzt sterben müßte, so könnte Lothar nicht heimkommen", sagte sie zu Susanne am nächsten Morgen. Und in ihren Gedanken fügte sie hinzu: Wie gut, daß ich von ihm Abschied genommen habe!

Susanne hatte bei ihren Worten starr vor sich hingeblickt. Und sie konnte diese Worte nicht mehr aus ihrem Gedächtnis bringen.

Zwei Tage später kam Jonny von einem Gang in das Dorf zurück. Gräfin Thea hatte sie mit einem Auftrag dorthin geschickt. Es war nachmittags gegen vier Uhr.

Als sie zu Grill ins Vorzimmer trat, machte diese ihr ein Zeichen.

„Recht leise eintreten, Fräulein Jonnychen – Frau Gräfin schläft noch, ich habe eben zu ihr hineingesehen."

Jonny nickte. Es war nichts Seltenes jetzt, daß die alte Dame zu ungewohnter Zeit schlief. Leise trat das junge Mädchen ein, wie sie es sonst zu tun pflegte, und setzte sich mit ihrer Handarbeit an das Fenster. Gräfin Thea lag, in ein weites, bequemes Gewand gehüllt, auf dem Diwan. Ihr Gesicht lag im Schatten, Jonny konnte es nicht erkennen.

Nach einer Weile legte sie ihre Arbeit nieder und lauschte. Wie ein leiser Seufzer war es vom Diwan zu ihr herübergeklungen, und es schien ihr, als habe sich die alte Dame lang ausgestreckt im Schlafe.

Da alles stillblieb, nahm sie ihre Arbeit wieder auf. Aber es war seltsam – ein Schauer flog über ihren Körper, als sei es zu kalt im Zimmer. Besorgt erhob sie sich leise. Großmama fror leicht, sie wollte doch sehen, ob sie auch warm zugedeckt sei.

Auf den Fußspitzen schlich sie an das Lager heran, um die Schläferin nicht zu wecken. Sie beugte sich hinab, um die warme Decke über sie zu legen, die für solche Fälle immer bereitlag. Dabei berührte sie Gräfin Theas Hand. Und plötzlich durchzuckte sie ein eisiges Gefühl. Die Hand war kalt und starr. Sie faßte im jähen Schrecken danach und riß den Vorhang zurück, der das Ruhebett beschattete. Sie blickte entsetzt in das Gesicht einer Toten.

Ein dumpfer Schrei brach aus ihrer Brust. Grill kam herbeigeeilt. Jonny stürzte ihr entgegen und umklammerte sie, als brauche sie einen Halt.

„Grill – gute Grill – es ist nicht wahr – sag es mir, daß es nicht wahr ist!“ flehte sie außer sich.

Grill legte den Arm um das zitternde Mädchen. So traten sie zusammen an das Lager. Die alte treue Dienerin erkannte sofort, daß ihre Herrin hinübergeschlummert war in das unbekannte Land, dem wir alle zustreben müssen. Leise und lind legte sie die Hand über die Augen ihrer allzeit gütigen Herrin. Aufweinend sank sie in die Knie und küßte die Hand der Toten.

„Es ist wahr, Kindchen – sie ist tot!“ schluchzte sie.

Jonny fiel neben ihr nieder und umfaßte mit ihren jungen, warmen Händen das schmale, feine Greisengesicht, das die Majestät des Todes noch veredelt hatte.

„Großmama – liebe Teure – bist du nun für immer von mir gegangen, siehst mich nicht noch einmal an mit deinen lieben, guten Augen!“ schluchzte sie und küßte den kalten, bleichen Mund, als wolle sie ihm das eigene Leben einhauchen.

Grill zog sie zurück.

„Nicht küssen, Kindchen – einen Toten soll man nicht küssen."

Jonny schlug die Hände vor das Antlitz.

„Grill – liebe Grill – nun bin ich ganz allein und verlassen. Ich fürchte mich – Grill!"

Grill strich ihr tröstend über das Haar.

„Da sei Gott vor, Fräulein Jonnychen. Unser Herr Graf ist ja da."

Jonny preßte die Hände im jähen Schmerz zusammen.

„Wie furchtbar wird es ihn treffen, Grill. Er kann nicht einmal herkommen mit seinem gebrochenen Bein."

Grill trocknete sich die Tränen.

„Ich muß hinüber zu Gräfin Susanne, Kindchen. Bleiben Sie hier – ich komme gleich wieder. Man muß auf alle Fälle an unseren Herrn depeschieren."

Susanne nahm die Nachricht vom Tode ihrer Schwiegermutter sehr gefaßt auf.

Gott verzeih mir die Sünde – aber ich glaube, es ist ihr ganz gleichgültig, dachte Grill schmerzlich, als sie in das kühle Gesicht sah, in dem nur die Augen seltsam aufblitzten.

Neben Grill ging Susanne hinüber in die Gemächer ihrer Schwiegermutter.

„Es war ja vorauszusehen, Frau Grill. Mama war sehr hinfällig geworden in letzter Zeit. Und sie hat ein schönes Alter erreicht", sagte sie.

Jonny wich zurück von dem Lager der Toten, als Susanne herzutrat und sie mit kaltem Blick verscheuchte.

Sie stand beklommen mit Grill im Hintergrund des Zimmers, während Susanne ein kurzes Gebet verrichtete. Wie ein furchtbarer Druck legte sich das Bewußtsein auf Jonnys Seele, daß diese stolze, kalte Frau ihre unversöhnliche Feindin sei.

Grill mußte alle Beamten und das Hauspersonal zusammenrufen lassen. In der großen Halle nahmen sie alle Aufstellung. Susanne verkündete ihnen in feierlicher Weise, daß Gräfin Thea soeben verschieden sei. Die Flaggen auf dem Schloß wurden auf Halbmast gesenkt, und zahlreiche

Boten wurden nach allen Seiten mit der Trauerbotschaft ausgeschickt. Einer davon gab telefonisch die Depesche an Lothar auf. Gräfin Susanne hatte sie selbst aufgesetzt, und als sie ihren Namen darunter schrieb, dachte sie mit heimlicher Befriedigung daran, daß er jetzt nicht nach Hause kommen konnte.

Die Beisetzung Gräfin Theas mußte wirklich ohne Lothar stattfinden. Er hatte als Antwort auf die Trauerbotschaft eine lange Depesche geschickt, die deutlich genug seine Seelenqual widerspiegelte, gerade jetzt an das Krankenlager gefesselt zu sein. Er ließ einen langen Brief folgen mit allerlei Bestimmungen und stellte seine Heimkehr in Aussicht, sobald er soweit hergestellt sei, um reisen zu können.

Susanne antwortete darauf, er solle nur ruhig erst seine Heilung abwarten, sie werde alles Nötige besorgen. Gräfin Thea habe, soviel sie wisse, kein Testament hinterlassen. Ein solches sei ja auch wohl überflüssig, da er der alleinige Erbe sei. Natürlich werde man in vornehmster Weise für Gräfin Theas Dienerschaft sorgen. Jonnys Name wurde von beiden Seiten nicht erwähnt. Lothar verschwieg ihn mit Absicht, da er von Rom aus keine Bestimmungen treffen wollte, die seine Mutter vielleicht doch nicht beachtete, und Gräfin Susanne hatte bestimmte Pläne mit dem Mädchen, die sie Lothar nicht verraten wollte.

Die Beisetzungsfeierlichkeiten entsprachen ganz der hohen Stellung und dem Glanz des Hauses Wildenfels. Susanne hatte mit Umsicht alles geordnet und nahm alle Beileidsbezeigungen mit stolzer Würde entgegen. Man bedauerte allgemein, daß Lothar verhindert war durch seinen Unfall, der Großmutter die letzte Ehre zu geben. Aber noch viel mehr bedauerte man das blasse, schlanke Mädchen in den schwarzen Kleidern mit dem niedergeschlagenen Gesicht. Man wußte genug von dem eigenartigen Verhältnis Jonnys zu den beiden Gräfinnen, um nicht zu ahnen, daß das junge Mädchen in Zukunft nicht auf Rosen gebettet sein würde. Spielte sie doch heute schon eine sehr untergeordnete Rolle. Gräfin Susanne hatte ihr ihren Platz neben Grill angewiesen. Jonny selbst war zu stark erschüttert durch den herben Verlust, der sie getroffen hatte, als daß sie sich ihrer Lage voll bewußt geworden wäre. Nur eins quälte sie. Sie hatte sofort einen Brief an Lothar geschrieben, in dem sie ihm das ganze Leid ihrer Seele enthüllte, und sie hatte gehofft, gleich eine Antwort von ihm zu erhalten. Aber diese Antwort blieb aus.

Sie kam auch nicht in den nächsten Tagen. Jonnys Herz wurde immer schwerer. Hatte sich Lothars Zustand verschlimmert? Konnte er nicht schreiben?

28

Am zweiten Tag nach der Beisetzung Gräfin Theas kam Grill zu Jonny ins Zimmer. Es war in der vierten Nachmittagsstunde.

„Fräulein Jonnychen, Sie sollen sofort zur Frau Gräfin kommen, sie hat eben herübergeschickt."

Jonnys trauriges Gesichtchen wurde noch einen Schein blasser. Sie sah ängstlich zu Grill auf.

„Na, na – nur nicht ängstlich, Kindchen, es kann Ihnen doch nichts passieren, gehen Sie nur ganz ruhig", tröstete die alte Frau, obwohl ihr auch nicht sehr behaglich zumute war.

Es war kein Geheimnis im Schlosse, daß Susanne Jonny nicht wohlwollte. Die Hausangestellten hatten in den letzten Tagen eifrig darüber debattiert, wie sich wohl nun Jonnys Stellung im Hause gestalten würde, und ob Gräfin Thea das junge Mädchen in einem Testament bedacht hätte oder nicht. Grill und die Zofe Susannes wußten, daß kein Testament vorhanden sein sollte. Aber Grill allein wußte außerdem, daß ihre hochselige Gräfin sicher in irgendeiner Weise für Jonny gesorgt hatte. Ja, Grill wußte noch mehr: sie hatte manchen heißen Blick in Lothars Augen aufflammen sehen, wenn er das junge Mädchen anblickte. Das behielt sie aber für sich.

Trotzdem war sie um Jonny besorgt, denn Graf Lothar war weit fort, und Gräfin Susanne sah in den letzten Tagen so sonderbar unheilverkündend aus, daß die treue alte

Seele recht unruhig war. Das junge Mädchen hatte sich erhoben und warf einen prüfenden Blick in den Spiegel. Ihre Augen waren vom Weinen gerötet. Sie wusch sie schnell mit kaltem Wasser und verließ dann stumm mit einem zaghaften Blick auf Grill das Zimmer. Als sie bei Gräfin Susanne eintrat, maß diese das junge Mädchen mit kalten Blicken.

„Nehmen Sie Platz, ich habe mit Ihnen zu reden“, sagte sie förmlich.

Jonny setzte sich gehorsam, aber wohl war ihr nicht unter den kalten Blicken ihrer Feindin.

„Haben Sie schon über Ihre Zukunft nachgedacht, Fräulein Warrens?“ fragte Susanne, sich in ihren Sessel zurücklehnend.

Susanne spielte scheinbar gleichgültig mit den Quasten an der Lehne ihres Sessels. Sie war jedoch durchaus nicht so ruhig, wie sie scheinen wollte.

„Nein, Frau Gräfin!“ antwortete Jonny leise.

Diese nickte. „Das dachte ich mir, deshalb habe ich es für Sie getan.“

„Sehr gütig, Frau Gräfin.“

„Meine Schwiegermutter hat keinerlei testamentarische Bestimmungen hinterlassen, soviel ich bis jetzt feststellen konnte. So ist auch für ihre Zukunft in keiner Weise gesorgt worden. Meine Schwiegermutter nahm wohl als selbstverständlich an, daß wir etwas für Sie tun würden. Ich bin bereit, Ihnen eine Rente auszusetzen, die Sie befähigt, ein sorgenloses Leben zu führen. Und für den Fall, daß Sie sich verheiraten, bin ich erbötig, Ihnen außerdem eine Summe von zwanzigtausend Mark für Ihre Aussteuer zu überweisen, die Ihnen am Tage Ihrer offiziellen Verlobung ausgezahlt werden wird. Dafür verpflichten Sie sich, spätestens heute in acht Tagen Wildenfels zu verlassen. Ich stehe bereits in Unterhandlung mit einer Dame, die alleinstehenden, jungen Mädchen aus gutbürgerlichen Kreisen in ihrem Hause freundliche Aufnahme gewährt gegen Zahlung einer angemessenen Pension. Sie werden dort mit mehreren jungen Damen zusammen sein und sich jedenfalls schnell behaglich fühlen. Ich hoffe, Sie sind mit alledem einverstanden. Oder haben Sie andere Wünsche? Ich bin bereit, dieselben zu hören und werde Ihnen, soviel ich kann, entgegenkommen."

Jonny hatte wie gelähmt diesen Worten gelauscht. Von allem, was sie hörte, blieb nur das eine in ihrem Herzen haften, daß sie fort sollte von Wildenfels, hinaus in die fremde Welt, losgelöst von allem, was ihr auf Erden noch lieb und teuer war. Ihr Gesicht war totenbleich, und ihre Augen blickten in hilflosem Entsetzen in Gräfin Susannes Gesicht.

„Ich soll fort – von Wildenfels – für immer?" stieß sie tonlos hervor. Susanne blickte ungerührt in das schöne, angstvolle Gesicht mit dem qualvollen Ausdruck in den Augen.

„Allerdings. Ich habe Gründe, darauf zu bestehen."

Jonny hob bittend die Hände.

„Bitte – schicken Sie mich nicht fort, Frau Gräfin – ich weiß nicht – wie ich diese Trennung ertragen soll. Ich will gewiß mit der bescheidensten Stellung zufrieden sein, die Sie mir anweisen werden – nur lassen Sie mich hier bleiben – ich fürchte mich vor der Welt da draußen, die mir so fremd ist."

Susannes Gesicht bekam einen höhnischen Ausdruck.

„Bescheidenheit ist eine Tugend, die Ihnen fremd ist. Auch als Untergebene könnte ich Sie nicht gebrauchen. Dazu sind Sie mir zu ungehorsam gewesen. Gegen meinen Wunsch und Befehl haben Sie sich dauernd Vertraulichkeiten gegen meinen Sohn erlaubt, die einen jungen Mann wohl amüsieren, mir aber schamlos erscheinen. Schon aus diesem Grunde ist Ihr Aufenthalt in Wildenfels ganz und gar unmöglich geworden. Außerdem habe ich noch andere Gründe, auf Ihre Entfernung zu dringen. Mein Sohn verlobt sich in allernächster Zeit mit Komteß Liebenau, und Sie begreifen, daß für Sie hier kein Platz ist neben der zukünftigen Frau meines Sohnes."

Jonny erhob sich langsam von ihrem Platz. Ihr war zumute, als drehe sich plötzlich das Zimmer mit ihr, als weiche der Boden unter ihren Füßen und sie versänke in ein bodenloses Nichts. Sie streckte die Hände aus wie ein

Kind im Dunkeln, wenn es sich fürchtet. Waren schon Susannes harte Worte über ihr Benehmen Lothar gegenüber wie Keulenschläge auf ihr schuldloses Haupt gefallen, so traf sie die Nachricht von Lothars bevorstehender Verlobung mit vernichtender Schärfe bis ins tiefste Herz. Ein ungeheurer Schmerz preßte ihre Brust zusammen. Mit einem Male wurde es klar in ihrem Innern, wie ein Schleier zerriß es vor ihren entsetzten Augen. Sie liebte Lothar – nicht wie seine Schwester, sondern wie das Weib den Mann liebt. Wunschlos zwar war diese Liebe, aber von so schmerzhafter Innigkeit, daß der Gedanke an seine bevorstehende Vermählung ihr unerträglich schien.

Und diese Erkenntnis ihrer selbst änderte mit einem Schlage das, was ihr wünschenswert erschien. Jetzt verlangte sie plötzlich mit leidenschaftlicher Heftigkeit, von Wildenfels fortzugehen, soweit sie ihre Füße trugen. Jetzt konnte sie nicht mehr bleiben – um keinen Preis. Lothar hier in Wildenfels an der Seite einer jungen Frau einziehen sehen – nein – das ging über ihre Kraft – das vermochte sie nicht. Es war gut, daß Gräfin Susanne sie fortschickte, sie mußte ihr noch dankbar sein, daß sie so umsichtig für sie sorgen wollte.

Sie fiel wieder in ihren Sessel zurück und saß noch eine ganze Weile wie erstarrt.

Susanne hatte sie scharf beobachtet. Aus ihrem Benehmen schien es ihr klar hervorzugehen, daß sie gehofft hatte, Lothar in ihre Netze zu ziehen. Nun sie ihren Plan vereitelt sah, verlor sie die Fassung. Diese Gewißheit verhärtete die Gräfin noch mehr. Sie richtete sich steif empor.

„Also, nicht wahr, Sie sehen ein, daß Ihres Bleibens hier nicht länger ist?“

Jonny sah mit todtraurigen Augen zu ihr hinüber. Ihre Hände krampften sich zusammen.

„Ja – ich will fort von Wildenfels – so schnell als möglich – heute noch – oder morgen“, stieß sie hervor.

Susannes Augen leuchteten auf im Triumph.

„Nun – Sie können sich ruhig Zeit lassen, Ihre Sachen zu packen. Mein Sohn kommt erst in einigen Wochen zurück. Ich werde auch erst noch an Frau Doktor Brinkmann, die Dame, bei der Sie Aufenthalt nehmen sollen, schreiben, daß diese Sie hier abholt. Bis zu ihrer Ankunft können Sie sich dann bereithalten. Und noch etwas: Mein Sohn hat jetzt keine Zeit, mit Ihnen zu korrespondieren, deshalb hat er auch Ihren Brief noch nicht beantwortet. Wenn Sie in Zukunft irgendein Anliegen oder einen Wunsch haben, so wenden Sie sich an mich. Ich bin immer bereit, Ihnen entgegenzukommen, wenn Sie sich meinen Anordnungen fügen."

Jonny erhob sich. Sie fühlte, daß es mit ihrer Fassung zu Ende war.

„Darf ich mich jetzt zurückziehen, Frau Gräfin?"

„Bitte – Sie können gehen."

Das junge Mädchen ging langsam mit unsicheren Schritten hinaus. Mühsam schleppte sie sich bis in ihr Zimmer.

Dort angekommen, brach sie lautlos zusammen. Mit starren Augen, ohne Bewußtsein ihrer selbst, lag sie da, von einem vernichtenden Schlag zu Boden geworfen.

So fand sie Grill nach einer Weile, als sie nach ihr sehen wollte.

Schweigend hob sie die Ärmste auf und bettete sie auf den Diwan, Stirn und Schläfen ihr mit Kölnisch Wasser einreibend. Mit so zarter Liebe und Sorgfalt mühte sie sich um das junge Geschöpf, daß Jonny endlich in erlösende Tränen ausbrach.

„Was ist Ihnen geschehen, Fräulein Jonnychen? Wollen Sie sich nicht aussprechen? Sie wissen doch, wie treu ich Ihnen ergeben bin. O du lieber Gott, wenn meine holdselige Frau Gräfin Sie jetzt sehen könnte – sie fände ja keine Ruhe im Grabe. War Gräfin Susanne sehr schlimm zu Ihnen? Was hat sie Ihnen zuleide getan?"

Jonny barg ihr Gesicht an der Schulter der treuen Dienerin.

„Grill – ich muß fort von Wildenfels."

Grill erschrak heftig.

„Ach nein – ach nein! Du mein lieber Gott, das ist ja doch wohl nicht möglich. Das darf nicht sein. Meine hochselige Frau Gräfin dreht sich ja in ihrem Grabe herum. Und unser junger gnädiger Herr Graf – i bewahre, Kindchen, der läßt das im Leben nicht zu – da seien Sie nur ganz ruhig. Nein, – das läßt er nicht zu, so wahr ich vor Ihnen stehe – das tut er nicht."

Jonny schüttelte traurig den Kopf. Sie faßte sich gewaltsam. So durfte sie sich nicht weiter gehenlassen, sonst verriet sie das ganze Elend ihres Herzens.

„Gute Grill – wenn Graf Lothar nach Hause kommt, bin ich schon längst fort – in wenigen Tagen verlasse ich Wildenfels."

Grill schlug die Hände zusammen. „Aber mein guter Gott, das geht nicht. Was soll denn bloß aus Ihnen werden?"

„Sorg dich nur nicht", sagte Jonny bitter lächelnd. „Gräfin Susanne sorgt in großmütiger Weise für mich. Sie hat bereits ein Unterkommen für mich ausfindig gemacht. Ich komme in das Haus einer Frau Doktor Brinkmann, wo noch andere junge Mädchen ein Heim gefunden haben. Vor Not werde ich geschützt sein, sei also ganz ruhig."

Grill sah bedrückt in das süße, blasse Gesichtchen.

„Da soll ich nun ruhig sein, wenn ich Sie so elend und verzweifelt vor mir sehe! Ich weiß, Ihr Herz geht in Stücke, wenn sie von Wildenfels fort müssen. Ich kenne Sie, seit Sie klein waren. Als ich Sie damals unserer hochseligen Frau Gräfin hierherbrachte – so ein niedliches Dingelchen waren Sie damals. Und wie lieb haben wir Sie alle gehabt – bis auf Gräfin Susanne, die mochte Sie freilich von Anfang an nicht leiden. Aber meiner hochseligen Gräfin sind Sie immer fester ans Herz gewachsen. Ich verstehe auch gar nicht, daß sie nicht in einem Testament dafür gesorgt hat, daß man Ihnen hier nichts anhaben kann. Freilich – das hat sie sich nicht träumen lassen, daß man Sie fortschickt. Nein – nein – nein – das will mir nicht in den Kopf. Daß auch Graf Lothar gerade jetzt nicht hier sein kann! Der ließe es nicht zu, daß man Sie fortschickt. Nein – mit seinem Willen geschieht das so wenig, als mit dem meiner hochseligen Frau Gräfin – daran glaube ich, wie an das Evangelium." Die gute Grill bekam in dieser

Stunde eine schwere Aufgabe vom Schicksal zugeteilt, sie war sich dessen auch bewußt.

Jonny richtete sich auf aus ihrer Versunkenheit. Sie wußte, daß Grill recht hatte, daß Lothar ihre Entfernung nicht wünschte, wenn er ihr auch aus irgendeinem Grund ihren Brief nicht beantwortete. Vielleicht tat er es nicht mit Rücksicht auf seine künftige Braut. Ihretwegen wollte er vielleicht nicht mehr mit ihr korrespondieren. Aber welchen Grund er auch immer hatte, und ob er ihr Bleiben wünschte oder nicht – sie mußte gehen, nachdem sie erkannt hatte, daß sie ihn liebte. Sie konnte ihn nicht mehr wiedersehen, das würde sie töten.

Sie zwang sich zur Ruhe und Ergebung und verschloß ihren Schmerz tief in ihrem Herzen.

„Laß gut sein, gute Grill – laß gut sein – es ist wohl besser so, daß ich gehe. Graf Lothar wird sich bald mit Komteß Liebenau verloben, und wenn diese junge Frau hier einzieht, dann – dann ist wohl ohnedies kein Platz hier für mich."

Grill blickte sie entgeistert an. „Mit der Liebenauschen Komteß? Unser junger Herr Graf? Ach nein – ach nein – Fräulein Jonnychen – das stimmt im Leben nicht zusammen."

Schon in dieser Stunde war die Grill Werkzeug ihrer Aufgabe.

Jonny preßte die Hände aufs Herz. „Das können wir wohl nicht verstehen, Grill – sie ist eine vornehme Dame."

Grill blickte Jonny mit forschender Sorge an. Jetzt verstand sie erst ganz das grenzenlose Elend des jungen Mädchens. Sie hatte kluge, offene Augen, die alte Grill, und hatte sich längst über Graf Lothar und Jonny ihre eigenen Gedanken gemacht. Sie wußte auch, daß Gräfin Thea so recht zufrieden gelächelt hatte, wenn den beiden jungen Menschen die helle Liebe nur so aus den Augen leuchtete. Das war so ganz nach deren Herzen gewesen. Und nach Grills Sinn war es auch gewesen, sie hatte ihr altes Herz an das schöne junge Mädchen gehängt. Und nun sollte das plötzlich alles ganz anders kommen? Graf Lothar sollte die Liebenausche Komteß heiraten, das lange, spillerige

Ding mit den kalten Augen und dem hochmütigen Gesicht? Das war ein Werk der Gräfin Susanne! Wer weiß, wie die das zustande gebracht hatte. Der war das arme Fräulein Jonny ein Dorn im Auge und natürlich auch nicht vornehm genug. Ja, ja, und weil sie so lieb und schön war, deshalb mußte sie fort. Graf Lothar aus den Augen. Und er wußte nichts davon, so wahr sie die Grill war, sonst wäre er eilends mit seinem gebrochenen Bein nach Hause gereist, um das zu verhindern, davon war die gute Alte fest überzeugt.

Grill seufzte herzbrechend, weil sie im Augenblick nicht helfen konnte.

„So soll es nun wirklich und wahrhaftig wahr sein, daß sie fortgehen, Kindchen?"

„Ja, Grill, in wenigen Tagen holt mich eine Frau Doktor Brinkmann ab. Ich will nicht mehr jammern und klagen, es hilft nichts. Großmama hat mir so oft gesagt: Was Gott schickt, muß man mit tapferem Herzen tragen."

Dabei fielen ihr aber wieder schwere Tränen über die Wangen, und die verzweifelten, trostlosen Augen straften den tapferen Mund Lügen.

Grill bezwang den eigenen Schmerz, um Jonnys Kummer nicht zu erhöhen.

„Wo sollen Sie hingebracht werden, mein Kindchen?"

„Ich weiß nicht mehr als den Namen der Dame, in deren Hause ich Aufnahme finden soll. Aber weißt du, Grill – ich werde nicht länger bei ihr bleiben, als bis ich auf irgendeine Weise selbst mein Brot verdienen kann. Von Großmama habe ich gern und freudig alles genommen, weil sie es mir mit liebendem Herzen gab. Da hat es mich nicht gedemütigt. Aber von Gräfin Susanne mag ich nicht mehr annehmen, als ich unbedingt muß. Ich habe mancherlei gelernt. Meinst du nicht, daß ich eine Stelle als Gesellschafterin oder Erzieherin annehmen könnte?"

„Das wohl, Kindchen. Aber das ist alles für Sie nicht so leicht."

„Es wird schon gehen, Grill. Von Gräfin Susanne nehme ich kein Almosen. Nur für einige Monate Unterkunft bei dieser Frau Doktor Brinkmann will ich annehmen. Das muß ich, um erst einmal ruhig zu werden und mich vorzubereiten."

„Ach, liebes, gutes Kind – was soll das werden! Sie so allein und hilflos in der Welt – das kann ich mir nicht ausdenken."

„Es müssen so viele Mädchen ihr Brot verdienen. Ich habe noch einige tausend Mark von meinem Mütterchen, Grill. Du weißt, Großmama hat mir doch damals Wertpapiere dafür gekauft, und die Zinsen habe ich all die Jahre gespart und in ein Kassenbuch eingezahlt. So ganz hilflos bin ich also nicht. Ich werde das später alles Gräfin Susanne schreiben, sprechen mag ich nicht mehr mit ihr!"

Grill streichelte ihr die Wangen. Ihre Augen füllten sich mit Tränen.

„Kindchen – mir dreht es das Herz im Leibe herum. Ach, du lieber Gott – wäre meine hochselige Frau Gräfin nur noch ein Weilchen am Leben geblieben – dann wäre alles ganz, ganz anders gekommen, das weiß ich gewiß."

Jonny barg schluchzend ihr Gesicht an Grills Schulter.

„Nie finde ich wieder einen Menschen, der mich so liebt wie sie. Ach, Grill – meine teure, gütige, liebe Großmama. Warum mußte sie von mir gehen? Hätte sie mich doch mitgenommen!"

Grill streichelte wortlos ihr Haar. Dann seufzte sie tief auf.

„Ja, ja, Kindchen, man soll nicht glauben, was so ein großes, gütiges Herz für eine grausame Lücke hinterläßt. Ich fühle es an mir. Wenn ich auch schließlich bis an mein Ende in Wildenfels das Gnadenbrot esse, mein Leben hat keinen Wert mehr. Und wenn auch Sie nun noch fortgehen – dann ist es schon besser, ich lege mich auch bald für immer zur Ruhe."

Grill ließ es sich nicht nehmen, Jonnys Sachen packen zu helfen. Alles brachte sie herbeigeschleppt, worauf das junge Mädchen nur irgendein Eigentumsrecht hatte. Es kam viel zusammen, und Grill litt nicht, daß Jonny etwas zurückließ.

„Wer weiß, wozu Sie das nochmal brauchen können", war ihre stehende Redensart.

Mit Garderobe und Wäsche war Jonny reichlich versehen, ebenso mit all den Kleinigkeiten, welche die Toilette einer Dame bedingen. Auch allerlei hübsche, zum Teil recht wertvolle Schmucksachen lagen in einer Schatulle. Jonny blickte mit trüben Augen auf all die Zeichen zärtlicher Liebe. Und da fiel ihr Auge plötzlich auf den silbernen Gürtel, den ihr Lothar zur Weihnacht geschenkt hatte. Ein Zittern lief über sie hin. Sie dachte jener köstlichen Stunden, die sie mit ihm in den Weihnachtstagen verlebt hatte. Jeder Blick und jedes Wort kam ihr wieder ins Gedächtnis zurück, und sie prüfte sich ängstlich, ob sie nicht damals ihm unbewußt ihre Liebe verraten hatte. Ach, sie wußte es nicht, wußte nur, daß sie mit ihm glücklich, unsagbar glücklich gewesen war, wenn er mit Ungestüm irgend etwas von ihr gefordert hatte. Von diesen Erinnerungen mußte sie nun zehren, ein ganzes Leben lang. Ihr Glück lag in der Vergangenheit, was vor ihr lag, war trüber, sonnenloser Weg.

In wenigen Tagen war sie zum Weibe gereift. Das Leid hatte sie gezeichnet. Ihr blasses Gesicht und die müden Augen, in denen der Frohsinn erloschen war, zeugten von seelischen Kämpfen, die sie zu bestehen hatte.

Gräfin Susanne kümmerte sich anscheinend wenig um Jonny. Sie teilte ihr mit, daß am Sonnabend Frau Doktor Brinkmann eintreffen und sie abholen werde.

Jonny war bereit. Sie hatte Abschied genommen von allen Plätzen, die ihr lieb und teuer waren. Und als man ihr meldete, daß alles zur Abreise bereit sei, da umfaßte sie noch einmal mit einem krampfhaften, trocknen Aufschluchzen die weinende Grill und küßte sie auf die faltige Wange.

„Vergiß mich nicht – Grill!"

Halberstickt rangen sich noch ein paar Worte über ihre Lippen, daß sie Grill schreiben und über ihr Ergehen berichten wolle. Dann eilte sie hinaus, und Grill blieb zurück, ausersehen vom Geschick, gehässige Pläne zu durchkreuzen mit keiner anderen Waffe als ihrer treuen Liebe und Anhänglichkeit zu ihrem Herrn und zu Jonny.

Es war alles wund und weh in Jonny. Sie fühlte sich matt, elend, wie nach einer langen Krankheit nach all den Kämpfen, die sie ausgefochten hatte.

Als sie über den langen Korridor eilte, dachte sie unwillkürlich: Was würde Lothar jetzt tun, wenn er hier wäre? Ihr Fuß stockte, ein Schwindel befiel sie, und ihr Herz klopfte in wilden Schlägen, als sie sich ausmalte, er könne jetzt hier die Treppe heraufkommen, sie in seine Arme nehmen wie einst, sie ungestüm schütteln und sie so herrisch und zwingend ansehen wie damals, als sie ihn „Herr Graf" anredete.

„Hasenfuß – willst du wohl hierbleiben und dich nicht in die Flucht jagen lassen! In Wildenfels bin ich Herr."

Es war ihr, als höre sie ihn deutlich diese Worte sprechen. Verstört blickte sie um sich. Nein, sie war allein – ein Traum nur hatte sie geäfft.

Sie raffte sich auf. Eben trat Gräfin Susanne mit Frau Doktor Brinkmann aus ihrem Zimmer. Es war eine etwa fünfzigjährige Dame in einem mehr praktischen als eleganten Reisekleid, mit frischem, resolutem Gesicht und kleinen, gutmütigen Augen. Sie war anscheinend sehr redselig, sprach fast unausgesetzt und versicherte, Jonny sollte es wie ein Töchterchen bei ihr haben. Ihre Schützlinge seien alles reizende, junge Damen, die sich schon auf die neue Hausgenossin freuten. Sie gab sich sehr mütterlich und legte Gräfin Susanne gegenüber eine große Hochachtung an den Tag. Hatte sie doch für ein halbes Jahr einen sehr noblen Pensionspreis im voraus erhalten, dazu mehr als das Doppelte der Reisekosten. Sie versicherte ihr, daß sie all ihren Befehlen auf das gewissenhafteste nachkommen würde, worauf ihr Susanne unbemerkt ein Zeichen machte.

Gräfin Susanne hatte ihr nämlich aufgetragen, daß sie alle Briefe, die Jonny schreiben würde, in ein anderes Kuvert stecken und an ihre Adresse einsenden solle. Sie hatte der redseligen Frau Doktor einen plausiblen Grund dafür angegeben. Die Gräfin bezahlte die Pension für das junge

Mädchen, also richtete sich die praktische Frau Doktor auch nach den Befehlen ihrer Auftraggeberin.

Jonnys Abschied von Gräfin Susanne war kurz und eiskalt.

„Ich hoffe, Sie richten sich nach meinen Wünschen, Fräulein Warrens. Vor allen Dingen vergessen Sie nicht, daß Sie sich mit etwaigen Anliegen an mich zu wenden haben. Mein Sohn darf nicht damit belästigt werden“, sagte die Gräfin.

Jonny wandte ihr das blasse, stille Antlitz zu. Ihre traurigen Augen hefteten sich auf das kalte, stolze Gesicht.

„Es hätte dieser Worte nicht bedurft. Graf Lothar wird sicher in keiner Weise von mir belästigt werden.“

Noch ein kühler Gruß hüben und drüben, und Gräfin Susanne zog sich in ihre Gemächer zurück.

Frau Doktor Brinkmann redete in einem fort auf Jonny ein, als sie an ihrer Seite die Treppe hinab und durch die große Halle ging. Unten standen der Hausmeister und einige Diener.

Jonny grüßte sie freundlich, und der Hausmeister half ihr in den Wagen.

„Behüt' Gott, Fräulein Jonny!“ sagte er leise mit betrübtem Gesicht. Jonny reichte ihm die Hand.

„Leben Sie wohl, Schiffler.“

Die Leute hatten Jonny alle sehr gern gehabt.

Oben am Fenster stand Grill mit verweinten Augen. Jonny winkte mit einem herzzerreißenden Lächeln hinauf zu ihr. Dabei war ihr zumute, als würde sie nun zum Schafott geführt.

Der Wagen sauste davon. Sie sah zurück, solange sie konnte. Grill winkte mit einem Tuch, bis der Wagen um die Ecke bog.

Starr und tränenlos saß Jonny in der Ecke des Wagens. Frau Doktor Brinkmann konnte sich nicht genugtun über das vornehme Schloß, über die schöne, stolze Frau Gräfin, die es sicher sehr gut mit Jonny meine, und über ihre Noblesse.

Jonny vermochte kein Wort hervorzubringen. Sie wußte nicht einmal, wohin die Reise gehen würde und kannte von ihrer Reisegefährtin nicht mehr als den Namen, und daß sie noch andere junge Damen bei sich aufgenommen hatte.

Es war ihr auch jetzt alles andere so sehr gleichgültig. Ihr Schmerz machte sie teilnahmslos gegen alles, und sie hatte nur den einen Wunsch, daß Frau Doktor Brinkmann endlich aufhören möchte zu reden, weil ihre Worte wie kleine Hämmerchen auf ihren schmerzenden Kopf eindrangen. Als sie am Bahnhof ankamen, war sie halb ohnmächtig und schleppte sich mühsam zu dem wartenden Zug.

Frau Doktor hatte die Hilfe des Dieners abgelehnt und selbst die Fahrkarten gelöst. Erst als sich der Zug schon in Bewegung gesetzt hatte, hörte Jonny wie im Traum das erste Mal das Ziel ihrer Reise von dem Schaffner aussprechen. Wie ein toter Schall schlug es an ihr Ohr: Hersfelde.

Schattenhaft durchflog es ihre Gedanken: Hersfelde. Aber es interessierte sie nicht. Es war gleichgültig, wo sie in Zukunft ihr Leben verbringen würde.

29

Mit großem Schmerz hatte Lothar darauf verzichten müssen, zur Beerdigung seiner lieben Großmama nach Hause reisen zu können. Er war außer sich, daß ihn gerade jetzt der Unfall an sein Lager fesselte. In der Stille seines Krankenzimmers hielt er freilich im Herzen dem Andenken der teuren Verstorbenen eine andachtsvolle Totenfeier. So recht eindringlich kam es ihm zum Bewußtsein, was sie ihm gewesen war. Sogar der Gedanke an Jonny trat etwas zurück.

Trotzdem schrieb er Jonny sofort einen langen, lieben Brief, um sie zu trösten und ihr zu sagen, daß er so schnell wie möglich nach Hause kommen würde. Dieser Brief kam nie in Jonnys Hände, ebensowenig er den ihren je erhalten hatte. Diese beiden Briefe lagen in Susannes Schreibtisch, sie hatte sie aus der Posttasche genommen und zurückbehalten, damit ihre Pläne nicht vereitelt wurden.

Lothar wunderte sich, daß er keine Antwort von Jonny bekam. Er sagte sich jedoch, daß sie in ihrem Schmerz um den Verlust ihrer Wohltäterin nicht imstande war zu schreiben.

Mit Ungeduld erwartete er nun die Heilung seines gebrochenen Beines. Sobald der Arzt nur irgend die Erlaubnis gab, wollte er nach Hause reisen. Er verlangte sehnlichst danach, Jonny in seine Arme zu nehmen, sie zu unterstützen und zu trösten.

Die Ordnung von Gräfin Theas Angelegenheiten mußte er auch übernehmen, sobald er nach Hause kam. Er erinnerte sich deutlich genug jener Stunde, da sie von ihm Abschied nahm für immer. Keines ihrer bedeutungsvollen Worte war für ihn verlorengegangen. Er ahnte, daß jene Kassette in ihrem Schreibtisch das Geheimnis barg, von dem sein Vater in der Todesstunde gesprochen hatte. Auch enthielt sie wohl Großmamas letztwillige Verfügungen.

Daß seine Mutter Jonny in den Tagen der Trauer kühl und fremd wie sonst gegenüberstehen würde, wußte er. Aber nicht der leiseste Gedanke kam ihm, daß sie das junge Mädchen aus Wildenfels entfernen würde.

Täglich bestürmte er den Arzt mit Bitten und Fragen, wann er endlich heimreisen dürfe. Und zögernd wurde ihm die Erlaubnis erteilt. Größte Vorsicht wurde ihm noch anempfohlen. Er versprach auch, das Bein noch sehr zu schonen, nur fort wollte er – nach Hause.

Lothar hatte entschlossen dem Urlaubsgesuch sein Abschiedsgesuch folgen lassen, denn es war ihm klar, daß er Jonny nicht monatelang mit seiner Mutter allein lassen konnte. Mochte diese denken und sagen, was sie wollte – er gab seine Laufbahn sofort auf. Bestand Susanne darauf, daß er sein Wort hielt und das ganze Jahr in Rom aushielt, dann stand es bei ihm fest, daß er sich vorher mit Jonny verlobte.

Aufatmend, wie von einer schweren Last befreit, stieg er in den Zug, der ihn in die Heimat zurückführen sollte. Sein Diener hatte ein Kupee für ihn belegt und blieb während der ganzen Fahrt bei ihm, für den Fall, daß Lothar seines Beines wegen irgendwelche Hilfe brauchte.

Lothar hatte seine Ankunft telegraphisch angemeldet. Das Auto erwartete ihn am Bahnhof, und der Hausmeister war selbst gekommen, um seinem jungen Herrn behilflich zu sein.

Viel zu langsam für Lothars Ungeduld fuhr der Wagen auf der Wildenfelser Chaussee dahin. Endlich sah er das Schloß vor sich liegen, die beiden Türme waren beflaggt und grüßten ihn schon von weitem.

Wenige Minuten später hielt der Wagen an der Freitreppe. Schneller, als es seinem Bein gut war, stieg Lothar aus und ging, sich leicht auf einen Stock stützend, die Treppe empor.

Unter dem Portal trat ihm seine Mutter entgegen. Das tat sie sonst nie. Er begrüßte sie mit einem Handkuß.

Sie reichte ihm den Arm.

„Stütze dich nur auf mich, mein Sohn. Es war unvorsichtig von dir, schon jetzt die Reise anzutreten. Du hättest dich schonen sollen“, sagte sie liebenswürdig.

Lothar sah sie überrascht von der Seite an. Es lag etwas Unsicheres in ihrem Wesen, was ihm neu war an ihr.

„Ich konnte es nicht länger aushalten, Mama, es trieb mich nach Hause. Es ist mancherlei zu ordnen, und Großmamas letztwillige Verfügungen sind zu erfüllen.“

Sie hatte ihn in den kleinen Salon neben der Halle geführt.

Sein Blick flog suchend umher in der Halle, ob Jonny nirgends auftauchte. Nun schloß er enttäuscht die Tür des Salons hinter sich.

„Großmama hat keinerlei Testament hinterlassen, lieber Lothar“, sagte die Gräfin.

„Nicht eigentlich ein Testament, Mama, aber schriftliche Bestimmungen, die für mich ebenso bindend sind.“

Gräfin Susanne horchte sichtlich betroffen auf.

„Schriftliche Bestimmungen? Davon weiß ich nichts.“

„Großmama hat davon gesprochen, bei meinem letzten

Hiersein. Ich habe ihr mein Wort gegeben, alles in ihrem Sinne zu erfüllen."

„Wo befinden sich diese Aufzeichnungen, Lothar? Hier im Schloß?" forschte seine Mutter sichtlich beunruhigt.

„Ja, in Großmamas Schreibtisch."

„Ausgeschlossen, den habe ich bereits durchgesehen."

Das erste Vorzeichen einer kommenden, schweren Auseinandersetzung meldete sich in einem erstaunten, zornigen Aufblicken Lothars, das die Verlegenheit seiner Mutter erhöhte. Er hielt sich eisern in der Gewalt und erklärte beherrscht:

„Vielleicht ist dir dabei ein kleines Geheimfach entgangen, zu dem ich allein den Schlüssel besitze. Großmama gab ihn mir. Sie ahnte, daß sie sterben würde, ehe sie mich wiedersah. Großmama legte der Sache großen Wert bei. Es müssen wichtige Aufzeichnungen sein."

Gräfin Susannes Gesicht rötete sich.

„Gib mir den Schlüssel, Lothar – ich will gleich selbst nachsehen", sagte sie hastig.

Lothar schüttelte den Kopf.

„Die Aufzeichnungen sind für mich bestimmt, Mama. Jedenfalls betreffen sie vor allen Dingen Jonnys Zukunft. Ich selbst werde davon Kenntnis nehmen."

Seine Mutter zerrte nervös an ihrem Taschentuch, das sie in der Hand hielt. Ihre Augen fuhren unstet umher.

„Das ist allerdings sehr sonderbar. Ich hatte keine Ahnung, daß Großmama derartige Bestimmungen hinterlassen hatte. Das hättest du mir mitteilen müssen. Ich habe leider schon selbst über Fräulein Warrens' Zukunft bestimmt."

Lothar sah sie unruhig forschend an.

„Darf ich fragen, in welcher Weise?"

„Gewiß. Fräulein Warrens ist bereits seit vierzehn Tagen in das Haus einer sehr achtungswerten, gebildeten Dame übergesiedelt, die mir gut empfohlen wurde. Diese hat noch einige junge Mädchen in ihrer Obhut, die keine Verwandten mehr besitzen. Da Großmama meiner Ansicht nach nichts bestimmt hatte, habe ich Fräulein Warrens eine auskömmliche Rente ausgesetzt und ihr auch für den Fall ihrer Verheiratung eine Aussteuersumme von zwanzigtausend Mark zugesagt. Ich hoffe, ganz in deinem Sinne gehandelt zu haben."

Lothar hatte eine Weile wie gelähmt dagesessen. Jetzt erhob er sich mit allen Anzeichen einer bösen Erregung.

„Jonny ist fort von Wildenfels? Du hast sie in ihrem deprimierten Seelenzustand hinausgejagt in fremde Verhältnisse, in eine lieblose Umgebung?" fragte er mit verhaltenem Grimm in der Stimme.

Seine Mutter erschrak über sein drohendes Aussehen, aber sie heuchelte Gleichmut.

„Mein Gott, weshalb denn so tragische Worte? Es war doch das einfachste. Was soll das Mädchen noch hier in Wildenfels? Die Marotte deiner Großmutter soll durch uns nicht fortgesetzt werden! Für Fräulein Warrens war es höchste Zeit, daß sie wieder in ihr gebührende Verhältnisse kam. Großmama hatte sie unglaublich verwöhnt. Ich habe in weitgehendster Weise für sie gesorgt, damit ist diese Angelegenheit wohl endgültig abgetan."

Lothar ballte zornig die Hände. Auf seiner Stirn schwollen die Adern an. Wie ein roter Nebel lag es vor seinen Augen.

Jonny fort! Seine liebe, kleine Jonny hinausgestoßen in die Fremde, mit ihrem Herzen voll Jammer und Leid. Und das hatte ihm seine Mutter getan? Es war ihm, als müsse er ersticken. Nur mit Aufbietung aller Kraft zwang er sich zur Ruhe.

„Du irrst dich sehr, Mama, wenn du diese Angelegenheit für abgetan hältst. Du hast unrecht und unbarmherzig an dem armen Kinde gehandelt. Das ist so wenig in Großmamas Sinne, wie in dem meinen. Bitte, sage mir sofort, wo sich Jonny befindet. Noch heute suche ich sie auf und bringe sie nach Wildenfels zurück."

Gräfin Susanne erhob sich nun ebenfalls. Sie war ganz ruhig geworden. „Das wirst du nicht tun", sagte sie kalt.

„Das werde ich gewiß tun. Nimmermehr leide ich, daß Jonny wie eine Verstoßene bei fremden Leuten lebt. Hier gehört sie her, und hier soll sie bleiben", antwortete er fest.

„Nein, sie gehört nicht hierher, und ich leide nicht, daß

sie zurückkehrt. Deshalb sage ich dir nicht, wo sich Jonny befindet. Ich habe diese Szene vorausgesehen und meine Maßnahmen getroffen. Du sollst keine Unklugheit begehen, solange ich es hindern kann. Was geht dich im Grunde dieses Mädchen an? Nichts. Es wird nicht lange dauern, dann heiratest du. Was soll dann Fräulein Warrens in Wildenfels, in welcher Eigenschaft soll sie deiner künftigen Frau gegenüberstehen?"

Lothar rang mühsam nach Fassung.

„Mama – ich verlange sofort von dir Jonnys Aufenthalt zu wissen."

„Nein, von mir erfährst du ihn nie."

„Was veranlaßt dich zu dieser grausamen Handlungsweise gegen ein hilfloses Geschöpf?" fragte er heiser vor Erregung.

Gräfin Susanne richtete sich stolz auf.

„Das will ich dir sagen, mein Sohn. Ich will verhüten, daß dieses obskure Fräulein Warrens weiter mit dir kokettiert und dich in ihre Netze zieht. Denkst du, ich weiß nicht schon längst, daß du verliebt in sie bist und mit dem Gedanken spielst, sie zur Gräfin Wildenfels zu machen? Deine Art und Weise, dich zu ihrem Ritter aufzuwerfen, hat mir alles verraten. Ich dulde nicht, daß du so schmählich die Traditionen unseres Hauses vergißt. Du sollst würdig bleiben deiner Abstammung aus einem der edelsten Geschlechter des Landes. Danke es mir, daß ich meine Hand über dich hielt und das Ärgernis aus dem Wege räumte. Ich verbiete dir, dich weiter um das Mädchen zu kümmern."

Lothar hatte die Stirn in düstere Falten gezogen. Um seinen Mund lag jener Ausdruck unbeugsamer Willensstärke, den sie schon oft gesehen hatte.

„Ebenso leicht könntest du mir verbieten, zu existieren", sagte er mit harter, klingender Stimme. „Da du selbst davon sprichst, will ich es dir nicht verhehlen. Ja, ich liebe Jonny Warrens mit aller Kraft und Innigkeit meines Herzens, und sie soll meine Frau werden, wenn sie mir angehören will. Stolz und glücklich werde ich sein, wenn dieses Mädchen Gräfin Wildenfels werden will. Mit den tö richten Vorurteilen unseres Standes kannst du nicht unterdrücken, was Gott selbst mir ins Herz gelegt hat. So sehr du dich dagegen wehrst, Jonny als deine Schwiegertochter willkommen zu heißen, es wird dir nicht helfen. Mein Entschluß ist unabänderlich, Jonny wird meine Frau."

Sie starrte ihn fassungslos an. Daß er so offen eingestand, was sie im geheimen gefürchtet hatte, übertraf ihre schlimmsten Ahnungen.

„Bist du von Sinnen?" rief sie außer sich vor Angst und Empörung.

„Nein, Mama. Ich bin bei vollem Verstand und so ruhig, wie ich unter den obwaltenden Umständen sein kann. Ich betrachte Jonny schon jetzt als meine Braut, da ich hoffe, daß sie mich wiederliebt. Und Großmama, die gütigste Frau, die mir im Leben begegnet ist, eine echte Gräfin Wildenfels, hat mir ihren vollen Segen gegeben zu diesem Bunde."

Lothars Mutter lachte hart auf.

„Ah – dachte ich es doch! Deine Großmutter wußte also um diese törichte Liebschaft."

Lothar fuhr auf.

„Bitte, wähle deine Worte besser. Von einer ‚Liebschaft' kann hier keine Rede sein. Jonny weiß nichts von meinen veränderten Gefühlen. Auf Großmamas Wunsch habe ich sie nicht damit beunruhigt. Aber ich liebe sie mit einer reinen, tiefen Liebe, und du sollst mich nicht hindern, ihr mein Herz und meine Hand anzubieten."

Sie sah ihn mit höhnisch funkelnden Augen an.

„Vielleicht doch!" rief sie schneidend. Und ruhiger und gemessener werdend, fuhr sie fort: „Ich hoffe, du kommst zur Vernunft, wenn du dir die Sache ruhig überlegt hast. Um eine Liebelei wirft man nicht geheiligte Traditionen beiseite. Du wirst einsehen, daß ich dein Bestes wollte. Ehe du nicht vernünftig geworden bist und mir dein Ehrenwort gibst, diese törichte Idee aufzugeben, wirst du von mir Fräulein Warrens' Aufenthalt nicht erfahren. Und ich habe dafür gesorgt, daß du ihn auch nicht von anderer Seite erfährst. Ich bin zum Äußersten entschlossen, um den Namen Wildenfels von jedem Makel rein zu halten.

Mein Sohn soll nicht der erste des Hauses sein, der vergißt, was er seinem Namen schuldig ist."

Sie ging erregt einige Male im Zimmer auf und ab. Lothar war an den Kamin getreten und stützte seinen Arm auf den Sims. Er hielt gewaltsam an sich, um die Herrschaft über sich selbst nicht zu verlieren. In seinem Herzen lebte jetzt vor allen Dingen Angst und Sorge um Jonny. Was mußte sie erduldet haben, seit ihre gütige Beschützerin die Augen für immer geschlossen hatte!

Nach einer Weile blieb seine Mutter in stolzer Haltung vor ihm stehen.

„Ich will nicht mit verdeckten Karten spielen. Du sollst wissen, daß ich Briefe von dir und Fräulein Warrens zurückhielt, um sie nicht an ihre Adresse gelangen zu lassen. Sie liegen in meinem Schreibtisch verwahrt. Ebenso habe ich Fräulein Warrens untersagt, an dich zu schreiben. Und wenn diese an jemand hier im Schlosse ihre Adresse gelangen lassen wollte, wäre das vergebliches Bemühen. All ihre Briefe gehen durch meine Hand. Ich gebe dir mein Wort, daß ich in anständiger Weise für Fräulein Warrens sorge. Aber wiedersehen wirst du sie mit meinem Willen nicht, bevor du vernünftig geworden bist. So, mein Sohn – nun weißt du, daß ich zu allem entschlossen bin, um die Schmach einer unebenbürtigen Heirat von dir abzuwenden."

Lothar sah seine Mutter an, als sähe er sie heute zum ersten Male.

„Ist das dein letztes Wort, Mama? Gilt dir mein Glück nichts, gar nichts?"

„Es ist mein letztes Wort", sagte sie fest. „Du weißt jetzt in deiner blinden Verliebtheit nicht, was dein Glück ist. Später wirst du mir danken, daß ich dich vor diesem sogenannten Glück behütete!"

Lothar richtete sich auf. Seine Augen blitzten entschlossen.

„Also dann auch mein letztes Wort. Ich werde nach Jonny suchen, und wenn ich die ganze Welt durchforschen müßte. Und ich werde sie finden – trotz deiner Gegenmittel. Umsonst bin ich nicht Diplomat gewesen. Und wenn ich sie gefunden habe, wird sie meine Frau, gleichviel ob mit oder gegen deine Einwilligung. Du kannst unsere Verbindung hinauszögern, aber nicht verhindern."

„Wenn ich sie nur so lange hinauszögern kann, bis du zu Verstand gekommen bist. Dein Urlaub wird ja bald zu Ende sein. Dann gehst du nach Rom zurück, und ich wette, wenn das Jahr vorbei ist, denkst du nicht mehr an Fräulein Warrens."

„Die Wette würdest du verlieren", sagte er kalt, „denn ich werde nicht nach Rom zurückgehen. Mein Abschiedsgesuch ist längst eingereicht."

Sie fuhr auf.

„Das dulde ich nicht."

„Du wirst es dulden müssen! Ich habe jetzt nur ein Ziel, Jonny zu finden. Weil du mir ihren Aufenthalt nicht verraten willst, gehe ich auch nicht nach Rom zurück. Deine Handlungsweise entbindet mich meines Versprechens."

„Du wagst es, meinem Willen zu trotzen?"

„Ich erkenne keinen Willen mehr an als den meinen! Hier bin ich der Herr", sagte er mit klingender Stimme.

„Lothar!" rief sie drohend.

Er gab ihren Blick ruhig zurück.

„Verzeih, aber du hast selbst jede Zusammengehörigkeit zwischen uns zerschnitten. Liebe, echte Mutterliebe habe ich nie von dir erfahren. Du hättest mich darben und hungern lassen nach Liebe, wenn Großmama sich meiner nicht erbarmt hätte. Sie ist meine wahre Mutter gewesen. Ich habe dir nie einen Vorwurf gemacht. Auch jetzt soll es kein Vorwurf sein, nur eine Feststellung der Tatsachen. Du konntest nicht Liebe geben, weil du sie nicht empfunden hast. Nicht für mich und nicht für meinen Vater. Aber mir graut, wenn ich daran denke, daß ich eine Frau nach deinem Sinn heiraten müßte, eine seelenlose Puppe wie diese Komteß Liebenau. Mir graut vor einer Ehe in deinem Sinne, in der meine Kinder an Liebe darben müßsen."

Gräfin Susanne stand mit starrem, farblosem Gesicht vor ihm. Seine Worte klagten sie an, aber sie wehrte sich dagegen.

„Du glaubst nicht an meine Liebe, weil ich sie dir nicht in schwächlicher Sentimentalität zeigte, wie das deine Großmutter getan hat."

„So beweise mir jetzt deine Liebe und sage mir, wo ich Jonny finde, und segne unsern Bund. Dann will ich daran glauben, denn mein Leben ist ohne Jonny Stückwerk. Erst ihr Besitz wird meines Seins Vollendung bedeuten."

Er sah sie flehend an. Aber sie warf den Kopf zurück.

„Niemals", antwortete sie schroff und herb. „Du weißt, was ich dir in Rom geschworen habe, an meinem Schwur halte ich fest."

Da wandte er sich zum Gehen.

„Gestatte, daß ich mich zurückziehe. Wir haben uns nichts mehr zu sagen."

Sie neigte nur stumm das Haupt.

Ohne sein Zimmer aufzusuchen, betrat Lothar oben Gräfin Theas Gemächer. Grill saß gewohnheitsgemäß an ihrem Fensterplatz, obwohl sie jetzt nicht mehr hier gebraucht wurde. Sie sprang auf, als Lothar eintrat. Ihr kummervolles Gesicht rötete sich vor Freude.

„Der gnädige Herr Graf sind endlich wieder gesund", stammelte sie und sah in sein blasses, zerquältes Gesicht. Sie ahnte, was die tiefe Falte auf seiner Stirn zu bedeuten hatte.

„Ja, Grill, ich bin nun endlich da. Geht es Ihnen gut?"

„Untertänigsten Dank. So gut es einer alten Frau gehen kann, die zu nichts mehr nütze ist."

„Sagen Sie das nicht, Grill. Aber ich weiß, Ihr treues Herz hat auch einen schweren Verlust erlitten."

Grill wischte hastig die Tränen mit dem Schürzenzipfel fort.

„Das weiß Gott, Herr Graf. Der Tod hat mir meine geliebte Herrin genommen, und – nun – und Fräulein Jonnychen ist fort!" Sie sah ihn beschwörend an.

Lothar trat dicht an sie heran und legte seine Hand auf ihre Schulter.

„Grill – wissen Sie, wo man Fräulein Jonny hingebracht hat?"

Grill schüttelte betrübt den Kopf.

„Nichts weiß ich. Fräulein Jonny wollte mir gleich schreiben, aber ich habe noch keine Zeile von ihr und ängstige mich sehr. Ich weiß nur, daß die Dame, die sie abholte, Frau Doktor Brinkmann heißt. Kein Mensch im ganzen Schloß weiß, wo die Reise hingegangen ist. Aber todunglücklich ist Fräulein Jonny gewesen, daß sie fort mußte.“

„Hat sie Ihnen nichts für mich aufgetragen?“ fragte er erregt.

Grill seufzte.

„Ach du lieber Gott – das hat sie nicht gewagt, weil doch – aber ich weiß nicht, ob ich das sagen darf.“

„Alles sollen Sie mir sagen, Grill, ich bitte Sie herzlich darum.“

Grill sah ihn mit ängstlichem Forschen an, als sie zögernd sagte:

„Nun – weil der gnädige Herr Graf sich bald mit Komteß Liebenau verloben.“

Lothar zuckte zusammen.

„Wer hat Jonny das gesagt?“

„Die Frau Gräfin Mutter, Herr Graf.“

Lothar stöhnte auf.

„Und das hat sie geglaubt?“

Grill hätte vor Freuden beinahe den schuldigen Respekt vergessen, als sie aus seinen Worten hörte, daß diese Verlobung doch wohl nicht feststand.

„Ja, gewiß, Fräulein Jonny mußte das glauben – weil es Frau Gräfin Mutter selbst gesagt haben – und daß nun kein Platz mehr im Schlosse sei für Fräulein Jonnychen. Unglücklich ist sie gewesen! Als sie herüberkam von Frau Gräfin – da fand ich sie gleich darauf in ihrem Zimmer auf dem Fußboden liegend – als ob sie sterben müsse. So elend und verzweifelt war sie – mir hat es beinahe das Herz gebrochen. Und dann wollte sie immer tapfer sein und sich zusammennehmen. Aber lieber Gott – das ging nicht so leicht. Und als sie dann mit der fremden Dame fortfuhr – da –“ Grill brach in Tränen aus – „da hat sie noch einmal zu mir heraufgesehen, als ginge es nun in den Tod.“

Lothar wandte sich ab, um sein zuckendes Gesicht zu verbergen. Er ballte die Hände zu Fäusten, und seine Brust rang mühsam nach Atem. Endlich hatte er sich wieder in der Gewalt und wandte der alten Frau sein blasses Gesicht zu.

„Ich danke Ihnen, Grill. Wissen Sie, welchen Zug die beiden Damen benutzt haben?"

„Ja, Herr Graf. Um halb zwölf Uhr ist er abgegangen."

Er sann eine Weile nach.

„Und sonst konnten Sie nichts in Erfahrung bringen?"

„Nein. Die Fahrkarten hat die fremde Dame selbst gelöst, hat auch das Gepäck selbst aufgegeben. Ich fragte schon den Kutscher und den Diener, die mit zum Bahnhof gefahren sind."

„Nun gut, Grill. Wenn Sie noch irgend etwas in Erfahrung bringen, so melden Sie es mir gleich."

„Sehr wohl, Herr Graf."

Er nickte ihr zu und ging in Gräfin Theas Wohnzimmer zurück. Wohlüberlegt hatte Gräfin Susanne gehandelt und nur der guten Grill nicht gedacht.

Müde ließ er sich dort in den Sessel am Schreibtisch fallen und zog den Schlüssel hervor, den er von seiner Großmutter erhalten hatte. Er schloß das Fach auf und zog eine Kassette heraus. Nachdem er sie geöffnet hatte, nahm er ein Kuvert an sich. Sinnend las er die Aufschrift. Dann schnitt er es auf. Das versiegelte Dokument legte er beiseite und las erst das andere Schriftstück. Es lautete:

„Mein lieber Lothar! Hältst Du diesen Brief in den Händen, dann bin ich für immer von Dir gegangen. Abschied will ich auf alle Fälle von Dir nehmen, ehe Du nach Rom gehst, denn ich fühle es fast mit Gewißheit, daß ich Dich nicht wiedersehe. Was ich Dir noch zu sagen habe, steht hier aufgezeichnet. Zuerst: Sorge gut für meine Leute – hauptsächlich meine alte, treue Grill lege ich Dir ans Herz. Sie soll, ganz nach Wunsch und Gefallen, in Wildenfels ihr Leben beschließen und niemand mehr gehorchen müssen als Dir allein. Sie soll bis an ihr Ende das doppelte Gehalt beziehen als bisher, damit sie sich auch Extrawünsche erfüllen kann.

Und nun zu meinem Herzenskind Jonny. Du liebst sie und willst sie zu Deiner Frau machen. Mein Segen soll Euch begleiten. Aber Deine Mutter ist eine strenge Frau, ich sehe schlimme Kämpfe für Dich voraus. Und da ich Dir vielleicht nicht mehr beistehen kann, will ich Dir für den schlimmsten Fall ein Mittel in die Hand geben, mit welchem Du ihren Widerstand besiegen kannst. Sie ist so stolz auf den Namen Wildenfels, daß sie es als Schmach betrachten wird, wenn ihm der schlichte Name Warrens beigesellt wird. Ich habe lange geschwankt, ob ich Dir ein Geheimnis preisgeben soll, das einen Schatten auf das Leben Deines Vaters, meines inniggeliebten Sohnes, wirft. Gern hätte ich es mit ins Grab genommen, ich hätte es tun dürfen, wenn ich mein Werk hätte vollenden können. Aber ich weiß, es ist im Sinne Deines Vaters, daß ich Dir und Deiner Mutter das Geheimnis preisgebe, wenn ich damit Dein Lebensglück erkaufen und zu gleicher Zeit mein Werk zur Vollendung führen kann. Und deshalb, mein lieber Lothar – wenn Du keinen Ausweg mehr weißt, wenn Du den Widerstand Deiner Mutter, in Eure Verbindung zu willigen, nicht anders brechen kannst, dann öffne das beiliegende Dokument. Lies es und lege es Deiner Mutter vor. Es wird ihrem Stolz einen harten Schlag versetzen – und Dir wird es vielleicht das Bild Deines Vaters trüben. Aber bedenke dann: Kein Mensch ist ohne Schuld und Fehler. Ich habe meinen Sohn darum nicht weniger geliebt, und Du wirst den Vater auch nicht weniger lieben. In seiner Sterbestunde gab er mir dies Dokument mit der Bitte, seine Schuld zu sühnen. Mein Leben war seit jener Stunde nur diesem Zweck geweiht. Und wenn Du mit Jonny vereint und glücklich bist, dann ist das Ziel erreicht, wonach ich strebte.

Jonny soll nicht mit leeren Händen Deine Frau werden. Ich setze ihr auf alle Fälle die Hälfte meines Vermögens als Erbteil aus. Und dann soll das Halsband, welches Du in der Kassette findest, mein Hochzeitsgeschenk für sie sein.

Nun bin ich zu Ende. Ich grüße Euch noch ein letztes Mal, meine beiden, lieben Kinder. Gottes reichster Segen sei mit Euch!

Und wenn Ihr Euch angehört, dann vernichte das Dokument und weihe Deinem Vater ein ebenso liebevolles Andenken wie Deiner treuen Großmutter."

Lange saß Lothar und sah auf die Zeilen nieder. Dann hob er den Blick zum Bilde seines Vaters.

Welche Schuld dich auch bedrückt haben mag – ich habe nicht darüber zu richten, und nichts soll meine kindliche Liebe zu dir erschüttern, denn du hattest mich lieb, dachte er bewegt.

Er wog das Schriftstück in der Hand, das seines Vaters Schuldbekenntnis enthielt und blickte die Siegel an. Würde er sie öffnen müssen?

Wenn er konnte, dann wollte er es vermeiden, dann sollte dies Dokument uneröffnet verbrannt werden. Erst wenn er alles andere versucht hatte, wollte er zu diesem letzten Mittel greifen, denn nicht nur seine Augen, auch die scharfen kalten Blicke der Mutter mußten dann dies Schuldbekenntnis lesen. Noch einmal las er das Schreiben seiner Großmutter durch. Dann steckte er es zu sich. Das Dokument legte er zu dem Halsband in die Kassette und trug diese hinüber in sein Arbeitszimmer, wo er sie in seinem Schreibtisch verschloß.

Nachdem er sich mit Hilfe seines Dieners umgekleidet und einen Imbiß zu sich genommen hatte, ließ er sich seiner Mutter melden.

30

Gräfin Susanne empfing ihren Sohn in ihrem blauen Boudoir mit derselben kühlen und unbewegten Miene wie sonst. Nachdem Lothar ihr gegenüber Platz genommen hatte, ging er sofort auf sein Ziel los.

„Ich habe soeben von Großmamas letztwilligen Verfügungen Kenntnis genommen und möchte dich davon unterrichten."

„Bitte sehr, ich werde dir aufmerksam zuhören", sagte die Gräfin wohlerzogen.

Lothar sah sie mit brennenden Augen an.

„Mama, hat sich in deinem Herzen noch keine Stimme zu meinen Gunsten geregt?“ fragte er bittend.

Sie sah ihn kühl erstaunt an.

„Du scheinst eine sehr geringe Meinung von meiner Willensstärke zu haben und vergißt immer wieder, welchen Schwur ich abgelegt habe. Der würde mich sogar gegen meinen Willen binden.“

Er zog die Stirn kraus und biß sich auf die Lippen. Seine Brust hob sich in einem tiefen Atemzug.

„Du wolltest mir von Großmamas Bestimmungen sprechen“, sagte sie leichthin im Unterhaltungston.

„Allerdings. Diese Bestimmungen betreffen nur Großmamas Dienerschaft und Jonny.“

„Ach, bitte, nenne diese junge Dame in meiner Gegenwart wenigstens Fräulein Warrens.“

Er sah sie mit schmerzlichem Zorn an. Dann fuhr er fort:

„Die Sorge für die Dienerschaft überläßt Großmama mir. Frau Grill soll bis an ihr Lebensende das doppelte Gehalt beziehen und sonst ganz nach ihrem Wunsch und Gefallen in Wildenfels ihr Leben beschließen.“

Gräfin Susanne nickte.

„Das ist nur recht und billig. Frau Grill diente Großmama ein Menschenalter. Nun bitte weiter.“

„Außerdem hat Großmama nur Fräulein Warrens bedacht. In der Voraussetzung, daß die junge Dame meine Frau wird, hat sie ihr, damit sie nicht mit leeren Händen in die Ehe tritt, die Hälfte ihres Vermögens vermacht und ihr außerdem das Halsband zum Hochzeitsgeschenk bestimmt.“

Seine Mutter setzte sich mit einem Ruck steif empor.

„Unerhört. Das geht zu weit!“ stieß sie hervor.

Lothars Gesicht blieb unbewegt.

„Es steht uns nicht zu, Großmamas Willen zu kritisieren. Sie hatte freie Verfügung über ihr Vermögen und den von ihr eingebrachten Schmuck.“

Gräfin Susanne erstickte fast vor Grimm. Endlich sagte sie heiser:

„Es müßte erst geprüft werden, ob diese Verfügung rechtskräftig ist und ob man sie nicht anfechten könnte."

„Für mich ist sie jedenfalls rechtskräftig und bindend", antwortete er bestimmt. „Und anfechten würde ich sie auch dann nicht, wenn Fräulein Warrens nicht meine Frau würde."

Seine Mutter starrte düster vor sich hin.

„Es ist und bleibt unerhört. So mir nichts, dir nichts willst du diesem Fräulein Warrens ein Vermögen von fast einer halben Million in den Schoß werfen?"

„Ich werde ihr zukommen lassen, was nach Großmamas Willen ihr gehört."

„Unglaublich, unglaublich! Da zeigt sich die Liebe deiner Großmutter zu dir in recht eigentümlicher Beleuchtung. Du rangierst in ihrem Herzen auf der gleichen Stufe mit Fräulein Warrens!"

Ihre Stimme war bei diesen Worten mit Hohn getränkt. Lothar sah ihr mit einem scharfen Blick in die höhnisch funkelnden Augen.

„Du wirst mich nicht wankend machen in dem Glauben an Großmutters Liebe. Sie weiß, daß diese Verfügung ganz in meinem Sinne getroffen wurde. Übrigens hat sie mir das Vermögen nicht entziehen wollen, denn es kommt durch meine Heirat mit Fräulein Warrens an mich zurück. Großmama wollte nur verhüten, daß man sagen könnte, die künftige Gräfin Wildenfels sei als Bettlerin vor den Altar getreten."

Die Gräfin fuhr heftig auf.

„Ich verbitte mir, daß du so selbstverständlich von dieser Heirat sprichst. Solange dieser Rausch von Verliebtheit bei dir anhält, will ich dir manches hingehen lassen, aber überschreite nicht die Grenzen meiner Geduld."

Lothar blieb ruhig.

„Du irrst dich, hier handelt es sich nicht um einen Rausch von Verliebtheit, sondern um eine heilige, tiefe Neigung, die nie enden wird. Jetzt bitte ich dich noch einmal um Fräulein Warrens' Adresse, damit ich ihr von Großmamas letztem Willen Mitteilung machen kann. Du siehst doch ein, daß du die Dinge nicht aufhalten kannst mit der törichten Weigerung, mir ihren Aufenthalt mitzuteilen."

„Überlasse es mir, an meinem Verhalten Kritik zu üben. Die Adresse erfährst du von mir nicht. Ich werde Fräulein Warrens selbst Nachricht geben, in welcher Weise sie bedacht worden ist. Mag sie meinetwegen diese unsinnig große Summe ausgezahlt bekommen, deswegen ist sie doch unmöglich als Schwiegertochter. Ich halte fest an dem, was ich gesagt habe."

Lothar preßte die Hände zusammen.

„Gut, so werde ich ihren Aufenthaltsort auf andere Art zu ermitteln suchen. Du brauchst dich nicht zu bemühen, ich werde Fräulein Warrens selbst von Großmamas letztem Willen in Kenntnis setzen. Finden werde ich sie, das kannst du mir glauben."

„Wir werden sehen. Mit meinem Willen soll es jedenfalls nicht geschehen."

Lothar sah eine Weile stumm vor sich hin. Dann richtete er seine Augen mit einem sonderbaren Ausdruck auf seine Mutter.

„Noch eins, Mama. Ich muß auf unsere Unterredung in Rom zurückkommen, auf den Schwur, den du ablegtest. Er lautete: ‚Ich schwöre dir, nie werde ich meinen Segen geben zu einer unebenbürtigen Heirat, so wahr das Wappenschild der Grafen Wildenfels rein und makellos ist bis auf den heutigen Tag.' Nicht wahr, so sagtest du?"

Sie sah ihn ein wenig verwundert an.

„Gewiß, so sagte ich, und du siehst, daß ich durch diesen Schwur gebunden bin. Aber was soll das?"

In Lothars Augen zuckte es auf.

„Ich wollte dich nur fragen, ob du damals an Fräulein Warrens dachtest?"

„Allerdings, ich ahnte schon damals Unheil."

„Und du gehst von diesem Schwur nicht ab?"

„Niemals."

„Du bindest dich damit unbedingt für alle Zeit?"

„So ist es."

„Wenn ich dir also nicht einen Makel auf unserem Namen nachweisen kann, gibt es für mich keine Hoffnung, deine Einwilligung zu meiner Heirat mit Fräulein Warrens zu erhalten?"

„Keine."

„Es bleibt mir also nur übrig, einen Makel auf unserem Namen nachzuweisen, dann würde ich deine Einwilligung erhalten?"

Sie sah ihn fest an.

„Dann würdest du sie erhalten, denn dann hätte ich keine Berechtigung zu meinem Stolz. Aber denke nicht, daß du mich damit fangen kannst. Verliebte sind unberechenbar. Du wärst wohl imstande, dir irgendeinen Makel aufzubürden, nur um zu deinem törichten Ziel zu kommen. Aber das wäre ungültig. In meinem Schwur heißt es: ‚bis zum heutigen Tage'. Also es würde dir nichts helfen, wenn du unsinnig genug wärst, selbst noch irgend etwas anzustellen. Und die Chronik unseres Hauses kenne ich genau, da gibt es nicht den Hauch eines Makels. Deine Vorfahren waren alle ehrenhafte, untadelige Männer von vornehmer Denkungsart."

„Es ist gut, Mama. Mein Wort darauf, ich denke nicht daran, etwas Unrechtes zu tun. Wir wollen beide diese Unterredung nicht vergessen."

Sie stutzte ein wenig und sah ihn forschend an.

„Die Familienchronik liegt drüben auf meinem Schreibtisch, wenn du sie einsehen willst", sagte sie mit einem leisen, spöttischen Beiklang. „Vielleicht findest du dann auch deinen Stolz wieder, ein Sproß dieses edlen Geschlechtes zu sein. Er scheint dir abhanden gekommen zu sein."

„Ich bedarf dessen nicht, Mama. Nach meiner Ansicht hat ein Mensch nur das Recht, auf sich selbst stolz zu sein, wenn er es verdient. Stolz auf Leistungen und Tugenden anderer Menschen – seien es auch die nächsten Angehörigen – ist wie ein Schmücken mit fremden Federn."

Sie lachte hart auf.

„Das war sicher eine Sentenz deines früheren Hauslehrers. Was versteht solch ein Mensch von Traditionen. Aber beenden wir dies Gespräch, wenn du mir nichts Wichtiges mehr zu sagen hast. Auf Wiedersehen bei Tisch."

Er verneigte sich stumm und küßte höflich ihre Hand.

Dann ging er hinaus. In seinem Zimmer angelangt, ließ er den Hausmeister zu sich rufen. Als dieser eintrat, sagte Lothar: „Schiffler, die Posttasche wird wohl immer zuerst meiner Mutter übergeben?“

„Bisher – ja, Herr Graf. Frau Gräfin haben das so bestimmt.“

„Meine Mutter besitzt den Schlüssel dazu?“

„Herr Graf vermuten richtig. Einen Schlüssel besitzen Frau Gräfin, der andere ist in den Händen des Herrn Vorstehers von unserer Poststation im Dorfe.“

„Hm. Gut – ich danke Ihnen, Schiffler. Und was ich sagen wollte – in Zukunft legen Sie mir zuerst die Posttasche vor. Auch die abgehenden Postsachen will ich immer erst durchsehen, verstanden, es soll kein Brief, keine Postsendung aus dem Hause gehen, die ich nicht zuvor gesehen habe.“

„Herr Graf können sich auf mich verlassen.“

„Das weiß ich, Schiffler. Sie sind mir treu ergeben wie meinem Vater. Es bedarf wohl keines Wortes, daß niemand etwas von meinem Befehl erfährt, auch meine Mutter nicht. Ich habe meine Gründe.“

Schiffler legte beteuernd seine Hand auf das tadellose Oberhemd, das wie immer eine weiße Krawatte zierte.

„Es ist gut, Schiffler. Sie können gehen. Wie lange ist noch bis zur Abendtafel?“

„Gut eine Stunde.“

Lothar überlegte. Dann erhob er sich rasch. „Schnell das Auto vorfahren lassen!“

Wenige Minuten später fuhr er ins Dorf zur Poststation. Dort erzählte er dem Beamten, daß er seinen Schlüssel zur Posttasche verloren habe. Der Beamte möge ihm vorläufig, bis er sich einen neuen habe anfertigen lassen, mit der Posttasche jedesmal den Schlüssel im verschlossenen Umschlag mitschicken.

Der Beamte versicherte höflichst seine Bereitwilligkeit.

Lothar fuhr befriedigt nach Hause. Schon am nächsten Tage ließ er sich einen Nachschlüssel anfertigen. Und seine Mutter hatte keine Ahnung, daß ihr Sohn ihre Vorsichtsmaßregeln zunichte machte.

Am nächsten Vormittag ließ Lothar den Rendanten und die beiden Verwalter zu sich rufen. Er teilte ihnen mit, daß er in Zukunft in Wildenfels zu bleiben gedenke und die Oberaufsicht über die Geschäfte in seine Hand nehmen wolle.

„Denken Sie nicht, meine Herren, daß ich Ihre Befugnisse in irgendeiner Weise beschneiden will, oder daß ich nicht mit Ihren Leistungen zufrieden bin. Ich habe nur keine Lust, draußen in der Welt ein Amt auszufüllen, das mir keine Befriedigung bringt. Wie mein Vater will ich selbst mitarbeiten am Gedeihen meiner Besitzungen. Und ich bitte Sie, mir weiter wie bisher Ihre treuen Dienste zu leihen und mich zu unterstützen und zu belehren in Dingen, die mir noch fremd sind."

So sagte er zum Schluß in seiner warmen, liebenswürdigen, aber bestimmten Art, die alle seine Angestellten an ihm schätzten.

Die Herren versicherten ihm, daß sie sich seines Entschlusses freuten. Augenscheinlich war es ihnen angenehmer, mit Lothar geschäftlich zu verhandeln, statt wie bisher mit Gräfin Susanne, die ihren Sohn in ihrer kalten, hochmütigen Weise vertreten hatte.

Lothar schüttelte ihnen die Hände und besprach noch einiges mit ihnen. Dann entließ er sie.

Unruhig ging er, als er allein war, im Zimmer auf und ab. Seine Gedanken suchten in schmerzlicher Sehnsucht und Ungeduld Jonny da draußen in der Welt. Wo mochte sie weilen, und wie würde sie die Trennung von Wildenfels ertragen haben? Ihre Gedanken waren sicher unablässig in der alten Heimat. Was mochte sie von ihm denken? Ob sie wirklich glaubte, daß er sich mit einer anderen verloben würde? Er hatte ihr ja nicht in klaren Worten seine Liebe erklärt. Aber wenn sie ihn liebte, wie er sie – mußte sie nicht auch das Unausgesprochene verstanden haben? Und wie hatte die falsche Nachricht von seiner bevorstehenden Verlobung auf sie gewirkt? Galt ihr Schmerz, ihre Verzweiflung nur der Trennung von Wildenfels? Nein – nein, er wußte es, er galt auch dem Gedanken, daß er sich mit einer anderen verlobte. Vielleicht war ihr durch diese

Nachricht erst zum Bewußtsein gekommen, was er ihr war. Lothar kannte Jonny zu gut! Er hatte mit seinen Vermutungen das Richtige getroffen.

Aber gerade darum wußte er auch, wie elend Jonny zumute sein mußte. Sie hatte keinen Menschen, zu dem sie mit ihrem Leid flüchten konnte. Er grollte seiner Mutter, daß sie ihm Jonnys Aufenthalt nicht verriet. Wenn sie ihren Sohn kannte, mußte sie sich sagen, daß sie damit das Schicksal nicht aufhalten konnte, sondern ihm nur eine nutzlose, unerträgliche Marter bereitete. Um nur irgend etwas zu tun, ging er nochmals zu Grill hinüber. Er teilte der alten Frau mit, was seine Großmutter über sie bestimmt hatte.

Sie dankte ihm mit tränenden Augen. Er wehrte ab.

„Mir brauchen Sie nicht zu danken, Grill, es ist mir eine Freude, Ihnen sagen zu können, daß Sie nun ganz nach Wunsch und Behagen hier leben können. Niemand hat ihnen etwas zu sagen, und wenn Sie einen besonderen Wunsch haben, wenden Sie sich nur an mich. Aber nun zu etwas anderem, Grill. Bitte, beschreiben Sie mir doch einmal das Äußere dieser Frau Doktor Brinkmann."

Grill tat es gewissenhaft.

„Haben Sie sie sprechen hören?"

„Ja, Herr Graf."

„Sprach sie irgendwelchen Dialekt?"

„Nein – nicht eigentlich – aber der Tonfall war anders als hier in unserer Gegend."

„Hm – der Zug elf Uhr dreißig ist der Berliner Schnellzug. Sprach die Dame wohl wie eine Berlinerin?"

„Nein, in Berlin bin ich ja oft genug mit der hochseligen Frau Gräfin gewesen, da sprechen die Leute anders."

„Also ist diese Dame wohl noch weiter gefahren. Nun, ich danke Ihnen, Grill, und sprechen Sie mit niemand über die Angelegenheit."

„Herr Graf brauchen mir das nicht zu sagen."

Lothar nickte ihr zu und ging hinaus.

Sein Kopf arbeitete wie der eines Detektivs. Aber er hatte zu wenig Anhaltspunkte, um auf Jonnys Spur zu kommen. Polizeiliche Hilfe wollte er keinesfalls in Anwendung bringen. Vielleicht brachte ihm die Posttasche Aufschluß.

Da seine Mutter nicht ahnte, daß er sie beobachtete, war sie vielleicht in irgendeiner Weise unvorsichtig. Einige Tage wollte er es abwarten. Brachte er nichts in Erfahrung, dann wollte er die Hilfe eines Detektivs in Anspruch nehmen, so unangenehm ihm dieser Gedanke auch war. Aber abgesehen von seiner eigenen Sehnsucht und Unruhe durfte er Jonny nicht länger als unbedingt nötig in der Verbannung lassen.

31

Seit drei Tagen weilte Lothar nun in Wildenfels, ohne das geringste über Jonny ermittelt zu haben. Jeden Tag sah er Postsachen durch. Er hoffte, Jonny werde wenigstens an Grill ihre Adresse schreiben. Daß Jonny dies schon wenige Tage nach ihrer Abreise getan hatte, wußte er nicht. Gräfin Susanne hatte den Brief einfach an Jonny zurückgehen lassen mit dem Bemerken, daß sie ihr einen Briefwechsel mit Bewohnern des Schlosses nicht gestatte.

So aufmerksam Lothar auch die Postsachen kontrollierte, er fand nichts, was ihm einen Fingerzeig gegeben hätte.

Am vierten Tage saß er allein im Speisesaal beim Frühstück, als Schiffler wie jeden Morgen eintrat und ihm die Posttasche vorlegte. Nachdem der Hausmeister sich zurückgezogen hatte, öffnete Lothar die Tasche mit dem Schlüssel, den er sich hatte anfertigen lassen. Einige Briefe und Drucksachen lagen darin. Lothar sah sie erst nur flüchtig durch, weil er nach Jonnys Handschrift suchte. Langsam legte er einen nach dem anderen wieder hinein mit einem enttäuschten Gesichtsausdruck. Zuletzt hielt er noch ein geschäftsmäßiges Kuvert in der Hand, welches an seine Mutter adressiert war. Schon wollte er es zu den anderen legen, als er bemerkte, daß durch das dünne Kuvert die Schriftzüge des einliegenden Briefes durchschimmerten. Mechanisch näherte er es seinen Augen, und plötzlich setzte er sich mit einem Ruck aufrecht und sah scharf und angestrengt auf das Kuvert. Ganz deutlich erkannte er nun oben in der Ecke einige Worte.

„Hersfelde – Pension Brinkmann."

Diese drei Worte übten eine überraschende Wirkung auf ihn aus. Er sprang auf und schwang den Brief wie eine Siegestrophäe in der Luft. An das Fenster tretend, prüfte er noch einmal, das Kuvert fest auflegend, ob er richtig gelesen hatte.

Nun prüfte er den Poststempel. Es stimmte, der Brief war in Hersfelde zur Post gegeben worden. Einen Moment schwankte er, ob er den Brief öffnen sollte. Aber dann warf er ihn ungeöffnet in die Posttasche zurück, verschloß sie und gab sie dem herbeigerufenen Hausmeister wieder zurück. Dabei sah er nach der Uhr.

„So, Schiffler, die Posttasche kann dann meiner Mutter übergeben werden, wenn sie danach verlangt. Aber Mund halten, verstanden?"

„Sehr wohl, Herr Graf."

„Und dann meinen Wagen – ich fahre zur Stadt."

Schiffler zog sich zurück, und Lothar eilte hinauf. Endlich konnte er handeln, endlich wußte er, wo er seine liebe, kleine Jonny suchen konnte. Heiß und unruhig jagte das Blut durch seine Adern, seine Augen blitzten, und die alte Elastizität und Spannkraft machte sich in seinen Bewegungen bemerkbar.

Schnell kleidete er sich um und gab seinem Diener Befehl, ihm etwas Nachtzeug in eine kleine Handtasche zu packen, da er wahrscheinlich in der Stadt übernachten würde. Dann schickte er den Diener mit einem Auftrag fort.

Während er sich fertig machte, hatte er sich einen Plan zurechtgelegt. Unten hörte er den Wagen vorfahren. Er sah nach der Uhr. Es blieb ihm noch genügend Zeit, seine Vorkehrungen zu treffen. Zuerst studierte er im Kursbuch. Inzwischen hatte er den Hausmeister rufen lassen. Als dieser eintrat, ging ihm Lothar entgegen.

„Schiffler, ich habe eine kleine Reise vor, wünsche aber nicht, daß jemand im Schlosse etwas davon merkt. Angeblich fahre ich nur zur Stadt. Im Hotel steige ich ab und schicke den Wagen zurück. Meiner Mutter melden Sie, daß ich zur Stadt gefahren bin, um mit einigen befreundeten Herren zusammenzutreffen. Es sei möglich, daß ich, da ich heute abend den Klub besuchen will, in der Nacht nicht nach Hause komme. Haben Sie das verstanden?"

„Sehr wohl, Herr Graf."

„Gut. Ich werde aber wahrscheinlich auch morgen noch nicht zurück sein. Deshalb melden Sie morgen im Laufe des Tages meiner Mutter, daß ich angerufen hätte mit der Nachricht, daß ich auch die nächste Nacht noch in der Stadt bleiben würde, da ich allerlei Geschäftliches zu erledigen hätte. Sie müssen natürlich eine Zeit abwarten, in der meine Mutter den Anruf unmöglich hätte hören können, etwa, wenn sie ihre Mittagsruhe hält. Verstehen Sie, mir liegt vor allen Dingen daran, daß meine Mutter nichts von meiner Reise merkt. Es handelt sich um eine Überraschung."

Schiffler verneigte sich mit unbewegtem Gesicht. Er merkte wohl, daß etwas zwischen Lothar und seiner Mutter vorging. Die Angelegenheit mit der Posttasche hatte ihm zu denken gegeben. Aber er enthielt sich natürlich jeder Äußerung und richtete sich genau nach Lothars Befehlen, denn dieser war jetzt in Wildenfels höchste Instanz.

„Herr Graf können unbesorgt sein, ich werde alles nach Wunsch erledigen", sagte er devot.

„Es ist gut, Schiffler, ich verlasse mich auf Sie. Nun sind Sie so freundlich und tragen Sie meine Taschen hinunter in den Wagen. Warten Sie unten, bis ich komme, ich habe ihnen vielleicht noch etwas aufzutragen."

Der Hausmeister entfernte sich mit der Handtasche, und Lothar ging schnell hinüber in die Zimmer seiner Großmutter. Wie er erwartet hatte, traf er Grill im Vorzimmer.

„Grill, fühlen Sie sich wohl und kräftig genug, eine Reise zu unternehmen?"

Sie sah ihn erstaunt an.

„Eine Reise, Herr Graf?"

„Jawohl, eine Reise in meinem Auftrag.“

Grill nickte lebhaft.

„Aber gewiß. Der Herr Graf brauchen nicht zu denken, daß ich schwach und hinfällig bin. I bewahre, wenn der Herr Graf wünschen, reise ich noch nach Afrika.“

Lothar lächelte.

„Ganz so weit soll es nicht gehen, Grill. Aber immerhin ist es vielleicht etwas anstrengend für Sie.“

„Ach, das ist nicht schlimm, ich habe jetzt faule Zeit genug gehabt. Der Herr Graf brauchen nur zu befehlen.“

„Gut, Grill. Also geben Sie mal gut acht. Sie reisen heute nachmittag so etwa gegen vier Uhr zur Stadt. Gegen acht Uhr abends treffen Sie dort ein. Vorerst übernachten Sie in einem Hotel. Sie wissen dort Bescheid, nicht wahr?“

„Gewiß, gewiß!“

„Schön! Morgen früh halb acht Uhr fahren Sie mit dem D-Zug vom dortigen Bahnhof nach Hersfelde. Sie sind gegen elf Uhr dort. In Hersfelde suchen Sie das Hotel auf, welches ich Ihnen hier notiert habe. Es wird ein Zimmer für Sie bereit sein. Und dort warten Sie auf weitere Nachrichten. Die Züge habe ich Ihnen zur Vorsicht aufgeschrieben. Sind sie im klaren?“

„Vollständig, der Herr Graf brauchen sich keine Sorgen zu machen. Ich kenne schon so ungefähr die Reise, denn ich war mit der hochseligen Frau Gräfin vor Jahren einmal in Hersfelde zur Kur.“

„Desto besser, Grill, dann wissen Sie Bescheid. Aber nun hören Sie weiter. Nehmen Sie sich für einige Wochen Sachen mit, oder nein, packen Sie dieselben nur, ich schicke sie Ihnen später nach. Jetzt nehmen Sie nur Nachtzeug mit in einer Handtasche. Sie erzählen der Dienerschaft, daß Sie Verwandte besuchen wollen. Sie haben doch Verwandte?“

„Ja, eine Kusine von mir wohnt in Celle.“

„Schön, angeblich reisen Sie dorthin, um Ihre Kusine zu besuchen. Ich habe Ihnen die Erlaubnis dazu erteilt. Verstehen Sie, niemand darf ahnen, wohin Sie reisen.“

Grill nickte bedächtig und überhörte sich selbst noch einmal den ganzen Auftrag.

„Herr Graf dürfen unbesorgt sein."

„Abgemacht, Grill, in Hersfelde sehen wir uns wieder. Aber kein Wort verlauten lassen. Ich baue auf Ihre Verschwiegenheit, es handelt sich um Fräulein Jonny."

Grills Augen strahlten.

„Ach, du lieber Gott, ach, du lieber Gott", sagte sie mit zitternder Stimme.

„Still, nicht so laut, Grill. Also, Sie wissen genau Bescheid. Hier ist Geld, und stecken Sie den Zettel gut ein. Übermorgen mittag sind Sie in Hersfelde."

„Es soll alles recht gemacht werden; Herr Graf sollen zufrieden sein."

Lothar nickte ihr zu und ging hinaus. Wenige Minuten später saß er im Wagen und fuhr davon. Dem Hausmeister hatte er gesagt, daß Frau Grill sich Urlaub erbeten habe, um Verwandte zu besuchen. Er möge dafür sorgen, daß sie zur rechten Zeit zum Bahnhof gefahren würde.

Wie er geplant hatte, stieg Lothar in der Stadt im Hotel ab und schickte den Wagen nach Hause. Dann verließ er jedoch das Hotel gleich wieder und begab sich zum Bahnhof.

Aufatmend warf er sich kurze Zeit darauf in die Ecke seines Abteils. Er hatte alle Vorsichtsmaßregeln angewandt, um bei seiner Mutter keinen Verdacht zu erwekken. Sonst hätte sie wohl dieser Frau Doktor Brinkmann Verhaltensmaßregeln depeschiert oder sonst etwas getan, ihm das Auffinden Jonnys unmöglich zu machen. Er hatte sich ausgerechnet, daß er gegen sieben Uhr abends in Hersfelde eintreffen werde. Dann könnte er am Abend noch nachforschen. In einer so kleinen Stadt konnte es nicht schwer sein, die Pension der Frau Doktor Brinkmann ausfindig zu machen. Und morgen früh konnte er dann schon Jonny gefunden haben.

32

Lothar war in Hersfelde angekommen und hatte in demselben Hotel Wohnung genommen, dessen Namen er der Grill notiert hatte. Er trug sich in das Fremdenbuch nur unter dem Namen Wilden ein, um keine Vorsichtsmaßregel außer acht zu lassen. Daß Jonny ebenfalls gut bewacht würde, bezweifelte er nicht. Noch an demselben Abend brachte er in Erfahrung, wo sich das Haus der Frau Doktor Brinkmann befand. Der Portier des Hotels kannte wohl jeden Menschen im Ort und gab ihm genauen Bescheid.

Lothar bestellte zugleich ein Zimmer für Grill. Nachdem er sich ein wenig erfrischt hatte, ging er noch aus, um sich wenigstens das Haus anzusehen, in dem er Jonny zu finden hoffte. Im Parterre waren mehrere Fenster erhellt, und er sah, daß sich einige Schatten dahinter bewegten. Eines der Fenster war geöffnet, aber es war ein Vorhang vorgezogen, so daß man keinen Einblick in das Zimmer erhielt.

Lothar stand eine Weile am Gartenzaun und sah nach den hellen Fenstern. Und dann ertönte Klavierspiel, und eine frische helle Mädchenstimme sang „Das Veilchen" von Mozart. Das war ohne Zweifel Jonny, die er da singen hörte.

Lothars Brust hob sich etwas freier. Schlimme Dinge konnten in dem freundlichen Haus nicht geschehen. Er wußte nicht, was er eigentlich gefürchtet hatte. Aber wer konnte wissen, welcher Art die Pension der Frau Doktor Brinkmann war. Nun klang helles Mädchenlachen zu dem Lauschenden heraus. Am liebsten wäre er in das Haus hineingestürmt, um zu sehen, ob sich Jonny unter diesen jungen Damen befand. Aber er sah ein, daß es sehr unklug gewesen wäre.

Langsam ging er zum Hotel zurück. Viel Schlaf fand er nicht in dieser Nacht.

Am anderen Morgen bummelte Lothar in den Straßen herum, bis die Zeit gekommen sein würde, wo er anstandsgemäß einen Besuch machen konnte.

Er beschloß, erst einmal am Haus vorüberzugehen und sich die Szenerie bei Tage zu beschauen. Das dichte Gesträuch am Gartenzaun verbarg ihn, ohne ihm einigen Einblick zu versperren. Kurz bevor er die Gartenpforte erreichte, traten aus dem Haus zwei junge Damen. Es war ein hübsches Stumpfnäschen und eine junge Dame mit ekkigem Knabengesicht. An der Pforte trafen sie mit Lothar zusammen. Das Stumpfnäschen warf einen schnellen, koketten Blick auf den vornehmen jungen Herrn. Es ließ sich nie eine Gelegenheit entgehen, ein wenig zu kokettieren, das war ihr Lebensinhalt.

Die beiden jungen Mädchen gingen Arm in Arm vor Lothar her. Er folgte ihnen, um vielleicht etwas von ihrem Gespräch zu verstehen. Fräulein „Eckig" machte leise darauf aufmerksam. Sie gingen am liebsten zusammen aus, weil sie beide viel bewundernde Blicke erhielten und sich in ihrem Glanze sonnen konnten.

„O Gott, er folgt uns! Der ist entzückend – du, solch einen eleganten Menschen hab' ich hier noch nicht gesehen. Du, er beobachtet uns sehr scharf. Er folgt uns sicher mit Absicht."

Jede lächelte geschmeichelt. Eine ließ „ganz aus Versehen" ein Buch fallen, das sie in der Hand hielt.

Natürlich bückte sich Lothar schnell danach, und gab es ihr zurück, indem er artig grüßte.

„Stumpfnäschen" dankte mit einem Lächeln und einem entzückenden Augenaufschlag.

Lothar war nicht gewillt, den „Zufall" ungenützt zu lassen.

„Verzeihung, meine Damen – ist hier in der Nähe vielleicht die Wohnung von Frau Doktor Brinkmann?" Trudi ahnte, daß diese Frage nur ein Vorwand war, ein Gespräch anzuknüpfen. Helma zwickte sie vor Vergnügen in den Arm. Sie sahen sich beide vorsichtig um. Kein Mensch war in der Nähe.

„Frau Doktor Brinkmann wohnt im vierten Haus von hier. Wir haben es eben verlassen."

„Ah, das ist ja ein günstiger Zufall. Sie können mir gewiß Auskunft geben, ob Frau Doktor Brinkmann jetzt zu sprechen ist."

„Frau Doktor ist augenblicklich nicht zu Hause. Sie wird jedoch bald zurück sein“, erwiderten beide und zwickten einander. Augenscheinlich amüsierten sich die beiden königlich und waren gespannt, welche Wendung das Gespräch nun nehmen würde.

Lothar war angenehm überrascht, als er hörte, daß Frau Doktor Brinkmann nicht zu Hause war. So glückte es ihm vielleicht, Jonny zu sehen und zu sprechen.

„Ich danke Ihnen für die Auskunft, mein liebes Fräulein. Eigentlich gilt mein Besuch weniger Frau Doktor Brinkmann, als einer jungen Verwandten von mir, die in ihrem Hause seit kurzer Zeit lebt. Würden Sie die Güte haben, mir zu sagen, auf welche Weise ich zu Fräulein Jonny Warrens gelangen kann? Ich muß sie in einer dringenden Angelegenheit sprechen.“

Eine sog mit einer drolligen kleinen Grimasse die Luft ein und sah Lothar an, als wollte sie sagen: „Sieh, sieh, hier stimmt was nicht!“ Lothar gab den Blick verständnislos zurück. Sie kapierte nicht so schnell.

Beide witterten irgend etwas Romantisches. Und sie wollten sich dem vornehmen jungen Herrn gefällig zeigen. Man konnte nicht wissen, welchen Nutzen es brachte. Sie sahen ihn bedeutungsvoll an.

„Sollen wir den Herrn zu Fräulein Jonny führen?“

„Ach, bitte, meine Damen, tun Sie das. Sie machen mich auf ewig zu Ihrem Schuldner“, bat Lothar dringend.

Die Mädchen kicherten ein wenig und zögerten einen Augenblick. Aber er sah, daß sie nicht abgeneigt waren. Endlich entschloß sich die ältere.

„Folgen Sie uns, aber schnell! Wir werden Sie in das Sprechzimmer führen und Fräulein Jonny herunterrufen!“

Lothar hätte am liebsten einen Freudensprung gemacht, aber er vermochte sich zu beherrschen und in ruhiger Weise seinen Dank auszusprechen.

Er folgte den Damen in das Haus. Der Flur war leer. In der Küche hantierten die Mädchen, und ein leichter Bratenduft machte sich bemerkbar.

Die Kleinere öffnete die Tür.

„Bitte, wollen Sie hier eintreten, mein Herr. Wir werden Fräulein Jonny gleich benachrichtigen."

Lothar winkte in froher Dankbarkeit den beiden jungen Damen mit der Hand, worüber diese vor Vergnügen erröteten. Dann trat er ein und blieb in großer Erregung mitten im Zimmer stehen. So nahe seinem Ziel, fürchtete er ein neues Hindernis. Wenn nur diese Frau Doktor nicht nach Hause kam, ehe er Jonny im Arm hielt.

Die jungen Damen waren draußen eine Weile stehengeblieben und zwickten sich gegenseitig wieder in stummer Wonne.

„Ahnst du was?" flüsterte die kleinere dann wichtig.

„Was denn?"

„Mein Gott, kannst du dir nicht denken, wer dieser vornehme Mann ist?"

„Nun, ich denke, ein Verwandter von Fräulein Jonny."

„Bah – bist du dumm. Ich will wetten, daß es der junge Graf ist, wegen dem man Fräulein Jonny hierhergeschickt hat."

Die andere machte große Augen. „Meinst du – ach – das wäre ja – du – da haben wir vielleicht eine Dummheit gemacht. Wollen wir ihn nicht lieber warten lassen, bis Frau Doktor kommt?"

Stumpfnäschen tippte ihre Freundin auf die Stirn.

„Daß er dann am Ende Fräulein Jonny nicht zu sehen bekommt? Nein – er ist zu reizend – ich helfe ihm. Ach Gott, – das wird romantisch, gib acht. So ein Abenteuer habe ich mir schon lange gewünscht. Aber nun komm schnell. Wir rufen Jonny. Sag aber kein Wort, wer sie sprechen will."

Sie jagten nun eilig die Treppe empor und klopften an Jonnys Tür. Diese hatte soeben, wie sie jetzt oft tat, Lothars frühere Briefe gelesen und öffnete mit sichtlichen Tränenspuren im Gesicht die Tür.

„Fräulein Jonny, Sie möchten sofort in das Sprechzimmer kommen!" rief die Kleine atemlos, und ehe Jonny antworten konnte, liefen die beiden wieder davon.

Jonny schloß ihre Briefe fort und ging hinunter,

ahnungslos, wer sie zu sprechen wünsche. Sie glaubte, Frau Doktor habe sie rufen lassen.

Die Freundinnen hatten sich unten an die Tür gestellt, die in den Garten führte, so daß Jonny sie nicht sehen konnte. Mit gespannten Gesichtern warteten sie auf die Dinge, die da kommen sollten. Jonny öffnete die Tür zum Sprechzimmer und trat ein. Mit einem leisen Aufschrei blieb sie stehen und starrte zu Lothar hinüber.

„Lothar!“ rief sie in einem unbeschreiblichen Tone und wäre vor Schrecken umgesunken, wenn er sie nicht sofort in seine Arme genommen hätte.

„Jonny – meine Jonny – ich habe dich wieder“, rief er beseligt und sah ihr tief in die Augen. Sie seufzte auf und sah ihn an, wie in einem wundersamen Traume.

„Lothar! Lothar!“

Ein anderes Wort fand sie nicht, aber in diesen Worten lag eine Welt von Liebe und Herzeleid. Sie sagten ihm alles, was er hören wollte. Er preßte sie fest an sich und küßte ihre Lippen mit so leidenschaftlicher Innigkeit wieder und wieder, daß sie nicht mehr über seine wahren Gefühle im Zweifel sein konnte.

Und dann strömten seine großen zurückgehaltenen Sorgen in glühenden Worten über sie hin. Alles, was er für sie fühlte, was seit den Weihnachtstagen ihn gedrückt und gequält hatte, meldete sich in ungestümen Worten. Und er brauchte sie nicht zu fragen, ob sie ihn wiederliebe. Ihre großen, strahlenden Augen verrieten es ihm, ihr Erröten und Erblassen, das Zittern und Beben der schlanken, in seinen Armen ruhenden Gestalt. Wie ein Sturmwind riß er sie mit fort, ehe sie nur Zeit hatte, sich zu besinnen. Sie konnte nichts fühlen und denken, als die grenzenlose Seligkeit dieser Stunde, die alle Not und Pein auslöschte. Sie vergaßen beide Zeit und Ort. Er zog sie neben sich auf das zierliche Korbsofa, ohne sie aus seinen Armen zu lassen und küßte immer wieder ihren zuckenden Mund, die jetzt wieder goldig schimmernden Augen und die zitternden Hände.

Endlich vermochte sich Jonny ein wenig zu fassen. Sie bog sich plötzlich abwehrend zurück und sah ihn ängstlich an.

„Lothar – die Komteß Liebenau? Ich denke, sie ist deine Braut?"

Er küßte sie lachend.

„Hast du dir wirklich dieses Märchen aufbinden lassen? Nie habe ich einen Augenblick daran gedacht, diese vornehme Puppe zu heiraten."

„Aber deine Mutter – Lothar – o mein Gott – was soll deine Mutter sagen zu alledem?"

Sein Gesicht verfinsterte sich einen Augenblick.

„Laß das jetzt – trübe mir diese Stunde nicht – mit ihr werde ich fertig. Jetzt halte ich dich, mein geliebtes Leben, jetzt bist du mein, und keine Macht der Erde soll uns trennen."

Jonny ließ sich nur zu gern von ihm beruhigen. Eng umschlungen saßen sie nebeneinander und sagten sich alles, wovon ihre Herzen so voll waren.

Endlich fragte Jonny: „Wie hast du mich gefunden?"

„Grill war der rettende Engel. Sie hatte den Namen ‚Brinkmann' gehört und mir verraten. So fand ich deine Spur!"

„Gute Grill!"

„Sie wird eben hier angekommen sein zu deinem Schutz!"

Jonny genoß mit gerührter Freude, daß sie nun wieder behütet in Lothars Obhut stand.

Endlich kam Frau Doktor von einem Gang in die Stadt nach Hause zurück.

Die wartenden Mädchen traten ihr entgegen.

„Fräulein Jonny hat Besuch bekommen, Frau Doktor", meldeten sie harmlos.

Die gute Dame erschrak sichtlich.

„Besuch – wen denn?"

„Oh, einen jungen, sehr vornehm und aristokratisch aussehenden Herrn."

Frau Doktor hatte sich das Halstuch eben aufgebunden. Nun stürmte sie voller Aufregung zum Sprechzimmer. Eine dunkle Ahnung verriet ihr, wer dieser Herr sein könnte, und in heller Angst sah sie schon die hohe Pension für Jonny wie einen schönen Traum verfliegen.

Ganz entsetzt riß sie die Tür auf und starrte entgeistert auf das glückliche Paar. Die Freundinnen hielten sich im Hintergrund und sahen der kommenden Szene mit Spannung entgegen. Als sie das Paar innig umschlungen sitzen sahen, zwickten sie sich wieder in die Arme.

Lothar hatte sich erhoben und verneigte sich vor Frau Doktor.

„Mein Herr – ich muß bitten – ich weiß nicht" – stotterte die erschreckte Frau. Aber Lothar ließ sie gar nicht ausreden.

„Verzeihen Sie, gnädige Frau, daß ich nicht erst Ihnen meinen Besuch machte. Ich hörte, Sie seien ausgegangen. Mein Name ist Wildenfels."

Die Lauscherinnen stießen einen undefinierbaren Ton aus vor Entzücken, aber Frau Doktor fiel beinahe in Ohnmacht, als sie ihre Ahnung bestätigt sah.

„Graf Wildenfels?" fragte sie tonlos.

„Zu dienen, gnädige Frau."

„Um Gottes willen, Graf – Sie bringen mich in eine furchtbare Verlegenheit. Oh, mein lieber Gott – Ihre Frau Mutter hat mir verboten, Sie jemals mit Fräulein Jonny zusammenkommen zu lassen. Gegen meinen Willen ist es nun geschehen. Ach, du lieber Himmel, wäre ich doch nicht fortgegangen. Aber wer konnte so etwas denken! Was wird die Frau Gräfin dazu sagen? Sie wird mir nicht glauben, daß ich schuldlos bin."

Lothar trat ihr einen Schritt näher.

„Beruhigen Sie sich, gnädige Frau, ich werde selbst für Sie zeugen bei meiner Mutter. Ich konnte nicht warten, bis Sie kamen, ich hatte sehr notwendig mit meiner Braut zu sprechen."

Er zog Jonny an seine Seite.

„Ihre Braut?" sagte Frau Doktor und sank fassungslos in einen Sessel.

Lothar hatte sich verneigt.

„Fräulein Warrens ist seit dieser Stunde meine Braut."

Frau Doktor rang die Hände.

„Ach, du liebe Zeit – was soll werden – wie soll ich das verantworten? Frau Gräfin wird natürlich das gezahlte

Geld zurückfordern. Sie schädigen mich sehr, Herr Graf, ich bin auf meine Pensionärinnen angewiesen."

„Beruhigen Sie sich, Frau Doktor. Sie hätten mich wahrlich nicht hindern können, meine Braut zu sehen. Und Schaden soll Ihnen in keiner Weise erwachsen, dafür bürge ich Ihnen."

Das beruhigte Frau Doktor wunderbar. Sie jammerte aber noch ein wenig.

„Oh, mein Gott, mein Gott, ich bin fassungslos, so erschrocken. Wie haben Sie nur die Adresse erfahren? Frau Gräfin hatte alles so angeordnet, daß es nicht möglich war."

Lothar lächelte. „Erstens hat mir unsere getreue Grill Ihren Namen genannt und dann half der Zufall weiter. Die Damen waren in dieser Beziehung wohl ein wenig unklug. In unserem Deutschen Reiche verschwindet so leicht keine junge Dame, ohne eine Spur zurückzulassen. Im übrigen, verehrte Frau Doktor, bin ich zu ernsten Nachforschungen nicht gekommen. Sie sollten sich etwas stärkere Briefumschläge anschaffen."

Sie sah ihn erstaunt an.

„Briefumschläge?"

„Ja. Sie haben dieser Tage meiner Mutter einen Brief geschickt. Und durch den dünnen Umschlag konnte ich ganz deutlich drei Worte lesen: Hersfelde, Pension Brinkmann. Das genügte mir. Nun Sie darüber orientiert sind, können wir wohl über die Angelegenheit verhandeln. Es ist mir wünschenswert, daß meine Braut vorläufig ruhig hier bei Ihnen bleibt, aber nicht allein. Die Kammerfrau meiner verstorbenen Großmutter trifft heute mittag hier ein. Können Sie mir noch ein Zimmer für sie zur Verfügung stellen? Meine Braut muß unbedingt eine vertraute und ihr treu ergebene Dienerin um sich haben. Der Preis spielt keine Rolle. Ich werde Sie auch sonst in jeder Weise entschädigen für den Verdienst, der Ihnen verlorengeht, wenn Sie sich meinen Wünschen in jeder Beziehung fügen."

Frau Doktor Brinkmann rechnete in fieberhafter Hast. Sie wog Für und Wider ab und war praktisch genug, zu erkennen, daß sie nur gewinnen konnte, wenn sie sich dem sehr bestimmt auftretenden jungen Herrn bedingungslos fügte. Sie klagte und jammerte noch ein Weilchen, um Lothars Opferwilligkeit noch zu erhöhen. Dieser faßte nun sein Anerbieten in bestimmte Zahlen, und Frau Doktor war besiegt. Was ging sie schließlich der Unwille der Gräfin Wildenfels an. Sie hatte getan, was sie tun konnte. Im übrigen mochte sich diese mit ihrem Sohne auseinandersetzen. Der junge Graf sah ganz so aus, als wüßte er seinem Willen Geltung zu verschaffen. Die praktische Dame lenkte also ein und versprach, alles zu tun, was man von ihr verlangte. Sie war nun einfach Wachs in Lothars Händen und versicherte ihm, daß die Kammerfrau ein hübsches Zimmerchen bekommen sollte.

Lothar atmete auf, und als nun ein ungeheurer Wortschwall auf ihn einstürmte, sah er Jonny in komischem Entsetzen an. Daß er hier mit seiner Braut kein vernünftiges Wort mehr reden konnte, sah er ein. Deshalb bat er Jonny, sich zum Ausgehen fertig zu machen, um Grill im Hotel zu treffen.

Während Lothar mit Jonny zum Hotel ging, um Grill abzuholen, stand in der Pension Brinkmann alles auf dem Kopf. Stumpfnäschen war in einem Taumel des Entzükkens. Ein Graf, ein wirklicher Graf hatte ihr die Hand gedrückt, hatte sich mit ihr unterhalten, und seine Braut sollte nun noch lange Zeit mit ihnen zusammen sein. Bei Tisch wurde vor Aufregung fast nichts gegessen, und Frau Doktor machte schon im Geist aus den üppigen Resten wieder ein vollständiges Menü für den nächsten Tag. Die Aussicht, eine feudale Kammerfrau als Hausgenossin zu bekommen, erschien allen sehr romantisch.

Dann wurden Blumen gepflückt, um Jonnys Zimmer zu schmücken, und man debattierte aufgeregt darüber, ob Graf Wildenfels wohl an der Abendtafel mit teilnehmen würde. Diese von Trude aufgeworfene Frage brachte endlich einige Ruhe in den aufgeregten Schwarm. Die jungen Damen stürzten alle in ihre Zimmer, um ihre schönsten Kleider für diesen Fall herauszusuchen.

Lothar und Jonny hatten sich auf dem Wege zum Hotel

noch viel zu sagen. Jonny war nach dem ersten Glücksrausch nun doch wieder ein wenig verzagt und ängstlich geworden. Noch stand eine drohende Wolke am Himmel ihres Glückes – Gräfin Susanne.

Lothar las ihre Unruhe von ihren Zügen ab und beruhigte sie.

„Ich bringe alles in Ordnung, denke nur, daß wir uns endlich gefunden haben und daß nun alles zwischen uns licht und klar ist. Wenn du wüßtest, wie ich mich nach dir gesehnt habe und wie ich mich um dich gesorgt habe!"

Er preßte ihren Arm fest an sich, und sie sah glücklich zu ihm auf.

„Ach, Lothar, mir ist alles wie ein Traum!"

„Ist es ein schöner Traum?" neckte er.

Sie nickte.

„Ich möchte nie daraus erwachen."

Sie sah ihn an mit einem so liebevollen, hingebenden Ausdruck in dem süßen Gesicht, daß ihm das Atmen schwer wurde.

„Sieh mich nicht so an, Jonny, sonst küsse ich dich unter den Augen des ehrsamen Polizeidieners dort an der Ecke auf dem Marktplatz so lange, bis er uns beide auf die Wache führt."

Sie lachte glücklich.

„Wenn du erst meine Frau bist, reisen wir jedes Jahr auf einige Tage hierher und feiern die Erinnerung an unsere Verlobung. Bis dahin aber komme ich so oft wie möglich, um zu sehen, ob du dich nicht anders besonnen hast."

Im Hotel war Grill eben erst angekommen. Sie weinte vor Freude, als sie Jonny an Lothars Seite sah und dieser ihr mitteilte, daß er sich mit ihr verlobt habe.

„O du mein lieber Gott, da wünsche ich auch von Herzen Glück", sagte sie schluchzend. „Wenn das meine hochselige gnädige Gräfin erlebt hätte! Wie wäre sie glücklich gewesen."

Jonny umfaßte die alte Frau.

„Meinst du das wirklich, Grillchen? Hätte sich Großmama darüber gefreut?"

„Aber ja, Fräulein Jonnychen, aber ja. Ach Gott – einmal, da hat sie zu mir gesagt, als wir Ihnen und dem gnädigen Herrn Grafen nachsahen: ‚Grill, gäben die beiden nicht ein schönes Paar, kannst du dir ein schöneres denken?' "

Lothar zog Jonny vor Grills Augen in seine Arme und küßte ihr die Tränen fort.

„Du brauchst nicht zu zweifeln, daß Großmama uns ihren Segen gegeben hätte. Ich kann es dir schriftlich zeigen, daß sie herzlich wünschte, uns vereint zu sehen. Und nun habe ich dir in der Wiedersehensfreude nicht erzählt, daß Großmama dir die Hälfte ihres Vermögens vermacht hat. Und als Hochzeitsgeschenk erhältst du von ihr das Brillanthalsband. Das sollst du an unserem Hochzeitstage tragen. Bist du nun überzeugt, daß du mir bestimmt bist?"

Jonny erinnerte sich der Szene, da ihr Gräfin Thea die Geschichte mit dem Halsband erzählte und ihr dasselbe um den Hals gelegt hatte, und weinte tief bewegt.

Lothar brachte Grill und Jonny in das Haus der Frau Brinkmann zurück, denn Grill war sofort bereit, bei Jonny zu bleiben.

Die Erwartung der Pensionärinnen erfüllten sich nicht. Lothar mußte mit dem Abendzug zurückfahren. So schmerzlich ihm auch die Trennung von Jonny war, verlangte er danach, mit seiner Mutter ins reine zu kommen. Er schärfte Grill wiederholt dringend ein, gut auf Jonny zu achten, sie nicht allein zu lassen und was ihm sonst noch seine Liebe und Sorge eingab.

Nach einem innigen Abschied von seiner Braut reiste er nach Hause zurück.

33

Gräfin Susanne hatte keinerlei Verdacht geschöpft, als ihr Schiffler meldete, Graf Lothar sei in die Stadt gefahren. Auch als er ihr am nächsten Mittag berichtete, daß der junge Herr Nachricht gegeben habe, weil er auch die zweite Nacht noch im Hotel bleiben wolle, wunderte sie kaum. Das war schon zuweilen vorgekommen. Von Grills Abreise hatte sie nichts gemerkt. Sie sah die alte Frau manchmal tagelang nicht.

Als ihr Schiffler die fingierte Nachricht von dem Boten brachte, gab sie Befehl, ihr Auto vorfahren zu lassen. Sie wollte in der Nachbarschaft Besuche machen. Bei Soltenaus traf sie mit Baron Hasselwert zusammen, der von seiner Reise zurückgekehrt war.

Sie machte ihm Vorwürfe, daß er sich noch nicht in Wildenfels hätte sehen lassen. Der Baron schnitt eine klägliche Grimasse.

„Teuerste, verehrteste Freundin – man sucht nicht gern den Schauplatz seiner Niederlagen auf. Wenn ich auch vielleicht den Mut gefunden hätte, Ihnen wieder gegenüberzutreten, so ist mir der Gedanke, mich vor Fräulein Warrens als abgewiesener Freier zu zeigen, ziemlich unerträglich."

Sie waren einige Minuten allein und konnten sich ungeniert aussprechen. Susanne sah ihren alten Verehrer aufatmend an.

„Dies Hindernis besteht nicht mehr, Fräulein Warrens hat Wildenfels verlassen."

Hasselwert blickte sie überrascht an.

„Fräulein Warrens ist nicht mehr in Wildenfels?"

„Nein, ich fand es für notwendig, sie nach dem Tode meiner Schwiegermutter zu entfernen."

„Aber warum, meine gnädigste Gräfin?"

Susanne neigte sich zu ihm.

„Unter uns, ich fürchtete, daß mein Sohn im Begriff war, ebenso unklug zu sein wie Sie."

Der Baron stutzte.

„Sie meinen – Ihr Herr Sohn – und Fräulein Warrens –."

„Ja, ich meine. Und als vorsichtige Frau habe ich meine Vorkehrungen getroffen."

Er sah sie mit einem zweifelnden Blick an.

„Wenn Sie Grund zu Ihren Befürchtungen haben, dann werden diese Vorkehrungen wenig nützen. ‚Und legt ihr auch zwischen mich und sie wohl Berge, Tal und Hügel.' Sie kennen doch das Lied?"

Sie zuckte die Achseln.
„Ich bin gründlich gewesen."
„Hm, hm. Aber sagen Sie, verehrteste Freundin, angenommen, die beiden jungen Leute lieben sich, warum wollen Sie so grausam sein, sie zu trennen? Ich an Ihrer Stelle wäre froh, ein so entzückendes und liebenswertes Schwiegertöchterchen zu bekommen."
„Baron, lassen Sie solche Scherze."
„Bitte, das ist mein heiliger Ernst. Meine Ansicht über Fräulein Warrens hat sich nicht geändert. Obwohl sie mir einen Korb gegeben hat. Ich finde sie anbetungswürdig und meine, sie gereicht jedem Fürstenthron zur Zierde."
Susanne nagte ärgerlich an ihren Lippen.
„Mir scheint, Sie sind noch immer nicht ganz zur Vernunft gekommen."
Er lächelte und seufzte.
„Wenn Sie damit meinen, daß ich heute meinen Antrag noch wiederholen würde, wenn Fräulein Warrens für mich erreichbar wäre – ja – das würde ich vielleicht tun. Vielleicht, denn ich bin des Alleinseins herzlich müde. Aber soviel bin ich zur Vernunft gekommen, um einzusehen, daß sie zu jung für mich war. Heute bin ich wieder auf meinem einstigen Standpunkt, daß Sie die passendste Lebensgefährtin für mich wären. Sie wissen, man erinnert sich gern seiner alten Liebe. Seit ich Sie heute wiedersah, ist mir, als sei ich von meiner ‚Unvernunft', wie Sie es nennen, kuriert."
Gräfin Susanne wurde sehr rot, und Hasselwert betrachtete sie mit den alten verliebten Blicken.
„Werden Sie nie ganz vernünftig sein, Baron?" fragte sie scheinbar ärgerlich, aber mit einem Gefühl der Freude.
Er seufzte.
„Mir fehlt eben der veredelnde Einfluß holder Weiblichkeit. Ich werde ganz verwildern, wenn Sie sich nicht doch noch eines Tages meiner erbarmen. Sie täten wahrlich ein gutes Werk."
„Ach gehen Sie, ich bin inzwischen eine alte Frau geworden."
Er küßte ihre Hand.

„Lästern Sie nicht! Für mich sind Sie noch jung und schön wie einst.“

Wieder errötete Susanne. Aber das Gespräch wurde unterbrochen, sie waren nicht mehr allein.

Es war aber ein wohliges Gefühl für Susanne, daß Hasselwert zu ihr zurückgekehrt war.

Befriedigt fuhr sie nach Hause. Am nächsten Morgen, als sie ihre Schokolade nahm, ließ sie Lothar, der am frühen Morgen wieder in Wildenfels eingetroffen war, um eine Unterredung bitten. Sie empfing ihn sofort.

Er begrüßte sie artig, ganz wie sonst, mit einem Handkuß und fragte, wie es ihr gehe.

Sie bot ihm einen Sessel an.

„Du warst zwei Tage in der Stadt, Lothar? Ich hörte, du seiest heute morgen zurückgekehrt. Hast du dich gut unterhalten?“ fragte sie liebenswürdig, als liege nichts zwischen ihnen.

Lothar setzte sich nieder.

„In der Stadt war ich nur vorübergehend, Mama. Ich war verreist.“

Sie stutzte und sah ihn ein wenig unbehaglich an.

„Verreist? Wie soll ich das verstehen?“ fragte sie, und etwas in seinem Gesicht beunruhigte sie plötzlich.

Er sah sie fest an.

„Ich war in Hersfelde, Mama.“

Sie fuhr entsetzt empor, alle Farbe wich aus ihrem Gesicht.

„Was wolltest – wie kamst du auf diese Idee?“ stotterte sie.

„Ich habe dort im Hause der Frau Doktor Brinkmann Jonny gefunden, und bin gekommen, dir zu sagen, daß ich mich mit ihr verlobt habe.“

Sie sprang auf und blieb hochaufgerichtet vor ihm stehen.

„Dagegen protestiere ich. Diese Verlobung ist ungültig!“ rief sie zornig und empört.

Er blieb ganz ruhig.

„Sie ist vollkommen gültig, Mama. Einen Einspruch kannst du nicht erheben, da ich Herr meines Handelns und unabhängig bin. Aber ich bitte dich herzlich, stelle dich nicht länger auf diesen feindlichen Standpunkt. Auch deinen Schwur brauchst du nicht länger zwischen uns zu stellen. Ehe du noch ein Wort über diese Angelegenheit verlierst, lies bitte dieses Dokument. Ich habe heute früh Kenntnis davon genommen. Von seinem Vorhandensein wurde ich durch Großmama unterrichtet. Auch ich hatte, wie sie, gehofft, daß ich das Dokument ungelesen vernichten könnte. Aber du hast diesen unseligen Schwur meinem Lebensglück gegenübergestellt und mich damit gezwungen, dir ein Geheimnis preiszugeben, das wohl besser begraben geblieben wäre. Ich hätte es dir und mir gern erspart, aber du ließest mir keine Wahl."

Er hatte sehr ernst gesprochen. In seinem bleichen Gesicht zuckte schmerzliche Erregung. Man sah ihm an, daß die Aufklärung des Geheimnisses ihn sehr erschüttert hatte.

Etwas von seiner Stimmung teilte sich seiner Mutter mit. Stumm und betreten nahm sie das Schriftstück aus seiner Hand. Sie setzte sich an das Fenster und begann zu lesen.

Lothar stand ihr gegenüber an den Kamin gelehnt und beobachtete ihr Gesicht. Röte und Blässe wechselten in jäher Folge darauf. Zorn und Entrüstung, Schrecken und Scham stritten in ihren Zügen um die Herrschaft, während sie las. Als sie nun zu Ende war, ließ sie das Schriftstück wie entgeistert aus ihren Händen fallen und lehnte den Kopf mit geschlossenen Augen zurück. Ihr Gesicht war fahl, und um den Mund lag ein bitterer, verächtlicher Zug. Lothar hatte seine Mutter nie so gesehen. Impulsiv trat er an ihre Seite und beugte sich über sie.

„Mama, liebe Mama, verzeih mir. Ich hätte dich gern geschont. Aber nun siehst du wohl selbst, wir sind alle arme, irrende Menschen, gleichviel ob wir im Bürgerhause oder im Schlosse geboren worden sind. Ich bitte dich, urteile milde über meinen armen Vater. Er hat menschlich gefehlt, aber er hat auch unsagbar schwer gebüßt."

Gräfin Susanne sprang plötzlich auf und lief wie gejagt im Zimmer umher.

„Nie – nie verzeihe ich ihm das. Ich – die Gattin eines Diebes – ich, die ich so stolz war auf den unbefleckten Namen unseres Geschlechtes. Ach – ich schäme mich – schäme mich furchtbar – mein Gatte ein Dieb – der Vater meines Sohnes ein Ehrloser. O pfui, pfui über ihn, mich schaudert, daß ich seinen Namen trage."

Sie lehnte sich verzweifelt an die Wand und barg den Kopf in den Händen. Der Inhalt ihres Lebens, ihr Stolz, daß sie eine Gräfin Wildenfels war, ging in dieser Stunde jämmerlich in die Brüche.

Lothar legte seine Hände auf ihre Schultern.

„Mama, ich bitte dich, sei nicht so hart. Wir sind alle nur Menschen und wissen nicht, ob uns das Schicksal nicht eines Tages schuldig macht."

Sie wandte sich heftig um und machte sich mit zornig blitzenden Augen von ihm los.

„Laß mich – komm mir nicht mit solchen Redensarten. Was für Hinz und Kunz paßt, ist nicht auf uns anzuwenden. Oh – es ist furchtbar, furchtbar, diese Schmach drückt mich zu Boden."

Sie stöhnte auf und warf sich, das Gesicht verbergend, in einen Sessel. So saß sie lange Zeit. Lothar wagte es nicht, sie zu stören. Er wußte, dieses unnahbare, stolze Frauenherz litt jetzt Qualen. Endlich hob sie langsam das Gesicht und sah ihn mit einem bitteren Ausdruck an.

„Du hast gesiegt, ich werde dir meine Einwilligung zu deiner Verlobung nicht mehr versagen. Fräulein Warrens steigt jetzt herab zu dir."

„Mama!"

Sie wehrte ihn heftig ab.

„Laß mich – sprich nicht zu mir. Laß mich allein – ich muß erst sehen, was ich aus den Trümmern meines Lebens retten kann. Mein Stolz ist gebrochen. Da – nimm dieses entsetzliche Schriftstück und vernichte es, damit unsere Schande nicht über die Mauern von Wildenfels hinausdringt – es wäre mein Tod."

Sie reichte mit abgewandtem Gesicht Lothar das Dokument. Er nahm es stumm an sich und ging hinaus, da er sah, daß jetzt nicht mit ihr zu reden war. Zunächst setzte er ein Telegramm an Jonny auf.

„Mamas Einwilligung erhalten. Alles gut, ich komme bald. Brief folgt. Lothar."

Als das besorgt war, ging er hinüber in das Wohnzimmer seiner Großmutter. An ihrem Schreibtisch, unter den Augen seines Vaters, las er das Dokument noch einmal durch, ehe er es vernichtete. Es lautete:

„Meine inniggeliebte Mutter! Für den Fall, daß mich der Tod einmal schneller abruft als ich erwarte, will ich Dir in diesen Zeilen eine Beichte ablegen. Einem Menschen muß ich mein Herz eröffnen, und Du, geliebte Mutter, stehst mir am nächsten. Du wirst mich auch am mildesten richten.

Du fragst mich seit Jahren, warum ich so verändert bin gegen früher. Ich hatte nie den Mut, Dir meine Schuld einzugestehen. Wußte ich doch, wie sehr ich Dich betrüben mußte. Aber ehe ich sterbe, muß ich diese Last von meiner Seele wälzen.

Du erinnerst dich des Rendanten Horst. Er mußte mit seiner Familie Wildenfels verlassen, weil aus seiner Obhut das wertvolle Brillanthalsband verschwunden war. Dies Kleinod wurde mit den übrigen Pretiosen in den feuersicheren Wandschränken des Rentamtes aufbewahrt. Nur der Rendant und mein Vater besaßen die Schlüssel zu diesen Schränken sowie zu der Tür, die aus dem Schlosse in das Rentamt führt.

Horst mußte unter dem Verdacht des Diebstahls von Wildenfels fort. Er war unschuldig, Mutter – der Dieb war ich.

Du weißt, wie streng der Vater war, um meines Leichtsinnes willen. Nie zahlte er einen Pfennig Schulden für mich, ich mußte mit meinem Wechsel auskommen. Er war reichlich genug bemessen, aber ich hatte leichtsinnige Freunde und kam nie aus. Daß Vater nichts für mich bezahlte, war überall bekannt, ich hatte fast nirgends Kredit. Um mich aus einer fatalen Klemme zu befreien, versuchte ich es mit dem Spiel. Und ich verlor auf Ehrenwort eine enorme Summe.

Ich kam nach Hause, um zu beichten. Du weißt, wie sehr ich den Vater fürchtete. Er konnte unerbittlich hart sein, und ich wußte nicht, ob er mir helfen würde.

In meiner Herzensangst kam ich erst zu Dir, aber ich wagte es nicht, Dich zu betrüben. Helfen konntest Du mir kaum so schnell, wie es sein mußte. Auch hattest Du Vater dein Wort gegeben, mir nie auszuhelfen.

Zufällig sprachst Du mit Grill über ein Brillanthalsband, das vor dir lag, weil es zu eng war. Du sagtest, daß Du es nie wieder tragen wolltest. Ich weiß nicht, wie es kam, aber meine Augen hefteten sich, wie magnetisch angezogen, auf das Halsband. Die Brillanten blitzten verlokkend, das Halsband war wertvoll genug, mir aus allen Nöten zu helfen. Kurzum, ich holte mir in der Nacht die Schlüssel aus Vaters Arbeitszimmer. Er bewahrte sie in einem Geheimfach seines Schreibtisches, dessen Verschluß ich kannte. Und dann schlich ich mich in das Rentamt und entwendete den Schmuck. Ich hoffte, ihn auf demselben Wege zurückzubringen, sobald es mir gelungen sein würde, das Geld anderweitig aufzubringen. Ich war mir trotzdem bewußt, ein Unrecht zu begehen, hoffte aber, daß nie ein Mensch etwas davon merken würde. Ich war sicher, daß Du das Halsband nicht mehr tragen würdest. Und das Etui hatte ich vorsichtshalber zurückgelassen. Am nächsten Tage reiste ich ab. Vorher hatte ich noch eine Zusammenkunft mit Annie Horst. Ach, meine Mutter, ich liebte dieses engelgleiche Geschöpf mit großer Innigkeit. Ihr Besitz hätte mich gut und glücklich gemacht. Aber ich wußte, daß mein Vater nie seine Einwilligung zu einer Heirat mit ihr geben würde. Annie wußte es auch, aber unsere Liebe war zu tief und zu stark, als daß uns dieser Gedanke zu einem freiwilligen Verzicht hätte bringen können. Wir hofften, wie alle Liebenden in solchen Fällen, auf ein Wunder.

Ich ahnte nicht, daß ich Annie an diesem Tage zum letzten Male sehen würde.

Noch an demselben Tage kehrte ich in die Stadt zurück, verpfändete das Halsband und deckte meine Schuld.

Ich bemühte mich fortgesetzt, das Geld zu beschaffen,

um das Halsband auszulösen und an seinen Platz zurückbringen zu können. Es dauerte aber länger, als ich dachte, und ein unseliges Verhängnis ließ Dich nach dem Halsband verlangen, weil Du es ändern lassen wolltest. Ich war wie vom Schlag getroffen, als ich vom Vater einen Brief bekam, worin er mir mitteilte, daß Horst entlassen sei – weil aus seiner Obhut ein kostbares Halsband verschwunden sei.

Ich kam nach Hause, um dem Vater alles zu gestehen, aber Scham und Angst schlossen mir den Mund. Nun wollte ich Horst aufsuchen, um ihm meine Schuld zu beichten und ihn zu bitten, mir zu verzeihen. Er war so ein vortrefflicher Mann, vielleicht half er mir, alles auszugleichen, wenn ich mich ihm offenbarte und ihm für später volle Rechtfertigung versprach. Auch trieb mich Angst und Sehnsucht, nach Annies Verbleib zu forschen.

Da brachte ich in Erfahrung, daß Horst mit seiner Familie ausgewandert war.

Mutter, verachte mich nicht, ich konnte auch jetzt Vater nicht beichten. Zu groß war meine Angst vor seiner Strenge und Härte. Aber ich war wie zerbrochen und wurde ein anderer Mensch von Stund an. Unsagbar schwer habe ich gebüßt, jede Minute meines Lebens war Reue und Buße. Ich leistete keinen Widerstand, als mich Vater mit Susanne vermählte. Annie war ja doch für mich verloren. Und mir war alles so gleichgültig, außer meiner Schuld.

Unablässig forschte ich nach Horst, um an ihm gutzumachen. Aber erst mußte ich Vaters wegen sehr vorsichtig sein, und als er starb, war Horsts Spur vollends verlorengegangen. Wird es mir je gelingen, mein Unrecht gutzumachen? Ach, Mutter, ich würde keine Ruhe im Grabe finden, wenn meine Schuld nicht gesühnt wird. Deshalb bitte ich Dich, sollte ich vor der Zeit abgerufen werden, forsche Du weiter nach Horst und seinen Angehörigen. Überhäufe sie mit Liebe und Güte, wenn Du sie gefunden hast, mache gut, was ich verbrach, vor allem an der süßen, blonden Annie. Liebste Mutter, sie war mein Sonnenschein, mein besseres Ich, meines Herzens höchste Lust. Bis an mein

Ende werde ich ihrer in Liebe gedenken. Nimm sie an Dein Herz, wenn Du sie gefunden hast und sage ihr, daß ich sie geliebt bis zum letzten Atemzuge. Sühne meine Schuld, geliebte Mutter, auf daß meine Seele Frieden finde.

Und gelingt es Dir nicht, dies Werk zu vollenden, dann sollst Du meinem Sohn Lothar diese Zeilen geben. Er wird seinen unglücklichen Vater nicht verdammen und meine Schuld sühnen mit allen Mitteln, die ihm zu Gebote stehen.

Das Halsband lege ich zu diesen Zeilen, es hat mich oft gemahnt an meine Schuld. Wenn Du Annie findest, sie soll es tragen zum Andenken an mich. Wenn es ihren weißen Hals umschlingt, wird meine Schuld gesühnt sein.

Leb wohl, meine teure, geliebte Mutter, ich weiß, Du wirst mir verzeihen. Deine Liebe ist größer als meine Schuld.

Dein Sohn Joachim."

Lothar erhob sich und sah lange in das heitere, sonnige Gesicht seines Vaters über dem Schreibtisch.

„Vater, deine Schuld hat mein Glück begründet. Annies Tochter wird das Halsband tragen, du bist entsühnt. Meine Liebe bleibt dir, ich habe dir nur zu danken, nicht zu richten", sagte er leise.

Dann trat er an den Kamin und verbrannte das Dokument.

34

Ein Jahr ist vergangen. Jonny ist am Pfingstfest als Gräfin Wildenfels in das Schloß eingezogen. Sie war eine wunderschöne, entzückende Braut. Es war eine glänzende Hochzeitsfeier. Alle Nachbarn waren erschienen, und außer den Liebenaus wünschten alle der jungen Braut ein ungetrübtes Glück.

Die Gräfin hatte lange und schwer an ihrem gedemütigten Stolz gelitten. Aber sie war etwas weicher und zugänglicher geworden und wohnte der Hochzeit ihres Sohnes mit guter Haltung bei. Sie hatte es sogar über sich gebracht, Jonny am Hochzeitsmorgen selbst in seine Arme zu führen.

Baron Hasselwert versicherte ihr, sie sei nie so schön gewesen wie in dem Moment, da sie ihre Schwiegertochter nach der Trauung in ihre Arme genommen und geküßt hätte.

Als Lothar mit seiner jungen Frau die Hochzeitsreise angetreten hatte, wurde es Susanne recht einsam in Wildenfels. Sie freute sich jedesmal, wenn der Baron kam. Und da sie gar nicht mehr stolz darauf war, Gräfin Wildenfels zu heißen, willigte sie eines Tages ein, Baronin Hasselwert zu werden, schon um in Zukunft nicht die zweite Rolle zu spielen. Bald nach Lothar und Jonnys Heimkehr vermählte sie sich in aller Stille mit dem Baron.

Lothar und Jonny waren ein strahlendes, glückliches Paar. Das Halsband hat Jonny nur an ihrem Hochzeitstage getragen und später zu den Tauffesten ihrer beiden Kinder, Joachim und Susanne. Sonst wurde es wie ein Talisman verwahrt. Die alte Grill hat noch die beiden Kinder des gräflichen Paares auf ihren Armen getragen, ehe sie für immer die Augen schloß.